Mark Robson

DAS VERMÄCHTNIS VON THRANDOR

Das Schwert aus dem Feuer

cbj

Mark Robson wurde 1966 in Essex geboren und wuchs in Wales auf. Er ist Pilot bei der Royal Air Force und schreibt in seiner Freizeit Fantasytitel, die bei den Lesern großen Anklang finden.

Weitere Titel der Reihe:
Das Vermächtnis von Thrandor –
Der Pfad der Jägerin (Band 2, 40016)
Die silberne Klinge (Band 3, 40017)
Der Auserwählte (Band 4, 40018)

Weitere Titel des Autors bei cbt:
Die Gilde von Shandar –
Die Spionin (Band 1, 30533)
Der Verräter (Band 2, 30534)
Der Jäger (Band 3, 30535)

Mark Robson

DAS VERMÄCHTNIS VON THRANDOR

Das Schwert aus dem Feuer

Aus dem Englischen von
Anne Emmert und Ursula Held

cbj

cbj
ist der Kinder- und Jugendbuchverlag
in der Verlagsgruppe Random House

FSC
Mix
Produktgruppe aus vorbildlich
bewirtschafteten Wäldern und
anderen kontrollierten Herkünften

Zert.-Nr. SGS-COC-001940
www.fsc.org
© 1996 Forest Stewardship Council

Verlagsgruppe Random House FSC-DEU-0100
Das FSC-zertifizierte Papier *München Super Extra*
für dieses Buch liefert Arctic Paper Mochenwangen
GmbH.

1. Auflage
Erstmals als cbj Taschenbuch Juli 2010
Gesetzt nach den Regeln der Rechtschreibreform

Die englische Originalausgabe erschien 2000
unter dem Titel »The Forging of the Sword«
bei Sword Publishing, UK.

Übersetzung: Anne Emmert und Ursula Held
Lektorat: Susanne Evans
Umschlaggestaltung: HildenDesign, München,
www.hildendesign.de, unter Verwendung einer
Illustration von Marek Hlavaty
he · Herstellung: AnG
Satz: KompetenzCenter, Mönchengladbach
Druck und Bindung: GGP Media GmbH, Pößneck
ISBN: 978-3-570-40015-9
Printed in Germany

www.cbj-verlag.de

Für meine Frau Sarah,
die darauf bestand, es sei eine gute Idee,
wenn der Held ein Handy besäße, aber so großzügig war
einzusehen, dass ich die Geschichte auf meine Art
erzählen musste – und für meine Eltern, echte und geerbte,
die immer da waren, wenn es darauf ankam.

Shandar
Zauberturm
Palast des inneren Auges
Niederfenn
Shandrim
Vortaff-Gebirge
Sieben Bäume
Stein-grund
Baron Keevans Burg
Der grosse Wald im Westen
Terilla
Klingen-pass
Mistian
Chantiss
Calvyns Dorf
Levan
Levansbrück
Port Levan
Ostmeer
Thrandor
Celadornberge
Fallow
Mantor
Fallowsford
Kortag
Terachim-Wüste

Prolog

Demarr stolperte, zu Tode erschöpft. Wieder ging ein Tag mühsamen Wanderns durch das feindselige Gebiet der Wüste Terachim zu Ende. Der Angriff kam ohne Vorwarnung: Eine riesenhafte Gestalt stürzte sich aus den nun rasch länger werdenden Schatten auf ihn. Aber genau in diesem Moment rettete ihn der lose Felsbrocken. Denn noch während er stolperte, nahm Demarr die Bewegung am Rande seines Blickfelds wahr, rollte sich zur Seite und zog im Fallen sein Schwert. Einen Sekundenbruchteil später schnappte das Maul des Untiers hinter ihm ins Leere.

Adrenalin schoss ihm in die Adern und Demarr nahm eine gebückte Kampfhaltung ein. Alle Müdigkeit war vergessen, der Überlebensinstinkt obsiegte. »Was auch immer das für eine Kreatur sein mag, sie ist groß und verdammt schnell«, dachte er.

Die flachen Klippen erschienen im Zwielicht der Dämmerung unnatürlich groß, während die Sonne blutrot in die Wüste sank und wieder einmal ihr Spiel mit den Schatten trieb. Aus einer großen Spalte an der Felsflanke schnellte der riesige, auf einem langen schuppigen Hals sitzende Kopf zu ihm herab. Demarr tauchte nach rechts ab und entkam erneut nur knapp dem Tod, als das grauenhafte Maul erschreckend nah neben ihm zusammenschlug.

»Was ist das nur für ein Ding?«, dachte er, hastete davon und suchte zwischen einer Reihe Felsbrocken Schutz.

Er ließ sein Bündel fallen und lugte vorsichtig hinter dem großen Stein hervor, der ihm als Zuflucht diente. Zuerst konnte er nichts erkennen, denn die tintenschwarze Felsspalte tauchte das Wesen in Dunkelheit. Dann aber hörte er einen Stein poltern und mit einem Mal stakste der Angreifer ins Freie.

»Bei Tarmin! Ein Feuerdrache!«, stieß er aus, wie gelähmt von dem Anblick. Feuerdrachen galten seit Generationen als ausgestorben, und teilweise nahm man sogar an, sie seien Sagengestalten, die sich übereifrige Minnesänger ausgedacht hatten, um ihren Geschichten mehr Spannung zu verleihen. Und doch stand da ein Feuerdrache – größer, als er je für möglich gehalten hätte und unendlich gefährlicher.

Das Tier stolperte noch einige Schritte vorwärts. Der Kopf mit dem langen Hals schwenkte dabei langsam von rechts nach links und der gestreckte schuppige Körper trat vollends aus dem Unterschlupf. Demarr blinzelte ins Halbdunkel. Ihm rasten alle möglichen Gedanken durch den Kopf. Er konnte nicht wegrennen und ein Angriff wäre glatter Selbstmord. Also duckte er sich erneut hinter den Felsen. Da bekam seine Hand einen etwa eigroßen Stein zu fassen. Um Zeit zu gewinnen, schleuderte er den Kiesel in niedrigem Bogen nach rechts. Das zur Ablenkung gedachte Wurfgeschoss hüpfte etwa dreißig Schritt weit und blieb dann am Fuß des Felsens liegen. Die Reaktion erfolgte sofort. Der Kopf des Feuerdrachens wandte sich blitzschnell in Richtung des klappernden Geräuschs und sein riesiger Körper ruckte leicht nach.

Es entstand eine kurze Pause, während das Tier die Situation zu überdenken schien. Seine grausige Silhouette zeichnete sich vor den Klippen ab. Dann aber setzte sich das Biest in Bewegung und stürmte entlang der Klippen zu der Stelle, wo der Kiesel aufgeschlagen war. Der Kopf beugte sich noch im Laufen nach vorn, aber da war … nichts. Das Tier hielt an, schien einen Moment verwirrt, ließ den Kopf pausenlos von rechts nach links kreisen und seine Augen suchten in den schwarzen Schatten nach einer Bewegung.

Aus der Dunkelheit tönte das Krachen eines Steins und dann schlug dem Feuerdrachen ein großer Felsbrocken auf die Schulter. Die Bestie schrie vor Schmerz auf und hob den Kopf, doch genau in diesem Moment löste sich über ihr der gesamte Felsvorsprung und stürzte auf sie zu. Das Grollen der fallenden Steine ließ Demarr einen kurzen Blick aus seinem Versteck riskieren. Es sah aus, als sei die gesamte Felsenwand in Bewegung. Die Zeit schien stillzustehen. Demarr kauerte nieder, hockte starr da und beobachtete die unglaubliche Szene, die sich vor ihm abspielte, bis ein Felsbrocken von der Größe eines Bierfasses an ihm vorbeirollte und ihn aus seiner Erstarrung riss.

Die Luft füllte sich mit stickigem Staub und Demarr legte sich hinter seiner Felsbarriere flach auf den Boden. Sie bot ihm immer weniger Schutz vor dem Steinschlag. Scheinbar endlos stürzte die Lawine um ihn herum ab, während er dort kauerte und die Arme schützend um den Kopf legte. Eine gefühlte Ewigkeit später senkte sich die Stille wie ein Tuch herab. Er konnte sein Glück nicht fassen. Erst ein Feuerdrache, dann eine Lawine – und er war nicht nur am Leben, sondern sogar unverletzt.

Mit einer raschen und leisen Bewegung öffnete er sein Bündel und zog ein altes Hemd heraus. Er riss einen großen Streifen Stoff aus dem Rückenteil, faltete ihn und band ihn als Atemschutz um die untere Gesichtshälfte. Die Überreste des Hemdes stopfte Demarr zurück in den Sack, dann lugte er vorsichtig in die von Staub erfüllte Dunkelheit. Seine Augen waren voller Sand und tränten. Er konnte nichts erkennen. Er schulterte sein Bündel, hielt sein Schwert gezückt und machte sich auf, zum Unterschlupf des Feuerdrachen zurückzugehen. Er wusste, kein anderes Lebewesen würde sich dort hineinwagen, und nun, da das Biest unter der Steinlawine begraben lag, schien es eine gute Idee, die Nacht in der Höhle zu verbringen – vorausgesetzt, der Zugang war nicht verschüttet.

Demarr trat vorsichtig zwischen den lockeren Felsbrocken hindurch und war nicht einmal ein Dutzend Schritte gegangen, als er weniger als sechs Fuß vor sich den Kopf des Feuerdrachen erblickte. Die Augen der Kreatur waren blicklos und die doppelten Augenlider flatterten. Ohne zu zögern, sprang Demarr vor und bohrte seine Schwertspitze mit aller Kraft in das Auge, das ihm am nächsten war. Blindlings schlug der benommene Feuerdrache gegen diese neue Quelle des Schmerzes aus und traf Demarr mit der Kopf geradewegs gegen die Brust. Die Wucht des Schlages riss Demarr von den Füßen und schleuderte ihn mehrere Meter durch die Luft. Er landete auf seinem Rucksack. Sein Kopf kam unsanft auf dem Boden auf und er wurde augenblicklich bewusstlos. So sah und hörte er nichts vom kreischenden, wilden Todeskampf des Feuerdrachen und lag bis tief in die Nacht reglos da.

Als er zu sich kam, spürte Demarr nur das Hämmern in seinem Schädel und die bitterkalte Wüstennacht. Ringsum war alles pechschwarz, die Sterne lagen hinter einer dichten Wolkendecke verborgen. Sein einziger Gedanke war das Verlangen nach Wärme. Er musste irgendetwas finden, damit dieses heftige Zittern aufhörte. Er kämpfte sich aus den Schulterriemen seines Rucksacks, löste tastend die Schnüre und zog seine Decke heraus. Als er sich schließlich darin eingewickelt hatte, tauchte er sofort zurück in die Besinnungslosigkeit des Schlafs.

Die Sonne kroch entlang ihrer Bahn über den schwarzen Horizont und brachte wieder Wärme an den mit Felsstücken übersäten Ort des blutigen Schauspiels. Die krächzenden Rufe fressender Geier zerrten Demarr in die Wirklichkeit zurück. Langsam nahm er die Umgebung wieder wahr und spürte die Schmerzen in seinem Kopf. Er hievte sich langsam in eine sitzende Position, doch gleich darauf musste er würgen und ließ sich wieder sinken.

»Eine Gehirnerschütterung«, dachte er. »Ich muss mich ausruhen. Aber nicht hier, das ist zu gefährlich.« Die Ereignisse der vergangenen Nacht kamen zurück. Vorsichtig setzte er sich wieder auf. Dieses Mal fuhr ihm sein Magen nicht dazwischen und er blickte mit großen Augen um sich.

»Wie bin ich da nur herausgekommen?«, murmelte er. Die Zerstörung durch die Lawine und das riesengroße tote Biest wenige Schritte von ihm entfernt erfüllten ihn mit Ehrfurcht und Entsetzen.

Langsam rappelte er sich auf, schlug die Decke um die Schultern, packte seine Habseligkeiten und schlängelte sich durch die Felsbrocken zu dem großen schwarzen Höhleneingang. Kurz davor blieb er stehen und holte Zunder, Feuerstein und einen kurzen Kerzenstummel aus seinem Rucksack. Dann trat er in die Dunkelheit – entschlossen, seine letzten wertvollen Kräfte nur im äußersten Notfall zu vergeuden.

Der Boden der Höhle war eben und so kam er leicht voran. Die harte Felsoberfläche unter seinen Füßen wich schnell einer sandigen Staubschicht, auf der er trocken und weich laufen konnte. Zu seiner Überraschung war die Höhle nicht sehr tief, und Demarr erreichte die hintere Wand, bevor er den Eingang aus dem Auge verlor.

»Jetzt will ich mich mal umsehen« dachte er und hantierte kurz mit dem Feuerstein, um die Kerze anzuzünden. Schatten sprangen umher und tanzten im flackernden Lichtschein. Ein kleines Kästchen an der Hinterseite der Höhle weckte sofort seine Aufmerksamkeit.

»Na, was haben wir denn da?«, flüsterte er und kniete sich hin, um seinen Fund zu untersuchen. Der Deckel war nicht verschlossen, also öffnete er mit vor Müdigkeit und Aufregung zitternden Händen den reich verzierten Verschluss und hob den Deckel an. Er ließ sich ganz leicht öffnen, als wären die Scharniere immer gut geölt worden. Im Innern der Schatulle glänzte auf einem Bett aus dunkler Seide ein wunderschöner silberner Talisman.

»Endlich ist das Glück auf meiner Seite«, hauchte er.

1

Calvyn packte die eben an Land gezogene Forelle mit der linken Hand und versetzte ihr mit einem Holzklotz einen gezielten Schlag auf den Kopf. Er legte sie zu den anderen vier ans Ufer. Zu Hause würde er sich heute Abend sehr beliebt machen, dachte er mit einem leichten Lächeln. Fünf prächtige Fische, das war ein großartiger Fang, und nach seinem Gefühl war es erst kurz nach Mittag.

Tief hängende Wolken zogen über den grau bedeckten Himmel und einige Regentropfen platschten in das ruhige Wasser des langsam dahinfließenden Flusses. Das Wetter schien von Unentschiedenheit geplagt. Seit dem Morgen hatte es immer mal wieder etwas genieselt, aber anscheinend konnte der Himmel sich nicht entschließen, ob es nun ordentlich regnen sollte oder nicht. Trotz der Wolken hatten die milden Frühlingstemperaturen Calvyn ermuntert, an seinem freien Tag zum Fluss Levan zu wandern und die gesprenkelten Tiere an seinen Haken zu locken.

Angeln war Calvyns Leidenschaft, seit der Vater ihm zum siebten Geburtstag die erste Angelrute geschenkt hatte. Jetzt, da er bereits vierzehn war und langsam die Kräfte eines Erwachsenen entwickelte, nahmen Aufgaben wie Holzhacken oder Feldarbeit immer mehr von seiner Zeit ein. Er war darüber nicht unglücklich – ganz im Gegenteil. Calvyn mochte die Tätigkeiten, die ihm übertragen wurden, und er genoss die Gesellschaft der Erwachsenen, die mit ihm arbeiteten. Die Gespräche der Großen faszinierten ihn, und obwohl er die meiste Zeit schwieg, hörte er während der Arbeit stundenlang zu, sog die Worte ein wie ein Schwamm und speicherte sie irgendwo in seinem geschäftigen Kopf.

»Nun, meine Schönen«, sagte er zu der Reihe toter Fische. »Seid herzlich zum Abendessen eingeladen. Wenn wir uns jetzt aufmachen, haben wir noch genug Zeit, uns zu waschen, anzukleiden und es uns recht warm zu machen.« Er musste noch breiter lächeln, als er sich daran erinnerte, wie sein Vater Joran diese kleine Ansprache zum ersten Mal gehalten hatte. Calvyn hatte mit großen Augen zugeschaut, wie Joran den frisch gefangenen, eben getöteten Fisch feierlich in die Hand genommen, vor sein Gesicht gehalten und höflich eingeladen hatte. Anschließend hatte er das Maul des Fisches kurz an sein Ohr gehalten und sich mit ernstem Gesicht seinem Sohn zugewandt.

»Er sagt, er leistet uns liebend gern Gesellschaft«, hatte Joran mit diesem todernsten Gesichtsausdruck erklärt, den er so gut beherrschte.

»Ehrlich?«, hatte der kleine Calvyn erstaunt geantwortet. Joran hatte gelacht, den Fisch beiseitegelegt und seinen Sohn kräftig in den Arm genommen. »Ja, mein Sohn. Natürlich.«

Heute hatte Joran zu viel zu tun gehabt, um noch Angeln zu gehen, also hatte sich Calvyn allein zum Fluss aufgemacht. Er genoss die Ruhe und freute sich, nach Herzenslust seinen Tagträumen nachgehen zu können. Er stellte sich vor, wie er als mutiger Glücksritter in glänzender Rüstung Prinzessinnen rettete und auf einem starken weißen Hengst ritt. In seiner Fantasie sah er sich mit Drachen und bösen Rittern kämpfen und alle Widrigkeiten überwinden. Am Ende war er immer der große Held. Doch obwohl er ohne seinen Vater frei vor sich hin träumen konnte, vermisste er ihn. Jorans trockener Humor und seine lustige Art machten die Zeit mit ihm immer sehr vergnüglich.

»Vater wird bedauern, dass er nicht mitgekommen ist«, dachte Calvyn, als er die Fische in seinen Ranzen packte, den Kopf durch den Gurt steckte und die Tasche auf den Rücken schwang. Sorgfältig befestigte er den Haken am Ende der Rute, legte die Angel über die Schulter und lief dann zwischen den Bäumen hindurch zur Straße.

Der Weg zurück zum Dorf würde eine gute Stunde dauern, denn er war sehr weit flussabwärts gewandert. Aber Calvyn angelte immer lieber in den breiteren Flussbecken, wo dicke Forellen unter den herabhängenden Bäumen lauerten, und so machte ihm die größere Entfernung nichts aus. Wenn er sich mal etwas träge fühlte, begann er an der Flussbiegung zu angeln, die dem Dorf am nächsten lag, kaum eine Viertelstunde Fußweg von seinem Haus entfernt. Doch dann zog es ihn stets flussabwärts und er geriet weiter weg als geplant.

Feiner Nieselregen fiel herab, als Calvyn den Schutz des schmalen Waldstreifens am Flussufer verließ. Die winzigen Tröpfchen drangen schnell in seine Kleider und schon bald war er durchnässt bis auf die Haut. Das helle Haar klebte ihm dunkel am Kopf. Wassertropfen rannen ihm von der Stirn, bildeten kleine Bäche an der Nasenspitze, die der Wind ihm gegen Mund und Kinn wehte. Immer wieder musste er sich mit der Zunge über die Lippen fahren.

Calvyn freute sich jetzt auf zu Hause und sah schon das große offene Holzfeuer in der Wohnstube vor sich. Er stellte sich vor, wie er die triefnassen Kleider auszog und dann das Gefühl frischer, warmer Sachen auf der Haut spürte. Er malte sich aus, wie er die Hände an einem Becher dampfender Brühe wärmte, während er auf dem gemütlichen Stuhl am Feuer saß. Im Geiste erzählte er bereits seinen

Eltern die Geschichte des wundersamen Fangs. Natürlich, dachte er lächelnd, würde er die Fische, die ihm entwischt waren, etwas größer und schwerer machen.

Er konnte schon seine Mutter Elenor hören, mit ihrer üblichen Predigt, wie man denn derart verrückt sein könne, so weit wegzulaufen, wenn es doch schon den ganzen Tag nach Regen ausgesehen habe. Trotz ihrer Sorge beruhigte sie sich immer sehr schnell, und Calvyn spürte, dass sie ihn dieser Tage eher aus Pflichtgefühl schalt denn aus echter Überzeugung. Er wusste, sie konnte die Verlockung des Flussufers nachfühlen und hatte Verständnis dafür, dass er an seinen freien Tagen vor die Tür musste.

Als er so an sein Zuhause dachte, wurde Calvyn bewusst, welches Glück er doch hatte, so gute Eltern zu haben. Sie waren immer bereit, ihm zu helfen, und interessierten sich für die Dinge, mit denen sich ihr Sohn in seiner freien Zeit beschäftigte. Die beiden arbeiteten sehr hart, um der Familie ein angenehmes und sorgenfreies Leben in der kleinen Bauerngemeinde zu bereiten. In ihrer Hütte war es immer warm und behaglich, und im gepflegten Garten blühten die Pflanzen. Joran hatte so eine Art, das Leben leicht zu nehmen, ganz gleich, was sie gerade taten. Er war immer zu Späßen aufgelegt und lachte viel, selbst wenn er Calvyn etwas Neues beibrachte oder mit einer besonders langweiligen Aufgabe beschäftigt war. Was die Arbeiten am Haus, im Garten und auf dem Feld anging, so gab es anscheinend nichts, womit sich Joran nicht auskannte. Und auch, wenn er in einer Sache mal nicht genau Bescheid wusste, fand er immer einen Weg, sie dennoch zu erledigen, und hatte dabei stets noch ein paar Späße auf Lager.

Elenor gab sich viel strenger und war während seiner Kindheit stets für seine Erziehung zuständig gewesen, während Joran mit seiner unbekümmerten Art Calvyns gelegentliche Missetaten eher heruntergespielt hatte. Calvyn wusste, dass seine Mutter ein sehr geistreicher Mensch war, konnte sich aber nur an wenige Momente erinnern, in denen sie das offen gezeigt hatte. Elenor nahm ihre Pflichten als Frau und Mutter sehr ernst und hatte äußerst wirkungsvolle Methoden entwickelt, um Calvyn davon abzuhalten, die häuslichen Regeln allzu oft zu brechen. Zudem war sie eine wunderbare Köchin und in der Küche duftete es immer nach Gebackenem. Sie schien einen sechsten Sinn dafür zu haben, welche Kräuter oder Gewürze ein Gericht vollendeten, und wusste genau, wann sie sie dazugeben musste, damit sie ihren Geschmack am besten entfalten konnten.

Der Gedanke an die Kochkünste seiner Mutter ließ Calvyns Magen knurren. Er lief etwas schneller, als ihm wieder einfiel, welche wundervollen Gerichte Elenor aus den Fischen gezaubert hatte, die er in der Vergangenheit nach Hause gebracht hatte. Kopf und Bauch hatten nun ein Ziel und er lief mit neuer Entschlossenheit voran, denn der Hunger beherrschte bald seine Gedanken. Er hatte nur ein paar Brötchen aus der Küche stibitzt, als er in den frühen Morgenstunden aus dem Haus geschlichen war. Aber die hatte er schon vor einigen Stunden gegessen. Die frische Luft und das Wandern ließen seinen Appetit nun schnell zu dem anwachsen, was sein Vater gern als jugendlichen Fresswahn bezeichnete.

Nachdem er einen sanften Hügel überschritten hatte, sah er den Weg zum Dorf vor sich liegen, und als ob dieser Anblick die Elemente gegen ihn verschwor, schlug ihm der Wind mit voller Kraft entgegen und er marschierte im peitschenden Regen vorwärts. Kurze Zeit später stieg Calvyn durch eine schmale Hecke und stand auf der Straße.

»Du könntest nicht vielleicht einem alten Mann zur Hand gehen, oder?«

Calvyn sah erschrocken auf und erblickte eine dünne Gestalt, die in einen langen dunklen Mantel gewickelt vor ihm stand. An beiden Seiten des Kopfes fielen stahlgraue triefnasse Haarsträhnen herab. Funkelnd blaue Augen lauerten auf Calvyns Reaktion und das wettergegerbte Gesicht des alten Mannes wirkte leicht belustigt.

»Entschuldige, dass ich dich erschreckt habe, aber ich habe gesehen, wie du über das Feld da herunterkamst, und als du dann in meine Richtung abgebogen bist, dachte ich, du könntest mir vielleicht aus der Patsche helfen. Es geht um meinen Karren hier. Er steckt in einem Schlagloch fest.«

Calvyn war gedankenverloren und mit gesenktem Kopf vor sich hin marschiert, mit kaum mehr beschäftigt, als einen Fuß vor den anderen zu setzen. Er hatte den mit einer Plane bedeckten Wagen und seinen Besitzer, die beide doch nur ein paar Meter von ihm entfernt standen, komplett übersehen. Er war Fremden gegenüber misstrauisch, denn seine Eltern hatten ihn in der Vergangenheit mit Warnungen überhäuft. Doch der alte Mann sah harmlos aus und sein aufrichtiges Lächeln und seine offensichtliche Notlage machten ihm die Entscheidung leicht.

»Natürlich, Herr«, erwiderte Calvyn höflich, nahm den Ranzen von der Schulter, lehnte die Angelrute an einen nahe gelegenen Baum und stellte die Tasche daneben.

»Danke, junger Mann. Ich stecke hier seit etwa einer halben Stunde fest, aber bei diesem grauenhaften Wetter kommt es mir vor, als stünde ich schon Tage hier. Wir beide müssten den Wagen doch ohne große Schwierigkeiten bewegen können.«

Der alte Mann wandte sich ab und lief zu dem grauscheckigen Pferd, das geduldig vor dem Karren wartete und sich den Regen von den Ohren schüttelte. »Sachte, mein Mädchen, wir kriegen dich schon wieder in Gang«, sagte er und tätschelte das Pferd am Hals. Irgendwo aus seinem Mantel fischte er einen Leckerbissen, dem er der Stute auf der flachen Hand unter das Maul hielt. Das Pferd schnüffelte kurz daran, dann nahmen die Lippen das dargebotene Fressen behutsam an.

»Wir haben versucht, uns herauszuschaukeln... ach, entschuldige, ich habe mich noch gar nicht nach deinem Namen erkundigt.«

»Ich heiße Calvyn. Ich komme aus dem Dorf ungefähr anderthalb Meilen die Straße runter.«

»Schön, dich kennenzulernen, Calvyn. Mein Name ist Perdimonn«, antwortete der alte Mann und streckte ihm die Hand zum Gruß hin. »Und meine gute Freundin hier heißt Sachte«, fuhr er fort und streichelte erneut den Hals des Pferdes. »Das ist zwar kein richtiger Name, aber als ich sie bekam, habe ich es ihr so oft zugerufen, dass es irgendwie hängen blieb. Inzwischen passt der Name ganz gut zu ihr, also ergibt es am Ende doch Sinn.«

Perdimonn wandte sich von dem Tier ab, lief um den Wagen herum und winkte Calvyn zu sich. Der alte Mann zeigte nach unten auf das Rad, das bis zur Achse in einem tiefen Schlammloch steckte. Die beiden standen eine Weile nebeneinander und begutachteten die Lage. Ein plötzlicher Windstoß trug größere Regentropfen heran, die kleine Kräuselwellen auf der Oberfläche der schlammigen Pfützen schlugen.

»Nun, Calvyn, wie gesagt, wir haben versucht, den Wagen frei zu schaukeln, aber Sachte ist nicht so leicht zu lenken und macht ihrem Namen alle Ehre. Was meinst du? Hast du eine Idee?«

Calvyn betrachtete nachdenklich das Rad und überlegte,

was sein Vater wohl in dieser Situation täte. Joran würde sicher ein einfacher, wirkungsvoller Trick einfallen. Zum Beispiel …

»Wir könnten versuchen, das Rad herauszuhebeln, aber dafür bräuchten wir einen ziemlich starken Balken«, äußerte er vorsichtig seine Überlegungen.

»Gut, mein Freund«, sagte Perdimonn zufrieden. »Das war auch meine Idee. Leider bin ich nicht schwer genug, um dem stark beladenen Wagen eine Bewegung abzutrotzen, aber wenn wir beide unser Gewicht einsetzen, kann Sachte ihn bestimmt herausziehen. Ich habe ein Stück Holz, das wir als Hebel benutzen können. Warte kurz, ich hole es.«

Calvyn starrte im Schutz des Karrens auf das halb versunkene Rad und fragte sich, ob sie mit ihrer Rettungsaktion Erfolg haben würden. Kurz darauf kam Perdimonn mit einem langen, kräftigen Holzbalken zurück, der wie geschaffen für die Aufgabe schien. Gemeinsam schoben sie den Hebel unter die Hinterseite des Rads. Anfänglich kamen sie nicht recht voran, aber dann lehnte sich Perdimonn hinter dem Wagen hervor und rief in den wirbelnden Wind: »Los, Sachte!« Er schnalzte zweimal laut mit der Zunge und warf Calvyn ein verschmitztes Lächeln zu, als er sich wieder neben ihn stellte und Sachte zu ziehen begann. Der Wagen ruckte leicht vorwärts, als das Pferd sich nach vorn stemmte, und Calvyn stieß den Balken in das Schlammloch unter dem Rad und rammte ihn fest.

»Brr, Sachte!«, rief Perdimonn, und der Wagen sackte zurück gegen den Hebel. »Jetzt kommt der entscheidende Moment, mein Freund. Bist du bereit?«

»Ich glaube schon«, erwiderte Calvyn lächelnd. Er mochte Herausforderungen und trotz des Regens wurde die Sache langsam spannend. »Dann mal los.«

Perdimonn lachte und schien sich über seinen Eifer zu freuen. »Also gut. Sobald Sachte zu ziehen beginnt, stemmen wir uns gegen den Balken, ja?«

»Klar«, erwiderte Calvyn, ging in Stellung und hob die Daumen, um Perdimonn anzuzeigen, dass er bereit war.

»Los, Sachte!«, brüllte Perdimonn so laut er konnte. Als das Pferd sich mühsam in Bewegung setzte, warfen sich Calvyn und der alte Mann gegen den Hebel, der unter dem Druck gefährlich knackte. Das Rad kroch etwa zur Hälfte aus dem Schlagloch und blieb dann stehen. Die gegeneinander arbeitenden Kräfte befanden sich kurzzeitig im Gleichgewicht. »Immer noch zu schwer«, seufzte Perdimonn über den Balken gebeugt. »Halt, Sachte!« Das Rad sank patschend in den Schlamm zurück.

Perdimonn stand da und schaute mit leicht gerunzelter Stirn auf das widerspenstige Rad. »Scheint, als ob wir es doch auf die harte Art versuchen müssen«, murmelte er vor sich hin. Er atmete tief ein, seufzte und wandte sich lächelnd an Calvyn. »Junge, wir müssen da noch mal ran. Dieses Mal nehme ich aber ein wenig Last vom Wagen, während du an dem Rad hebelst.«

Calvyn zuckte wenig überzeugt die Achseln und nickte. Er sah keinen Weg, wie der alte Mann genug Gewicht von dem eingesunkenen Rad nehmen wollte, ohne den gesamten Wagen abzuladen. Er war noch verwunderter, als Perdimonn hinter der gegenüberliegenden Seite des Wagens verschwand und etwas Unverständliches vor sich hin murmelte. Calvyn lehnte sich gegen den Karren und suchte Schutz vor dem Regen, denn er rechnete damit, eine Weile warten zu müssen. Der Wind trug Perdimonns leise Worte zu ihm herüber, und obwohl er jetzt einige von ihnen klar hören konnte, ergaben sie überhaupt keinen Sinn. Der Mann redete offenbar wirres Zeug.

Es konnte nur etwa eine Minute vergangen sein, da rief Perdimonn hinter dem Wagen: »Bist du bereit, Calvyn?« Überrascht sprang er zurück in Position und stand nun wieder hinter dem Hebel, um sein Gewicht auf ihn zu stützen.

»Auf Eurer Kommando«, rief er zurück.

Das Murmeln brach kurz ab. Dann erhob sich erneut Perdimonns Stimme: »Vorwärts, Sachte!«

Calvyn warf sich gegen den Balken und hatte keine Zeit zu reagieren, als das Rad geradewegs aus dem Schlagloch holperte. Der erstaunte Calvyn landete bäuchlings im Schlamm, und der Balken unter ihm raubte ihm den Atem. Er sah die Straße hinunter. Der wegrollende Wagen gab die Sicht auf Perdimonn frei. Calvyn konnte erkennen, dass der alte Mann mit waagrecht ausgestreckten Armen dastand und auf die Stelle wies, an der die Kutsche gestanden hatte. Seine Handflächen waren nach oben gerichtet, die Finger gespreizt. Sein langer dunkler Mantel wehte im Wind, und seine Lippen formten erneut Worte, deren Bedeutung Calvyn nicht verstand. Da spritzte ihm Schlamm ins Auge. Er verzog das Gesicht, blinzelte und konnte kaum noch sehen. Calvyn hob die Hand, um den lästigen Dreck wegzuwischen, hielt aber inne, als ihm bewusst wurde, dass seine Hände wahrscheinlich noch schmutziger waren. Heftig blinzelnd und nach Luft schnappend, rollte er sich auf den Rücken und setzte sich auf. Perdimonn beendete seinen seltsamen Monolog, und Calvyn hörte, wie sich die Schritte des alten Manns näherten.

»Ganz ruhig. Komm erst einmal wieder zu Atem, junger Mann. Das war ein ziemlich heftiger Sturz. Hier, nimm meinen Mantel und wisch dir den Schlamm aus den Augen.«

Calvyn spürte, wie ihn der alte Mann am Handgelenk fasste und ihm einen weichen Stoff reichte. Er tupfte und wischte vorsichtig an seinem brennenden Auge. Es tränte immer noch stark, aber er konnte es jetzt lange genug öffnen, um das Gesicht des alten Mannes zu erkennen, das ihn besorgt musterte.

»Geht es?«, fragte Perdimonn.

Calvyn nickte und antwortete keuchend: »Nichts gebrochen … ich brauche nur … einen kleinen Moment … dann geht es.«

»Langsam. Du musst langsam und tief einatmen. Gut so. Und jetzt raus aus der Schlammpfütze, oder du holst dir noch den Tod und ich bekomme wer weiß was zu hören von deinen Eltern!«

Perdimonn half ihm auf und trat einen Schritt zurück. Calvyns Atem beruhigte sich langsam wieder und er sah auf. Der alte Mann schaute ihn mit leicht verlegener Miene an. Aus irgendeinem Grund wirkte er beschämt und Calvyn verwirrte das alles nur noch mehr.

»Nun, Euer Wagen ist wieder frei, aber ich begreife nicht, wie er so leicht aus dem Loch rollen konnte, ohne dass ich mein Gewicht auf dem Hebel hatte. Seid Ihr vielleicht ein Zauberer oder so etwas Ähnliches?« Die Frage war ihm einfach so herausgerutscht, er schluckte leise und seine Gedanken rasten.

»Etwas Ähnliches trifft es eher«, antwortete Perdimonn und wandte den Blick ab. »Wir können uns darüber unterhalten, während wir zu deinem Dorf fahren. Anscheinend haben wir beide die gleiche Richtung, und du hast es dir redlich verdient, auf dem Wagen mitgenommen zu werden. Komm, nimm deine Angelrute und deine Tasche und setz dich zu mir auf den Kutschbock. Hinten habe ich ein paar trockene Decken. Du wirst die Kälte spüren, wenn du nach all der Anstrengung im Regen sitzt.«

Calvyn gab sich insgeheim einen Tritt für seine taktlose Frage, während er seine Besitztümer einsammelte und neben Perdimonn Platz nahm. Der alte Mann kniete auf der Bank, lehnte sich in das überdeckte Wageninnere und wühlte in seinem Gepäck. Als er sich wieder nach vorn wandte, hielt er eine dicke graue Decke in der Hand, die er dem schlammbespritzten und durchnässten Calvyn reichte.

»Im Moment fühlt es sich noch nicht kalt an, aber so nass wie du bist und bei dem Wind wirst du sicher froh über die Decke sein, bis wir dich nach Hause gebracht haben.«

Calvyn bedankte sich und wickelte sich sorgfältig ein. Perdimonn ergriff die Zügel, setzte den Wagen mit einem doppelten Zungenschnalzen in Bewegung und lenkte ihn entlang der Straße zum Dorf. Der Weg war nicht mehr als ein Schlammpfad und sie kamen nur langsam voran. Sachte klapperte im vorsichtigen Schritt dahin. Perdimonn lenkte den Wagen so gut es ging über den schmalen Pfad und mied sorgsam größere Pfützen und tiefe Schlaglöcher. Eine Wiederholung seiner soeben gemeisterten Notlage wollte er offenbar auf jeden Fall vermeiden. Der Regen wurde nun wieder stärker, und der feine Nieselregen wich dickeren Regentropfen, die von Windböen umhergewirbelt wurden.

»Großer Tarmin! Was hat mich nur geritten, im Frühjahr hierherzukommen?«, rief Perdimonn aus. Er schaute mit einem Grinsen zu Calvyn herüber: »Hört es in dieser gottverlassenen Gegend auch mal auf zu regnen?«

Calvyn war erleichtert, dass die peinliche Stille nun durchbrochen war, und lächelte zaghaft zurück. »Nun ja, normalerweise ist das Wetter zu dieser Jahreszeit gar nicht so schlecht. Außerdem ist der Frühjahrsregen gut für die Felder.«

»Aus dir spricht der Bauer«, erwiderte Perdimonn lachend. »Wahrscheinlich kann ich noch froh sein, dass ich nicht mehr oben im Vortaff-Gebirge bin, sonst würde ich jetzt bis zum Hals im Schnee stecken.«

»Ihr wart im Vortaff-Gebirge?«, fragte Calvyn erstaunt. »Ich war noch nie weiter fort als bis Chantiss und das liegt nur etwa zehn Meilen östlich vom Gutsherrenhaus. Mein Vater hat mich letztes Jahr mitgenommen, als wir die Ernte zum Markt brachten.«

»Ja, auf meinen Reisen bin ich mehrmals durch das Vortaff-Gebirge gekommen. Ich bin jetzt seit ... nun, seit langer Zeit schon unterwegs. Ich möchte das nicht missen. Sachte und ich haben über die Jahre einiges gesehen.« Perdimonn hielt inne. Sein Blick wirkte abwesend. »Mmm ... die Berge«, murmelte er leise vor sich hin. Dann schrak er aus seiner Träumerei auf, sah zu Calvyn und fuhr fort: »Bevor ich mich in Geschichten über ferne Orte verliere, muss ich mich noch bei dir entschuldigen, junger Mann.«

Calvyn schaute in Perdimonns blitzende blaue Augen, und aus einem seltsamen Grund, den er selbst nicht ganz erfassen konnte, hielt er vor Spannung den Atem an. Trotzdem war er ganz und gar nicht vorbereitet auf die nun folgende Enthüllung. Sie sollte seine gesamte Weltsicht verändern.

»Unter uns, Junge, ich habe da vorhin ein wenig Magie angewandt. Entschuldige, dass ich dich nicht vorher gewarnt habe. Ich versichere dir, das alles hat nichts mit Hexerei zu tun. Die gehorcht ganz anderen Regeln, und ich glaube nicht, dass man sie für solche Zwecke einsetzen könnte. Ich muss zugeben, ich habe diesen speziellen Spruch schon so lange nicht gebraucht, dass ich ganz vergessen hatte, welch starke Wirkung er zeigen kann«, erklärte der alte Mann und sah wieder auf die Straße.

»Magie!«, stieß der erstaunte Calvyn aus. Er starrte Perdimonn mit tellerrunden Augen an. »Ich dachte, die käme nur in Geschichten und Versen vor.«

»Ganz und gar nicht. Es gibt in Terilla sogar eine Magierakademie, an der man die geheimen Künste studieren kann. Viele Magier und große Meister haben sich dort über die Jahre ihren Titel erworben.« Perdimonn sah ihm sein Erstaunen offenbar an und lächelte. »Wie kommst du nur darauf, dass es keine Magie gibt?

»Das liegt wohl an meinen Eltern«, erwiderte Calvyn. »Sie haben mir natürlich die alten Geschichten erzählt. Darin gab es Magier und Drachen, Helden und Prinzessinnen, aber man ließ mich immer in dem Glauben, das alles sei nur ausgedacht.«

»Die meisten Geschichten sind es wahrscheinlich auch«, sagte Perdimonn und blickte wieder auf die gewundene Straße. »Wie du eben gesehen hast, gibt es die Magie wirklich, aber weil die Leute für gewöhnlich Angst vor allem haben, was sie nicht verstehen, sollte die Sache besser unter uns bleiben. Was meinst du, Calvyn? Kannst du dieses Geheimnis für dich behalten?«

»Ja, Herr. Ihr könnt mir vertrauen«, erwiderte Calvyn eifrig.

Seine Gedanken rasten. Immer mehr Fantasiebilder stiegen auf und ein wildes Durcheinander von Heldentaten wirbelte ihm durch den Kopf. Magier, die Blitze aus den Fingerspitzen sprühen ließen, Drachen in Stein verwandelten und magische Gegenstände in den Händen hielten, blitzten in schneller Reihenfolge vor seinem inneren Auge auf. Calvyn versuchte, sich selbst in diesen Bilder zu sehen, aber irgendwie passte er nicht hinein. Also stellte er Perdimonn eine Frage, die ihm heißer unter den Nägeln brannte als jede andere.

»Kann man Magie erlernen?«

»Du wärst gern ein großer Magier, ja? Nun, welcher Junge in deinem Alter möchte das nicht, stimmt's?«, scherzte Perdimonn und sah Calvyn kurz in die Augen. Dem Jungen kam es vor, als würde der alte Mann direkt in ihn hineinschauen und als würden diese unglaublich blauen Augen all seine Wunschträume offenlegen. Obwohl das Gefühl nur einen Herzschlag andauerte, spürte er, wie sich ihm die Nackenhaare sträubten und ihm ein Schauer über den Rücken lief. Dann war es auch schon vorbei und Perdimonn wandte sich wieder nach vorn.

»Die Grundsätze der Magie kann jeder erlernen, aber ob jemand die Gabe besitzt, ein echter Magier zu werden, hängt ganz von der Anwendung dieser Grundsätze ab, und da kommt es auf die einzelne Person an. Mein Wissen steht größtenteils mit der Heilkunst in Verbindung, aber im Laufe der Jahre habe ich auch ein, zwei Sprüche aus anderen Disziplinen der Magie erlernt.«

»Ihr seid also nicht auf die Magierakademie gegangen?«, fragte Calvyn.

»Wie bitte? Ach, die Akademie in Terilla. Nein. Manchmal bereue ich, dass ich nicht wenigstens versucht habe, dort aufgenommen zu werden. Aber Terilla liegt in Shandar und die Menschen dort waren mir nie besonders nahe. Außerdem braucht man einen angesehenen Fürsprecher und den hatte ich nie. Jetzt bin ich viel zu alt, um es noch zu versuchen. Das meiste, was ich über die geheimen Künste weiß, habe ich mir selbst aus Büchern beigebracht. Das mag vielleicht nicht der beste Weg sein, aber für meine Zwecke reicht es vollkommen.«

Die beiden schwiegen gedankenverloren. Der eine ließ vergangene Zeiten aufleben und dachte an frühere Entscheidungen und Enttäuschungen, der andere ersann sich eine Zukunft voller Abenteuer und Magie.

Der Regen ließ nach, während das Pferd und der Wagen sich über den schlammigen Pfad zu der kleinen Ansammlung von Häusern schlängelten, die Calvyns Heimatdorf bildeten. Die hügelige Landschaft ringsum war durch hohe Hecken in einen Fleckenteppich aus Feldern unterteilt. Durch die hohen Bäume an den Ackerrändern war es beinahe unmöglich, mehr als ein oder zwei Felder zu überblicken. Die Baumgruppen und kleinen Wälder hier und da zeugten noch davon, dass die gesamte Gegend einst zum Großen Wald im Westen gehört hatte. Nun stand die Baumgrenze in etwa zwanzig Meilen Entfernung, denn im Laufe der Jahre hatten die jeweiligen Lehnsherren ihren Bauern aufgetragen, das Land für den Anbau zu gewinnen, um einen größeren Ertrag zu erzielen.

Die Straße selbst war beinahe vollständig von Baumreihen umgeben und der Wegesrand leuchtete im Grün ihrer frischen Frühlingsblätter. Die Kirsch- und Apfelbäume und auch viele der Hecken standen in Blüte. Trotz des Regens erfüllte Vogelgesang die Luft. Doch die beiden auf dem Wagen nahmen ihre Umgebung nicht wahr, denn ihre Gedanken und Träume trugen sie in ferne und unbekannte Länder.

Da blies Sachte heftig durch die Nüstern und hob abrupt den Kopf. Sie machte noch ein paar tänzelnde Schritten, dann blieb sie plötzlich stehen und ihre Augen rollten beunruhigt hin und her.

»Was ist los, Mädchen?«, fragte Perdimonn, als Sachte sich nicht von der Stelle rührte. Sie witterte irgendetwas in der Luft und stampfte irritiert mit dem Vorderbein.

»Wahrscheinlich machen sie ein Feuer«, meinte Calvyn, der langsam wieder in der Gegenwart auftauchte und sich an Perdimonn wandte. »Das Dorf liegt gleich hinter der nächsten Kurve.«

»Nein. Irgendetwas stimmt hier nicht«, antwortete der alte Mann. Er hatte die Stimme zu einem Flüstern gesunken und sah besorgt aus. »Sachte lässt sich nicht so leicht erschrecken. Wir fahren weiter, aber wir sollten vorsichtig sein. Wenn Sachte etwas wittert, muss man sich in Acht nehmen. Im Laufe der Jahre habe ich gelernt, dem alten Mädchen zu vertrauen, und sie hat mich schon oft vor Schwierigkeiten bewahrt. Ich werde also jetzt nicht anfangen, ihre Warnungen zu ignorieren.«

Indem er Sachte leicht mit den Zügeln auf den Rücken klopfte und ihr gut zuredete, brachte Perdimonn das Pferd in einen langsamen Schritt. Alarmiert durch die Unruhe des Tieres folgten die beiden der letzten Biegung vor dem Dorf. Wieder blieb das Pferd aufgeregt stehen, trampelte auf der Stelle und schnaubte ängstlich durch die Nüstern. Der Mann und der Junge saßen regungslos da, erstarrt in stummer Panik, und blickten fassungslos auf die Szene des Todes vor ihnen.

2

Perdimonn nahm mit einem erleichterten Seufzer auf dem Kutschbock Platz und sah zu, wie Calvyn mit Feuereifer umhersprang und letzte Vorbereitungen für die Weiterfahrt traf. Der junge Mann platzte fast vor Aufregung und konnte es offensichtlich kaum erwarten, am Abend die versprochene erste Lektion in Magie zu erhalten. Perdimonn bereute schon fast, dass er Calvyn mitgeteilt hatte, dass nun die Zeit gekommen sei, um mit seiner praktischen Ausbildung zum Magier zu beginnen. Schließlich brauchte man dazu Ruhe und Konzentration. Doch als Sachte dann im langsamen und schwerfälligen

Schritt die schmale Landstraße entlangtrottete, spürte der alte Magier, wie sich Calvyns Unruhe legte.

Zwei Jahre waren seit der Ermordung von Calvyns Eltern vergangen und die Zeit hatte seinen Schmerz gemildert. Anfangs war er immer wieder in Tränen ausgebrochen, bis er eine Mauer des Schweigens um sich gezogen hatte, hinter der er für keinen Trost zugänglich war. Erst nach vielen Wochen war es Perdimonn schließlich gelungen, den Jungen langsam aus seiner Trauer in die Gegenwart zurückzuholen. Doch auch nach zwei Jahren verging kein Tag, an dem Calvyn nicht an das Gemetzel an seiner Familie und seinen Freunden dachte. Und manchmal kehrten die Erinnerungen an die drei Tage, die Perdimonn und er damit verbracht hatten, die Toten aus dem Dorf zu begraben, in düsteren Träumen wieder, und die Bilder waren dann so lebendig, dass er mit tränenfeuchten Wangen aufwachte.

Es hatte einige Überlebende gegeben, hauptsächlich Frauen und Kinder, die weggerannt oder sich erfolgreich vor den Plünderern versteckt hatten. Aber alle, die ihre Häuser verteidigt hatten, waren gnadenlos niedergemetzelt worden. Zu ihnen gehörten auch Calvyns Eltern und all jene, zu denen er ein engeres Verhältnis gehabt hatte. Am Tag nach dem Überfall waren die Leute nach und nach aus ihren Verstecken gekommen und hatten sich versammelt, um die Verluste zu zählen und mit der Totenklage zu beginnen.

Perdimonn war bei Calvyn im Dorf geblieben und hatte geholfen, so gut es seine alten Knochen zuließen. Calvyn behielt das Geheimnis von seinen magischen Fähigkeiten für sich. Er sprach während dieser qualvollen Tage und Nächte überhaupt kaum mit jemandem. Perdimonn sah traurig zu, wie die Leute aus dem Dorf verzweifelt versuchten, so etwas wie Normalität zu schaffen, um irgendwie weiterzuleben. Da aber so wenige Männern überlebt hatten, würde es lange dauern, bis wieder Alltag einkehrte. Mehrere Frauen hatten Calvyn angeboten, ihn bei sich aufzunehmen, aber der Junge hatte jedes Mal abgelehnt und erklärt, er wolle woanders ein neues Leben beginnen und versuchen, seine Trauer hinter sich zu lassen.

Am vierten Tag ging Calvyn auf Perdimonn zu und fragte ihn, ob er ihn auf seinen Reisen begleiten könne. Der Alte zögerte, aber dann obsiegte Calvyns stille Hartnäckigkeit und Perdimonn erklärte sich bereit, ihn bis nach Chantiss mitzunehmen. Der alte Mann hatte dort ein oder zwei Wochen zu tun, bevor er weiterreiste, und so würde der Junge genug Zeit haben, sich alles noch einmal zu überlegen, bevor er sich allzu weit von seiner Heimat entfernte.

Perdimonn war sehr schnell klar gewesen, dass Calvyn Ablenkung brauchte. Nach einer angemessenen Trauerzeit lockte er den Jungen deshalb mit der Faszination der Magie. Mit nie nachlassender Geduld gelang es ihm schließlich, Calvyn aus seiner Versunkenheit zu holen.

Calvyn war nicht vollkommen blind vor Trauer und fragte sich selbst im tiefsten Kummer, was Perdimonn bewegte, einen verwaisten Halbwüchsigen in die Geheimnisse der Magie einzuweihen. Sorgfältig suchte er in Perdimonns Miene und Worten nach einem Hinweis, der auf etwas anderes deuten könnte als freundliche Fürsorge – doch er fand nichts. Langsam wurde ihm klar, dass ihm Glück im Leid beschert, mit einer Hand genommen und mit der anderen gegeben wurde. Als er das erst begriffen hatte, nahm Calvyn das Angebot des alten Mannes mit offenen Armen an, und seine Begeisterung für den Unterricht ließ ihn den Schmerz tief in seinem Herzen vergraben.

Zuerst einmal musste Calvyn lesen und schreiben lernen, denn in seinem Dorf war es immer nur um die Feldarbeit gegangen. Nur damit sie sich selbst versorgen konnten, hatten ein paar Bauern einige grundlegende Fähigkeiten wie Schreinern und Weben erlernt, und der alte Korvan hatte in seiner Jugend eine Lehre als Schmied gemacht. Man war allgemein der Meinung, es sei nicht nötig, lesen und schreiben zu können, da doch allein die harte körperliche Arbeit und ein ordentliches Leben das Ziel eines jeden Bauern darstellten.

Perdimonn erkannte schnell, dass Calvyn äußerst vage Vorstellungen von der Geografie des Königreichs Thrandor und der benachbarten Reiche hatte. Zudem kannte der Junge zwar viele Balladen und Sagen, die von den Minnesängern gesungen wurden, aber Kenntnisse der realen Geschichte waren bei ihm quasi nicht vorhanden. Aus diesem Grund erteilte Perdimonn Calvyn täglich Unterricht im Lesen und Schreiben, und als der Junge Fortschritte zeigte, gab er ihm Geschichtsbücher. Die beiden studierten gemeinsam Landkarten, und Calvyn war immer wieder erstaunt, wie weit sein neu gefundener Freund und Lehrer gereist war.

Die ersten Monate stellten für den alten Reisenden eine Art Probezeit dar. Perdimonn war jahrelang allein unterwegs gewesen. Er war es gewohnt, frei wie ein Vogel umherzureisen und seine Dienste und Waren dort anzubieten, wo er wollte. Die plötzliche Last der Verantwortung lag ihm schwer auf den Schultern. Er war stark versucht, Calvyn im Waisenhaus von Chantiss oder auch beim zuständigen Baron abzugeben, der gesetzlich verpflichtet war, den Jungen mit Essen und Kleidung zu versorgen. Aber er konnte sich dann doch nicht überwinden, so hartherzig zu handeln. »Außerdem«, dachte er, »ist der Junge vielleicht ein guter Begleiter und kann mir bei den schweren Arbeiten helfen, die mir in den letzten paar Jahren immer mehr Mühe gemacht haben.« Mit der Zeit würde sich schon zeigen, ob es Calvyn mit dem Erlernen der Magie ernst war, und bis dahin könnte er ihm zur Hand gehen.

Calvyn seinerseits war dem alten Mann dankbar für seine Unterstützung, und nachdem er seine anfängliche Scheu überwunden hatte, widmete er sich seinen Aufgaben und dem Lernen mit tiefer Hingabe. Sogar wenn er Feuerholz spaltete oder Wasser holte, sagte er das Alphabet auf und stellte sich vor, wie die Gegenstände um ihn herum als geschriebenes Wort aussahen.

In den zwei Jahren war Calvyn ein gutes Stück gewachsen, und nicht nur in die Höhe. Seine Statur war kräftiger und muskulöser geworden. Sein wacher Verstand hatte die Ausbildung schneller fortschreiten lassen, als Perdimonn anfangs für möglich gehalten hatte. Calvyn konnte die Gemeinsprache fließend lesen und schreiben und hatte vor Kurzem begonnen, die Runenschrift zu erlernen, in der alle magische Texte verfasst waren. Die Unterrichtsstunde an diesem Abend war jedoch ein großer Moment für Calvyn. Sie würde den Abschluss von zwei Jahren zermürbender Theorie bilden, denn Calvyn sollte seinen ersten Spruch erlernen.

Vieles von dem, was Perdimonn ihm vorher eingetrichtert hatte, war dem ungeduldigen Jungen vollkommen nutzlos erschienen.

»Warum muss ich die Gemeinsprache lesen und schreiben können, wenn alle Zaubersprüche in Runenschrift abgefasst sind?«, hatte er eines Abends gefragt, nachdem er sich durch einen besonders trockenen Text gekämpft hatte, der den Friedensvertrag von Kortag in scheinbar endlosen Details schilderte.

»Glaub mir, Calvyn«, hatte Perdimonn mit einem geduldigen Lächeln geantwortet. »Das ist ein notwendiger Teil deiner Ausbildung. Du musst erst laufen lernen, bevor du zu rennen versuchst, oder es geschieht ein Unglück.«

Calvyn hatte schicksalsergeben geseufzt. Er war aufgestanden, zum Wagen gegangen, hatte das Buch in die dafür vorgesehene Kiste gepackt und war in Gedanken versunken zum Lagerfeuer zurückgekehrt. Perdimonn hatte ihm zugesehen und sich im Stillen über den Unwillen des Jungen amüsiert. Er konnte sich an eine Zeit erinnern, als er selbst vor Unruhe zergangen war, weil seine Ausbildung scheinbar im Schneckentempo voranschritt. Im Nachhinein wusste er natürlich, warum all dies notwendig gewesen war.

Der unvorbereitete Verstand hätte niemals die Klarheit des Blicks, die Reinheit des Gedankens und die Schärfe der Konzentration erreichen können, die schon für den einfachsten Zauberspruch erforderlich war. Dennoch musste Perdimonn zugeben, dass der Junge hochbegabt war. Er begriff rasch, erfasste immer gleich den Kern der Aufgabe und zeigte eine Hingabe und Beharrlichkeit, die ihn innerhalb kürzester Zeit erreichen ließ, wofür Perdimonn Jahre benötigt hatte.

Am meisten überraschten Perdimonn aber Calvyns Fortschritte bei den Meditationsübungen, die schließlich ganz entscheidend für die Beschäftigung mit Magie waren. Nach etwa sechs Monaten Schreib- und Leseunterricht wurde der Junge langsam wirklich lästig mit seinem ständigen Drängen, er wolle sich nun endlich der praktischen Seite der Magie zuwenden.

»Glaub mir, Calvyn, du bist noch nicht bereit dazu«, erklärte Perdimonn, der langsam die Geduld verlor. »Es geht nicht darum, ein paar Worte auswendig zu lernen und schon kann man den ersten Zauberspruch. So funktioniert das nicht. Deine Ausbildung hat gerade erst begonnen, und wenn du dir sicher bist, dass du auf dem Pfad der Magie wandeln möchtest, musst du noch viel, viel lernen. Tut mir leid, aber Geduld benötigt man in rauen Mengen. Dir wird schnell klar werden, dass das Lernen kein Ende hat, und du wirst das Ausmaß der vor dir liegenden Aufgabe erkennen. Aber vielleicht ist es doch langsam Zeit, dass wir etwas Abwechslung in deinen Unterricht bringen. Dann bekommst du eine Vorstellung davon,was noch vor dir liegt.«

Perdimonn hatte einen Moment gedankenverloren in die Ferne geblickt und hielt kurz inne, bevor er sich erneut Calvyn zuwandte. Trotz seiner scheinbar einsichtigen Miene war der rebellische Funken in seinen Augen nicht zu übersehen. Der Junge hatte immer noch keine Ahnung, worauf er sich eingelassen hatte. Ein leises Lächeln breitete sich auf Perdimonns Gesicht aus.

»Diese Übung wird dir besser gefallen, glaube ich«, sagte der alte Mann und richtete seine Aufmerksamkeit auf die tanzenden Flammen des Feuers. »Es ist eine Konzentrationsübung. Du wirst sie und noch viele andere beherrschen müssen, bevor du dich ernsthaft an einem Zauberspruch versuchst.«

Calvyn war auf diese Erklärung hin spürbar munterer geworden und seine Augen glänzten erwartungsvoll im flackernden Feuerschein.

»Schließ die Augen. Nicht zu fest. So ist gut«, erklärte Perdimonn und beobachtete genau, wie sein Schüler seinen Anweisungen folgte. »Und jetzt versuche, deinen Geist von allen Gedanken zu reinigen. Ich möchte, dass du nichts als Weiß siehst. Reines Weiß. Breite in deinem Geist ein reinweißes Tuch aus, das alles andere verdeckt. Wenn du das geschafft hast, sag mir Bescheid.« Daraufhin schwieg Perdimonn und sah zu, wie die Augen des Jungen unter den Lidern flackerten, während er versuchte, das Bild entstehen zu lassen.

Calvyn hielt die Aufgabe für furchtbar einfach. Aber sosehr er sich auch auf das Weiß konzentrierte – immer traten andere Bilder und Gedanken dazwischen. Nach gut einer Stunde gab er auf und ging mit äußerst nachdenklicher Miene zu Bett.

Während der folgenden zwei Wochen kämpfte Calvyn jeden Abend nach der Lesestunde mit der Meditationsübung. Immer wieder entstand das weiße Bild vor seinem geistigen Auge, nur um kurz darauf von einem Tupfer in Rot oder Blau oder einer anderen Farbe, der sich immer weiter ausbreitete, gestört zu werden. Anschließend fiel er erschöpft ins Bett und träumte von einer weißen Fläche, in die Armeen bunter Formen einfielen. Dann aber, nach zwei Wochen, verfestigte sich der reine weiße Blick. Er sah eine weiße Mauer ohne jeden Klecks Farbe.

»Ich sehe das Weiß, Perdimonn. Was kommt jetzt?«, fragte er leise, als er das Bild bereits einige Minuten bewahrt hatte.

Perdimonn, aus seiner eigenen Meditation herausgerissen, antwortete sanft: »Halte es, solange du kannst.«

Der alte Mann flüsterte einen Zauberspruch und versetzte sich in Calvyns Gedanken. Tatsächlich, der Geist des Jungen war von einem strahlenden Weiß erfüllt. Erstaunt zog sich Perdimonn zurück, rieb sich kurz die Schläfen und saß dann still da und beobachtete das unbewegte Gesicht seines Schülers.

»Genug, Calvyn. Öffne die Augen und entspanne dich«, sagte er nach einer Weile und fuhr dann nach kurzer Pause fort: »Das war gute Arbeit. Morgen widmen wir uns einer größeren Herausforderung.«

»Entweder war ich schwer von Begriff oder dieser Junge ist einzigartig!«, dachte Perdimonn, als er sich daran erinnerte, wie viele Monate der Konzentration es ihn gekostet hatte, um das perfekte Bild zu erreichen, das Calvyn in zwei Wochen hinbekommen hatte.

Am nächsten Tag bauten sie wie gewöhnlich ihren Stand auf, diesmal in einem kleinen Dorf am Ufer des Mistian. Seit Calvyn mit Perdimonn reiste, brachte der Handel mit Krimskrams fast genauso viel Geld ein wie der Verkauf von Perdimonns heilenden Tränken und Salben. Der Junge hatte sein Talent fürs Feilschen entdeckt und den Wagen in eine fahrende Fundgrube für allen möglichen Trödel verwandelt. Der alte Heiler war anfangs ein wenig verärgert darüber gewesen, aber er merkte dann schnell, dass die Leute eher in der Kramsammlung des Jungen stöberten, als gezielt nach Wundermitteln zu suchen. Viele, die sich bei Calvyn umsahen, kauften etwas bei Perdimonn, und deshalb ließ er den Jungen gewähren.

Der Stand war nun bereit und die Dorfbewohner traten nach und nach aus ihren Häusern und kauften gegen Naturalien und bare Münze bei den beiden ein. Anschließend wurde der Wagen wieder beladen, und nach einem gemütlichen Mahl setzen sie ihre Reise fort. Indem er die meditativen Übungen einsetzte, die er nun seit Monaten zu perfektionieren versuchte, unterdrückte Calvyn den Sumpf von Gedanken, der den ganzen Tag über in ihm gebrodelt hatte. Er wusste, dass er auf die besondere, lang erwartete Unterrichtsstunde vorbereitet sein musste, und so übte er seine Lieblingsmeditation, während der Wagen durch die Landschaft rumpelte.

Sorgsam baute er vor seinem geistigen Auge ein Bild auf, das er während der vergangenen Monate entwickelt hatte. Der Entwurf begann mit dem Umriss eines Ritters auf seinem mächtigen Ross. Im hellgrauen Hintergrund tauchte eine Burg auf. Stolze Zinnen und Türme, auf denen die Wimpel flatterten, dazu ein tiefblauer Himmel, der nur von ein paar flauschigen Schönwetterwolken durchbrochen wurde, die in der Nachmittagssonne schneeweiß leuchteten. Dem fügte Calvyn einen Wassergraben mit heruntergelassener Zugbrücke hinzu. Im Torbogen, der einzigen Öffnung in der Burgmauer, waren noch knapp die Spitzen des Fallgitters zu sehen.

Das Pferd, mit glänzendem kastanienbraunen Fell, bäumte sich gegen jeden auf, der meinte, die Macht seines Herren zu besitzen. Der Ritter in silberner Rüstung trug einen leuchtend roten Federbusch auf dem Helm und Schild und Rock schmückte ein farbenprächtiges Wappen. Die eindrucksvolle Erscheinung saß aufrecht im Sattel, das Ende der Lanze senkrecht gehalftert, die Spitze in den Himmel ragend. Vom Wind bewegtes Gras, das im Abendhauch schaukelte – alle Schatten und Einzelheiten des Bildes waren Teil der geistigen Übung, mit der Calvyn eine Klarheit des Blicks zu erreichen suchte.

Das Bild enthielt alles, was Calvyn als edel und erhebend empfand. Es steckte voller Details aus den Abenteuergeschichten, die sein Vater ihm früher vor dem Zubettgehen erzählt hatte. Der vollkommene Held, der auszog, um die Rechtschaffenen vor bösen Ungeheuern und Schurken zu bewahren. Jetzt aber diente diese Vorstellung einem wichtigeren Zweck und war mehr als nur ein Tagtraum. Sie war eine Konzentrationsübung, mit der er lernte, den Geist zu beruhigen und die Gedanken präzise zu lenken.

Perdimonn und Calvyn schlugen am späten Nachmittag ihre Zelte in einem kleinen Wäldchen nahe der Straße auf. Der Wagen stand sicher am Rand der Bäume, und Sachte war mit einer langen Leine an einen Pfahl gebunden, den Calvyn auf der benachbarten Wiese in den Boden gerammt hatte. Der Junge bereitete eine Feuerstelle vor und sammelte genug Holz, um ein kleines Feuer mehrere Stunden am Brennen zu halten. Dann lief er zu einem nahe gelegenen Bach, um Wasser zu holen. Als er zurückkam, hatte Perdimonn das Abendessen fast fertig. Die Dämmerung brach herein, als die beiden Reisenden nach dem Essen mit ihren abendlichen Studien begannen.

Calvyn spürte, wie ihn erneut eine Welle der Aufregung durchfuhr, aber er besänftigte sie rasch und zwang sich, die Lehrstunde ruhig zu erwarten und ganz im Einklang mit der Welt um sich herum zu bleiben. Die klagenden Rufe eines Nachtvogels durchbrachen die jetzt rasch dichter werdende Dunkelheit, während er geduldig dasaß und den alten Mann beobachtete.

Auch Perdimonn wartete. Er wollte die Geduld seines Schülers auf die Probe stellen und tat, als sei er in eine Meditation vertieft. Die Zeit schritt voran, die Nacht wurde tiefschwarz, und Perdimonn gelangte zu der Einsicht, dass Calvyn auch an dieser Aufgabe nicht scheitern würde. Ganz offensichtlich konnte der Junge dort ganz still sitzen bleiben und, falls notwendig, die ganze Nacht warten. In Perdimonn regte sich Stolz. Die nächsten Augenblicke nutzte er, um seine Gedanken zu sammeln, bevor er den Kopf hob.

»Nimm dir einen von den geraderen Stöcken aus dem Feuerholz und sieh ihn dir genau an, Calvyn. Wir beginnen die Unterweisung mit einem Lichtspruch, und ich möchte, dass du einen Gegenstand in der Hand hältst, von dem das Licht ausstrahlen kann. Zudem musst du diese Runenfolge auswendig lernen«, erklärte Perdimonn und reichte dem Jungen einen schmalen Streifen Pergament, auf dem in klarer Schrift eine Reihe seltsamer Buchstaben zu lesen war.

Calvyn legte los. Er studierte den Stock im Feuerschein, bis er sicher war, dass er jede kleine Biegung, jeden Knoten und jede Windung des Holzstücks verinnerlicht hatte. Dann richtete er seine Aufmerksamkeit auf die Runen. Die

Symbole hatte er alle schon einmal gesehen, und die entsprechenden Laute erklangen in seinem Kopf, während seine Augen über den Zauberspruch glitten. Er ging die Runen immer wieder durch, bis sie sich in sein Gedächtnis gebrannt hatten.

»Ich glaube, ich bin so weit«, sagte er schließlich und sah erwartungsvoll zu Perdimonn herüber.

»Dann wollen wir mal sehen, was du gelernt hast«, erwiderte der alte Mann mit einem ermunternden Lächeln. »Halte den Stock vor dir, sodass ein Ende senkrecht emporzeigt.«

»So?«

»Gut. Nun schau dir genau an, wie er im Schein des Feuers aussieht, und wenn du bereit bist, schließe die Augen und versuche, das Bild des Stocks in allen Einzelheiten im Gedächtnis zu behalten.«

In Calvyns Kopf rückte auf einmal alles an seinen Platz und fügte sich zusammen wie die Teile eines wohlbekannten Puzzles. Er erkannte plötzlich, was als Nächstes kommen würde. Es war, als hätte er es schon lange gewusst. Die Teile waren die ganze Zeit über da gewesen, aber bis jetzt hatte er sie nicht zusammengesetzt, um das Rätsel zu lösen. Mit geschlossenen Augen gab er Perdimonn mit der freien Hand ein Zeichen, damit er mit seinen Anweisungen fortfuhr.

»Der Zauberspruch ist einfach, aber das Aussprechen der Runen allein wird nichts bewirken. Du musst vor deinem inneren Auge sehen, wie die Zeichen die gewünschte Wirkung herbeiführen. Für diesen Zauber musst du dir beim Skandieren der Runen vorstellen, wie sie in die Spitze des Stocks fließen. Lass sie perlweiß werden wie das Licht, das du erzeugen möchtest. Lass sie in den Stock strömen, damit die Spitze mit jeder Rune heller leuchtet, bis unser Lager hier von Licht erfüllt ist. Wiederhole den Spruch, um das Leuchten zu halten, und öffne unter keinen Umständen die Augen, bis ich es dir sage.«

Calvyn begann. Leise sprach er die seltsamen Silben aus, für welche die Runen standen, und sah im Geiste vor sich, wie die glühenden Symbole mit der Stockspitze verschmolzen. Er stellte sich vor, wie ein weiches weißes Licht aus dem Holzstück strömte. Das Leuchten wurde nach und nach stärker. Calvyn erreichte das Ende des Spruchs und begann ohne Pause wieder von vorn.

»Sehr gut, Calvyn. Mach weiter«, wies ihn der alte Mann leise an. »Sobald ich es sage, öffnest du die Augen. Aber ich möchte, dass du weiter den Spruch aufsagst und das Bild der Runen, die in den Stock wandern, zu halten versuchst. Gib mir ein Zeichen, wenn du verstanden hast und bereit bist.«

Calvyn murmelte die Silben in ununterbrochener Abfolge und signalisierte, dass er so weit sei.

»Gut, dann öffne jetzt die Augen.«

Für einen kurzen Moment sah Calvyn ihren Lagerplatz in ein wunderschönes Strahlen getaucht, das von dem weiß glühenden Stock in seiner Hand ausging. Aber so plötzlich, dass er für kurze Zeit zu erblinden schien, geriet seine Konzentration ins Schwanken und das Licht schwand zu einem Nichts. Es blieb nur das flackernde rotgelbe Licht des Feuers.

»Das war verflixt gut für den ersten Versuch, Calvyn«, bemerkte Perdimonn und grinste über beide Wangen. In seinen Augen leuchtete Stolz.

»Aber es war sofort weg, nachdem ich die Augen geöffnet habe« erwiderte Calvyn. Er klang enttäuscht.

»Es ist sehr schwer, das Bild mit offenen Augen zu halten. Der Spruch hat noch einen zweiten Teil, mit dem die von dir erzeugte Wirkung verstärkt wird und das Licht auch dann weiterleuchtet, wenn man zu sprechen aufhört. Aber dieser Teil ist sehr kompliziert, genau wie der Zauber, den man benötigt, um das Licht zu löschen. Du musst wissen, dass der Stock ohne den Gegenzauber in alle Ewigkeit weiterglühen würde. Das wäre selbst für einen Ast im Festbaum zur Wintersonnenwende ein bisschen übertrieben, und erst recht für diesen Eschenzweig!«

Die beiden lachten, und Perdimonn fuhr fort: »In einiger Zeit werden wir uns auch den schwierigeren Sprüchen widmen, aber für heute hast du einen guten Anfang gemacht, und nach dem, was du gerade gezeigt hast, besteht bestimmt kein Grund, entmutigt zu sein.«

»Perdimonn?«

»Ja?«

»Wenn es so schwer ist,einen Spruch aufrechtzuerhalten, dann muss es doch umso schwieriger sein, einen Zauber in die Elixiere, Mittel und Salben zu bannen, die Ihr fertigt. Warum könnt Ihr die Leute nicht direkt von ihren Krankheiten heilen? Das wäre weniger aufwendig und weniger zeitraubend.«

»Da hast du recht«, antwortete Perdimonn, und sein Gesicht war auf einmal sehr ernst, »aber erinnere dich an die Zeit, bevor du mich trafst. Meinst du, irgendjemand aus deinem Dorf hätte gewollt, dass ein verrückter alter Mann, der behauptet, Magier zu sein, ihre Probleme wegzuzaubern versucht? Ich glaube nicht. Die Leute sind gegenüber Dingen, die sie nicht verstehen, sehr misstrauisch. Sie setzen lieber auf Dinge, die sie anfassen und begreifen können, so wie eine heilende Salbe. Wenn man ihnen sagen würde, dass diese Heilmittel magisch sind, würde ihr Aberglaube sie mit Zweifeln erfüllen und sie würden wahrscheinlich nichts mit uns zu tun haben wollen. Zudem hat das alles noch tiefere Gründe. In Thrandor ist die Ausübung von Magie seit fast zwei Jahrhunderten verboten. In diesem Königreich ist die Magie nicht willkommen.«

»Und was ist mit der Magierakademie in Terilla, von der Ihr mir erzählt habt? Sie muss der Magie doch Glaubwürdigkeit verleihen. Warum sind die Leute also so misstrauisch? Und wie kann man etwas für ungesetzlich erklären, das es in den Augen der Leute gar nicht gibt?«, fragte Calvyn sichtlich verwirrt.

»Wie du dich vielleicht erinnern kannst, habe ich dir auch erzählt, dass Terilla in Shandar liegt, wo Magier geachtet werden und die Ausübung der geheimen Künste weithin anerkannt ist. Die Ächtung der Magie ist nun schon so lange in Kraft, dass die Menschen sich daran gewöhnt haben, ohne sie zu leben. Wenn du nun noch bedenkst, dass die meisten wahren Magier sich eher ungern in die Belange der Leute mischen und ihre Studien eher für sich betreiben, dann wirst du auch verstehen, wie die Magie in den Bereich der Mythologie fallen konnte. Es gibt zwar viele Scharlatane, die mit Tricks und Täuschung arbeiten, um die Leute zu belustigen und zu beeindrucken, aber kein echter Magier würde sich zu so etwas hergeben – es sei denn, es kommt ihm zupass, weil er andere Absichten hinter den billigen Tricks von Gauklern verstecken möchte.«

Abgesehen davon, dass er wusste, Terilla und Shandar lagen irgendwo im Norden, konnte Calvyn die beiden Orte auf der Landkarte in seinem Kopf nur verschwommen lokalisieren, also beließ er es dabei. Stattdessen richtete er seine Fragen auf Punkte, die ihm bedeutsamer erschienen.

»Aber warum wird die Magie verboten, Perdimonn? Magier können den Menschen doch sehr viel geben. Denkt doch nur an Eure Heilkräfte.«

»Leider ist nicht alle Magie hilfreich für den Menschen,

und die meisten Leute sind weniger vertrauensselig als du, mein Freund«, antwortete Perdimonn und schüttelte bedächtig den Kopf. »Die Leute haben schon recht, wenn sie uns nicht blindlings vertrauen. Magier können ihre Kräfte genauso gut für das Böse wie für das Gute einsetzen. Du hast sicher die Geschichten über Derrigan Darkweaver gehört und wie er versuchte, dieses Land durch die dunklen Kräfte der Magie einzunehmen. Nicht alle diese Erzählungen sind erfunden. Nur die gesamte Bruderschaft der Magier konnte seine Pläne verhindern. Der letzte Kampf war derart grausam, dass es nicht überrascht, wenn die Saga vom Niedergang Derrigans von den meisten als reine Fantasie abgetan wird. Glaub mir, es ist alles andere als Fantasie. Kein Wunder, dass der König von Thrandor nach der Katastrophe mit Derrigan jegliche Magie verbat. Die Menschen misstrauen allem Übernatürlichen, und obwohl ich es nur ungern zugebe, haben sie wahrscheinlich guten Grund dazu. Ich will dir einen Rat geben, denn du wirst die Magie bald immer besser beherrschen: Achte stets darauf, deine Fähigkeiten geheim zu halten, sonst gerätst du in Schwierigkeiten.«

3

Die beiden Reisenden brachen ihr Lager kurz nach Morgengrauen ab. Das Beladen des Wagens war zu einer Kunst geworden, bei der beide genau wussten, wer was wohin packte, und dies in einer genau festgelegten Reihenfolge. Daher dauerte es nicht lange, bis sie wieder unterwegs waren und den schönen Frühlingsmorgen genießen konnten.

Es war ein wundervoller Tag zum Reisen. Die Sonne schien und es war recht warm für die frühe Tageszeit. Die üppigen Frühlingsblüten an den Hecken erfüllten die Luft mit einem besonderen Duft. Calvyn nahm den schönen Anblick und die Gerüche der sanft ansteigenden Landschaft in sich auf und bemerkte, dass die Blüten an einigen Stellen bereits abstarben und den Anbruch des Sommers verkündeten.

Nicht lange, und die beiden kamen an den kleinen Wagen von Händlern vorbei, die ihre Waren zum Markt und zu den Häfen entlang der Küste brachten.

»Guten Morgen. Was gibt es Neues aus dem Süden, Freunde?«, rief ein vorbeiziehender Händler und brachte seinen Wagen zum Stehen.

»Nichts von Bedeutung. Wohin fahrt Ihr, guter Mann?«, erwiderte Perdimonn und ließ Sachte durch sanftes Ziehen an den Zügeln neben dem Händler halten.

»Nach Port Levan. Ich will diese Winterwolle abliefern.«

»Soweit wir gehört haben, sind die Wege dorthin frei von Gefahren. Lediglich von Überfällen auf kleinere Dörfer, die Reste von Demarrs Rebellen verüben, wurde uns berichtet, aber das alles ist weiter westlich von Eurer Route geschehen.«

Die Brauen des Händlers hoben sich. »Haben die Truppen des Königs dieses Ungeziefer immer noch nicht ausgerottet? Ich dachte, nachdem sie Demarr gefangen und in die Einöde verbannt haben, wären seine Anhänger zur Vernunft gekommen und hätten ihre müde Ausrede für eine Rebellion fallen gelassen. Wie lange ist das her? Zwei, zweieinhalb Jahre, seit sie Demarr verbannt haben?«

»Zweieinhalb«, warf Calvyn ein. Sein Gesicht zeigte keine

Regung, aber seine Stimme klang bitter. In seinem Hals hatte sich ein Klumpen gebildet, weil ungewollt Erinnerungen in ihm aufstiegen.

»Der König hätte diesen Hurensohn gleich aufhängen sollen. Vielleicht hätte das seine verdammten Rebellen abgeschreckt«, meinte der Händler wütend. »Ich weiß, er war ein Graf und behauptete, von königlichem Blut zu sein, aber ich glaube immer noch, der König hat zu viel Milde walten lassen, als er ihn verschonte.«

»Das hätte nur noch größere Unruhen hervorgerufen«, wandte Perdimonn mit einem leichten Kopfschütteln ein. »Als Märtyrer wäre Demarr sicher der Auslöser für einen Bürgerkrieg geworden. So aber hat er jenen Adligen, die alles andere als patriotisch gesinnt sind, keinen Vorwand geliefert, sich einzumischen. Ich glaube, der König hat eine weise Entscheidung getroffen, als er den Verräter verbannen ließ. Dank seiner Klugheit ist es nur eine Handvoll Abtrünniger, die für Unruhe sorgt, und keine ganze Armee.«

»Nun, da mögt Ihr recht haben, mein Freund. Aber es bleibt doch ungerecht, dass er nach all dem Unglück, das er über uns gebracht hat, auf freiem Fuß bleibt, selbst wenn er nur durch die Wüste Terachim streifen kann. Hoffentlich tut uns ein Terachit den Gefallen und bereitet ihm einen tödlichen Empfang.« Der Händler lachte höhnisch. »Aber danke für Eure Auskunft. Ihr werdet sehen, dass der Weg nach Norden für diese Jahreszeit in einem recht guten Zustand ist. Die Anwohner haben die Straße vor Kurzem instand gesetzt und wir sind ohne Zwischenfälle unterwegs gewesen. Gebt auf Euch acht und mögen all Eure Vorhaben von Glück gesegnet sein«, verabschiedete er sich, gab seinem Pferd einen leichten Schlag mit den Zügeln und fuhr weiter.

Calvyn saß still da und wälzte wieder einmal Rachegedanken, während sie langsam nordwärts zogen. Kurze Zeit, nachdem er sich Perdimonn angeschlossen hatte, hatte er erfahren, dass sich Demarrs Rebellen zu dem brutalen Überfall auf sein Heimatdorf bekannt hatten. Ihr Morden sahen sie als Vergeltung, denn der Landesherr seiner Heimat hatte an Demarrs Gefangennahme mitgewirkt. Das Dorf war ihnen leichte Beute gewesen. Es hatte dort keine nennenswerten Waffen und scheinbar auch keinen Bedarf für Verteidigungsanlagen oder Schutzwälle gegeben. Und die Rebellen wussten nur zu genau, wie sehr die schlimmen Verluste einem Mann wie Baron Anton zusetzen würden.

Der Baron war stets ein treuer Anhänger der Krone gewesen. Er kam oft an den Hof in Mantor, und es war allseits bekannt, dass er ein enger Freund des Königs war, seitdem die beiden als junge Männer gemeinsam ihre Waffenausbildung absolviert hatten. Während einer seiner Besuche am Hof war es dann zu dem Mordversuch am König gekommen.

Demarr und einige handverlesene Männer hatten nachts unbemerkt mehrere Wachen getötet und sich dann in einem der Vorzimmer gesammelt, bevor sie in das Schlafgemach des Königs vordrangen. Währenddessen hatte Baron Anton nicht schlafen können und deshalb einen Nachtspaziergang gemacht. Aus purem Zufall war er auf eine der toten Wachen gestoßen. Da er sofort begriff, was sich abspielte, hatte Anton seine Männer aus ihrer Unterkunft im Ostflügel des Schlosses geholt und war mit ihnen zu den königlichen Gemächern geeilt.

Sie kamen gerade noch rechtzeitig und fassten Demarr und seine Männer, bevor sie in das Schlafzimmer des Königs gelangen konnten. Es kam zu einem kurzen, heftigen Kampf. Demarrs Männer waren nicht nur überrascht worden, sondern zudem in der Unterzahl. Ihre Niederlage war also unausweichlich und endete damit, dass die meisten von Demarrs Gefährten getötet oder schwer verletzt wurden. Der Verräter selbst wurde gefangen genommen.

Der König war Anton unendlich dankbar für die Rettung in letzter Sekunde. Nach der Verurteilung und der darauf folgenden Verbannung Demarrs bot ihm der König als Belohnung für seine treuen Dienste die Ländereien des Verräters an, aber zur Verwunderung aller lehnte der Baron ab.

»Ich trage bereits Verantwortung für mein Land und meine Leute, und ich glaube kaum, dass ich die Landgüter des ehemaligen Herzogs Demarr zusätzlich zu meinen betreuen könnte, Euer Majestät. Ich danke für Eure Großherzigkeit, aber ich muss Euer Angebot ausschlagen. Es ist mir Belohnung genug, dass ich dazu beigetragen habe, den Frieden im Königreich Thrandor zu bewahren und seinen rechtmäßigen König auf dem Thron zu halten«, erwiderte der Baron.

Keiner der Einwände, die der König vorbrachte, konnte Anton von seinem Entschluss abbringen. Er beharrte darauf, kein Geschenk empfangen zu wollen. Schließlich gab der König auf und meinte lachend: »Anton, mein Freund. Ich komme gegen deinen Starrsinn nicht an, aber in ein paar Jahren werden deine Söhne deine Entscheidung womöglich nicht gutheißen.«

»Meine Söhne werden genug damit zu tun haben, sich um die Ländereien zu kümmern, die sie einmal erben sollen, Majestät. Bitte, belastet sie nicht zusätzlich. Übermaß ist der Weg zum Ruin, und ich würde meine Söhne gerne davor bewahren.«

»Dann soll es so sein, wie du sagst, Anton. Ich nehme alle Anwesenden zu Zeugen und erkläre hiermit, dass die Ländereien des Verräters Graf Demarr in den Besitz der Krone übergehen. Ich werde in absehbarer Zeit einen Aufseher ernennen.«

Calvyn brütete stumm vor sich hin, während er sich zum tausendsten Mal ausmalte, was er tun würde, wenn er diesem niederträchtigen Graf Demarr je begegnen sollte. In seiner durch die Übungen geschärften Vorstellung brannten glasklare Bilder, in denen er dem Verräter in einem Duell gegenüberstand und den verbannten Adeligen nach einem langen, erbitterten Kampf mit seinem Schwert durchbohrte. Während dieser Ausflüge seiner Fantasie kam Calvyn nie in den Sinn, dass er gar kein Schwert besaß und die Chance, dass er sich dem berühmten Schwertkämpfer Demarr länger als zwei Sekunden widersetzen könnte, jenseits von verschwindend gering war, da er noch nie eine Waffe in der Hand gehalten hatte. Dieses Mal ließ Perdimonn den imaginären Kampf nicht zu seinem unwahrscheinlichen Ende kommen.

»Ich habe dir nicht beigebracht, wie man seinen Geist lenkt, damit du dich fruchtlosen Hirngespinsten hingibst, junger Mann«, sagte er streng. »Wenn du deine Studien mit mir fortführen möchtest, solltest du dich auf etwas Sinnvolles konzentrieren.«

»Tut mir leid, Perdimonn. Die Unterhaltung mit dem Kaufmann hat alles wieder lebendig werden lassen. Ich konnte nicht anders. Manchmal wünschte ich, Baron Anton hätte Demarr einfach sich selbst überlassen und nicht eingegriffen. Dann wären meine Eltern und die anderen noch am Leben und würden sich glücklich und zufrieden ihren Angelegenheiten widmen.«

»Nicht unbedingt, Calvyn. Überleg doch einmal, was mit dem Königreich geschehen wäre, wenn Demarr den König getötet und den Thron für sich in Anspruch genommen hätte. Welch ein Ort wäre das Königreich unter der Herrschaft eines Mannes geworden, der den Thron auf solche Weise erlangt hat? Versetze dich doch in Baron Antons Lage und frage dich, wie du dich heute fühlen würdest, wenn du das alles hättest verhindern können, es aber nicht getan hättest, um nicht in die Sache verwickelt zu werden. In deinem Leben wird es immer ein ›was wäre wenn‹ geben, Calvyn. Aber du darfst nicht zulassen, dass ein ›was hätte sein können‹ über deine Zukunft bestimmt.«

Calvyn blickte über die grünen Felder des Mistian-Tals und sann über die Ermahnungen und weisen Worte Perdimonns nach. Langsam wurde ihm bewusst, dass seine Wut zum großen Teil Baron Anton gegolten hatte. Sein Herz hatte Anton ungerechterweise verurteilt, weil er sein Dorf und seine Familie der Zerstörung preisgegeben hatte. Aber seine Vernunft sah ein, dass der Baron ehrenhaft gehandelt hatte. Er hatte den König vor dem sicheren Tod gerettet und war dabei selbst ein nicht gerade kleines Wagnis eingegangen. Trotzdem machte es Calvyn immer noch zu schaffen, dass jemand aufgrund dieser edlen Tat beschlossen hatte, seine Familie und seine Freunde und viele andere unschuldige Menschen zu töten.

Der Morgen verlief ohne weitere Zwischenfälle und Calvyn widmete sich ganz einer neuen Konzentrationsübung. Perdimonn hatte ihm die Aufgabe erteilt, sich ein perfektes schwarzes Rechteck auf einem makellosen weißen Hintergrund vorzustellen. Wenn das Bild klar und vollkommen vor ihm stand, sollte er das Quadrat um die Mittelachse drehen und so schnell rotieren lassen wie nur möglich. Obwohl es Calvyn gelang, das Ausgangsbild deutlich vor sich zu sehen, fand er es extrem schwierig, das Quadrat in gleichmäßiger Beschleunigung zu drehen, ohne dass ihm das Bild verloren ging. Er versuchte es immer wieder, bis er mit einem Seufzen aufgab. Dann rieb er sich die Schläfen und sah sich die malerische Landschaft an, während die Welt langsam vorbeirollte.

Kurz nach Mittag erreichten sie einen der kleinen Marktflecken, die entlang der Ufer des Mistian verstreut lagen. Perdimonn hielt den Wagen vor einer der Gaststuben am Rand der Stadt an. Über der Tür hing ein Schild, auf dem ein Fuchs zu sehen war, der durch eine Hecke spähte. Darunter stand in großen Buchstaben: »Zum Schlauen Fuchs«.

»Es wird Zeit, dass wir ein paar Neuigkeiten aufschnappen, Calvyn«, sagte Perdimonn und schaute zu, wie die Stadtleute zielstrebig von einem Gebäude zum anderen hasteten und ihren Geschäften nachgingen. Die Vorbeigehenden achteten nicht sonderlich auf ihre Mitmenschen und den beiden Fremden auf dem alten, abgenutzten Wagen schenkten sie erst recht keine Aufmerksamkeit. Das würde sich jedoch ändern, sobald sie ihren Stand auf dem Markt aufgebaut hatten – so war es immer.

»In dieser Gaststube werdet Ihr Euch sicher wie zu Hause fühlen«, erwiderte Calvyn scherzhaft und deutete auf das Schild.

Perdimonn reichte ihm lachend die Zügel und kletterte vom Kutschbock. »Wir treffen uns dann auf dem Marktplatz, Calvyn. Folge der Straße nach links, dann kannst du ihn nicht verfehlen.«

»Trinkt nicht zu viel, Perdimonn.«

»Ich? Zu viel trinken? Gott bewahre!«, antwortete Perdimonn mit einem Blitzen in den Augen und grinste. »Keine Sorge, Calvyn. Du musst nicht kommen und mich in den Wagen befördern. Ich bin beim Markt, bevor du alles aufgebaut hast … gut, vielleicht doch nicht so rasch, aber ich verspreche, es wird nicht lange dauern.«

»Gut. Bis später«, meinte Calvyn fröhlich und ließ Sachte im langsamen Schritt der Straße folgen, während er zusah, wie Perdimonn im Gasthaus verschwand.

Das Klackern von Sachtes beschlagenen Hufen auf dem

Kopfsteinpflaster und das heftige Ruckeln des Wagens und seiner Ladung dröhnten Calvyn laut in den Ohren, während er zum Marktplatz fuhr. Schon als er um die Kurve bog, hörte er über das Rumpeln des holpernden Wagens hinweg die Marktschreier. Der leichte Wind trug das Duftgemisch herüber, das so typisch für die Bauernmärkte von Thrandor war. Calvyn spürte die Aufregung hinten in der Kehle, als er sich vorstellte, wie gleich das Handeln und Feilschen losgehen würde. »Es macht einfach Spaß«, dachte er. »Auch wenn sich manchmal schwer vorausahnen lässt, was passieren wird.«

Als er den Markt erreichte, hielt Calvyn am Rand des Platzes und suchte im Gewimmel nach einem geeigneten Standort. Da erspähte er eine Lücke am Ende einer Reihe von Ständen in der Mitte des Platzes und stellte den Wagen so nah wie möglich an der Stelle ab. Er machte Sachte an dem dafür vorgesehenen Geländer fest und band ihr einen Hafersack um. Dann begab er sich auf die Suche nach dem Marktaufseher, um die vom zuständigen Baron geforderte Marktgebühr zu bezahlen.

Der Marktaufseher hielt sich für gewöhnlich im Zentrum des Platzes auf. Jeder Händler bezahlte die Gebühr, bevor er mit dem Verkauf begann, weil er sonst riskierte, von der Bürgerwehr bestraft zu werden. Die Marktaufseher hatten Spitzel, die zwischen den Ständen herumliefen und nach Schwarzhandel Ausschau hielten. Aber auch die Händler, die ihre Steuer bezahlt hatten, meldeten den Zuständigen jeden Verdächtigen. Schwarzhandel wurde nicht auf die leichte Schulter genommen und streng bestraft.

Calvyn drängte sich durch die Menge zum Tisch des Marktaufsehers. Der Markt war größer als alle, die er in den vergangenen Monaten gesehen hatte. »Heute Nachmittag werde ich ein gutes Geschäft machen«, dachte er, während er sich zwischen den Ständen hindurchschlängelte und sich einen Weg durch die Trauben von Dörflern und Städtern bahnte. Als er schließlich vor dem Tisch des Marktaufsehers stand, sprach dieser gerade mit einem einheimischen Händler.

»Tut mir leid, Dergan, aber da kann ich nichts machen«, sagte der große, breitschultrige Mann. »Er hat die Gebühr gezahlt und es gibt kein Gesetz gegen niedrige Preise. Wenn du deine Kunden nicht an ihn verlieren willst, wirst du wohl oder übel deine Preise senken müssen. Das Leben ist hart. Und jetzt hör auf zu jammern und lass mich meine Arbeit machen.«

Der erboste Händler wandte sich ab, schlich mit hängendem Haupt davon und brummte etwas in seinen Bart. Der Marktaufseher schüttelte verärgert den Kopf und schaute mit gerunzelter Stirn zu Calvyn, der ihn unbeeindruckt von seiner barschen Art freundlich anlächelte.

»Sag mir nicht, du hast eine Beschwerde, Grinsebub«, grollte der Vorsteher.

»Aber nein, Herr. Ich möchte nur die Gebühr zahlen, bevor ich meinen Stand aufbaue«, erwiderte Calvyn höflich.

»Also gut.«

Der Beamte trat hinter seinen Tisch und blätterte durch einen Stapel Pergamente zu seiner Rechten. Am anderen Ende des Pultes stand eine brennende Kerze, durch ein oben offenes Glasgefäß vor Wind geschützt. Der Mann zog ein Blatt heraus, setzte sich auf seinen Holzstuhl und sah Calvyn herausfordernd an.

»Name?«

»Calvyn.«

»Wie lange willst du Markt treiben?«

»Nur heute«, antwortete Calvyn und linste auf das Papier, um einen Blick auf die anderen Fragen zu erhaschen. Aber der Bogen sah recht schlicht aus und ähnelte eher einem Rezept als einer ernst zu nehmenden Befragung.

»Die Gebühr für einen Tag beträgt vierzehn Kupferpfennige«, sagte der stämmige Mann, hob den Kopf und hielt die Hand auf.

»Herr, wenn der Preis für einen Tag vierzehn Pfennige beträgt, dann wird er doch jetzt, nach Mittag, sicher nur noch sieben betragen.«

»Die Tageszeit spielt keine Rolle. Es bleibt bei vierzehn Kupferpfennigen.«

»Verehrter Herr, ich sehe ein, dass Ihr ein viel beschäftigter Mann seid, und ich möchte Euch nicht unnötig aufhalten, aber ich bin nur ein armer Kramhändler und vierzehn Kupferpfennige sind mehr, als ich an einem Nachmittag einnehmen kann. Ich möchte gewiss nicht Eure Zeit vergeuden, aber wenn Ihr die Gebühr nicht auf mindestens acht Kupferpfennige senken könnt, muss ich weiterziehen, und ich nehme doch stark an, Euer Baron schätzt eine kleine Einnahme mehr als gar keine.«

Der Marktaufseher musterte Calvyn in seinen schäbigen Kleidern von oben bis unten. Der Junge behielt die unschuldige Miene auch bei, als ihm der Mann tief in die Augen sah. Calvyn hielt die Luft an und das gegenseitige Anstarren dehnte sich unangenehm aus. Plötzlich griff der Aufseher nach seiner Feder und unterschrieb das Pergament, ohne ein weiteres Wort zu verlieren. Anschließend nahm er ein Wachsstück zur Hand und hielt es kurz über die Kerze. Das weiche Ende des Wachstücks wurde zuunterst auf das Formular gedrückt, und der dicke Ring an seiner rechten Hand diente dazu, die Insignien seines Herren einzuprägen.

»Das sind dann acht Kupferpfennige bitte«, sagte der Marktaufseher und blickte mit einem rätselhaften Lächeln zu Calvyn auf.

»Natürlich, Herr«, erwiderte Calvyn und blieb ganz ernst, während er das Geld abzählte. »Ich bedanke mich für Eure Geduld und Euer Verständnis.«

»Genug der Unverschämtheiten, junger Mann«, grollte der Marktaufseher mit gespielter Wut. Er hielt ihm das Stück Pergament hin, als wollte er es im nächsten Moment zerreißen. »Nimm das und geh, bevor ich meine Meinung ändere und dich als Unruhestifter aus der Stadt treiben lasse.«

Das brauchte er Calvyn nicht zweimal zu sagen. Er nahm die Bescheinigung entgegen, die ihm den Verkauf seiner Waren erlaubte, lief mit einem kurzen, dankenden Winken davon und verschwand in der Menge.

Kurze Zeit später – der Stand war aufgebaut und die Waren zu seiner Zufriedenheit ausgestellt – begann Calvyn mit dem Verkauf. Er rechnete nicht damit, dass Perdimonn bald zurückkommen würde, und hatte sich deshalb das Ziel gesetzt, möglichst viel zu verkaufen, bevor der alte Mann auftauchte. Und tatsächlich fragte er sich angesichts des prächtig anlaufenden Geschäfts, ob überhaupt noch etwas übrig sein würde, wenn Perdimonn eintraf. Es wurde eifrig gehandelt, und da den Stadtleuten das Geld lockerer saß als vielen Dörflern, mit denen er normalerweise zu tun hatte, konnte er zusehen, wie die Waren schwanden und sein Gewinn wuchs.

In einer der kurzen Pausen trat ein Fremder an seinen Stand, der offenbar nicht aus der Stadt stammte, denn seine Haut war dunkel und sein schulterlanges Haar pechschwarz. Der Mann war groß und schlank und trug edle Kleidung, deren kunstvolle Stickereien und Paspelierung die Hand eines wahren Meisters der Schneiderzunft verrieten. Auch seine wadenlangen weichen Lederstiefel waren offensichtlich nicht billig gewesen. Seine makellos geschneiderte Tunika umfloss ein weiter schwarzer Umhang, der mit einer tiefschwarzen Pelzsorte gefüttert war, die Calvyn noch nie zuvor gesehen hatte. Die gesamte Erscheinung triefte vor Geld. Calvyn beobachtete den Fremden, während dieser so tat, als begutachtete er die immer weniger werdende Handelsware. Aber der Blick seiner tief stehenden braunen Augen unter den dicken schwarzen Brauen schien nie auf den Gegenständen zu ruhen, die er in die Hand nahm.

Da sein eigener Warenbestand zur Neige gegangen war, hatte Calvyn ein paar von Perdimonns Tinkturen und Salben aufgestellt, um die Lücken zu füllen. Als der fremde Mann nach einer davon griff, hob er auf einmal den Kopf und starrte Calvyn mit beängstigender Eindringlichkeit an. Kurz darauf verzogen sich seine dünnen Lippen zu einem freundlichen Lächeln, das makellose weiße Zähne sehen ließ.

»Sagt, junger Mann, wie viel kostet dieses Mittel?«

»Normalerweise werden uns dafür drei Kupferpfennige geboten, Herr«, antwortete Calvyn. Ihm war unbehaglich zumute, und er wurde das Gefühl nicht los, dass irgendetwas an diesem Mann nicht stimmte.

»Aber nein!«, rief dieser aus. »Nur drei Kupferpfennige für ein so… heilkräftiges Mittel. Es muss doch einen viel höheren Wert besitzen.«

Calvyn bekam es langsam mit der Angst zu tun. Was, wenn der Mann den Marktaufseher rief und ihn beschuldigte, mit magischen Gegenständen zu handeln? Was, wenn er ein Spitzel war? Und welche Strafe drohte in dieser Stadt für die Anwendung von Magie?

Der Fremde bemerkte, wie aufgeregt er war, und gab ihm mit einer Geste zu verstehen, er solle sich beruhigen. Er stellte den Tiegel zurück auf den Tisch und betrachtete stattdessen einige der anderen zum Verkauf stehenden Dinge. Als er weitersprach, hatte er die Stimme zu einem Flüstern gesenkt.

»Ich bin sicher, Ihr habt gute Gründe, diese Dinge so unerwartet billig zu verkaufen, aber ich habe kein Interesse an ihnen. Viel eher würde mir daran liegen, alte Bücher zu erwerben, die Ihr womöglich in Eurem Wagen habt – besonders wenn diese Bücher Schriftzeichen wie diese enthalten.«

Der Mann zog ein kleines schwarzes Notizbuch aus der Innentasche seiner Tunika und schlug es auf. Die Seiten waren mit magischen Runenzeichen bedeckt. Calvyn ließ den Blick darüberschweifen und erkannte, dass es sich um einen Schutzzauber handelte. Wogegen der Schutz wirken sollte, konnte er nicht ausmachen, aber die Runen waren auf jeden Fall so angeordnet, dass sie eine Art Abwehr oder Barriere formten.

»Tut mir leid, Herr, aber damit kann ich nicht dienen«, sagte Calvyn und versuchte, einen möglichst unschuldigen und leicht dämlichen Gesichtsausdruck aufzusetzen. »Die einzigen Bücher, die ich zum Verkauf anbiete, sind diese drei hier, und die sind in der Gemeinsprache geschrieben. Ein Buch wie das Eure habe ich noch nie gesehen. Was ist das für eine Sprache? Schreibt man so in Shandar?«

»Nicht ganz«, antwortete der Fremde und musterte Calvyn aufmerksam. Er schien unsicher, was er als Nächstes sagen sollte. Dann steckte er das Notizbuch zurück in seine Tunika und nahm eines der drei Bücher in die Hand, auf die Calvyn gedeutet hatte. Er blätterte durch ein paar Seiten und schüttelte den Kopf. »Nein. Das ist nicht, wonach ich suche, aber wenn Ihr auf irgendetwas stoßt, das so aussieht wie mein Buch, dann, bitte, verkauft es nicht, bevor ich Euch nicht ein Angebot unterbreiten kann. Ich werde Euch ganz bestimmt einen guten Preis dafür zahlen.«

»Und wie finde ich Euch, Herr, wenn mir ein solches Buch in die Hände fallen sollte?«

»Wir sehen uns wieder, junger Freund. Keine Angst. Wir sehen uns wieder.«

»Na, Selkor, hast du etwas Günstiges erstehen können?«

Der dunkle, schmale Fremde wandte sich um und traf auf Perdimonn, dessen Gesicht so kalt und hart war, wie Calvyn es bei dem alten Mann noch nie gesehen hatte.

»Sicherlich, großer Perdimonn« erwiderte Selkor mit einer leichten Verbeugung. »Der Junge verschenkt die Sachen ja fast. Doch ich habe eigentlich keine Verwendung für die angebotenen Dinge, und Euer junger Schüler hier würde doch nicht absichtlich etwas verbergen, was ich womöglich zu kaufen wünschte. Übrigens ist sein Sinn für das geschriebene Wort recht ausgeprägt, aber ich habe noch immer gefunden, dass der eigentliche Beweis in der Praxis erbracht wird. Wie ich sehe, hast du seine akademische Bildung nicht vernachlässigt. Das ist gut. Aber mal ehrlich, Perdimonn, ›Der Friedensvertrag von Kortag‹ – ist das denn das Richtige?«

Selkor war die ganze Zeit über unmerklich vor Perdimonn zurückgewichen. Der alte Mann konzentrierte sich immer noch darauf, den Jüngeren anzustarren, und es war offensichtlich, dass er als Sieger aus diesem Duell der Blicke hervorgehen würde. Als Perdimonn zu einer verächtlichen Entgegnung ausholte, war seine Stimme keinen Deut lauter als sonst.

»Du hast nie einen Sinn für das wahre Lernen besessen, Selkor. Das Einzige, nach dem du verlangt hast, war Wissen, von dem du glaubtest, dass es deine Macht vergrößern würde. Ich finde ganz erstaunlich, dass du es immer noch nicht geschafft hast, dich selbst zu zerstören, aber ich gehe dir gerne zur Hand, falls du dumm genug sein solltest, dich noch länger hier aufzuhalten.«

Perdimonn hob leicht den Arm, und Selkor zuckte merklich zusammen. Die Farbe wich aus seinem Gesicht, als er die todernste Miene des alten Mannes sah.

»Das würdest du nicht wagen!«, keuchte Selkor. Dann riss er sich zusammen und fuhr mit mehr Überzeugung fort: »Nein, das würdest du nicht wagen, und schon gar nicht hier. Deine Drohungen sind nichtig. Es ist verboten. Das weißt du genauso gut wie ich, also spar dir die Mühe. Verschwende dein lächerliches Getue an deinen jungen Schüler hier, wenn du willst, aber deine Zeit läuft ab. Meine Macht nimmt täglich zu. Und du wirst immer schwächer, alter Mann. Wenn es so weit ist, werde ich mir von dir nehmen, wonach ich verlange. Es wird kein Entkommen geben.«

»Du wagst es, mir vorzuschreiben, was ich tun und nicht tun kann? Nun, Selkor, deine Fähigkeiten müssen sich ja deutlich gesteigert haben, wenn du glaubst, mir solche Dinge ins Gesicht sagen zu können – auch wenn es in der Öffentlichkeit geschieht, wo du dich sicher fühlst. Aber vielleicht möchtest du deine Haltung noch einmal überdenken?«

Perdimonns sprach mit scharfer, machtvoller Stimme. Calvyn hatte ihn noch nie so reden hören. Er folgte der unerwarteten Auseinandersetzung wie gebannt. Obgleich er ahnte, dass Perdimonn und Selkor offensichtlich langjährige Kontrahenten waren, konnte er sich eigentlich nicht vorstellen, dass Perdimonn Feinde besaß. Der alte Mann war immer die Freundlichkeit selbst gewesen. Nun entdeckte er eine Seite an dem Magier, die er, hätte er es nicht mit eigenen Augen gesehen, nie für möglich gehalten hätte. Und er war nicht der Einzige, bei dem der Zorn des alten Mannes seine Wirkung nicht verfehlte. Selkors Selbstsicherheit zeigte die ersten Risse, Calvyn glaubte sogar Anzeichen von Angst bei ihm zu entdecken.

»Was willst du schon tun, inmitten von mehreren hundert Zeugen, die den Behörden sofort melden würden, wenn du versuchst, deine … na, sagen wir mal exotischen Tricks einzusetzen.« Und höhnisch fuhr Selkor fort: »Der Kerker würde dir gut zu Gesicht stehen, alter Mann. Die Einsamkeit und dürftige Nahrung würden dir dabei helfen, über den Tod nachzudenken.«

»Ach, Selkor. Mach dir nur keine Sorgen wegen der Leute. Was sie nicht sehen, tut ihnen auch nicht weh«, entgegnete Perdimonn lächelnd.

Der alte Mann fuhr mit der Hand durch die Luft und plötzlich erstarrte jede Bewegung auf dem Platz. Die abrupt einkehrende vollkommene Ruhe war beinahe ohrenbetäubend. Jedes Ding und jeder Mensch außer Perdimonn, Selkor und Calvyn standen auf einmal still, wie versteinert. Die Vögel hingen regungslos in der Luft und spotteten allen Regeln der Erdanziehung. Die Wolken thronten unbewegt über allem und der Wind hielt mitten im Stoß inne. Die vielen Menschen auf dem Marktplatz hatten sich in erstaunlich detailreiche Statuen verwandelt, ein gefrorenes Abbild des Lebens mitten auf dem Marktplatz.

»Was hast du getan?«, schrie Selkor in panischer Angst.

»Ich habe uns lediglich ein wenig Zeit verschafft, damit wir unsere Unterhaltung ungestört zu Ende führen können«, erwiderte Perdimonn lächelnd. »Eine Ewigkeit, um genau zu sein. Die Zeit scheint aus irgendeinem Grund stehen geblieben zu sein. Du liebe Güte, Selkor, geht es dir gut? Du wirkst etwas verstört. Solltest du etwa bereuen, was du eben von dir gegeben hast? Es kann einem auf den Magen schlagen, wenn man Worte zurücknehmen muss. Vielleicht solltest du in Zukunft versuchen, freundlichere

Dinge zu sagen, damit sie nicht so scheußlich schmecken, wenn du gezwungen wirst, sie zu schlucken.«

»Das ist... unmöglich!«, stammelte Selkor wild um sich blickend. »Niemand hat die Macht, die Zeit anzuhalten.«

»Ich glaube, du musst noch einmal über gewisse Dinge nachdenken, Selkor. Möchtest du es hier tun, unter meiner freundlichen Anleitung? Wir können aber auch zurück ins Leben treten, dann machst du dich davon und denkst allein über die Bedeutung dieser kleinen Lehrstunde nach. Unter der Bedingung natürlich, dass du woanders nachgrübelst und mich nicht länger durch deine Anwesenheit störst. Du hast die Wahl, Selkor.«

Calvyn, der nicht minder bestürzt über die Ereignisse war als der unglückliche Selkor, beobachtete die widersprüchlichen Gefühle im Gesicht des Fremden. Wut, Fassungslosigkeit und Angst drängten sich abwechselnd nach vorn. Selkor kämpfte verzweifelt gegen seine Zwangslage an. Schließlich hob er verärgert die Faust – mit der Absicht, seiner Wut an dem neben ihm stehenden Tisch Luft zu machen.

»Nein!«, rief Perdimonn und stoppte Selkor mitten im Ausholen. »Sei nicht dumm. Selkor. Selbst mit deiner beschränkten Geisteskraft solltest du doch begreifen, welche Auswirkungen es hat, wenn man in diesem Zeitzustand die Abfolge der Ereignisse durcheinanderbringt. Wenn du irgendetwas zerstörst oder wesentlich veränderst, kann ich womöglich die Zeit nie wieder in Gang bringen. Willst du das? Möchtest du in alle Ewigkeit mit mir hierbleiben?«

Die Frage schallte wie ein Echo über den Platz und ihre Tragweite wurde dadurch umso deutlicher.

»Nein, Perdimonn. Das wäre die schlimmste Vision der Hölle, die ich mir vorstellen kann«, antwortete Selkor und ließ den Kopf hängen. »Du hast gewonnen. Ich werde verschwinden – zumindest für heute. Aber wir werden uns wiedersehen, alter Mann. Ich kann genauso wenig gegen mein Schicksal angehen wie du gegen das deine.«

Selkors dunkle Augen glühten unter den schwarzen Bögen seiner Brauen und seine Lippen waren in unterdrückter Wut zu einer harten Linie zusammengepresst. Calvyn konnte sich nur schwer vorstellen, wie dieser innerlich tobende Mensch ruhig abziehen sollte, und wollte schon seine Zweifel bekunden, als Perdimonn, der Selkor ebenfalls eingehend musterte, einen Entschluss fasste.

»Na schön, Selkor. Glaub mir, ich nehme dein Versprechen beim Wort. Und nun stell dich lieber wieder dorthin, wo du warst, als ich die Zeit angehalten habe. Du möchtest doch nicht beschuldigt werden, ein Magier zu sein, weil du blitzschnell verschwunden und an anderer Stelle wieder aufgetaucht bist, oder?«, fragte Perdimonn spöttisch.

»Haha, Perdimonn. Sehr lustig«, brummte Selkor.

»Wie war das?«

»Nichts, nichts. Ich bin dann so weit, alter Mann.«

»Bist du bereit, Calvyn?«

»Alles klar.«

Der alte Magier wiederholte die ausholende Geste von vorher, und der Platz trat zurück ins Leben. Der Markt fuhr mit dem geschäftigen Treiben fort, und die Leute ahnten nichts von den Ereignissen, die sich gerade in ihrer Mitte abgespielt hatten. Calvyn und Selkor blickten erschrocken auf die plötzliche Rückkehr der Zeit.

»Bis dahin, Selkor. Danke, dass Ihr uns aufgesucht habt. Es war uns eine Freude, mit Euch zu handeln«, sprach Perdimonn mit etwas lauterer Stimme als gewöhnlich. »Schade, dass Ihr schon weitermüsst, aber ich glaube bestimmt, wir werden Euch demnächst wiedersehen.«

»Ganz sicher«, entgegnete Selkor mit einem gezwungenen Lächeln.

»Und vergesst nicht: Die Zeit wird nicht immer auf Eurer Seite sein«, fügte Perdimonn spitz hinzu.

Der edel gekleidete Fremde wirbelte herum, bahnte sich einen Weg durch die Leute, ohne auf ihre wütenden Proteste zu achten, und stürmte davon.

4

Calvyn und Perdimonn sahen zu, wie die Leute in Wellen vor Selkor zurückwichen, als er sich durch die Menge drängelte und vom Marktplatz verschwand. Böse Blicke, ein wütend geraunte »Verdammte Ausländer!« und weitere Beschimpfungen schwappten in seinem Kielwasser hoch. Perdimonn sah zu Calvyn, der den dramatischen Rückzug des rätselhaften Fremden wie gebannt verfolgte.

»Von jetzt an verlangst du nur noch Geld, Calvyn. Wir brauchen genug Kapital, um zwei einigermaßen schnelle Pferde zu kaufen. Sachte ist ein wunderbares Zugtier, aber jetzt, da wir in Eile sind, leistet sie uns keine guten Dienste.«

»Ich habe den ganzen Nachmittag über nur Geld angenommen, Perdimonn. Mein Warenvorrat ist dahingeschmolzen wie nie, und ich wollte schon vorübergehend den Stand zumachen und ein paar Dinge einkaufen, damit ich auf dem nächsten Markt noch etwas anzubieten habe. Außerdem habe ich recht viele Eurer Tränke und Salben verkauft. Wir können also ohne Schwierigkeiten sofort aufbrechen.«

»Ausgezeichnet. Sieh zu, dass du den Rest der Waren sofort loswirst. Falls nötig, kannst du sie auch an einen der Händler verkaufen. Ich weiß, dass du auf diese Weise nicht den vollen Preis bekommst, aber wir haben keine Zeit zum Handeltreiben. Wir verlassen diesen Ort, so schnell wir können, und ich möchte auf keinen Fall eine Wagenladung unnötigen Zeugs hinter mir her ziehen. Befindet sich noch irgendetwas in der Kutsche, das du unbedingt behalten möchtest?«

»Nur meine Angel und meine Flöte«, antwortete Calvyn und zählte die einzigen persönlichen Besitztümer aus seiner Kindheit auf.

»Die Flöte kann natürlich mit, aber die Angel musst du leider hierlassen, Calvyn. Auf einem Pferd ist sie nur hinderlich und dann kommen wir nicht schnell genug voran. Tut mir leid.«

»Wenn es sein muss, dann verkaufe ich sie eben auch«, meinte Calvyn traurig. »Ich nehme an, Ihr erklärt mir später, warum wir so überstürzt abreisen?«

Perdimonn nickte, und mit einem leichten Achselzucken und einem entschuldigenden Lächeln lief er zum Wagen, um ihn möglichst rasch abzustoßen. Calvyn sah ihm nach und schaute dann kurz in die Richtung, in die Selkor verschwunden war. Aber er hatte keine Zeit, über die Ereignisse von eben nachzusinnen, denn vor seinem Stand hatten sich bereits eine Reihe Kunden aufgebaut. Er zwang sich zu einem Lächeln, empfing die Leute so herzlich wie er konnte, und fand schließlich zurück in seine Rolle als plappernder Händler.

Am späten Abend, als die beiden ihr Lager in einem Wald einige Meilen nördlich der Marktstadt eingerichtet hatten, legte Calvyn einen großen Stapel Brennholz griffbereit neben ihr kleines Feuer und nahm mit einem erleichterten Seufzer Platz, da er sich endlich ausruhen konnte. Es war ein hektischer Nachmittag gewesen, und bis zum Abend hatten die beiden Reisenden nicht nur nahezu alles verkauft, was sie besaßen, sondern zudem zwei gute Pferde und eine leichte Lagerplatzausrüstung erworben, wie sie auch die königliche Kavallerie verwendete. Trotz seiner anfänglichen Einwände, Sachte sei zu langsam, hatte Perdimonn es nicht übers Herz gebracht, sie zu verkaufen. Also hatten die beiden sie mit leichten Packtaschen versehen, in die sie Proviant für eine Woche luden. Kurz nach Einbruch der Nacht waren sie dann mit Sachte im Schlepptau aus der Stadt geritten.

Es war lange her, dass Calvyn auf einem Pferd gesessen hatte, und obwohl sie weder besonders schnell noch sehr weit geritten waren, tat ihm alles weh. Das Traben würde noch viel Übung verlangen, bis seine Gliedmaßen sich wieder daran gewöhnt hatten. Erst kurz vor dem Aufsitzen war Perdimonn eingefallen, seinen Schüler zu fragen, ob er je geritten sei. Calvyn war versucht, so zu tun, als habe er nie im Leben auf einem Pferd gesessen, entschied aber angesichts des panischen Untertons in der Stimme seines Meisters, dass solche Witze zu diesem Zeitpunkt nicht angebracht waren. Also nickte er Perdimonn nur belustigt zu, schwang sich in den Sattel und ritt im sanften Schritt aus dem Stall. Die beiden waren anderthalb Stunden nordwärts entlang der Straße unterwegs gewesen, bis Perdimonn meinte, sie sollten anhalten und das Lager für die Nacht aufschlagen.

Als er nun am flackernden Feuer saß und sich den steifen Rücken und die Beine rieb, begann Calvyn, über die erstaunlichen Ereignisse des Tages nachzudenken. Er schaute herüber zu Perdimonn, der tief in Gedanken auf die munter tanzenden Flammen starrte, und kam zu dem Entschluss, dass es nun an der Zeit für eine Erklärung sei.

»Ich bin sicher, es gibt gute Gründe für die Änderung unserer Reisegeschwindigkeit, Perdimonn, aber ich begreife nicht, was Euch heute Nachmittag zu unserer überstürzten Abreise getrieben hat. In den vergangenen zwei Jahren habe ich Euch nie ein unfreundliches Wort sprechen hören. Plötzlich erschreckt Ihr diesen Selkor mit dem erstaunlichsten magischen Kunststück, das ich je erlebt habe, und dann rennt ihr fort wie ein aufgeschreckter Hase! Entschuldigt, falls ich irgendetwas übersehen habe, aber ich verstehe nicht, wovor Ihr Angst haben könntet.«

»Wenn du die Angelegenheit logisch betrachtest, Calvyn, wird es dir sicher noch klar. Aber du hast recht, ich sollte mein Handeln erklären. Nachdem du mir vertraut hast, ist es schließlich nur recht und billig, wenn auch ich dir mein volles Vertrauen schenke«, antwortete Perdimonn und sah über das Feuer hinweg in Calvyns Augen.

»Lass dich von Selkors Rückzug nicht täuschen. Ich habe ihn lediglich mit einem Trick überrascht, den er weder erwartet noch begriffen hat. Das lässt ihn vorsichtig werden, aber es lässt ihn nicht aufgeben.«

Perdimonn lachte laut auf, was Calvyn nur noch mehr verwirrte.

»Was gibt es da zu lachen, wenn er hinter uns her ist?«, fragte Calvyn schließlich, weil er aus der Sache immer noch nicht schlau wurde.

»Selkor braucht bestimmt eine Woche, bis er herausfindet, welchen Trick ich da hervorgeholt habe, und dann braucht er noch eine Woche, um sich von dem Wutanfall zu erholen, den er bekommen wird, sobald er begreift, dass er reingelegt wurde.«

»Reingelegt?«

»Denk mal kurz nach, Calvyn. Wie würdest du Zeit beschreiben?«

»Nun ja, es ist ein Maß dafür, wie lange es dauert, dass Dinge geschehen, glaube ich«, antwortete Calvyn nachdenklich.

»Ja, ein Maß oder ein Wert. Das ist eine recht gute Beschreibung, um zu verdeutlichen, was ich getan habe. Ich will dir noch eine Frage stellen. Wenn Zeit das Mittel ist, mit dem wir messen, wie schnell Dinge geschehen, und ich es durch irgendein Wunder geschafft habe, die Zeit am Fortschreiten zu hindern, wie wurde dann meine Unterhaltung mit Selkor gemessen, wenn doch die Zeit stillstand?«

»Ich weiß nicht, ob ich Eure Frage richtig verstanden habe, Perdimonn. Aber die Art, wie Ihr sie gestellt hat, lässt mich vermuten, dass Ihr die Zeit gar nicht angehalten habt, und deshalb … nein. Ich gebe mich geschlagen. Ich bin zu müde für solche Rätsel.«

»Du enttäuschst mich, Calvyn. Aber du warst auf der richtigen Spur. Mir ist nichts bekannt, was den Lauf der Zeit anhalten könnte, und wenn Selkor erst einmal darüber nachdenkt, wird er zu demselben Schluss gelangen. Ich habe lediglich für uns drei die Maßeinheit der Zeit verändert. Ich habe die Zeit tausendmal schneller laufen lassen als gewöhnlich, und so hatte es den Anschein, als würde alles rings um uns stehen bleiben. Wenn du einige Dinge eingehender betrachtet hättest, wäre dir aufgefallen, dass sie sich unendlich langsam bewegten. Du wirst vielleicht bemerkt haben, dass ich uns nicht sehr lange in diesem Zustand halten konnte. Wenn man längere Zeit in dieser rasanten Geschwindigkeit verbringt, kann das fatale Folgen haben. Das Experiment war höchst gefährlich und hätte beinahe mit einem Unglück geendet.«

»Gefährlich? Warum? Was sollte schon hervorspringen und nach uns schnappen, während wir uns in dieser Geschwindigkeit bewegten?«, fragte Calvyn und warf noch ein paar Holzstücke auf das Feuer.

»Nein. Die Gefahr lag eher darin, dass ihr nach etwas oder jemandem greift«, erwiderte Perdimonn. »Stell dir vor, was geschehen wäre, wenn ich zugelassen hätte, dass Selkor mit der Hand auf den Tisch schlägt. Die Zeit schritt im gewohnten Tempo voran, aber wir bewegten uns tausendmal schneller als sonst. Der Tisch wäre unendlich langsam in zahllose Stücke zersprungen, aber was mit Selkors Hand passiert wäre, mag ich mir gar nicht vorstellen. Er macht schon so genug Ärger, da möchte ich ihm nicht noch Anlass für einen persönlichen Rachefeldzug geben.«

»Das wundert mich eigentlich am meisten«, sagte Calvyn und musterte den alten Mann eindringlich, bevor er mit seinem Gedankengang fortfuhr: »Warum habt Ihr Angst vor ihm und was will er von Euch? Gibt es etwas in Eurer Vergangenheit, von dem ich wissen sollte? Seid Ihr etwa ein abtrünniger Magier?«

»Nein. Ich besitze etwas, das Selkor liebend gern in die Hände bekommen würde – den Schlüssel zu einer Quelle der Macht. Selkor sehnt sich schon lange danach, Zugang zu einer solchen Quelle zu haben, aber er will diese Macht nicht zum Wohlergehen der Menschen in Thrandor oder Shandar einsetzen. Ganz und gar nicht. Seine gesamte Existenz zielt nur darauf ab, mehr und mehr magische Kraft für sich und seine Absichten zu sammeln. Welche Absichten das sind, weiß nur er selbst. Aber eines ist sicher: Kein Begehren, das sich auf so eigennützige Art äußert, kann zu etwas Gutem führen. Obwohl er an sich nicht böse ist und sich vielleicht sogar für einen reinen Menschen hält und seine Sache als gerecht betrachtet, befürchte ich doch, dass großes Unheil entstehen könnte, wenn er mit seiner Suche Erfolg hat.«

Calvyn saß still da und versuchte, Ordnung in die Ereignisse des Tages zu bringen. Er ahnte die Wahrheit in Perdimonns Worten, aber er hätte gerne auch die andere Version der Geschichte gehört. Da waren noch zu viele Dinge, die keinen Sinn ergaben. Besonders eine Sache stellte sich ihm als besonders seltsam dar. Sie widersprach allem, was er bisher über Magie und Zaubersprüche gelernt hatte. Er sah wieder zu Perdimonn und merkte, dass ihn der alte Mann erwartungsvoll anblickte.

»Wie konntet Ihr uns in eine andere Zeiteinheit bringen, ohne einen Zauber zu sprechen, Perdimonn?«, fragte der Junge schließlich und suchte im Gesicht des Magiers nach einer Reaktion.

Perdimonn lächelte nur und antwortete: »Ich habe mich schon gefragt, wann du darauf kommen würdest. Es hat länger gedauert, als ich erwartet habe.«

»Ich musste erst über einige andere Fragen nachdenken, die mir dringender erschienen«, sagte Calvyn und erwiderte das Lächeln, mit dem Perdimonn die Menschen so leicht anstecken konnte.

»Bei Zaubersprüchen, die einem nicht geläufig sind, oder bei besonders schwierigen Sprüchen und überhaupt bei allen Sprüchen, die man gerade erst erlernt, ist es viel leichter, wenn man die Runen laut ausspricht. Die gedankliche Ausrichtung auf den Klang festigt das Bild der Runen und befördert die Wirkung des Zauberspruchs. Das Entscheidende ist, dass man vor sich sieht, wie die Runen die Magie wirken. Das Sprechen der Runen kann auch in Gedanken geschehen, aber hab keine Eile, das selbst ausprobieren zu wollen, denn es verlangt viel Übung und eine starke Konzentration, die du noch erlangen musst.«

Perdimonn hielt kurz inne, damit sich seine Worte setzen konnten.

»Ich übe diesen Zauberspruch seit mehreren Jahren«, fuhr er fort. »Für den Fall, dass Selkor mich eines Tages einholt. Die Mühe hat sich offensichtlich gelohnt, aber ansonsten habe ich wenig in der Hand, um diesen hartnäckigen Hund aus Shandar in die Schranken zu weisen. Er wird sich hüten, uns zu verfolgen, bis ihm aufgeht, was ich getan habe, und dieser Vorsprung muss genügen, damit wir ihm entkommen. Wenn nicht, kann ich ihn vielleicht nicht davon abhalten, sich zu holen, wonach er sucht. Selkor ist ein machtvoller Magier und ein tödlicher Widersacher für jeden, der ihn zum Feind hat.«

»Und was ist mit dieser Quelle der Macht, die Ihr besitzt? Wenn sie so groß ist, wie Ihr andeutet, wieso könnt Ihr sie dann nicht gegen ihn einsetzen?«

»Die Macht, zu der ich Zugang habe, kann tatsächlich als groß bezeichnet werden, aber nicht in dem Sinn, den du oder gar Selkor vermutet. Das will er aber nicht wahrhaben. Die Macht kann nicht für Tod und Zerstörung eingesetzt werden. Wer das versucht, verunreinigt die Quelle und lässt sie womöglich für immer versiegen. Es gibt mehrere Quellen der Macht in diesem Land, Calvyn, und ursprünglich wurden Hüter eingesetzt, um ihre Schlüssel zu bewachen. Diese Hüter wurden aufgrund ihrer Achtung für das Leben und ihrer Abscheu vor Gewalt ausgewählt, und ich kann Selkor genauso wenig verletzen wie ich jede andere lebende Kreatur verletzen könnte. Wenn ich ihn irgendwie zu fassen bekommen kann, ohne ihn körperlich anzugreifen, nutze ich meine Chance. Genau das wollte ich Selkor klarmachen, als ich ihn denken ließ, ich könnte ihn ewig in einem Augenblick gefangen halten. Er war so selbstsicher, weil er glaubte, ich würde niemals jenes Magiergesetz brechen, das ein öffentliches Kräftemessen verbietet. Und dann war er vollkommen unvorbereitet, als ich die Leute einfach aus unserem Treffen ausgeblendet habe. Aber genug des Eigenlobs. Wir sollten ein wenig schlafen. Wir haben morgen einen langen Weg vor uns, und ich weiß nicht genau, wohin wir reiten sollen.«

»Gibt es noch mehr Magiergesetze, die ich kennen sollte? Das mit dem öffentlichen Wettkampf habt Ihr noch nie erwähnt«, beschwerte sich Calvyn verärgert, weil man ihm Dinge vorenthielt.

»Oh ja, eine Menge! Aber mal ehrlich, Calvyn, nur mit einem Licht-Zauberspruch bewaffnet, wirst du doch nicht ernsthaft vorhaben, einen anderen Magier öffentlich herauszufordern?«

»Nein, eher nicht«, brummte Calvyn, »aber es wäre nett gewesen, Bescheid zu wissen.«

»Überlass lieber mir die Entscheidung, was du wann wissen musst, Calvyn. Glaub mir, es gibt viele Dinge, für die du noch nicht bereit bist. Wenn es so weit ist, wirst du auf die eine oder andere Art alles Notwendige erfahren. Und jetzt schlaf lieber. Das waren genug Fragen für heute.«

Perdimonn stand auf, streckte sich und ging gähnend zu seiner behelfsmäßigen Unterkunft hinüber. Calvyn sah ihm nachdenklich zu, wie er in das Zelt kroch, und fragte sich, wie viele Gesichter der freundliche alte Magier noch haben mochte, von denen er nichts wusste. Hüter einer großen Macht? Welcher Macht? Und wer hatte ihn eingesetzt? Wie war er ausgewählt worden? Die Fragen bestürmten seinen Geist wie Wellen, die in einem endlosen tosenden Kreislauf an den Strand schlagen ohne eine Auflösung in Sicht. Er rieb sich ein letztes Mal die schmerzenden Schenkel und begab sich schließlich auch unter seine Decke in die willkommene Umarmung des Schlafes. Dann aber wälzte er sich noch lange in der Brandung seiner Fragen, die in immer wieder neuen Träumen heranschwappten, ohne je einen Sinn zu ergeben.

Während der folgenden zwei Tage trieben die beiden Reisenden ihre Pferde unbarmherzig an. Sie mieden Städte und Dörfer und ritten oft querfeldein, um nicht auf Wanderer zu treffen. Die abendlichen Lehrstunden fielen knapp aus und waren darauf ausgerichtet, die Grundregeln der Magie und einfache Zaubersprüche zu erlernen. Calvyn machte rasch Fortschritte und beherrschte bald Sprüche zum Anzünden eines Feuers und zum Heilen leichter Wunden. Er konnte einfache Illusionen entstehen lassen und verfeinerte seinen Lichtspruch.

Nachdem die beiden weiter nordwärts und anschließend gen Westen geprescht waren, kündigte ein leicht violetter Schimmer am Horizont die ersten Höhenzüge des Vortaff-Gebirges an. Die Landschaft war dünner besiedelt und an den Hängen und Hecken zeigten sich immer mehr Heidekraut und Stechginster.

Obwohl sie sich von den üblichen Handelswegen und den Siedlungen im Tiefland fernhielten, spürte Calvyn, wie Perdimonn zunehmend nervös wurde. Die Vorsichtsmaßnahmen, die sie zum Verwischen ihrer Spuren ergriffen, grenzten an Verfolgungswahn. Perdimonn legte immer mehrere falsche Fährten und setzte seine magischen Kräfte ein, um auch den kleinsten Hinweis auf ihre tatsächliche Reiseroute zu beseitigen. Doch trotz aller Finten und Täuschung war der alte Mann, der doch sonst mit seinem ansteckenden Lachen und breiten Grinsen so fröhlich und heiter gewirkt hatte, nicht mehr er selbst. Der neue Perdimonn versetzte sogar die Pferde in Unruhe, und schließlich sah sich auch Calvyn in immer kürzeren Abständen um, weil er sich vergewissern wollte, dass ihnen wirklich niemand folgte.

Es war beinahe eine Woche seit der Begegnung mit Selkor vergangen, als Calvyn schließlich wagte, Perdimonn auf seine, wie ihm schien, übertriebene Sorge anzusprechen. Sie hatten angehalten, um die Pferde an einer kleinen Quelle zu tränken, und Calvyn hatte einen tiefen Seufzer der Erleichterung ausgestoßen, weil ihm eine kurze Verschnaufpause vergönnt war.

»Perdimonn, Ihr könnt doch nicht ernsthaft glauben, dass Selkor uns folgt. Wie soll er einer Fährte nachgehen, die es gar nicht gibt?«

»Ehrlich gesagt weiß ich auch nicht, wie er das macht, Calvyn. Aber er ist uns auf der Spur und er wird uns bald einholen.«

»Woher wisst Ihr das?«, erwiderte Calvyn skeptisch. »Ihr könnt ihn doch nicht gesehen haben, sonst hätte er uns längst erwischt. Vielleicht hat er die Jagd längst aufgegeben. Was macht Euch so sicher, dass er nicht woanders umherstreift?«

»Calvyn, du hast gerade einmal eine Ahnung von dem bekommen, was Magie vermag. Wenn du deine Kenntnisse über Zaubersprüche erweitert hast, wirst du erkennen, dass man die magischen Runen endlos kombinieren kann, und so sind auch die Möglichkeiten unbegrenzt. Es gibt nur eine echte Einschränkung: deine Kraftquelle. Für die Art von alltäglichen Zaubersprüchen, die du im Moment praktizierst, beziehst du deine Energie aus allem, was dich umgibt. Den Vögeln, Bäumen, dem Sonnenlicht, fließendem Wasser und Wind. Alles trägt im umfassenden Sinne zu der Wirkung bei, die du durch deine Magie formst. Du wirst sicher bald eigene Zaubersprüche ersinnen, von denen ich nicht einmal träumen kann. Denn dein Geist arbeitet anders als meiner und wird die Runen auf eine Weise zusammenstellen, die allein deinem Bewusstsein entspringt. Du fragst mich, warum ich weiß, dass wir verfolgt werden – schau einmal in den Teich hier, Calvyn, und du wirst es verstehen.«

Calvyn sah in das seichte und klare Wasser. Die Oberfläche war glatt wie ein Spiegel. Die Sonne stand hinter ihnen und so gab es kaum Reflexionen und man konnte die Wasserpflanzen und Steine am Grund gut erkennen. Perdimonn begann, einen Zauberspruch zu murmeln, und im selben Augenblick überzog sich die Wasseroberfläche mit einer milchigen Schicht, bis der Teich vollkommen bedeckt war. Plötzlich kristallisierte sich ein bewegtes Bild heraus, und Calvyn fuhr erschrocken zurück wie eine Katze, die zum ersten Mal ihr Ebenbild im Spiegel sieht. Das Szene stand so deutlich vor ihm, dass Calvyn das Gefühl hatte, er könne einfach in die Vision eintreten und wäre dann vor Ort.

Das Bild zeigte Selkor auf einem großen schwarzen Pferd. Sein langer schwarzer Mantel flatterte im Wind, und er ritt einen Pfad hinauf, an den Calvyn sich gut erinnerte: Genau diesen Weg hatten sie tags zuvor genommen. Der Magier hatte sein schwarzes Haar zusammengebunden und man sah sein ernstes und entschlossenes Gesicht. Seine dichten schwarzen Augenbrauen waren missmutig zusammengezogen und er starrte angestrengt auf den Weg vor ihm. Wonach er suchte, blieb Calvyn verborgen, aber es wurde nur allzu deutlich, dass Selkor ihnen dicht auf den Fersen war.

Calvyn betrachtete die Szene gebannt, als Selkors Augen sich auf einmal vor Überraschung weiteten, dann zu Schlitzen verengten und er sein Pferd abrupt stoppte. Er saß aufrecht im Sattel und schien seinen bedrohlichen Blick direkt auf Calvyn zu richten. Langsam hob der Magier den rechten Arm und zeigte mit ausgestrecktem Finger auf den entsetzten Jungen. Seine Lippen bewegten sich. Er setzte zu einem Zauberspruch an.

Mit einem magischen Spruch, den er beinahe herausschrie, ließ Perdimonn das Bild verschwinden. Als die hypnotische Anziehung der Vision plötzlich abbrach, stolperte Calvyn einige Schritte zurück und landete mit dem Hosenboden auf dem durchweichten Ufergras.

»Beim Barte Tarmins«, rief Perdimonn aus. »Wie zum Teufel hat er das gemacht?«

Er bückte sich und reichte dem benommenen Calvyn die Hand, um ihm wieder auf die Beine zu helfen. Dann stampfte er verärgert zu den trinkenden Pferden. Sein Schüler blieb noch eine Weile stehen, rieb sich die Augen und schüttelte den Kopf, bis er aufsah und Perdimonn folgte. Der alte Magier tätschelte Sachte und murmelte etwas vor sich hin.

»Was ist da passiert, Perdimonn?«, fragte Calvyn zögernd.

»Ehrlich gesagt habe ich nicht die leiseste Ahnung. Wie gesagt, er ist ein mächtiger Magier, aber ich weiß nicht, wie er es geschafft hat, uns zu folgen, und ich kann mir nicht erklären, wie er gemerkt hat, dass wir ihn beobachten. Das verheißt nichts Gutes. Wir müssen uns trennen.«

»Trennen?«

»Ja. Er ist hinter mir her, nicht hinter dir. Er wird nicht zögern, dich zu töten, um an mich heranzukommen. Unsere Wege müssen sich trennen. Seine Künste im Aufspüren des Gegners sind beachtlich, und ich nehme doch stark an, dass er mir folgen und dich in Ruhe lassen wird. Aber nimm dich trotzdem in Acht.«

»Ich kann Euch nicht allein lassen, Perdimonn. Es wäre nicht richtig. Ich habe keine Angst. Ich möchte mit Euch gehen.«

»Ich zweifle nicht an deinem Mut, Calvyn, aber ich kann nicht zulassen, dass du bei mir bleibst. Es wird Zeit, dass du deine eigene Bestimmung suchst, denn wenn ich nicht ganz falschliege, folgt deine Zukunft einem ganz anderen Pfad als meine, auch wenn sich unsere Wege ab und zu kreuzen mögen.«

Perdimonns Blick und Stimme hatten sich entfernt, als würde er durch Zeit und Raum Calvyns Zukunft sehen. Die Nackenhaare des Jungen kribbelten, als er die Vorahnung in Perdimonns Worten spürte. Perdimonns Gesichtsausdruck ähnelte der Trance, die Calvyn bei den alten Wahrsagern auf den Märkten in Thrandor beobachtet hatte, nur dass dem hier eine Echtheit anhaftete, die keinerlei Zweifel aufkommen ließ.

»Es gibt leider keine andere Möglichkeit, als dass wir uns trennen«, sagte Perdimonn, und sein Blick richtete sich wieder auf den erschütterten Jungen. »Ich muss Selkor allein gegenübertreten. Du kannst nichts daran ändern, Calvyn. Es tut mir leid. Glaub mir, ich habe nie beabsichtigt, dich auf diese Weise allein zu lassen, aber ich habe keine andere Wahl.«

»Ich werde vorsichtig sein, Perdimonn. Ich werde schon allein zurechtkommen, dank Euch. Aber wohin werdet Ihr gehen? Und wohin soll ich gehen?«

»Ich denke, ich werde den Klingenpass nehmen. Selkor findet sich in den Bergen nicht gut zurecht und das sollte mir einen Vorsprung verschaffen. Ich schlage vor, dass du mit deinem Pferd und mit Sachte ostwärts zu den Grenzorten reitest. So vermeidest du, auf Selkor zu treffen. Zudem liegt die Stadt Steingrund nur anderthalb Stunden entfernt, dort kannst du deine Vorräte auffüllen. Du kannst alles Geld mitnehmen, denn dort, wo ich hingehe, benötige ich keins.«

»Aber was ist, wenn Ihr auf der anderen Seite des Passes angelangt seid? Dort braucht ihr doch sicher Geld«, beharrte Calvyn, der die Vorstellung nicht ertrug, Perdimonn allein und ohne einen Pfennig zurückzulassen.

»Die Münzen aus Thrandor sind dort wertlos, Calvyn. Hab keine Angst, ich bin in Shandar nicht mittellos. Ich nehme Verpflegung für ein paar Tage und eine Feldflasche mit. Glaub mir: Ich weiß, was ich tue. Es ist besser so, für uns beide. Ich werde womöglich gezwungen sein, drastische Maßnahmen zu ergreifen, damit ich Selkor loswerde, und ich möchte mir nicht zusätzlich Sorgen um deine Sicherheit machen. Komm, lass uns aufsatteln. Der Wettlauf hat begonnen und wir haben keine Zeit zu verlieren.«

Nachdem sie die Pferde ein Stück vom schlammigen Grund an der Quelle weggeführt hatten, leerten die beiden Gefährten die Satteltaschen und packten sie für zwei getrennte Reisen. Calvyn war es mehr als unangenehm, dass er fast alle wichtigen Ausrüstungsgegenstände und sämtliches Geld bekam, aber Perdimonn versicherte, er wolle mit leichtem Gepäck reiten, um schnell voranzukommen. Immerhin konnte Calvyn den alten Mann davon überzeugen, fast die gesamten restlichen Vorräte mitzunehmen, denn der Magier würde wahrscheinlich keine Gelegenheit haben, zu einem Bauernhaus zu reiten und Essen zu kaufen.

Eine halbe Stunde später waren die Pferde bepackt und bereit für die Abreise. Meister und Schüler standen sich gegenüber, um sich zu verabschieden. Calvyn spürte, wie ihm Tränen in die Augen traten, während er versuchte, die passenden Worte für jenen Mann zu finden, der ihm in den vergangenen zwei Jahren so viel gegeben hatte. Es fühlte sich einfach nicht richtig an, ihn in dieser Stunde der Gefahr allein zu lassen, und Calvyn war gar nicht wohl angesichts der Umstände ihrer Trennung.

Der alte Mann stand vor ihm, und auf seinem Gesicht breitete sich das wohlbekannte gewinnende Lächeln aus, als er in die verzweifelten Augen seines jungen Schülers blickte.

»Calvyn«, sagte Perdimonn freundlich, aber streng, »es ist nicht dein Kampf. Wenn ich mich nicht vollkommen irre, wirst du in den kommenden Jahren genug eigene Kämpfe bestehen müssen. Also lass mich diesen alleine bewältigen.«

Den alten Magier erfüllte Stolz, als er Calvyn zum Abschied kurz umarmte.

»Denk daran: Übe weiter fleißig, aber stets im Geheimen«, riet ihm Perdimonn. »Du wirst in allem Kraft für die Wirkung eines Zaubers finden, aber versuche nie, einen Spruch als Waffe einzusetzen, nicht einmal gegen das Böse. Letzten Endes wird dich das nur selbst zum Bösen führen. Und sei vorsichtig, wenn du versuchst, Magie an einen Gegenstand zu binden. Substanzen wie Silber nehmen die magische Kraft auf wie ein Schwamm, aber bei Eisen und Stahl erfordert es viel Macht und Geschick, wenn die Verbindung halten soll. Hier… ich habe noch ein Geschenk für dich.«

Der alte Mann zog ein kleines, in Leder gebundenes Buch aus einer Innentasche seiner Kleidung. Der Einband war erdig braun und mit Gold umrandet. Perdimonn reichte Calvyn das Buch beinahe ehrfurchtsvoll.

»Das ist mein Zauberbuch. Pass gut darauf auf und setze es weise ein. Es enthält fast alle Sprüche, die ich je erlernt habe, aber es wird sie dir nur nach und nach offenbaren, damit du nicht überfordert bist. Ich habe das Buch mit einem Schutzzauber versehen, damit es dir niemand stehlen kann und Wasser und Feuer ihm so leicht nichts anhaben können. Wenn irgendjemand beobachten sollte, wie du darin liest, sieht er nur ein altes, zerlesenes Geschichtenbuch. Aber der Schutz hat seine Grenzen und ein anderer Magier könnte den Zauber durchbrechen und dir das Buch mit Gewalt abnehmen.«

»Ich weiß nicht, was ich sagen soll«, stammelte Calvyn.

»Danke.« Er war vollkommen überwältigt von dem großzügigen Geschenk. Über seine Wangen rann eine Träne. »Seid Ihr sicher, dass Ihr es nicht für die Angelegenheit mit Selkor benötigt?«

»Ganz sicher. In dem Buch steht nichts, was mir von Nutzen sein könnte und ich nicht auswendig beherrschen würde«, vertraute Perdimonn ihm an. »Sei dir bewusst, dass auch du es nicht als Quelle allen Wissens betrachten solltest. Irgendwann wirst du dein eigenes Zauberbuch schreiben, und ich möchte dich ermuntern, eher früher als später damit zu beginnen.«

»Ich werde mein Bestes geben, um Euch nicht zu enttäuschen, Perdimonn.«

»Das weiß ich, Junge. Und jetzt mach dich auf oder dieser verfluchte Selkor nimmt noch an unserem Abschied teil. Pass auf dich auf. Gute Reise.«

»Euch auch. Ich freue mich schon jetzt darauf zu hören, wie Ihr Selkor in den Bergen abgehängt habt.«

»Und ich freue mich darauf, es dir zu erzählen«, erwiderte der alte Magier lachend und fasste mit einer letzten Abschiedsgeste nach Calvyns Hand. Dann wandte sich Perdimonn um, stieg auf sein Pferd und ritt im Galopp davon.

Calvyn verharrte, wo er war, und drückte das wertvolle Buch fest an die Brust. Eine Flut von Empfindungen bestürmte ihn, während er zusah, wie sein Lehrmeister in Richtung der Berge verschwand: Schuldgefühle, Trauer, ein tiefer Verlustschmerz und eine Hilflosigkeit, die er zuletzt beim Tod seiner Eltern gespürt hatte. Er stand da und war hin und her gerissen zwischen seinem Gehorsam Perdimonn gegenüber und dem Verlangen, dem alten Mann irgendwie zu helfen. Leider hatte er nicht die leiseste Ahnung, wie er Selkor von seiner Verfolgungsjagd abbringen könnte. Also schritt er zögernd zu den geduldig wartenden Pferden und schwang sich in den Sattel.

»Also, mein Mädchen«, sagte Calvyn und sah zu Sachte zurück, die mit einer langen Leine an seinem Pferd festgebunden war. »Du bist uns in den vergangenen Tagen wirklich gut gefolgt, und vielleicht freut es dich, wenn ich dir sage, dass wir ab jetzt nicht mehr so stramm reiten. Mal sehen, ob wir deinem alten Herrn Ehre machen können, ja?«

Sachte wieherte und hob den Kopf, als würde sie zustimmend nicken, worauf Calvyn kurz auflachen musste. Mit einem letzten bedauernden Blick auf die Berge wendete er sein Pferd und ritt ostwärts.

5

»Welche Neuigkeiten gibt es von den Manticlaar, Ramiff?«

Der Diener machte eine tiefe Verbeugung vor seinem Herrn und ließ den Blick über das kostbare Inventar des riesigen Pavillons schweifen, weil er dem Obersten Maharl nicht in die Augen schauen wollte.

»Keine guten, Auserwählter«, stammelte Ramiff. Er hielt die Hände verschränkt und immer wieder ballten sich seine schwitzigen nervösen Finger zusammen. »Sie weigern sich, zu uns zu stoßen.«

»Dann müssen sie sterben«, ließ der Oberste Maharl kurzerhand wissen. »Bereite die Krieger vor. Wir reiten heute noch los.«

»Jawohl, Auserwählter«, antwortete Ramiff – erleichtert,

dass die Wut seines Herrn an ihm vorübergezogen war. Er verbeugte sich noch einmal tief und verließ das große Zelt, das dem Obersten Maharl als Unterkunft diente. Ramiff überlegte, wie sein Herr wohl reagiert hätte, wenn ihm die ganze Botschaft des Anführers der Manticlaar zu Ohren gekommen wäre. Beschimpfungen wie »weißhäutiger Ungläubiger« hätten dem Obersten Maharl sicher nicht gefallen, und Ramiff bezweifelte, dass der Auserwählte dem Überbringer dieser Worte einen raschen Tod gewährt hätte.

Demarr hockte mit gekreuzten Beinen auf einem edlen Seidenkissen, das wiederum auf einem erhobenen Podest lag, damit er auch im Sitzen auf seine Diener hinabsehen konnte. Mit versteinerter Miene verfolgte er, wie Ramiff sich zurückzog. »Ein guter Mann«, dachte er, als sein persönlicher Berater durch den Ausgang verschwand. »In früheren Zeiten hätten wir vielleicht sogar Freunde sein können.«

Wenn er so zurückblickte, konnte er kaum glauben, dass er einmal gehofft hatte, er könne Thrandor erobern, indem er seine Anhänger durch Freundschaft und Vertrauen für seine Sache zu gewinnen suchte. Der einzige Weg zur Macht war die Führung mit eiserner Hand: Er musste alle bestrafen, die versagten, und alle töten, die sich ihm widersetzten. In seiner Naivität und Unbedarftheit hatte er einst Anspruch auf den Thron Thrandors erhoben, um die seiner Ansicht nach unrechtmäßige Herrschaft des Königs zu beenden. Jetzt aber sah er klar. Macht war das einzige wahre Ziel – Macht, und zu einem kleineren Teil womöglich auch Rache.

Unvorstellbar, dass er während der ersten sechs Monate seiner Verbannung am nördlichen Rand der Einöde umhergeschlichen war. Er hatte nicht gewagt, sich zu weit vom Terachim-Gebirge zu entfernen, weil er Angst gehabt hatte, sonst kein Wasser zu finden. Er hatte nur wenig zu essen entdecken können, und sein einziger Wunsch war es gewesen, einen Ort mit ausreichend Wasser und Nahrung zu finden, an dem er halbwegs überleben könnte. Aber all das hatte sich schlagartig geändert, als er dem Feuerdrachen begegnet war.

Ab dem Augenblick, da er sich den Talisman um den Hals gehängt hatte, hatte er gewusst, dass sein Weg in die unerforschten Weiten der Einöde führte. Sein Instinkt hatte ihn von einer Wasserquelle zur anderen geführt und er war immer tiefer in unbekanntes Gebiet vorgestoßen. Kleine Lebewesen liefen wie bestellt über den Weg und er musste sie nur schlachten und verzehren. Die gewaltige Hitze bei Tage und die kalten Wüstennächte konnten ihm nichts mehr anhaben. Alle bohrenden Zweifel und Schuldgefühle waren vergessen. Es blieb ein kalter, berechnender und selbstbewusster Panzer, in dessen Innern die Wut gegen jene brannte, die sein Drängen nach Macht vereitelt hatten.

»Nächstes Mal, nächstes Mal, nächstes Mal«, klang es Tag für Tag in Demarrs Ohren, und sein Machthunger und seine Rachedurst wurden immer größer.

»Es ist so weit«, flüsterte Demarr vor sich hin. Seine Augen glühten mit kaltem Glanz. »Das Warten ist vorüber, es kann losgehen.«

Der Oberste Maharl stand auf und strich seine reinweiße Thobe glatt. Während die Terachiten das lange Gewand ohne Gürtel trugen, fand Demarr, der schließlich kein geborener Terachit war, es bequemer, die Thobe an der Hüfte mit einem schmalen Lederband zu schürzen. Um seinen Hals hing ständig der silberne Talisman, den er ausnahmslos über der Kleidung und genau mittig auf der Brust trug. Oftmals, wenn er in Gedanken vertieft war, griffen seine

Finger nach dem Anhänger und rieben leicht über die seltsamen, nicht zu entziffernden Symbole auf beiden Seiten.

Die Macht des Talismans war Demarr erst bei seinem ersten Aufeinandertreffen mit den Terachiten vollständig offenbart worden. Als er eines Morgens auf ihr Lager mitten in der Wüste Terachim zuschritt, schreckte Demarr ihre von der langen Nachtwache erschöpften Wachen auf. Es war noch nie vorgekommen, dass ein Hellhäutiger so weit ab von seiner hoch geschätzten »Zivilisation« überlebt hatte, doch noch unglaublicher schien es, dass er anscheinend gesund und offenbar unbeeindruckt von den Waffen war, die ihm die Wachen sofort entgegenstreckten.

»Bleib, wo du bist, Ungläubiger«, rief ein unglückseliger Wachposten Demarr zu, als dieser den Rand des Lagers erreichte.

»Es ist immer klüger, erst herauszufinden, mit wem man spricht, bevor man ihn beleidigt«, erwiderte Demarr und schritt geradewegs auf den Mann zu.

Der ehemalige Graf war fassungslos über seine eigenen Worte und Taten, aber er schien wenig Kontrolle über sich zu haben. Als würde er ein Schauspiel im Körper eines der Darsteller verfolgen. Er konnte nur zusehen, wie sich das Stück jener Szene näherte, die sich als das blutige Ende der von ihm gespielten Rolle herausstellen würde. Doch die größte Überraschung für Demarr und insbesondere für den glücklosen Wachmann stand noch bevor.

Als Demarr auf die Wache zuschritt, zog der Terachit seinen Krummsäbel, hielt kurz inne und erklärte dann nüchtern: »Zu nah, Hellhaut.«

Demarrs Körper wich nicht zurück, als die Waffe auf ihn zuschoss. Der Talisman jedoch erwachte zum Leben und sprühte blitzähnliche Feuerfunken, die den Wachposten in Flammen aufgehen ließen und ihn von einem Augenblick auf den anderen in ein Häufchen Asche verwandelten. Der Säbel war zu Boden gefallen und die anderen Wachen waren mit offenen Mündern und fassungslosem Entsetzen zurückgetreten. Den Blick auf den Talisman gerichtet, schüttelte einer der Posten leicht den Kopf, als wollte er die Schuppen vor seinen Augen loswerden. Dann wies er auf den immer noch glühenden Talisman und brüllte lauthals:

»Der Auserwählte! Es ist der Auserwählte! Er ist hier! Er ist hier!«

Schnell hatte sich eine Traube von etwa zweihundert Mann gebildet, denn die Terachiten strömten aus allen Ecken des Lagers herbei, um herauszufinden, warum die Wachen so ein Spektakel veranstalteten. Ein aufgeregtes Raunen fuhr durch die rasch anwachsende Menschenmenge. Obgleich die Nachrückenden nach vorn drängten, um besser sehen zu können, hielten die Terachiten mehrere Schritte Abstand von dem Fremden, der das hell strahlende Symbol der Macht und einen ungeheuren Gleichmut angesichts seiner Lager zur Schau trug.

Demarr hob den rechten Arm, um die Menge zum Verstummen zu bringen, und jene, die ihm am nächsten standen, wichen leicht zurück, weil sie offenbar Angst hatten, von dem Feuer niedergestreckt zu werden, das kurz zuvor den Wachmann vernichtet hatte. Ein unbehagliches Schweigen trat ein.

»Wer ist hier der Anführer?«, rief Demarr laut und deutlich.

Ein hochgewachsener Nomade mittleren Alters schob sich durch die vorderen Menschenreihen und trat vor, um sich Demarr zu zeigen.

»Ich bin Marmel, Oberster Maharl der Adrel.«

»Falsche Antwort«, zischte Demarr. »Du«, schrie er und zeigte auf Ramiff. »Töte ihn. Sofort.«

Ohne zu zögern, ergriff Ramiff sein Schwert und stieß es dem Obersten Maharl durch die Brust. Marmel war zu überrascht, um zu reagieren. Er fiel tot zu Boden, ohne noch einen Laut von sich zu geben.

Demarr durchfuhr eine Welle tiefer Zufriedenheit, während er der Hinrichtung zusah. Das hier war Macht und sie fühlte sich gut an. Er nickte Ramiff anerkennend zu und richtete erneut seine Frage an die Versammelten:

»Wer ist hier der Anführer?«

»Der Auserwählte«, rief Ramiff ihm zu. Ein paar aus der Menge stimmten zögerlich ein.

Mit der Innenseite seiner linken Hand hob Demarr den Talisman leicht von der Brust ab und rief zum dritten Mal:

»Wer ist hier der Anführer?«

»Der Auserwählte!«, brüllten die Versammelten im Chor.

»Und wer bin ich?«

»Der Auserwählte! Der Auserwählte!«, skandierten sie, bis er mit einer Armbewegung für Ruhe sorgte.

»Richtig. Ich bin der Auserwählte und ihr seid mein auserwähltes Volk. Gemeinsam werden wir die Völker vor den Adrel erzittern lassen.«

Die Menge toste vor Begeisterung, stampfte mit den Füßen und nahm ihren Sprechgesang wieder auf.

Jener Tag war der Anfang gewesen, aber nun, fast zwei Jahre später, würde der Aufstieg der Adrel erst richtig beginnen, dachte Demarr, als er seine mit Silberstreifen durchzogene schwarze Ghutra auf den Kopf setzte. Bei seiner Ankunft waren die Adrel nur zweihundert Mann stark gewesen. Jetzt, nachdem sie ein halbes Dutzend kleinere Stämme unterworfen hatten, befehligte Demarr eintausend Krieger. Es war an der Zeit, den großen Stämmen zu zeigen, dass er es ernst meinte.

◎ ◎ ◎

»Entschuldigt, Herr, aber kennt Ihr jemanden hier in der Gegend, der Arbeit hat?«

Der Kaufmann musterte Calvyn abschätzig von oben bis unten, bevor er sich dazu herabließ, ihm zu antworten. »Und was sollte das für eine Arbeit sein? Verfügst du über irgendwelche Fähigkeiten, von denen ich wissen sollte, bevor ich dir eine Antwort gebe?«

Calvyn dachte eine Weile darüber nach.

»Nun, Herr, ich habe kein Handwerk erlernt, aber ich habe mit meinem Vater auf einem Hof gearbeitet und in den vergangenen zwei Jahren bin ich als Markthändler durch die Lande gezogen.«

»Deine Kleider sehen ganz so aus, als wärest du vor allem umhergezogen«, spottete der Kaufmann. »Kennst du dich mit Schwert oder Bogen aus?«

»Nein, Herr. Das heißt, ich weiß es nicht. Ich habe weder das eine noch das andere je gebraucht«, antwortete Calvyn wahrheitsgemäß.

»Dann kann ich dich nicht brauchen, und auch niemand sonst aus meiner Gilde«, stellte der Kaufmann trocken fest. »Wir benötigen derzeit dringend Kämpfer, damit wir unsere Wagen vor den plündernden Horden dieser verdammten Shandeser schützen können. Sie stecken überall und richten auf den nördlichen Handelsrouten schlimmen Schaden an. Wenn ich dir einen Rat geben darf, Junge, dann tu dir den Gefallen und geh zum Militär. Für einen ausgebildeten Soldaten gibt es immer Arbeit.«

»Und wo bekomme ich eine solche Ausbildung?«, fragte Calvyn zweifelnd.

»Bei allen Gutsherren. Die haben alle ihr kleines Privatheer«, erklärte der Kaufmann kurz angebunden und wedelte mit der Hand, um Calvyn zu verscheuchen, bevor er sich wieder seinem Kummer und seinen entgangenen Profiten widmete.

Calvyn lief zurück über die Straße zu den angebundenen Pferden. Seit er sich vor drei Tagen von Perdimonn getrennt hatte, machte sich Calvyn viele Gedanken über seine Zukunft. Er hatte es genossen, mit dem alten Mann zwischen den Dörfern und Städten im Herzen Thrandors umherzuziehen, aber sie hatten nirgendwo so lange angehalten, dass er Freunde finden konnte. Die Landstraße war einsam ohne Perdimonns Begleitung, und schon der Gedanke, als fahrender Händler allein unterwegs zu sein, schien wenig verlockend. Im Augenblick ging es ihm finanziell gesehen noch recht gut, aber Calvyn war bewusst, dass das Geld schnell dahinschwinden würde, wenn er nicht bald Arbeit fand, um seinen Lebensunterhalt zu verdienen.

Ein Leben beim Militär erschien Calvyn nicht gerade verlockend. Alles, was er darüber gehört hatte – das schlechte Essen, die langen Wachdienste, der Drill und die Mannschaftsunterkünfte – war dem Jungen, der bisher ein so freies Leben geführt hatte, ein Dorn im Auge. Aber leider war es ihm in jedem Dorf und jeder Stadt ähnlich ergangen: Niemand wollte jemanden einstellen, der nicht ein Handwerk erlernt hatte oder ein ausgebildeter Kämpfer war. Seine Möglichkeiten schienen begrenzt.

Calvyn versuchte, dem Militär doch noch etwas abzugewinnen, und überlegte sich, dass er als Fußsoldat in einem Privatheer zwar nicht zum unbesiegbaren Ritter seiner Kindheitsträume würde, die Ausbildung ihm aber die Grundlage für einen gefragten Beruf verschaffen würde. Zudem war es in dieser Gegend sicherlich nicht von Nachteil, wenn man sich mit einem Schwert oder einer anderen Waffe verteidigen konnte. Vom Hörensagen wusste er, dass die meisten Lords nur zwei Jahre Dienst im Gegenzug für die Ausbildung verlangten. Er wäre also nach dem Dienst in der Armee erst achtzehn oder neunzehn und könnte dann wieder frei herumreisen. Wenn man die Sache so betrachtete, schien es doch gar keine schlechte Idee.

Obwohl er sich nun widerstrebend mit der Notwendigkeit einer militärischen Ausbildung abgefunden hatte, konnte Calvyn es nicht lassen, sich weiter nach anderen Arbeitsmöglichkeiten umzuhören. Gleichzeitig erkundigte er sich von nun an jedoch immer auch nach dem Ansehen der einheimischen Lords. Den Auskünften zufolge waren besonders zwei Adlige hoch angesehen, denn sie waren ehrbare Männer und verfügten über bestens ausgebildete Truppen.

Der erste der beiden, Lord Valdeer, hatte sein Ausbildungslager in der Nähe, nur einen Tagesritt in Richtung Südwesten entfernt. Doch Calvyn entschied, sich bei Baron Keevan vorzustellen, denn dessen Werber waren erst am Vortag abgezogen. Also würden mehrere neue Rekruten mit der Ausbildung beginnen. Es hatte keinen Sinn, das Unvermeidliche zu vertagen, und also ritt Calvyn gen Osten und machte sich auf die Suche nach der Burg des Barons.

Wie sich herausstellte, war es nicht schwer, die weitläufige Anlage zu finden. Calvyn erschien der Ausdruck »Burg« leicht übertrieben für die von einer Mauer umgebenen Gebäude. Vielleicht wurde das Ganze aber auch nur Burg genannt, weil Keevan ein Baron war, entschied Calvyn, als er auf das Tor in der zwölf Fuß hohen Befestigungsmauer zuritt. Der Posten auf dem Wachturm rechts von dem gewaltigen hölzernen Tor befiehl Calvyn, zu halten und sich selbst und sein Begehr vorzustellen.

»Ich bin Calvyn, Sohn Jorans. Ich möchte mich den Truppen von Baron Keevan anschließen.«

»Dann bist du hier richtig.«

Der Wachposten drehte sich um, schaute nach unten und rief, man solle die Tore öffnen. Als er in die Umfriedung trabte, wurde er von einem schlaksigen jungen Soldat mit kurzen Haaren in einem so leuchtenden Rot empfangen, dass man es fast schon als Orange hätte bezeichnen können. Der Gefreite strahlte ihn so freundlich an, dass Calvyns Vorurteile und Bedenken sich in Luft auflösten.

»Kannst du bitte absitzen?«, forderte ihn der junge Mann auf. »Nur der Baron und die Hauptleute dürfen innerhalb der Burg reiten.«

»Sicher«, erwiderte Calvyn und tat wie geheißen.

»Ich bin Jez«, sagte der junge Soldat und hielt ihm die Hand hin.

»Calvyn«, entgegnete Calvyn und lächelte zurück. Sie gaben sich die Hand wie alte Freunde, und Calvyn dachte mit einem heimlichen Grinsen, dass er vielleicht doch nicht nach zwei Jahren gehen würde, wenn hier alle so freundlich waren wie Jez.

»Schön, dich kennenzulernen, Calvyn. Ich führe dich zu unserem Spieß, Feldwebel Dren, sobald wir deine Pferde versorgt haben. Er wird sich freuen, dich zu sehen. Man munkelt, er habe schon die Hoffnung aufgegeben, genug Rekruten zu finden, um noch rechtzeitig mit der Ausbildung zu beginnen«, erzählte der junge Gefreite, während er Calvyn und die Pferde über den offenen Hof führte. Plötzlich spähte der Rotschopf verstohlen in alle Richtungen. »Die sind doch nicht gestohlen, oder?«, fragte er besorgt.

Calvyn erstickte ein Lachen und hustete.

»Nein. Ich versichere dir, Jez, sowohl diese Stute als auch meine alte Freundin Sachte gehören mir. Dieses Pferd hier habe ich vor etwa zehn Tagen in einer Marktstadt im Mistian-Tal gekauft und Sachte hat mir ein guter alter Bekannter überlassen.«

»Puh«, machte Jez und atmete erleichtert auf. »Verzeih, dass ich deine Rechtschaffenheit in Zweifel gezogen habe, aber, wenn ich das mal so sagen darf, du wirkst ein wenig zu jung, um zwei Pferde zu besitzen – es sei denn, du kommst aus einer reichen Familie. Aber wenn ich mir deine Kleider anschaue …«

»Ich weiß, was du meinst«, sagte Calvyn und sah an seiner zerschlissenen Kleidung hinab. »Ich hatte noch überlegt, mir auf dem Weg hierher ein paar neue Kleider zu kaufen, aber dann fiel mir ein, dass ich die kommenden Jahre ja doch meist in Uniform verbringen werde, und wozu dann die Mühe?«

»Ja, das wäre wohl Geldverschwendung gewesen«, sah Jez ein.

Sie kamen zu den Ställen und übergaben die Pferde dem Stallburschen. Calvyn nahm heimlich seine Geldbörse aus einer der Satteltaschen und ließ sie unbemerkt in die Innentasche seines Kittels gleiten. Ganz gleich, wie freundlich diese Leute erschienen, wollte er ihnen doch nicht gleich nach seiner Ankunft sein gesamtes weltliches Hab und Gut anvertrauen.

Sergeant Dren stellte sich als stämmiger Mann mit harten Zügen heraus, dessen Narben auf Armen und Gesicht Bände über seine Kampferfahrung sprachen. Mit dem Mann ist nicht zu scherzen, ahnte Calvyn, als sie vor das Pult des Sergeanten traten.

»Ja?«, fragte Dren, schaute von dem Bericht auf, den er gelesen hatte, und inspizierte die beiden mit einem Blick, bei dem Calvyn sich seines schäbigen Aufzugs nur allzu bewusst wurde. Jetzt fragte er sich, ob er nicht doch besser einen neuen Kittel und neue Beinlinge gekauft hätte.

»Das ist Calvyn, Sergeant. Er will Soldat werden«, erklärte Jez.

»Aha? Will er das? Sehr gut, Gefreiter. Abtreten.«

Calvyn beobachtete aus dem Augenwinkel, wie Jez, der bis dahin vorbildlich stillgestanden hatte, mit einer akkuraten Drehung kehrtmachte und aus dem Raum marschierte. Dann widmete Calvyn seine Aufmerksamkeit erneut Sergeant Dren.

»Also, warum willst du zum Militär, mein Sohn?«, fragte der kräftig gebaute Mann. Sein Gesicht und seine Stimme blieben vollkommen ausdruckslos.

»Es ist ein ehrbarer Beruf, Sir, und gut ausgebildete Kämpfer sind selten ohne Arbeit. Ich bin hergekommen, weil ich gehört habe, dass Ihr die Besten seid.«

Drens Mundwinkel zuckte belustigt.

»Hast du jemals gekämpft?«

»Nein, Sir.«

»Kannst du mit dem Schwert umgehen?«

»Nein, Sir.«

»Mit dem Bogen?«

»Nein, Sir.«

Dren hob die Brauen, und seine Augen verengten sich, als er Calvyn mit neu erwachtem Interesse musterte.

»Und du hast ganz bestimmt keine anderen Gründe, zu uns zu kommen, junger Mann? Ärger mit dem Gesetz? Oder bist du von Zuhause weggelaufen?«

»Nein, Sir. Nichts dergleichen. Meine Familie ist tot. Sie wurden alle von Demarrs Rebellen niedergemetzelt. Ich möchte in der Lage sein, mich zu verteidigen, damit mich nicht ein ähnliches Schicksal ereilt. Nach der Ausbildung will ich die geforderten zwei Jahre dienen und wieder auf Reisen gehen – vielleicht als Begleiter für ein Handelsunternehmen.«

Der Sergeant stieß ein amüsiertes »Ha« hervor und bedachte Calvyns letztes Eingeständnis mit einem anerkennenden Lächeln.

»Wenigstens bist du ehrlich«, brummte Dren, der sich für den Moment mit Calvyns Antworten zufriedenzugeben schien. »Viele junge Kerle und sogar einige der Mädels, die sich hier melden, beteuern bei der Ankunft ihre unerschütterliche Treue gegenüber dem militärischen Leben, haben aber nicht die leiseste Ahnung, worauf sie sich einlassen. Aber sei vorsichtig mit dem, was du hier über Demarr sagst, und sogar über die Hitzköpfe, die ihre Schreckensbande nach ihm benannt haben. Für viele in dieser Gegend ist Demarr ein Held, der nach der Macht gegriffen hat, weil er die Ordnung im Norden wiederherstellen wollte. Falls du also Rachegedanken hegen solltest, dann behalte sie lieber für dich. Wir dulden hier keine Prügeleien. Wir bilden Soldaten aus, keine Straßenbengel. Hast du das verstanden?«

»Ja, Sir«, versicherte Calvyn. Er wollte den Furcht einflößenden Mann keinesfalls verärgern.

Sergeant Dren senkte die Stimme zu einem verschwörerischen Flüstern.

»Falls du wissen willst, was ich denke: Ich glaube, dass Demarr einen furchtbaren Fehler begangen und seine Strafe verdient hat, und mehr als das. Der Baron ist ein treuer Anhänger der Krone, aber für einige seiner Hauptleute möchte ich mich nicht verbürgen.«

»Die Burg genießt in allen Dörfern ringsum hohes Ansehen«, pflichtete ihm Calvyn bei.

»Das bedeutet aber nicht unbedingt das, was du denkst«, deutete Dren rätselhaft an. »Aber gut«, rief er jetzt wieder in seiner üblichen Lautstärke, »ich werde deine Einberufungspapiere aufsetzen. Die nächste Ausbildungseinheit beginnt übermorgen. Bis dahin wirst du andere Aufgaben übernehmen. Sämtliche Wertsachen müssen dem Quartiermeister übergeben werden. Wir versuchen, dem Problem des Diebstahls entgegenzuwirken, indem wir jede Versuchung aus dem Weg räumen.«

»Entschuldigt, Sir, aber was soll mit meinen Pferden geschehen?«

»Pferde? Du hast mehr als eines?«, erkundigte sich Dren überrascht.

»Zwei«, erklärte Calvyn. »Eins ist eine edle, reinrassige Stute, das andere ein Kutschpferd. Ich würde ja gerne beide behalten, aber die Kosten für die Unterstellung werde ich wohl kaum lange bezahlen können.«

»Wenn die Stute ein so gutes Pferd ist, wie du sagt, kauft sie dir vielleicht der Baron oder einer der Hauptleute ab. Aber was das Kutschpferd angeht …«

»Von ihm möchte ich mich eigentlich nicht trennen, solange es sich vermeiden lässt. Der Baron kann gerne die Stute kaufen, aber Sachte und ich sind nun schon eine Weile zusammen unterwegs, und ich möchte sie lieber nicht abgeben, wenn es sich vermeiden lässt.«

»Futter und Pflege sind nicht billig«, wandte Dren ein.

»Ich werde so lange dafür aufkommen, wie ich kann. Vielleicht ergibt sich ja etwas.«

»Na schön. Wenn du so versessen darauf bist, den Gaul zu behalten, dann werden wir schon etwas finden. Einer meiner Freunde besitzt hier in der Nähe einen Bauernhof. Vielleicht ist er bereit, sie im Austausch für ihre Dienste aufzunehmen«, schlug der Sergeant vor.

»Das wäre wunderbar«, freute sich Calvyn.

»He! Ich habe gesagt *vielleicht*. Mach dir nicht zu große Hoffnungen. Ich werde für dich nachfragen, aber ich kann nichts versprechen. Na dann, Rekrut, jetzt lauf zum Quartiermeister und gib deine Sachen ab. Die Tür zu seinem

Lager findest du hinter den Stallungen. Ich schicke dann jemanden dorthin, der vor dem Mittagessen einen kleinen Rundgang mit dir macht.«

Calvyn bedankte sich bei dem Sergeanten für seine Freundlichkeit und lief zurück zu den Pferden. Der Stallbursche zeigte ihm, wo seine Satteltaschen hingen, und half, sie vor die Tür zum Reich des Quartiermeisters zu schleppen. Drinnen, hinter einem Pult, erwartete ihn ein nörgeliger alter Mann mit den Rangabzeichen eines Sergeanten, der verlangte, dass Calvyn die Taschen vollständig leerte und sämtliche Gegenstände auf das Pult legte. Sein Gehilfe hakte jedes einzelne Stück auf einer Liste ab und verstaute Calvyns Besitztümer dann sorgfältig in einer Kiste, auf die in großen Lettern Calvyns Name geschrieben wurde.

Calvyn wurde verweigert, seine alte Flöte zu behalten, auf der er gerne während der freien Zeit gespielt hätte. Der Quartiermeister meinte, mit dem Lärm würde er doch nur seine Kameraden belästigen. Außerdem machte er Calvyn unmissverständlich klar, dass er während der Rekrutenausbildung sowieso zu tun haben würde. Er könne aber gerne kommen und seine Flöte an seinen wenigen freien Tagen ausleihen.

Irgendwie hatte der kleinliche alte Lagermeister Perdimonns Zauberbuch vollkommen übersehen. Calvyn konnte es unbemerkt unter sein Hemd stecken, als er seine Geldbörse hervorholte und in Verwahrung gab. Als Calvyn später deswegen vor sich hin lachte, verfiel er zum hundertsten Mal ins Grübeln und fragte sich, was wohl aus dem alten Magier geworden war. Ihm lief immer wieder ein Schauer über den Rücken, wenn er daran dachte, wie Selkor aus der Vision im Teich auf ihn gezeigt hatte, und er ertappte sich dabei, wie er sich verängstigt umschaute, als könnte der dunkle Fremde direkt hinter ihm stehen.

Nachdem Calvyn all seine Besitztümer abgegeben hatte, war Jez beim Quartiermeister aufgetaucht.

»Sergeant Dren hat mir aufgetragen, dich ein wenig durch die Burg zu führen und dir dann die Unterkunft zu zeigen, bevor es Mittag gibt«, erklärte ihm der Gefreite mit dem gleichen freundlichen Lächeln, das er schon bei Calvyns Ankunft gezeigt hatte. »Wir haben eine gute halbe Stunde bis zum Essensruf. Bist du hier fertig? Dann sollten wir noch das meiste sehen können.«

Calvyn bedankte sich beim Quartiermeister und folgte der schlaksigen Gestalt aus dem dürftig erleuchteten Lagerraum ins strahlende Sonnenlicht. Calvyn schirmte die Augen mit der Hand ab und sah sich um. Als er vorhin durch das Tor in der Nordmauer geritten war, hatte er vor den Ställen gestanden, die groß genug schienen, um mindestens zwanzig Pferde bequem unterzubringen. Rechts neben der Stallreihe lag eine große Sattelkammer, in der Sättel, Zaumzeug und andere Reitutensilien aufbewahrt wurden. Draußen verlief über die gesamte Länge der Stallungen ein in Hüfthöhe angebrachter Balken zum Anbinden der Pferde. Das Lager des Quartiermeisters befand sich hinter der Sattelkammer und teilte sich eine dicke Steinmauer mit der Rückseite der Ställe.

Als die beiden vor der nach Süden zeigenden Tür des Quartiermeisters standen, wurde Calvyns Blick wie magisch von den mächtigen steinernen Pfeilern und burgähnlichen Mauern des Bergfrieds angezogen, der sich direkt vor ihm erhob.

»Beeindruckend, nicht?«, meinte Jez mit einem Grinsen. »Tut mir leid, aber der Sitz des Barons gehört nicht zu unserem Rundgang. Da kommst du nur rein, wenn du es bis zum Sergeanten schaffst. Dren hat erzählt, dass man am Tag der Ernennung mit den Hauptleuten am Tisch des

Barons speisen darf. Aber komm, wir gehen erst mal hier entlang.«

Jez führte Calvyn nach links und zeigte ihm die Waffenkammer, die sich neben dem Lager des Quartiermeisters und ebenfalls an der Rückwand der Ställe befand. Das dreigeteilte Gebäude, das Waffenkammer, Lager und Ställe umfasste, war neben dem Bergfried des Barons das einzige frei stehende Bauwerk innerhalb der Burg. Alle anderen Räume und Gebäude waren an die Befestigungsmauer gebaut worden, die das große rechteckige Areal umgab. Der Schutzwall war über die gesamte Länge mit Zinnen versehen und besaß sieben Wachtürme: einen an jeder Ecke, einen in der Mitte der langen Südmauer und zwei an der Nordmauer zu beiden Seiten des Burgtores. Als die beiden sich hinter der Waffenkammer nach links wandten, sah Calvyn auf die Schreibstube von Sergeant Dren. Jez erklärte ihm, dass Dren derzeit für die Rekrutierung zuständig war und fünfzig bis sechzig neue Gesichter für die beiden Ausbildungseinheiten verpflichten musste, die in diesem Jahr stattfinden würden. Die Ausbildung dauerte fünf bis sechs Monate – je nachdem, wann der ausbildende Sergeant beschloss, dass die Rekruten nun für den Dienst als einfache Soldaten bereit wären.

»Dren war letztes Jahr mein Ausbilder und er war ein verdammt gemeiner Hund«, flüsterte Jez und kicherte, während sie in die Richtung von Drens Schreibstube gingen. »Die Sergeanten teilen sich die höheren Posten und wechseln sich jedes Jahr ab. Um ehrlich zu sein, sind sie ein ziemlich hartgesottener Haufen, und wenn es drauf ankommt, sind sie im Grunde alle gleich.«

Als sie an der Seitenwand der Waffenkammer und der Ställe entlangliefen, tauchte zur Rechten der Waffenübungsplatz auf.

Dort waren mehrere Soldatenhaufen in Scheingefechte verwickelt und kämpften mit hölzernen Waffen auf dem sandigen Untergrund. Calvyn wollte stehen bleiben und zusehen, aber Jez zog ihn fort.

»Davon kriegst du noch mehr als genug. Du willst dich hier doch ein wenig auskennen, bevor es Mittag gibt«, erklärte der schlaksige Gefreite. »Hier neben Dren sind die Archive. Wenn du schreiben kannst, wird man dich in der Erntezeit vielleicht abkommandieren, um dem Archivar zu helfen. Die Tür dahinter führt zur Schreibstube des Ausbildungsoffiziers. Ich hab gehört, du bist bei Sergeant Brett. Das ist natürlich Pech!«

»Pech? Warum?«, erkundigte sich Calvyn, dem immer noch ein wenig unbehaglich zumute war. Wieder einmal fragte er sich, worauf er sich hier eigentlich einließ.

»Ach, weiß nicht. Wahrscheinlich hätte ich das bei jedem anderen auch gesagt«, scherzte Jez. »Da hab ich dir doch einen kleinen Schreck eingejagt, was?«

Calvyn setzte ein schwaches Lächeln auf. Trotz seiner zahlreichen Warnungen vor den »bösen« Sergeanten wirkte Jez nicht im Geringsten besorgt, und Calvyn beschloss, nicht alles, was der Gefreite ihm erzählte, für bare Münze zu nehmen.

Jez hielt vor Drens Schreibstube an und zeigte auf die wichtigen Stellen an der Ostseite der Burg.

»In der letzten Schreibstube hinten links sitzt der Zahlmeister. Als Rekrut bekommst du aber keinen Sold, also kann dir das eigentlich gleichgültig sein. Das lange Gebäude am Ostwall ist die Unterkunft der Hauptleute, und dahinter liegt ein Übungsplatz mit Zielscheiben, dort wird Bogenschießen auf kurze Distanz trainiert. Das Schießen auf größere Distanz wird außerhalb der Burgmauern auf einem Areal östlich von hier geübt. In dem Gebäude am

Südwall sind Lagerräume und eine Schreinerwerkstatt. Und dort…« Jez stellte sich auf die Zehenspitzen und spähte in die südöstliche Ecke der Burg. »Nein, von hier kann man es nicht sehen, aber da hinten«, sagte Jez und deutete zur Ostseite der Lagerräume, »sind die Stufen, die hinunter in den Kerker führen.«

»Kerker?«

»Ja. Glaub mir, es lohnt sich nicht, hier irgendwelchen Ärger zu riskieren.«

»Das glaube ich gern«, erwiderte Calvyn. Er fragte sich, was man sich wohl zuschulden kommen lassen musste, um in ein unterirdisches Verlies gesperrt zu werden, schwor sich aber zugleich, dass er es nie herausfinden wollte.

Sie wandten sich um, und Jez führte Calvyn an den großen Burgtoren vorbei, die nun wieder geschlossen waren. Als sie den Westteil der Burg betraten, stießen sie gleich rechts auf die Schmiede. Die beiden jungen Männer schauten kurz hinein, um dem Schmied bei seiner harten Arbeit zuzusehen.

»Der Baron kann sich glücklich schätzen, einen Schmied wie Gerran zu haben. Er ist der beste seiner Zunft«, erklärte Jez und strich zärtlich über das Heft seines Schwerts. »Wer nichts von Metallarbeit versteht, wird es nicht beurteilen können, aber dieser Mann ist ein Genie.«

Mit seiner großen Gestalt, Armen wie Baumstämmen und dem beinahe kahlen Kopf wirkte Gerran wie der typische Schmied. Von seinem roten Gesicht rann Schweiß, während der riesenhafte Mann ein glühendes Stück Metall mit dem Hammer bearbeitete. Doch Calvyn wusste nichts über das Schmiedehandwerk – er kannte nur die Dinge, die es hervorbrachte. Er konnte also nur glauben, was Jez ihm über die außergewöhnlichen Fähigkeiten des Mannes berichtete.

Eine große, mit Steinen gepflasterte Freifläche an der

Westseite der Burg stellte sich als Exerzierplatz heraus. Die Steine am Boden sahen aus wie poliert, denn sie waren von den unzähligen Rekruten glatt geschliffen worden, die dort das perfekte Marschieren geübt hatten.

In einem großen Gebäude, das sich fast über die gesamte Länge des Westwalls zog, befanden sich die Mannschaftsunterkünfte. Die Waschräume lagen südwestlich davon und grenzten an den Speisesaal, der neben der Krankenstube an den Südwall gebaut war. An der Nordwestseite schließlich sah man die Unterkünfte der Hauptleute und Sergeanten, welche sich zwischen der Schmiede und den Mannschaftsquartieren an die Mauer schmiegten.

Jez begleitete Calvyn zu einer der Türen, die in die Unterkünfte führten.

»Dren hat gesagt, dass du in Raum zwei kommst. Anscheinend ist da noch ein Bett frei. Sollen wir mal nachsehen? Los!«

Als er die Tür zu den Schlafquartieren öffnete, gab Jez einen Laut des Abscheus von sich. Calvyn konnte beim besten Willen nichts entdecken, was diese Empörung gerechtfertigt hätte. Der Raum war spartanisch eingerichtet und blitzsauber. Entlang der Wände standen je zehn Liegen. Alle Schlaflager außer einem waren bereits gemacht. Am Fußende des ungemachten Betts ganz hinten rechts in der Ecke lag ein akkurat gefalteter Stapel Bettwäsche mit der dazugehörigen Decke.

»Sieht aus, als würdest du da schlafen«, meinte Jez. »Wenn ich dir einen Rat geben darf, dann merk dir genau, wie das Bettbündel gefaltet ist. Es wird erwartet, dass du es jeden Morgen, bevor das Training beginnt, exakt so zusammenlegst. Die Rekruten dürfen ihr Bett nicht machen, bis das Bündel bei Tagesanbruch kontrolliert wurde. Ziemlich nervraubend, diese Prozedur.«

Der Gefreite sah sich im Raum um und schüttelte missbilligend den Kopf. »Ich hoffe, du weißt, wie man ein Bett macht, und stellst dich nicht so dumm an wie diese Anfänger«, schnaubte er verächtlich.

Calvyn schwieg. Er wollte nicht zugeben, dass er sich wahrscheinlich dümmer anstellen würde als all diese Jungs zusammen. Er hatte seit zwei Jahren kein Bett mehr gemacht, und wie oft er während dieser Zeit in einem Bett geschlafen hatte, ließ sich an einer Hand abzählen. Er hatte nicht die leiseste Ahnung, was die anderen falsch gemacht hatten.

»Also, ich lass dich mal deinen Schlafplatz richten und wir sehen uns dann im Speisesaal«, meinte Jez und ging zur Tür. »Der nächste Hornstoß ruft alle zum Essen.«

Damit verließ ihn der freundliche Soldat. Calvyn blieb ein wenig verwirrt zurück, weil er nicht wusste, was er mit dem Bett anstellen sollte, damit es einen besseren Eindruck machte als die anderen. Er sah sich genau an, wie Laken und Decke in dem Bettbündel gefaltet waren. Gar nicht so kompliziert, merkte er, aber offensichtlich war große Sorgfalt gefordert.

Calvyn ließ den Blick noch einmal über die Betten der anderen Rekruten schweifen und beschloss dann, dass es vielleicht doch keine Rolle spielte, wie gut er am ersten Tag sein Bettzeug richtete. Wenn er nur schnell lernte und Fehler nicht wiederholte, dachte Calvyn, würde er gröberen Ärger schon vermeiden.

Er strich die Decke glatt und schlug das Laken so ordentlich um, wie er konnte. Als er sein Kunstwerk gerade vollendet hatte, ertönte auch schon das Horn und rief ihn zum Essen. Seine letzte Mahlzeit war das Abendbrot tags zuvor gewesen. Er hatte befürchtet, Baron Keevans Ausbildungseinheit könnte ohne ihn beginnen, und war deshalb ohne Frühstück so schnell wie möglich zur Burg geeilt. So kam es, dass Calvyns Magen mit einem Grummeln auf den Hornstoß antwortete und seine klare Bereitschaft anzeigte, die Gaumenfreuden zu kosten, die die Soldatenverpflegung bereit halten mochte. Calvyn rieb sich den Bauch, warf einen letzten Blick auf sein Bett und lief dann rasch zur Tür hinaus und an den Rand des Exerzierplatzes.

Ein Schwarm junger Männer und Frauen strömte aus allen Ecken der Burg auf die großen Türen des Speisesaals zu. Mit einem tiefen Atemzug schloss sich Calvyn der Menge an und schritt in einen neuen Lebensabschnitt.

6

»Los, ihr elender Haufen Nichtsnutze, STILLGESTANDEN!«, brüllte Sergeant Brett unter vollem Einsatz seiner gewaltigen Stimme.

Calvyn stand mit den anderen Rekruten in einer Reihe und trug die neue grüne Uniform und braune Stiefel. »Grüne Jungs« waren sie in vielerlei Hinsicht, dachte er, während der Sergeant mit seiner lautstarken Verunglimpfung der versammelten Truppe fortfuhr.

Um die Zeit bis zum Beginn der Ausbildung zu überbrücken, war Calvyn tags zuvor mit mehreren anderen neuen Rekruten zu verschiedenen Hilfsarbeiten herangezogen worden. Obwohl sich viele seiner Kameraden offen und gesprächig zeigten, hatte Calvyn die meiste Zeit geschwiegen und dem Gemisch aus Prahlerei, Draufgängertum und Erwartung mit Interesse zugehört.

Im Großen und Ganzen hatten sich die Dinge recht gut entwickelt. Sergeant Drens Freund war gern bereit gewesen, sich um Sachte zu kümmern, und Hauptmann Strexis hatte nach einem Blick auf Calvyns reinrassige Stute beschlossen, sie ihm abzukaufen. Calvyn hatte keinerlei finanzielle Sorgen und das würde noch einige Zeit so bleiben. Das Geld für die Stute hatte er zum Quartiermeister gebracht, der es bei seinen restlichen Besitztümern verwahrt hatte. Er würde zwar während der kommenden Monate kein Geld verdienen, aber es schien ganz so, als würde er auch wenig Gelegenheit haben, Geld auszugeben. Er könnte sich also auf seine Ausbildung konzentrieren, ohne sich mit irgendwelchen Sorgen zu quälen – abgesehen von der brennenden Frage, was wohl aus Perdimonn geworden war.

Calvyn grübelte oft darüber nach, wie es dem alten Magier ergangen war. Doch er spürte, dass Perdimonn noch lebte und es ihm gut ging. Er wusste nicht, warum, aber sein Herz sagte ihm, dass Selkor ihn nicht getötet hatte … noch nicht.

Am ersten Morgen der Ausbildung waren die Rekruten rau geweckt worden. Beim ersten Sonnenstrahl ertönte die Reveille, und gleich darauf riss jemand die Tür zu ihrer Unterkunft auf und verursachte einen solchen Höllenlärm, als würde er zwei Kochtöpfe gegeneinanderschlagen.

»Aufstehen, ihr Faulpelze«, rief der unbekannte morgendliche Besucher und lief gleich weiter in den nächsten Raum, um dort den gleichen Radau zu veranstalten.

»Willkommen beim Militär, meine Damen und Herren«, stöhnte jemand und wurde mit ächzenden Lauten, Gekicher und einem geworfenen Kissen bedacht.

Kurze Zeit später, nachdem sie sich gewaschen, angezogen und ihre Bettbündel gefaltet hatten, wurden die insgesamt zweiundsechzig Rekruten zum Lager des Quartiermeisters gescheucht, um ihre Uniform entgegenzunehmen. Jeder bekam zwei Garnituren, ein Paar braune Lederstiefel und einen Poncho aus einem gewachsten segeltuchähnlichen Stoff. Der Poncho besaß eine Kordel, mit dem man ihn am Hals zuschnüren konnte, und gleich unterhalb des Halsausschnitts war eine seltsame Klappe aufgenäht, die auf den ersten Blick keinerlei Zweck erfüllte. Einige der ausgegebenen Kleidungsstücke waren neu, viele aber zeigten Gebrauchsspuren. Die olivengrünen Uniformen verpasste der Baron den Anfängern, bis sie sich als würdig erwiesen, die blauschwarzen Karos seiner Armee zu tragen. Indem er die selbe Kleidung von mehreren Rekrutenjahrgängen hintereinander auftragen ließ, vermied der Baron unnötige Ausgaben.

Allen Rekruten wurde eingeschärft, auf ihre Uniformen zu achten, denn bis zum Ende der Grundausbildung würden sie keine anderen Sachen bekommen. So traten sie also alle an das Pult des Quartiermeisters, der mit einem Blick die Größe des jeweiligen Soldaten bestimmte, zwischen seine Regalreihen trat, die passenden Kleidungsstücke über den Arm legte und dann dem Rekruten vor die Nase knallte, damit dieser gefälligst hineinschlüpfte. Der Gehilfe nahm die alten Kleider entgegen, trug sie in die Bestandsliste ein und packte sie zu den anderen persönlichen Gegenständen.

Als Calvyn an der Reihe war, gelang es ihm einmal mehr, das Zauberbuch am Quartiermeister vorbeizuschmuggeln, indem er es in die zusammengefaltete Ersatzuniform steckte. Das war fürs Erste eine gute Idee, aber Calvyn hatte nicht die leiseste Ahnung, wo er das wertvolle Buch in Zukunft verstecken sollte. Schließlich entschied er, es vorerst unter seine Matratze zu legen, bis er einen sicheren Aufbewahrungsort gefunden hätte.

»Alle aus Schlafraum eins hier antreten und zwei Reihen bilden!«, schrie Brett und stach mit dem Finger auf einen Punkt vor ihm.

Einundzwanzig Rekruten beeilten sich, ihm zu gehorchen.

»Schlafraum zwei – hier… drei – hier«, fuhr er fort und schritt mit akribischer Präzision zu jedem Punkt, auf den er zeigte. »Los, los, ein bisschen dalli!«

Aus dem Gedränge ergab sich langsam eine Art Ordnung.

»Na dann, ihr jämmerliche Bande Bettnässer«, knurrte Brett, und seine Stimme schwoll nach und nach zu diesem beeindruckend scharfen militärischen Ton an, »stillgestanden! Ich weiß nicht, woher ihr alle kommt, aber es ist mir auch gleichgültig. Von jetzt ab gehört ihr mir, und was ich sage, ist Gesetz. Verstanden?«

»Ja, Sergeant«, murmelten einige der Rekruten.

»Wie? Ich kann nichts hören! Ob ihr mich verstanden habt, will ich wissen!«, dröhnte Brett.

»Jawohl, Sergeant«, brüllten zweiundsechzig Stimmen gleichzeitig.

»Gut! Innerhalb der kommenden Monate werde ich diesen erbärmlichen Haufen, der hier vor mir steht, in harte, bestens ausgebildete Soldaten verwandeln, und die Leute werden nicht anders können, als euch Achtung entgegenzubringen. Folgende Offiziere werden für diese Verwandlung verantwortlich sein. Trupp eins: Korporal Gan. Trupp zwei: Korporalin Derra. Und Trupp drei: Korporal Beren. Diese edlen Soldaten werden eure Ratgeber, Lehrer und eifrigsten Unterstützer sein, wenn ihr die Ausbildung hier ernsthaft verfolgt. Sie werden aber auch eure Richter, Geschworenen und Henker sein, wenn das nicht der Fall sein sollte. Verstanden?«

»Jawohl. Sergeant!«

»Sehr gut. Korporale, übernehmt eure Trupps.«

Die Angesprochenen nahmen blitzschnell Haltung an, vollführten eine halbe Drehung und gingen vor ihren Rekruten in Position. Korporal Gan ließ seine Gruppe auf der Stelle links um wenden und zum nördlichen Rand des Exerzierplatzes wandern. Korporal Beren führte den dritten Trupp zum südlichen Rand der Freifläche. Korporalin Derra aber blieb stehen und musterte Calvyn und die anderen aus Trupp zwei mit ihren großen braunen Augen. Trupp zwei starrte gebannt zurück.

Bei Derra lohnte sich ein zweiter Blick, entschied Calvyn, als er ihre beeindruckende Gestalt betrachtete. Sie war etwas größer als der Durchschnitt und hatte nicht ein Gramm Fett am Körper. Ihre langen Beine waren wohlgeformt und nicht zu muskulös. Spitzwinklige, dichte Augenbrauen wölbten sich über ihren dunklen Augen und das stoppelig kurz geschnittene Haar verlieh ihrem kantigen Gesicht einen Anflug von Strenge.

Ohne ein Wort zu sagen, verschränkte Derra die Hände auf dem Rücken und ging die Reihe der Rekruten ab. Die Korporalin bewegte sich mit der Grazie eines Panthers, geschmeidig und lautlos. Hinten hatten die beiden anderen Korporale ihre lautstarke Einführung in den Drill begonnen, aber Derra fuhr damit fort, ihre Rekruten zu inspizieren. Ihr herausfordernder Blick schien jedem Einzelnen von ihnen in die Seele zu schauen.

Calvyn wartete ab. Er war fasziniert von der harsch wirkenden Korporalin. Seit dem Abschied von seinem Dorf war er kaum Frauen begegnet – außer jenen, die an seinem Marktstand eingekauft hatten. Es war aber ganz sicher keine dabei gewesen, die irgendeine höhere Stellung innegehabt hätte. Das Warten hatte schnell ein Ende. Derra stand vor ihm und starrte ihn ausdruckslos an. Calvyn versuchte, ein leichtes Lächeln aufzusetzen, aber unter dem kalten Blick der glitzernden Augen wollten ihm seine Lippen nicht gehorchen. Der Atem schien ihm in den Lungen zu gefrieren, während er sich so stramm aufrecht hielt, wie er konnte. Dann war Derra auch schon vorüber und bei ihrem nächsten Opfer. Calvyn atmete langsam aus, um nicht zu zeigen, dass er die Luft angehalten hatte.

Derra schloss die Inspektion der Truppe ab, trat zurück und stellte sich vor die zwanzig erwartungsvollen Rekruten.

»Hat irgendjemand Einwände, von einer Frau ausgebildet zu werden? Dann möge er oder sie es jetzt sagen«, verlangte Derra. Ihre Stimme besaß einen leicht rauen, kratzigen Ton, der ihr Volumen noch verstärkte.

Alle schwiegen.

»Gut! Dann fangen wir an.«

»Hohn und Spott gehören wohl dazu«, dachte Calvyn, als er sich eine Stunde später zum Frühstück einreihte. Während der vergangenen sechzig Minuten hatte Derra immer wieder die geistigen Fähigkeiten und die Herkunft ihrer Rekruten in den Dreck gezogen und sich über ihre Unfähigkeit lustig gemacht, den einfachsten Anordnungen zu folgen. Doch Calvyn musste zugeben, dass ihr Drill recht effektiv war, denn der Trupp konnte die einfachen statischen Manöver inzwischen schon viel flüssiger und präziser ausführen als zu Beginn.

»Beim Zeh des Großen Tarmin! Die ist aber eine Eierquetsche, was?«, raunte ihm ein Mitglied seines Trupps zu und ließ die Augen in Richtung Korporalstisch rollen. Calvyn erinnerte sich, dass der junge Mann Tyrrak hieß und während der vergangenen Tage zu den gesprächigeren seiner Zimmergenossen gehört hatte.

»Ich glaube, die Korporale sind alle aus demselben Holz geschnitzt«, antwortete Calvyn diplomatisch.

»Junge! Du musst halb blind sein! Diese Frau ist der Wahnsinn. Sie wird uns bei lebendigem Leib auffressen, ohne mit der Wimper zu zucken. Wir werden hier eine verdammt schwere Zeit haben, und diese Hexe wird uns durch die Hölle gehen lassen. Am meisten Mitleid habe ich mit den Mädchen.«

»Welchen Mädchen?«

»Du weißt schon, mit den drei Angehörigen des anderen Geschlechts, die in unserem Zimmer schlafen und draußen mit uns herummarschieren. An welche Mädchen hast du denn gedacht?«

»Ich hab's kapiert«, murmelte Calvyn, leicht irritiert von dem spöttischen Ton des Rekruten. »Aber wieso tun sie dir leid?«

»Weil Derra die Hölle aus ihnen rausprügeln wird, um sie nach ihrem Ebenbild zu schleifen, deshalb.«

Calvyn dachte eine Weile darüber nach. Tyrrak hatte nicht unrecht, entschied er, aber er wollte sich mit einem Urteil über Derras Behandlung der weiblichen Rekruten zurückhalten, bis er etwas länger dabei war. Trotzdem suchte er die Reihe der Wartenden ab, bis er die drei jungen Frauen entdeckte. Die Einzige, die er mit Namen kannte, war Jenna, die im Bett gegenüber schlief. Sie hatte sich am ersten Abend kurz vorgestellt, hatte sich dann aber wie er still im Hintergrund gehalten.

Die Gespräche an den Tischen der Rekruten drehten sich zwangsläufig um die jeweiligen Ausbilder. Mit gedämpften Stimmen wurde leidenschaftlich darüber debattiert, wen es nun mit welchem Korporal am schlimmsten erwischt hatte. Natürlich stand Derra im Mittelpunkt der Rufmordkampagnen. Trupp zwei aber schwieg die meiste Zeit, als fürchteten die Rekruten, ihre Korporalin könne das Gespräch irgendwie belauschen.

Nach dem Frühstück fanden sich die Trupps wieder auf dem Exerzierplatz ein und das Gebrüll begann von Neuem. Derra wiederholte während der ersten zehn Minuten sämtliche statischen Manöver: »Stillgestanden«, »Rührt euch«, »Rechts um«, »Links um« und »Aufschließen«, wobei Letzteres, wie Calvyn amüsiert feststellte, bedeutete, dass man den Abstand zum Nebenmann verringern sollte.

Mit dem Marschieren wurde erst begonnen, nachdem Derra mit dem stehenden Drill zufrieden war. Calvyn konnte nicht verstehen, was an dem Marschieren so schwierig sein sollte. Auf das Kommando »Vorwärts, Marsch!« setzte man den linken Fuß vor und hob den rechten Arm. Dann lief man los und schwang die Arme etwas höher und ausgestreckter in die Luft als gewöhnlich, bis jemand »Stillgestanden!« brüllte. Der Befehl zum Halt kam immer dann, wenn der linke Fuß aufsetzte, und dann musste man nur noch einen Schritt mit dem rechten Fuß machen und den linken danebensetzen. Nichts einfacher als das!

Derra machte das Ganze zweimal vor, und zwar einmal langsam und einmal im vorgeschriebenem Tempo.

»Habt ihr das alle begriffen?«, fragte sie dann.

»Jawohl, Korporalin«, schallte es zurück.

»Gut. Abteilung links! Im Gleichschritt, marsch!«

Calvyn stand am Ende des Trupps, als sie losmarschierten, und er bemühte sich, ein ernstes Gesicht zu machen. Trupp zwei befand sich in einem heillosen Durcheinander! Arme und Beine schwangen wild in alle Richtungen.

»Links, rechts, links, rechts, links, rechts …«, brüllte Derra, die sich bemühte, einen Anschein von Ordnung in das Gewirr von Armen und Beinen zu bringen. »Kompanie, halt! Rechts um! Die reinste Katastrophe! Man könnte meinen, ihr habt erst letzte Woche laufen gelernt! Wenn ihr das nicht bald besser hinbekommt, werdet ihr hier jeden

Abend bis Mitternacht üben, und das zwei Wochen lang! Verstanden?«

»Jawohl, Korporalin.«

»Na los, noch mal von vorn …«

Korporalin Derra schimpfte und schrie noch eine ganze Stunde, jedoch mit überschaubarem Erfolg. Den meisten aus Trupp zwei gelang es irgendwann, im Gleichschritt zu marschieren, aber besonders ein bedauernswerter Rekrut hatte arge Schwierigkeiten. Der junge Mann konzentrierte sich so eifrig darauf, im Takt zu bleiben und dabei die Arme zu schwingen, dass er immer unkoordinierter herumzappelte. Irgendwann hob er dann den linken Arm und das linke Bein gleichzeitig, während der rechte Arm und das rechte Bein sich nach hinten bewegten und umgekehrt. Calvyn konnte kaum mit ansehen, wie der arme Junge holpernd vor- und zurückstampfte.

Am Ende des Unterrichts durfte Trupp zwei kurz austreten, bevor man sich vor dem Haupttor zur ersten Sportstunde sammelte. Calvyn nutzte die Gelegenheit, um seinen zusammengestauchten Zimmergenossen anzusprechen.

»Na, macht Derra dir das Leben schwer?«

»Du sagst es.«

»Mach dir nichts draus. Wenn du magst, können wir über Mittag oder abends ein wenig üben. Bestimmt kriegst du den Dreh raus, sobald die Korporalin dir nicht ständig im Nacken sitzt.«

»Glaubst du? Da wäre ich wirklich erleichtert. Es will einfach nicht klappen.«

»Wir hocken schließlich alle im selben Boot, und da sollten wir uns gegenseitig unterstützen, findest du nicht?«

»Das sehe ich auch so. Ich heiße übrigens Bek, und du?«

»Calvyn«, antwortete er und schüttelte die ausgestreckte Hand seines Gegenübers.

»Schön, dich kennenzulernen, Calvyn. Und danke.«

»Kein Problem. Wir sollten uns jetzt lieber beeilen. Derra steht schon am Tor und braut einen Blick zusammen, der Milch auf eine halbe Meile gerinnen lässt.«

»Hat sie etwa noch was anderes im Angebot?«, scherzte Bek.

Sie eilten auf die Toilette und standen einige Minuten später mit den anderen aus Trupp zwei vor dem Haupttor. Korporalin Derra hatte sich im Torbogen aufgebaut und klopfte sich ungeduldig aufs Bein, während die letzten Nachzügler über den Exerzierplatz angelaufen kamen. Sie maß ihre Rekruten mit bedrohlichen Blicken und ließ Trupp zwei keinen Zweifel daran, dass sie wieder einmal unzufrieden mit ihnen war. Doch als sie dann zu sprechen begann, schlug die Korporalin einen so angenehm leisen Ton an, dass Calvyn schon glaubte, er habe ihre Laune falsch eingeschätzt.

»Also schön, meine Damen und Herren. Hat euch die Pause gereicht?«

Vereinzeltes Murmeln und bestätigendes Nicken signalisierten die Bereitschaft von Trupp zwei, das Training wiederaufzunehmen.

»Gut. Wie schön, dass ihr einverstanden seid, wenn wir nun mit der Ausbildung fortfahren«, säuselte Derra, und ihre Worte trieften vor Spott. »Ich möchte jedoch noch eine kleine Anmerkung machen, bevor wir mit der körperlichen Ertüchtigung beginnen …«

»Jetzt kommt's«, dachte Calvyn und wand sich innerlich in Gedanken an das Donnerwetter, das gleich über sie herabgehen würde.

»Ihr seid ein Sauhaufen!«, brüllte die Korporalin in voller Lautstärke. »Immer wenn ihr euch draußen bewegt, habt ihr gefälligst zu marschieren! Ob zum Ausbildungsplatz, zu den Toiletten, zum Essen oder sonst wohin. Ganz gleich, ob ihr alle zusammen seid, zu zehnt, zu fünft oder allein – sobald ihr draußen seid, wird marschiert. Ich lasse nicht zu, dass mein Trupp in der Burg herumschlendert wie ein Haufen Nichtsnutze, die nur zum Vergnügen da sind. Habe ich mich klar ausgedrückt?«

»Jawohl, Korporalin.«

»Gut. Jetzt steht nicht einfach so da! In Reih und Glied antreten!«

Die Rekruten eilten zu ihren Plätzen, und Derra signalisierte den Wachen, sie sollten das Tor öffnen. Trupp zwei marschierte aus der Burg und hielt etwa zwanzig Meter hinter dem Torbogen an. Derra wies die Rekruten an, die Abstände zwischen ihnen zu verdoppeln, und begann mit einer Reihe Übungen im Stehen, mit denen einzelne Muskelgruppen aufgewärmt und gedehnt werden sollten. Schon nach zehn Minuten Aufwärmtraining rangen Calvyn und viele andere erschöpft nach Atem.

»Ich glaube … ich bin heut Nacht gestorben … und jetzt schmor ich in der Hölle«, keuchte jemand mit zusammengebissenen Zähnen. Kurz darauf ließ Derra sie aufhören.

»Also, Leute, jetzt könnt ihr mir mal zeigen, was in euch steckt. Die nächste Übung ist ein Wettlauf. Ihr startet hier, lauft um den Wald herum Richtung Westen und zurück entlang der Südseite der Burg, rechts um die Mauern herum und wieder zurück zum Tor«, erklärte Derra und wies ihnen den Weg. »Falls jemand versucht sein sollte, den Weg hinter den Bäumen abzukürzen: Ich möchte darauf hinweisen, dass dort Dornenbüsche im Überfluss wachsen. Jeder, der mit Kratzern an den Beinen zurückkommt, wird sich wünschen, nie geboren worden zu sein. Verstanden?«

»Jawohl, Korporalin.«

»Gut. Die Strecke misst etwa anderthalb Meilen, vielleicht auch zwei, und so wird sich niemand von euch zu sehr abkämpfen müssen. Jetzt zeigt mal, wie ihr rennen könnt. Auf die Plätze, fertig, los!«

Die zwanzig Rekruten aus Trupp zwei machten einem Satz nach vorn und rannten über das offene Weideland auf den Wald zu. Calvyn mühte sich ab, mit den sechs schnellsten Rekruten mitzuhalten, die sich gleich vom Rest abgesetzt hatten. Er keuchte schmerzhaft, aber es gelang ihm, den anderen bis zur Ecke des Waldes auf den Fersen zu bleiben. Als die vorderen Läufer dann aber abbogen, um dem Waldrand zu folgen, konnte Calvyn das Tempo nicht mehr halten und fiel hinter die Spitze zurück.

Nach und nach stellte sich ein regelmäßiger Atemrhythmus ein, und als er sich einmal damit abgefunden hatte, dass er nicht bei den Ersten mitrennen konnte, fanden auch seine Beine in einen angenehmeren Takt. Ständig floss ihm Speichel in den Mund und er musste oft schlucken. Die Schluckbewegung schmerzte ihm im Hals und die heftigen Atemzüge hinterließen einen schwachen Blutgeschmack hinten auf der Zunge. Calvyns Blick verengte sich immer mehr auf die vor ihm liegende Strecke und die unwichtigen Ränder seines Sichtfeld verblassten. Er konzentrierte sich nur noch darauf, seine Beine anzutreiben und sie in einem hämmernden Takt nacheinander nach vorn zu reißen.

Plötzlich endete der Wald und der Westwall der Burg grüßte ihn über das offene Feld hinweg. Calvyn vernahm undeutlich Stimmen. Sie bedachten die Läufer vom südwestlichen Wachturm aus mit ermunternden, aber auch verspottenden Rufen. Wen diese Rufe unterstützen und wen sie verlachten, war Calvyn herzlich egal, denn er kämpfte nur darum weiterzurennen.

Obwohl ihm alles wehtat und er sich auf nur ein Ziel

konzentrierte, merkte Calvyn überrascht, wie sich ein Teil seines Verstands in einem ungewöhnlich klaren Tagtraum bewegte. Seine Gedanken kreisten um die Menschen, die er seit seiner Ankunft in der Burg Keevan kennengelernt hatte. Zuerst war da der Soldat Jez gewesen, der Calvyns Ängste und Sorgen durch seinen offenherzigen und fröhlichen Empfang besänftigt hatte. Und dann der handfeste Sergeant Dren, der sich bemüht hatte, ihm bei seinem Problem mit den Pferden zu helfen. Beide hatten sich auf ihre Weise freundschaftlich verhalten. Gehörte das auch zum Leben beim Militär oder war es eine Ausnahme? Wahrscheinlich war es ein wenig zu früh für grobe Verallgemeinerungen, entschied Calvyn. Für jetzt blieb ihm nur, alles genau zu beobachten, und irgendwann würde das unterschiedliche Gebaren der Menschen schon einen Sinn ergeben.

Brett und Derra gehörten zu einer ganz anderen Kategorie. Hart, reserviert und professionell, wie sie waren, konnten sie es sich genauso wenig wie Korporal Beren und Korporal Gan erlauben, die Rekruten zu Beginn der Ausbildung freundschaftlich zu behandeln. Nein, sie würden noch eine ganze Weile so distanziert bleiben, schloss Calvyn. Wenn er sich das immer wieder vor Augen führte, würde er die kommenden Wochen vielleicht besser ertragen. Der Sergeant und besonders Korporalin Derra würden die Rekruten weiter ihre Autorität spüren lassen, und das mit gnadenloser, eisenharter Hand.

Was die anderen Rekruten betraf, so fing Calvyn gerade erst an, einzelne Charakterzüge zu erkennen. Der zynische und spöttische Tyrrak jedoch wirkte auf Calvyn nicht wie jemand, den er eines Tages als guten Freund in die Arme schließen würde. Die überhebliche Arroganz, die dieser Mann an den Tag legte, ging Calvyn gehörig auf die Nerven, aber nach ein paar Wochen Grundausbildung war Tyrrak womöglich weichgeklopft, dachte Calvyn, während er den Südwall entlang weiterrannte.

Bek dagegen schien offen für Angebote der Freundschaft und war bescheiden genug, Hilfe mit einer rührenden Herzlichkeit und Dankbarkeit entgegenzunehmen. Calvyn war überzeugt, dass er in ihm einen Verbündeten und Freund gewonnen hatte, und er freute sich schon darauf, diese Freundschaft in den kommenden Tagen festigen zu können.

Die einzige Person, mit der er außerdem Bekanntschaft geschlossen hatte, war Jenna, aber es war im Grunde nicht mehr als ein begrüßendes »Hallo« gewesen. Trotzdem stellte Calvyn überrascht fest, dass der Moment ihrer ersten Begegnung ihm noch lebhaft vor Augen stand. Er spürte noch ihren Händedruck und sah das freundliche Glitzern in ihren sanften braunen Augen. Calvyn rief sich ihre schlanke, für ein Mädchen recht hochgewachsene Gestalt ins Gedächtnis, und ihr glattes braunes Haar, das zu einem Zopf geflochten war, der bis zur Mitte ihres Rückens reichte. Er sah vor sich, wie sie mit einer natürlichen Anmut durch die Mannschaftsunterkünfte schritt. Jenna war attraktiv, aber sicherlich nicht das hübscheste Mädchen, dem er je begegnet war. Es gab allein in seiner Ausbildungseinheit mehrere andere Mädchen, die schöner und wohlgeformter waren. Doch Calvyn spürte eine gewisse Seelenverwandtschaft mit der stillen jungen Frau, und er nahm sich vor, zumindest zu versuchen, sie näher kennenzulernen.

Als er am südöstlichen Wachturm um die Ecke bog, konnte er langsam, aber sicher, einen seiner Kameraden einholen, der aus der vorderen Reihe zurückfiel. Er war versucht, wieder schneller zu rennen, aber sein Körper wollte nicht reagieren und sein Kopf riet ihm, seine Kräfte für den

Endspurt entlang des Nordwalls aufzusparen. Also lief er beharrlich weiter und holte den Rekruten schließlich nach ungefähr zwei Dritteln der Ostmauer ein. Als sich Calvyn auf einer Höhe mit ihm befand, beschleunigte der junge Mann, und die beiden rannten nebeneinanderher, bis sie an die Ecke gelangten, nach der die Zielgerade entlang der Nordmauer bis zum Haupttor begann.

Calvyns Kontrahent legte einen ordentlichen Zahn zu. Calvyn sammelte seine letzten Kräfte, sog heftig Luft in seine Lungen und beschleunigte, um sich gleich hinter die Schulter des anderen Rekruten zu hängen. Dann drangen Derras krächzende Rufe zu ihm, er vergaß alle Gedanken an den Rhythmus und zwang sich zu einem Sprint. Seine Lungen brannten, seine Muskeln protestierten, Calvyn überholte seinen erlahmenden Gegner und gewann einen Vorsprung. Nach einem Blick über die Schulter ließ Calvyn auf den letzten Metern zum Tor nach – in der Gewissheit, dass der andere ein für alle Mal geschlagen war. Doch dann strich Jennas hochgewachsene Gestalt aus dem Nichts an ihm vorbei und erreichte knapp vor ihm das Ziel. Calvyn ärgerte sich, dass er langsamer geworden war, aber noch mehr Verdruss bereitete ihm, dass er nicht bemerkt hatte, dass ihm jemand auf den Fersen gewesen war. Als er gebückt und nach Atem ringend dastand, hob er den Kopf und sah Jenna einige Schritte neben ihm ebenfalls tief Luft holen. Er war unfähig zu sprechen, versuchte daher den Anflug eines Lächelns und hob den Zeigefinger, als wolle er sie ermahnen.

Jenna erwiderte das Lächeln.

»Legt die Hände in die Hüften und geht langsam zum Tor, bis alle wieder hier sind«, befahl Derra und fing gleich wieder an, die nächsten Rekruten aus Trupp zwei anzubrüllen, die auf der Zielgeraden auftauchten.

Calvyn stemmte die Hände in die Seiten und spürte, wie sich die Muskeln über seiner wogenden Brust und dem Bauch verkrampften. Als er seine Atmung schließlich in einen weniger verzweifelten Takt gebracht hatte, merkte er, wie das langsame Gehen die Erholung seines Körpers beförderte.

Schweiß rann ihm in Rinnsalen die Augenbrauen entlang und an den Wangen herunter. Auch an seiner Nasenspitze hingen Schweißtropfen, und er musste die Unterlippe vorschieben, um sie wegzublasen.

»Du scheinst irgendwo Leck geschlagen zu haben«, stichelte Jennas leise Stimme. Sie lief jetzt neben ihm und sah aus, als habe sie einen netten Spaziergang hinter sich.

»Ja, während ich gerannt bin, ging es mir richtig gut, aber jetzt ist mir doch ein wenig heiß«, antwortete Calvyn und zog einen Ärmel herunter, mit dem er sich die tropfende Stirn abwischte.

»So hörst du dich also an, wenn es dir gut geht, ja? Dann möchte ich nicht wissen, wie es klingt, wenn du dich schlecht fühlst! Du hast derart geschnauft, dass ich dachte, du würdest im nächsten Augenblick explodieren!«, meinte Jenna lachend.

Auch Calvyn lachte und schüttelte leicht den Kopf, während er in seinen Gehirnwindungen nach einer schlagfertigen Antwort suchte.

»So kann ich wenigstens erklären, warum ich nicht gehört habe, wie du dich an mich herangeschlichen hast.«

»Von anschleichen kann wohl kaum die Rede sein, mit diesen Dingern an den Füßen.« Sie zeigte auf ihre dicken braunen Lederstiefel.

»Also gut, du hast gewonnen.«

»Natürlich! Was hast du denn gedacht?«

Calvyn zuckte die Achseln und grinste. Er wusste nicht,

wie er die Unterhaltung fortführen sollte. Als er zu Jenna blickte, merkte er, dass sie schon wieder erholt war und ganz normal atmete. Offensichtlich hatte Jenna sich bei dem Rennen nicht sehr verausgabt. Er wollte sie auf keinen Fall in Schwierigkeiten bringen, aber es interessierte ihn schon, warum Jenna sich zurückgehalten hatte, wenn sie doch eine bessere Leistung bringen konnte. Calvyn fragte sie deshalb im Flüsterton, warum sie nicht bei den vordersten Läufern geblieben war.

»Einer der wenigen Vorteile, ein Mädchen zu sein, besteht darin, dass die einfachen Soldaten und Korporale, die nichts mit der Ausbildung zu tun haben, sich nur zu gern mit einem unterhalten. Natürlich hat auch das viele Nachteile. Aber ich habe auf diese Weise erfahren, dass es Derra besonderes Vergnügen bereitet, ihre Rekruten mit diesen Rennen zu quälen. Diesen Rennen, nicht einem Rennen.«

»Du meinst, wir müssen da jetzt noch mal durch?«, keuchte Calvyn entsetzt.

»Pssst. Ja. Und wahrscheinlich noch mehr als einmal, wenn man mich richtig informiert hat«, bestätigte Jenna.

Calvyn stöhnte leise.

»Ich hab mir schon gedacht, dass ich beim ersten Rennen nicht die Schnellste aus unserem Trupp sein würde. Also habe ich beschlossen, meine Kräfte einzuteilen und so auch im zweiten oder dritten Rennen zu bestehen. Derra hat es vor allem auf die Besten und die Schlechtesten abgesehen. Wenn man unauffällig bleibt und ihre Aufmerksamkeit möglichst nicht auf sich zieht, sollte man hier ohne allzu große Qualen herauskommen.«

»Also willst du nicht dein Bestes geben? Wenn du dich nicht anstrengst, kannst du auch keine Fortschritte machen, oder?«, fragte Calvyn, immer noch flüsternd.

»Stimmt. Aber warum soll ich mich bei etwas verausgaben, das ich schon kann? Soweit ich weiß, bin ich hier, um Soldat zu werden, und kein Läufer. Rennen kann ich schon, aber ich habe noch keine Ahnung, was es heißt, ein Kämpfer zu sein. Um das zu lernen, bin ich hergekommen.«

»Da bin ich anderer Ansicht«, entgegnete Calvyn. »Mir wurde beigebracht, stets mein Bestes zu geben. Einige Dinge kann ich nicht besonders gut, aber das liegt bestimmt nicht daran, dass ich es nicht versucht hätte.« Dann grinste er Jenna plötzlich an. »Also schau dich beim nächsten Rennen lieber mal ab und zu um: Ich will Revanche!«

Beide lachten.

»Trupp zwei! Antreten!«, schrie Derra aus etwa zwanzig Metern Entfernung. »Na los, marsch, marsch!«

Trupp zwei beeilte sich zu gehorchen und stellte sich rasch in zwei Reihen auf.

»Rekruten! Ich muss euch wohl nicht eigens mitteilen, dass wir aufgrund der eben gezeigten Leistung in den nächsten Wochen sehr viel trainieren werden. Aber um euch zu zeigen, dass ich so gemein nun auch wieder nicht bin: Die Rekruten, die bei unserem Rennen als Erster, Zweiter und Dritter eingelaufen sind, können wegtreten! Gut gemacht. Ihr könnt euch erholen, aber der Rest braucht offensichtlich noch Übung und rennt auf mein Kommando noch einmal dieselbe Runde. Fertig, los!«

Unter allgemeinem Stöhnen setzte sich Trupp zwei ohne die drei selbstzufriedenen Sieger des ersten Rennens erneut in Bewegung und rannte auf den Wald zu. Das Starttempo war merklich langsamer als beim ersten Mal, und Calvyn merkte, dass sein natürlicher Laufrhythmus ihn schnell unter die vordersten Läufer rückte. Die in Führung gehende Gruppe war größer als beim ersten Rennen. Insgesamt zehn Rekruten, darunter Jenna, Bek und Calvyn, ließen recht schnell sieben Nachzügler hinter sich.

Während des Laufs begannen Calvyns Gedanken erneut zu kreisen. Dieses Mal beschloss er jedoch, sie in eine sinnvolle Richtung zu lenken, und versuchte sich an der letzten Konzentrationsübung, die Perdimonn ihm beigebracht hatte. Das schwarze Rechteck auf weißen Grund mit offenen Augen und dazu noch im Laufen vor sich zu sehen, war gar nicht so einfach, aber zu seiner Überraschung konnte er das Motiv greifen, noch bevor er den Wald erreichte. Er hielt das Bild fest und begann, das schwarze Rechteck langsam über die Mittelachse in eine Drehbewegung zu versetzen, die allmählich schneller wurde.

Als er abbog und dann hinter dem Wald entlang weiterrannte, lief Calvyn zuvorderst mit, und neben ihm Jenna. Da er mental ganz damit beschäftigt war, das Rechteck immer rascher rotieren zu lassen, rannte er unbewusst schneller. Als er leicht stolperte, weil er so stark in die Gedankenübung vertieft war und gar nicht mehr darauf achtete, wo er lief, ging ihm das Bild plötzlich verloren.

Ein schneller Blick auf die anderen Läufer zeigte, dass die vorderste Gruppe sich nun auf sieben Rekruten reduziert hatte. Zwei von ihnen konnten das Tempo aber offensichtlich kaum noch halten. Calvyn fühlte sich gut. Er atmete heftig, aber kontrolliert. Die geistige Leistung, die notwendig gewesen war, um sich das Bild vom drehenden Rechteck vorzustellen, hatte sein Bewusstsein von der physischen Anstrengung des Rennens abgelenkt. Sein Körper regelte die Atmung im optimalen Takt für die Tortur, die er ihm auferlegte.

Calvyn konzentrierte sich und ließ das Bild noch einmal entstehen.

Immer rascher drehte sich das schwarze Rechteck, bis die Ecken verschwammen und es eher wie ein achteckiger Stern aussah. Calvyn war erneut vollkommen vertieft in die Übung, als Jenna vor ihm beschleunigte und auf ihrem Endspurt in das Bild rannte. Calvyn fiel mit einem Schlag zurück in die Realität, biss die Zähne zusammen und zwang seine Beine, schneller zu laufen und sich an Jennas schlanke Gestalt zu heften, die ihn immer weiter zurückließ.

Dann überholte ihn ein weiterer Läufer, und noch einer, und Calvyn musste hart ringen, um den Schlussspurt zu halten. Der unterbewusste Rhythmus war dahin, das Rennen ging in die entscheidende Phase, und Calvyns Atemrhythmus fiel zurück in das angestrengte Keuchen des ersten Laufs. Doch als er auf den vierten Rang zurückgedrängt wurde, stieg wilde Entschlossenheit in ihm auf und versetzte ihm einen Adrenalinstoß. Calvyn stürzte mit einem letzten Aufbäumen seiner Kraft nach vorn und brachte sich gerade noch auf die dritte Position, bevor er den Wegrand vor dem Haupttor erreichte.

Er fiel zu Boden, ihm pochte die Brust und seine Lungen rangen nach Luft. Calvyn ließ sich auf den Rücken rollen und gleich darauf tauchte das strenge Gesicht von Korporalin Derra über ihm auf.

»Gute Leistung, Rekrut«, sagte sie und ließ ihre Stimme weder freundlich noch anerkennend klingen. Es handelte sich um eine Feststellung, mehr nicht.

Calvyn – unfähig zu antworten oder das Kompliment überhaupt wahrzunehmen – war vollkommen damit beschäftigt, seinen überstrapazierten Atmungsapparat unter Kontrolle zu bringen, und Derra richtete ihre Aufmerksamkeit schnell wieder darauf, die nach ihm eintreffenden Läufer lautstark zusammenzustauchen.

7

Calvyn kam es vor, als habe er einen Monat lang nichts zu essen bekommen. Als er sich auf den Teller mit der Mittagsmahlzeit stürzte, den er sich soeben an der Ausgabetheke geholt hatte, blickte er zu Jenna hinüber. Sie saß ihm gegenüber am Tisch und stocherte misstrauisch mit der Gabel in ihrem Essen herum.

»Ist vielleicht nicht wie zu Hause, aber es ist wenigstens warm und außerdem gibt's genug«, murmelte Calvyn, den Mund voller Fleisch und Bratensaft.

»Was haben die bloß mit dem Gemüse gemacht?«, fragte Jenna. »Sieht als, als hätte es eine Woche gekocht!«

»Das Fleisch ist auch verkohlt«, fügte Tyrrak hinzu und setzte sich auf den freien Platz neben Jenna.

»Auf alle Fälle füllt es den Magen oder in meinem Fall wohl eher ein tiefes Loch. Ich bin am Verhungern«, erwiderte Calvyn, schaufelte sich erneut Gemüse in den Mund und ignorierte jede Kritik an dem Essen. »Seid lieber dankbar, dass der Baron nicht von uns erwartet, diese Ausbildung mit kleinen Rationen durchzustehen. Ich hätte jedenfalls keine Lust, das letzte Training zu wiederholen, solange mir der Magen derart in den Kniekehlen hängt.«

»Und ich möchte diese letzte Übung überhaupt nicht mehr wiederholen!«, erwiderte Tyrrak wütend.

»Na komm, so schlimm war es nun auch wieder nicht«, meinte Jenna lachend und probierte zögernd ein kleines Stück Fleisch.

»Das sagst du! Für euch Rennschlangen mag das ja in

Ordnung sein, aber der dritte Lauf hätte mich beinahe umgebracht. An meinen Füßen hab ich eine Blase auf der anderen! Ich kann froh sein, wenn ich morgen noch laufen kann, geschweige denn rennen.«

Die umsitzenden Rekruten ließen zustimmendes Gemurmel hören.

Jenna grinste und nickte verständnisvoll. »Ich muss zugeben, dass auch ich ziemlich wunde Füße habe. Diese neuen Stiefel werden noch eine Weile schrecklich reiben, bis wir sie eingelaufen haben. Aber trotzdem, ich wäre lieber ein drittes Mal gerannt, als am Tor bei Derra zu bleiben. Dann hätte ich wenigstens das Tempo selbst bestimmen können.«

Calvyn bekundete seine heftige Zustimmung durch ein mit vollem Mund gebrummtes »Mmm«.

»Und was hat Derra mit euch angestellt, das schlimmer als dieser verdammte Lauf gewesen sein soll?«, erkundigte sich Tyrrak skeptisch.

»Krafttraining, und nicht zu knapp«, erwiderte Calvyn grinsend. »Derra hat uns Bauchmuskelübungen, Liegestütze und zahllose andere Gemeinheiten auferlegt, bis der erste Läufer um die letzte Kurve gebogen ist. Nach dem zweiten Rennen dachte ich, mir würde alles wehtun, aber das war kein Vergleich zu den Qualen, die wir erdulden mussten, während ihr um den Wald geschlendert seid.«

»Diese Derra hat uns durchschaut«, sann Jenna nach. »Sie hat genau erkannt, wer die besten Läufer sind, und wird sich jeden zur Brust nehmen, der bewusst versucht, nicht unter die ersten drei zu kommen. Und natürlich weiß sie auch, wer zu den langsamsten gehört. Ich möchte nicht in deren Haut stecken, denn die bekommen in den nächsten Wochen garantiert Extrastunden.«

»Wann denn das?«, spottete Tyrrak. »Ein Tag hat nur eine begrenzte Anzahl Stunden!«

»Wir werden sehen«, antwortete Jenna, unbeeindruckt von Tyrraks herablassendem Ton. »Ich bin sicher, Korporalin Derra hat da was auf Lager.« Und damit wandte sie sich wieder ihrem Essen zu, legte dann aber seufzend das Besteck auf den Teller und schob ihn von sich weg. Als sie wieder aufsah, begegnete sie Calvyns Blick, und als sie merkte, dass sein Teller bereits leer war, hob sie fragend die Augenbrauen und gab ihm mit einer Geste zu verstehen, dass er sich ruhig bedienen könne.

»Bist du sicher?«

Jenna nickte.

»Also gut. Wenn es darum geht, einer Kameradin aus Trupp zwei aus der Patsche zu helfen, will ich nicht so sein«, feixte Calvyn und tauschte seinen leeren Teller gegen Jennas beinahe vollen.

»Mir ist schleierhaft, wie du diesen Brei essen kannst. Der Geschmack ist doch vollkommen herausgekocht«, meinte Jenna und sah mit einer Mischung aus Verwunderung und Abscheu zu, wie Calvyn das Essen hinunterschlang.

»Es ist essbar, und ich bin hungrig«, stellte Calvyn nüchtern fest. »Außerdem dachte ich, du möchtest Soldat werden, nicht Meisterkoch. Wenn du das Essen nicht runterbekommst, wirst du nicht lange durchhalten, so wie Korporalin Derra uns schleift.«

»Ach, ich komm schon mit, glaub mir.«

»Ja«, entgegnete Calvyn und betrachtete nachdenklich ihren entschlossenen Gesichtsausdruck. »Das glaub ich bestimmt.«

Nachdem er auch den zweiten Teller geleert hatte, stieß Calvyn einen erleichterten Seufzer aus und lehnte sich in seinem Stuhl zurück. Er sah sich im Raum um und bemerkte, dass die Soldaten schon wieder aufstanden und den Speisesaal in kleinen Gruppen verließen.

Calvyns Blick traf auf Bek, und er erinnerte sich an sein Versprechen, mit ihm marschieren zu üben. Calvyn gab dem Jungen ein Zeichen und deutete mit dem Kopf zur Tür. Dann zog er sich höflich vom Tisch zurück, brachte das dreckige Geschirr zur Küchendurchreiche und lief zu Bek.

»Sollen wir ein bisschen üben, solange noch Zeit ist?«, fragte Calvyn.

»Das wäre großartig. Das heißt, wenn du immer noch einverstanden bist. Es war ein ziemlich anstrengender Morgen und wir haben Tag eins erst zur Hälfte überstanden.«

»Ja, lass uns loslegen. Korporalin Derra meinte, wir haben Zeit bis zum nächsten Hornstoß. Ich habe keine Ahnung, wie lang das ist, aber ein paar Mal den Schlafraum hoch und runter werden wir schon schaffen.«

»Den Schlafraum?«

»Ja. Da sind wir ungestört und müssen uns keine Sorgen machen, dass uns jemand zuschaut.«

»Das soll mir recht sein.«

Calvyn und Bek blieben an der Türschwelle stehen.

»Derra hat befohlen, dass wir draußen immer marschieren, also laufen wir lieber hintereinander«, mahnte Calvyn. »Am besten marschierst du möglichst schnell voraus und ich folge dir und passe mich deinem Schritt an. Und komm nicht auf die Idee, die Arme hin und her zu schwingen. Lauf einfach, ja?«

»Klar.«

Sie machten es so, wie Calvyn gesagt hatte. Aber schon nach ein paar Schritten stimmte bei Bek die Koordination zwischen Armen und Beinen nicht mehr. Calvyn beschloss, nichts zu sagen und lieber zu warten, bis sie sich in die Mannschaftsunterkünfte gerettet hätten, um dort an Beks Bewegungen zu feilen. Allein die kurze Strecke bis zu den

Schlafräumen im Gleichschritt zu bleiben, entpuppte sich als große Herausforderung, und Calvyn heftete den Blick fest auf die Füße seines Kameraden.

Vor der Tür hielten sie und traten mit einer halben Drehung nach rechts ab. Als sie im Zimmer angelangt waren, schüttelte Bek niedergeschlagen den Kopf.

»He, gib nicht von vornherein auf«, ermunterte ihn Calvyn. »Komm, wir beginnen auf der anderen Seite des Zimmers.«

»Gut. Aber ich kapier's einfach nicht.«

»Das wird noch, ganz bestimmt«, meinte Calvyn und passte sich unmerklich Beks Schritt an, als sie den Schlafraum längs durchquerten.

Als sie an der hinteren Wand angelangt waren, drehte sich Calvyn um und sah Bek mit einem breiten Lächeln an.

»Na, das war doch gar nicht so schwer, oder?«

»Was denn?«

»Wir beiden sind soeben durch den ganzen Schlafraum marschiert und du hast es automatisch richtig gemacht. Also, was war denn nun so schwer?«

»Sind wir das?«

»Ja. Vielleicht war es noch nicht so zügig, wie Derra es gerne hätte. Versuchen wir es noch mal, ja?«

Bek grinste Calvyn nur an und nickte.

»Also. Links um, im Gleichschritt, marsch!«

Doch trotz Calvyns ermunternden Worten war Beks Koordination bald wieder so schlecht wie am Anfang. Das quietschende Geräusch ihrer neuen Lederstiefel hallte durch den Schlafsaal, während die beiden über den gebohnerten Boden trampelten. Die Minuten verstrichen, ohne dass Bek irgendwelche Fortschritte gemacht hätte, bis Calvyn eine Idee kam.

»Warst du schon einmal beim Dorftanz, Bek?«

»Ja, oft. Warum?«

»Hast du ein Lieblingslied?«

»Ja, doch. Die Musiker in unserem Ort haben immer eine schnelle Gigue gespielt, die hieß ›Tanz der Waldgeister‹. Aber was hat das mit dem Marschieren zu tun?«

»Sehr viel. Kannst du den Tanz summen oder pfeifen?«

»Ich denke schon. Er geht ungefähr so …«

Bek begann, das eingängige Musikstückchen zu pfeifen. Es war perfekt. Die Melodie gehörte zu der Sorte, die einem so lange im Kopf herumspukte, bis man alles getan hätte, um sie wieder loszuwerden. Zudem besaß das Stück den passenden Rhythmus, um Beks Arme wie von selbst hin und her schwingen zu lassen.

»Ausgezeichnet, Bek. Hör mal, wir machen jetzt Folgendes: Wir laufen durch das Zimmer und pfeifen dieses Lied. Einverstanden?«

»Und wenn jemand hereinkommt?«

»Dann werden sie sich prächtig amüsieren, auf unsere Kosten. Glaub mir, Bek. Das wird helfen.«

»Ich muss verrückt sein! Aber gut, dann mal los.«

Die fröhliche Melodie pfeifend, marschierten die beiden jungen Männer kreuz und quer durch den Schlafsaal. Calvyn übertrieb den Takt der Musik und der Rhythmus wirkte seine ganz eigene Magie. Bek konzentrierte sich darauf, die Gigue zu pfeifen, und begann, die Arme ganz unbewusst mitschwingen zu lassen. Calvyn sah gerade zu ihm herüber, als Bek dämmerte, was hier vor sich ging. Auf dem Gesicht des jungen Mannes breitete sich ein Lächeln aus und er strahlte Calvyn mit leuchtenden Augen an.

»Hervorragend! Du hast es. Und jetzt summ die Melodie hinten in der Kehle und versuche, ob du dann auch im Takt bleibst. Ich nehme nicht an, dass Korporalin Derra den ›Tanz der Waldgeister‹ auf ihrem Exerzierplatz hören möchte.«

Die beiden lachten und setzten ihre Übungen fort, bis einige Minuten später der Hornstoß erklang. Bek wandte sich mit dankbarem Blick an Calvyn, aber der hob abwehrend die Hand. »Schon gut, Bek. Ich hab das gern getan. Bestimmt kannst du mir irgendwann auch mal aushelfen. Lass uns einander versprechen, dass wir uns um den anderen kümmern, ja?«

»Versprochen«, antwortete Bek und drückte Calvyns ausgestreckte Hand.

»Na, dann los. Derra wird angenehm überrascht sein, meinst du nicht?«

Die beiden Rekruten liefen nach draußen und marschierten zu den sich rasch formierenden Trupps auf dem Drillplatz. Derra, Gan und Beren tauchten Sekunden später auf, und die Rekruten schwiegen, als sich die Korporale vor ihren Einheiten aufbauten. Derra ließ ihren Trupp strammstehen und begann mit den nachmittäglichen Drillübungen.

Calvyn sah befriedigt zu, wie Bek beim Marschieren den Takt hielt. Sein Gefährte schlug vielleicht eine etwas schwungvollere Gangart ein als erforderlich, aber falls Derra es bemerkte, verzichtete sie auf jeden Kommentar. Jedenfalls wurde nicht länger auf Bek herumgehackt und Derra ließ ihn nicht ein einziges Mal während der gesamten Drillübungen vortreten.

Trupp zwei bewegte sich nun langsam als Einheit und Korporalin Derras gebrüllte Anweisungen galten nun der Perfektionierung dieses Gleichschritts. Sie ließ die Rekruten immer wieder anhalten, um das stockende Getrappel der Stiefel beim letzten Schritt in ein einziges lautes Knallen zu verwandeln.

Nach Beendigung des Drills wurde Trupp zwei eine Pause von fünf Minuten gewährt, nach der sie sich am Waffenübungsplatz einfinden sollten. Kurz nach dem Wegtreten lief Calvyn zu Bek und klopfte ihm freundschaftlich auf die Schulter.

»So schlimm ist es doch nicht, oder?«, erkundigte sich Calvyn mit einem Grinsen.

»Dank dir. Hoffentlich klappt es bei der nächsten Übung auch so gut.«

»Bei welcher Übung? Beim Exerzieren oder jetzt gleich auf dem Waffenübungsplatz?«

»Eigentlich bei beidem, aber besonders an den Waffen. Ich bin gespannt, wie Korporalin Derra kämpft. Ist bestimmt ein sehenswerter Anblick.«

»Ja, ihre Bewegungen sind so geschmeidig«, bestätigte Calvyn. »Sie wird uns alle wie tollpatschige Trottel aussehen lassen.«

»Wie gesagt, ich bin sehr gespannt«, meinte Bek mit einem Augenzwinkern.

Sie mussten nicht lange warten. Trupp zwei ging rasch in Aufstellung und steuerte zwischen dem Bergfried des Barons und dem Lager des Quartiermeisters auf den sandigen Waffenübungsplatz zu. Als sie an der Tür zur Waffenkammer vorbeikamen, trat Derra soeben mit zwei Kurzschwertern heraus.

»Ein bisschen schneller, Trupp zwei!«, schimpfte Derra. »Links, rechts, links, rechts. Na los, bewegt euch. Dass ihr nicht mehr auf dem Exerzierplatz seid, ist kein Grund, so schlampig zu marschieren!«

Die Rekruten ließen die Arme höher und ausgestreckter schwingen, passierten die Waffenkammer und hielten am Rand des offenen Areals an. Derra brüllte ein »Rührt euch!« und ließ sie in einem großen Halbkreis auf dem Boden Platz nehmen, aus dessen Mitte sie die Rekruten mit ihren stechenden Blicken maß.

»Also, Leute, jetzt kommt, worauf ihr wahrscheinlich schon den ganzen Tag gewartet habt … Wir schwingen die Waffen! Solltet ihr diesen Moment nicht herbeigesehnt haben, tja, dann habt ihr den falschen Beruf gewählt. Wir beginnen mit dem Kurzschwert und zum Ende der Woche hin bekommt ihr Langbogen und es geht ans Bogenschießen. Hat irgendjemand Erfahrung mit dem Kurzschwert?«

Calvyn blickte in die Runde und sah, dass mehr als die Hälfte der Rekruten die Hand hob. Derra nahm es mit einem schroffen Nicken zur Kenntnis.

»Ihr könnt die Hände wieder herunternehmen. Wir werden bald herausfinden, was ihr könnt und was ihr nur zu können glaubt. Zuerst aber, für all jene, die ein Schwert wie dieses noch nie benutzt haben …« Derra schwang eines der beiden Schwerter und hielt es dann hoch, damit alle es sehen konnten. »Schaut genau hin. Dies ist ein Werkzeug des Todes. Des Todes eurer Feinde oder aber eures Todes. Wie die Entscheidung fällt, hängt lediglich davon ab, wie gut ihr mit diesem Werkzeug umgehen könnt.«

Derra schritt langsam den Halbkreis ab und hielt das Schwert vor sich.

»Das Kurzschwert ist sehr vielseitig. Es dient für den Nahkampf mit nur einem Gegner ebenso wie für Kampflinien der Infanterie, in denen mehrere Soldaten Seite an Seite kämpfen. Ich werde euch beibringen, wie man diese Waffe in beiden Situationen richtig einsetzt. Letzten Endes werden wir uns aber auf Gefechtsszenarien und die Zusammenarbeit der Truppe konzentrieren, denn Zusammenarbeit, Rekruten, ist die Voraussetzung, um an der Front zu bestehen. Ihr müsst lernen, als Einheit zu kämpfen und nicht als ein Haufen guter Zweikämpfer, die zufällig am selben Ort zur selben Zeit auf derselben Seite stehen.

Dann könnte man genauso gut einen Söldnertrupp verpflichten. Ihr aber werdet Schwertbrüder und Schwertschwestern sein. Ihr werdet die Stärken und Schwächen der anderen kennenlernen und sie dann zum größten Vorteil aller nutzen. Ihr werdet eine starke, fähige Einheit. Ihr werdet zusammen marschieren, essen, schlafen und furzen! Ihr werdet lernen, euch gegenseitig Achtung zu schenken, Achtung und Vertrauen. Denn wenn ihr diese Dinge nicht lernt, werdet ihr bei der ersten ernsthaften militärischen Auseinandersetzung sterben. Habe ich mich klar ausgedrückt?«

»Ja, Korporalin.«

»Gut. Dann lasst uns mal sehen, was ihr angehenden Soldaten bereits könnt. Wer von euch möchte eines dieser Schwerter im freundlichen Wettkampf mit mir schwingen?«

Fünf Rekruten hoben die Hände. Calvyn war nicht erstaunt, dass der überhebliche Tyrrak darunter war. Aber zu seiner Überraschung hatte auch Bek sich gemeldet.

Die vier jungen Männer und eine Frau traten vor und bildeten auf der einen Seite des Halbkreises eine Reihe. Derra erklärte, der Kampf solle nur so lange dauern, bis der erste Treffer gelandet wurde oder der Unterlegene sich ergab. Die übrig gebliebenen Rekruten rückten zusammen und lauerten mit gespannter Erwartung, wie sich ihre Kameraden gegen die erfahrene Korporalin schlagen würden.

Zuvorderst stand eine junge Rekrutin.

»Tondi, stimmt's?«, fragte Derra.

Das große blonde Mädchen nickte und trat vor.

»Gut, Tondi. Dann wähle eine Waffe und verteidige dich«, forderte Derra sie heraus und hielt ihrer Gegnerin die beiden Schwerter hin.

Tondi wog jedes Schwert in der rechten Hand und machte einen Probeschwung, dann reichte sie Derra die verschmähte Waffe mit dem Heft zuerst, trat einen Schritt zurück und hielt, beide Füße flach auf der Erde, das ausgewählte Schwert vor sich.

»Fang an«, befahl Derra.

Die Rekrutin bewegte sich langsam vorwärts und startete den ersten Angriff, um eventuelle Schwächen in Derras Verteidigung auszumachen. Das Aufeinanderschlagen von Metall tönte über den Platz, und den sitzenden Rekruten schoss das Blut in die Adern. Sie beobachteten sichtlich erregt das Geschehen.

»Halte deine Hiebe nicht zurück«, knurrte Derra, während sie Tondis Schläge mit Leichtigkeit abwehrte. »Und umfasse das Heft ein wenig fester. Du willst doch nicht deine Waffe verlieren... So etwa!«

Mit einem unglaublich schnellen Satz nach vorn verklemmte Derra das Schwert ihrer Gegnerin und schlug es ihr mit einer kurzen Drehung aus der Hand. Die Waffe landete einige Meter weiter im Sand, und die unglückliche Tondi hatte Derras Schwertspitze unter dem Kinn.

»Ich ergebe mich«, keuchte sie. In ihrem erschrockenen Gesicht stand die Verwunderung darüber, wie sie derart schnell hatte entwaffnet werden können.

»Setz dich«, sagte Derra und winkte den nächsten Herausforderer heran.

Tyrrak schlenderte zu dem Schwert und hob es auf. Mit dem Hemdsärmel wischte er den Staub von der Klinge, dann strich er mit der Hand über das Heft, um die letzten Sandreste zu entfernen. Er wirbelte das Schwert probeweise herum, während er betont gelassen auf Derra zuschritt. In angemessener Entfernung zu seiner Gegnerin nahm Tyrrak die klassische Kampfhaltung ein. Über Derras Gesicht huschte ein Lächeln, als sie ihren Rekruten so überheblich herumstolzieren und in herausfordernder Pose dastehen sah.

»Das wird spannend«, flüsterte der Rekrut neben Calvyn. »Tyrrak war in seinem Dorf der beste Schwertkämpfer.«

»Sagt er«, murmelte Calvyn. »Ich setze jedenfalls auf Derra.«

Das erste Aufeinandertreffen der Klingen lenkte die gesamte Aufmerksamkeit zurück auf die beiden Kontrahenten. Die Begegnung war heftiger als die vorangegangene. In einem rasanten Schlagabtausch attackierten sich Korporalin und Rekrut in einem wilden Wirbel von Hieb und Gegenhieb mit raschen, kurzen Stößen. Nach zwanzig Herzschlägen war es vorbei. Dann sprang Derra zurück und umkreiste den Rekruten wie ein Panther.

»Nicht schlecht, Tyrrak, aber du musst aufpassen, dass du dich nicht überschätzt. Dein Schwertarm ist ungeschützt.«

Derra stürzte sich erneut in den Kampf und versetzte Tyrrak ein paar lockere Hiebe, die mit einem blitzartigen Schwertstrich über seinem Ärmel endeten. Auf dem grünen Uniformstoff erschien ein Blutfleck. Derra trat zurück und hob ihr Schwert zu einem kurzen Salut.

»Setz dich, Tyrrak. Es ist nur ein Kratzer, aber ein richtiger Hieb hätte dich verstümmeln können.«

Tyrrak sah verblüfft auf den Schnitt, drehte sich mit hängendem Kopf um und trottete zurück zu Trupp zwei. Er schien nicht zu begreifen, wie Derra ihn so leicht hatte erwischen können.

»Sei vorsichtig. Sie ist verdammt schnell«, murmelte er, als er das Schwert an den nächsten Herausforderer weiterreichte.

Doch sein Rat nutzte den beiden folgenden Rekruten nichts, denn auch sie wurden kurzerhand geschlagen. Derra war nicht einmal ins Schwitzen gekommen, als ihr Bek gegenübertrat. Er zog das Schwert aus dem Sand, in den es sein Vorgänger aus Empörung über seine schmähliche Niederlage gestoßen hatte.

»Aha, Meister Ungelenk persönlich«, spottete Derra und wies ihn mit einer Handbewegung an zu beginnen. »Mal sehen, wie du mit einem Schwert umgehst!«

Bek bewegte sich nach vorn und hielt das Schwert unbeholfen vor sich. Es war ein lächerlicher Anblick, und Calvyn konnte kaum hinschauen, als sein neuer Freund auf seine Gegnerin zustolperte, um zum ersten Angriff anzusetzen. Doch Korporalin Derra verlor nicht einen Moment die Beherrschung und trat ihm mit dem gleichen Respekt entgegen wie den vorangegangenen Gegnern. Bek holte zum Schlag aus. Derra parierte mühelos und versetzte ihm einen Gegenschlag, den Bek gerade noch abwehren konnte. Wieder holte Bek aus und wieder konterte Derra und testete seine Reflexe mit kurzen, heftigen Hieben. Bek konnte ihre Gegenangriffe immer gerade noch abfangen und nur knapp vermeiden, getroffen zu werden.

Derra tat einen Schritt zurück und ihr Blick verengte sich.

»Jetzt kommt's. Jetzt schnappt sie ihn sich«, flüsterte der Rekrut neben Calvyn.

Doch als Derra zum letzten Streich ausholte, umfasste Bek das Heft zur allgemeinen Überraschung energischer, änderte blitzartig seine Position und konterte ihren heftigen Schlag mit unglaublicher Geschwindigkeit. Die beiden Klingen trafen nun in so raschem Takt aufeinander, dass Calvyn dem Schauspiel kaum noch folgen konnte.

»Los, Bek«, rief Calvyn. Die Worte waren ihm herausgerutscht, bevor er sie noch unterdrücken konnte.

Aber sie öffneten eine Schleuse, und innerhalb von Sekunden wurde Bek vom gesamten Trupp angefeuert. Die Spannung übertrug sich auf die anderen in der Burg, und auf einmal waren alle Augen auf das kämpfende Paar auf dem Übungsplatz gerichtet. Die Wachen auf den Türmen wandten den Blick nach hinten, während der atemberaubende Schlagabtausch sein stählernes Echo zwischen den Burgmauern ertönen ließ.

»Na los, Bek, du schaffst es.«

Die Kontrahenten traten zurück und umkreisten sich. Beiden standen Schweißperlen auf der Stirn. Bek keuchte, aber er wirkte konzentriert und ruhig, während er seine Korporalin umpirschte. Derra dagegen atmete ganz normal und schien unbeeindruckt von den unerwarteten Fähigkeiten ihres Rekruten. Ihr strenger Blick bohrte sich mit furchterregender Intensität in ihren Gegner. Bek wiederum lauerte auf jedes Zeichen von Schwäche bei Derra.

Trupp zwei feuerte Bek weiter an und wünschte sich, Bek möge den entscheidenden Hieb setzen. Von den Burgmauern herab schallten Zurufe für Derra, denn der Kampf zog immer mehr Aufmerksamkeit auf sich.

Bek machte einen Ausfall – abgewehrt – Riposte – pariert. Wieder brachte der rasche Schlagabtausch keinen Sieger hervor, und die Anfeuerungsrufe für beide Seiten wurden immer lauter. Sergeant Brett trat aus seiner Schreibstube, um den Grund für den Aufruhr zu erfahren, und sogar an den schmalen Fenstern des Bergfrieds erschienen Gesichter.

Wieder eine schwirrende Abfolge von Hieben, und gleich noch eine. Die Schwertklingen sirrten immer wieder, ohne klares Ergebnis. Doch man sah, wie Bek ermüdete, während Derra genauso stark und beweglich wirkte wie immer. Die Korporalin forcierte ihren Angriff durch aufeinanderfolgende, heimtückische Hiebe, die Bek nur mit Mühe abwehren konnte. Irgendwann wich er vor den auf ihn einregnenden Schlägen Derras zurück und versuchte verzweifelt, den Spieß noch einmal umzudrehen, indem er eine überraschende Gegenoffensive startete.

Es war nur ein kleiner Fehler, aber Derra hatte darauf gelauert. Bek streckte den Schwertarm ein wenig zu weit vor, Derra drückte seine Waffe nach unten, machte einen Satz nach vorn und ritzte Bek in den Oberarm. Das Ganze ging so schnell, dass viele Rekruten den entscheidenden Streich gar nicht mitbekamen, aber Bek spürte den Stich und wusste, dass der Kampf nun beendet war. Er trat sofort zurück, hob das Schwert zum Salut, drehte es um und hielt der Korporalin das Heft hin.

Derra salutierte ebenfalls, und hier und da jubelte es von den Burgmauern. Derra nahm das Schwert entgegen und schenkte Bek den Anflug eines Lächelns.

»Nicht schlecht für einen Rekruten«, erklärte sie beiläufig. »Wenn wir dich erst einmal richtig in Form gebracht haben, wirst du ein ernst zu nehmender Gegner sein. Beinahe hätte ich dir sogar das Theater am Anfang abgenommen.«

»Was hat mich verraten?«

»Ich habe Erfahrung. Vor ein paar Jahren wurde ich mit einem ähnlichen Trick getäuscht, und als du all meine Schläge so glücklich abgewehrt hast, bin ich doch misstrauisch geworden.«

Bek nickte anerkennend, lief zu den anderen und setzte sich neben Calvyn. Die Korporalin stellte sich wieder vor ihre Rekruten. Ihr merkte man die Anstrengung nicht an, obwohl Schweiß auf ihrer Stirn glänzte.

Rings der Burgmauern zerstreuten sich die Zuschauer und widmeten sich wieder ihren Pflichten, als sei nichts Außergewöhnliches geschehen. Auch Sergeant Brett schritt zurück in seine Stube. Das Interesse war verflogen.

»Nun, Leute, aus dieser kleinen Übung lässt sich einiges lernen. Besonders wichtig ist, dass man seinen Gegner nie nach dem ersten Anschein beurteilt. Behandelt jeden, der eine Waffe trägt, mit dem gleichen Respekt. Tut ihr das nicht, werdet ihr es womöglich bereuen.«

Calvyn blickte in die Runde. Alle lauschten mit ungeteilter Aufmerksamkeit. An diesem Nachmittag hatte Derra die Hochachtung ihrer Rekruten gewonnen, so viel war sicher.

»Die Kämpfe haben gezeigt, dass ihr alle noch viel zu lernen habt«, fuhr die Korporalin fort. »Wer wirkungsvoll kämpfen will, muss körperlich ganz auf der Höhe sein. Wenn der junge Bek hier ein wenig stärker oder schneller gewesen wäre, hätte er mir leicht einen Hieb verpassen können, und da wäre er nicht der Erste.«

Derra schob die Ärmel ihrer Jacke hoch und zeigte ihren Rekruten mehrere böse Narben an ihren Handgelenken und Armen.

»Ich möchte, dass alle, die sich eine Wunde zugezogen haben, zum Feldscher gehen und diese versorgen lassen. Aber seid gewarnt, ihr müsstet schon um einiges besser kämpfen als ich, um längere Zeit bei der Armee zu verbringen, ohne eine ähnliche Zahl von Wunden davonzutragen. Damit ihr euch nicht zu viele unnötige Verletzungen zuzieht, werdet ihr stumpfe Holzschwerter verwenden, bis ihr die grundlegenden Schwerttechniken erlernt habt. Zudem tragt ihr ein wattiertes Wams und Lederkappen. Alle Rekruten, die sich als fähig erweisen, werden mir dabei helfen, die Leistung der anderen zu verbessern. Es wird regelmäßig Wettkämpfe geben, um ein wenig freundschaftliche Rivalität zu schüren, sowohl unter euch als zwischen den verschiedenen Trupps. Ich verlange, dass ihre jeden Kampf gegen die anderen gewinnt, denn ihr seid mein Trupp, und mein Trupp ist immer der Beste. Verstanden?«

»Jawohl, Korporalin.«

»Ausgezeichnet. Bek wird zum Ersten Schwertkämpfer unseres Trupps ernannt. Jeder, der ihm diesen Titel abringen möchte, muss ihn bei einem unserer wöchentlichen Wettkämpfe besiegen.«

»Wer soll das wohl schaffen!«, murmelte jemand.

»Vorerst wohl niemand«, entgegnete Derra, deren scharfen Ohren kaum etwas entging. In einem strengeren Ton erklärte sie: »Wer ihn schlagen will, wird hier die erforderlichen Fertigkeiten erlernen. Aber jetzt gehen erst einmal alle mit ernsten Schnittwunden zum Feldscher und treten hier wieder an, sobald sie fertig sind. Und der Rest: Mir nach!«

Derra führte Trupp zwei zu einem mit eisernen Läden verschlossenen Fenster an der Seite der Waffenkammer. Sie schlug mit dem Schwertknauf auf das Blech, und gleich darauf hörte man, wie mehrere Riegel zurückgeschoben wurden und die Läden sich quietschend öffneten.

Die beiden Schwerter wurden durch die Luke gereicht, und dann bekam jeder Rekrut ein stabiles Holzstück in die Hand gedrückt. Calvyn packte sein hölzernes Übungsschwert und war überrascht, wie schwer es war. Der Griff war mit einem Lederband umwickelt, damit die Hand mehr Halt hatte, aber es gab keine Parierstange, die die Finger vor einem abrutschenden Hieb geschützt hätte. Die Waffe fühlte sich eher an wie eine Keule als ein Schwert. »Mit dem Ding kann man ja jemandem den Schädel einschlagen.« Calvyn verzog das Gesicht.

»Beim Zahn des Tarmin!«, fluchte Jenna und kam zu Calvyn herüber. »Wie soll man denn mit so einem Klotz fechten?«

»Das habe ich mich auch schon gefragt«, erwiderte Calvyn grinsend. »Aber ich bin sicher, wir werden es bald herausfinden.«

Derra händigte noch vier weitere Holzschwerter für Bek, Tyrrak und die anderen aus und führte Trupp zwei zurück zum Waffenübungsplatz, um mit der ersten Lektion zu beginnen.

»Also, Trupp zwei! Bildet eine Reihe und haltet dabei ungefähr zwei Schritt Abstand voneinander. Na los! Bewegt euch! Wir haben nicht den ganzen Tag Zeit.«

Die Rekruten verteilten sich wie befohlen.

»Hört zu. Ich werde den Grundpositionen des Schwertkampfs Zahlen geben. Wenn ihr also Wert auf eure zarte Haut legt, solltet ihr besser genau aufpassen. Dies hier ist… Position Nummer eins.«

Derra führte die Position vor und hielt sie einige Sekunden.

»Trupp zwei, in Position eins.«

Die Rekruten bemühten sich, die richtige Haltung einzunehmen, und Derra schritt die Reihe entlang und korrigierte die Position jedes Einzelnen. Diese Prozedur dauerte natürlich ihre Zeit, und als Derra schließlich vor Calvyn stand, zitterte ihm schon der Arm vor Anstrengung. Die Korporalin schaute ihm in die Augen, während er die Zähne zusammenbiss und sich abmühte, das Schwert richtig zu halten.

»Etwas höher… so, ja. Beuge den Arm ein wenig mehr. Gut.«

Dann widmete sich Derra den Letzten in der Reihe. Danach stellte sie sich wieder vor ihre Rekruten.

»Und… rührt euch«, befahl sie.

Entlang der Reihe ließ sich erleichtertes Stöhnen vernehmen.

»Wie ihr seht, ist diese Übungswaffe dazu gedacht, den Schwertarm zu stärken. Wenn ihr erst einmal ein paar Wochen trainiert habt, werdet ihr das Gewicht kaum noch spüren, und wenn ihr dann ein richtiges Schwert in die Hand bekommt, seid ihr rasch in der Lage, schnelle Bewegungen auszuführen.«

»Wenn uns nicht vorher die Arme abfallen«, brummte Jenna, die links neben Calvyn stand.

Calvyn grinste, enthielt sich aber jeden Kommentars. Stattdessen spannte und entspannte er seine zuckenden Muskeln im rechten Arm.

»Ah, Tyrrak. Schön, dass du kommst. Hier, dein Schwert«, sagte Derra, nahm eine der Holzkeulen und warf sie ihm zu.

»Und jetzt … Position zwei.«

8

Über der flachen Wüste brach die Sonne hervor. Demarr schritt zwischen den Zeltreihen hindurch und schien die überall im Lager verstreuten Leichen gar nicht zu bemerken. Eine Gruppe Adrel-Krieger unter Ramiffs Kommando kam auf ihn zugerannt. Alle Kämpfer trugen Spuren der letzten Auseinandersetzung.

»Es ist vollbracht, Auserwählter. Alle außer dem Maharl und eine Handvoll Manticlaar-Krieger sind tot. Die Gefangenen wurden zum Brunnen geschleppt.«

»Ausgezeichnet, Ramiff. Du und die anderen Krieger habt Großes geleistet«, antwortete Demarr. Seine Augen funkelten wie Saphire in der Morgensonne. »Wie hoch sind unsere Verluste?«

»Nur sechsunddreißig Tote und etwa siebzig Verletzte, Auserwählter. Die meisten Verwundeten werden innerhalb einer Woche wieder kampfbereit sein.«

Demarr nickte und tastete versonnen nach seinem silbernen Talisman. Die Zahl der Opfer war geringer als erwartet und trotzdem folgenschwer. Sechsunddreißig Tote und mehr als doppelt so viele Kämpfer verwundet, das war fast ein Drittel seiner Streitmacht und kein Ergebnis, das ihm Freude bereitete. Doch die Schlacht war gewonnen und der Feind zerstört. Jeder Mann, jede Frau und jedes Kind, mit Ausnahme der notwendigen Gefangennahmen, war dem Schwert zum Opfer gefallen. Das musste die großen Sippen aufhorchen lassen.

»Nimm deine Männer und schöpfe neue Kraft, Ramiff. Du wirst sie brauchen, bevor dieser Tag zu Ende geht. Kontrolliere nur noch, ob die Wachen an ihren Plätzen und die Spähtrupps bereit sind. Ich möchte nicht, dass eine der anderen Sippen unseren Sieg mit einem Überraschungsangriff stört.«

»Die Wachen sind an ihrem Platz, Auserwählter, und die Spähtrupps habe ich selbst eingewiesen. Alles wurde erledigt, wie Ihr befohlen habt.«

»Dann geht jetzt. Ruht euch aus.«

Ramiff und die anderen Krieger machten eine tiefe Verbeugung und verließen den Obersten Maharl.

Eine Welle des Hochgefühls ergriff Demarr. Das hier war echte Führerschaft. Kampf und Sieg. Männer, die bereit waren, für einen zu sterben. Den Feind zu Staub zermalmen. Die Macht, zu entscheiden, wer leben darf und wer stirbt. Doch selbst in die größte Freude mischten sich andere Gedanken und Gefühle.

»Es reicht noch nicht! Dies ist erst der Anfang. Die Rache ist mein. Ich werde nicht länger zulassen, dass mir mein rechtmäßiger Platz verweigert wird«, flüsterte Demarr. »Und wenn ich die Wüste mit Blut tränken muss, ich werde meine Armee bekommen. Thrandor wird fallen. Und ich werde König.«

Seine rechte Hand umklammerte instinktiv den silbernen Talisman und die scharfen Kanten des Amuletts schnitten in seine Handfläche. Kraft strömte aus dem Talisman, floss durch seinen Arm und durchdrang seinen Körper. Noch nie hatte Demarr sich so stark, so lebendig gefühlt. Er öffnete die Hand und betrachtete den wundersamen Anhänger mit neuer Ehrfurcht. Fasziniert beobachtete er, wie ein Tropfen Blut über seine Handfläche rann und auf den Boden tropfte. Das silberne Medaillon verlor offenbar niemals an Schönheit. Sogar mit seinem eigenen Blut beschmiert, erschien es dem verzückten Demarr absolut makellos – es war ein unübertroffen kunstvoll gefertigtes Schmuckstück.

»Ich möchte zu gern wissen, was es mit dir auf sich hat«, dachte er, wischte den Talisman mit seiner Thobe sauber und fuhr, wie unzählige Male zuvor, mit dem Finger über die feinen Inschriften. »Was auch immer es ist, ich danke deinem Schöpfer für die Macht, die du mir verleihst.«

Demarr lächelte, als er sich erinnerte, wie die Kraft des Talismans sich während der Schlacht erneut offenbart hatte. Die Wachen im nördlichen Teil des Manticlaar-Lagers waren still beseitigt worden und die Kämpfer der Adrel hatten kriechend ihre Position eingenommen. Demarr hatte sich lautlos an den Rand der Zeltdächer begeben. Der Plan war einfach. Das Lager war recht gut erleuchtet, da in regelmäßigen Abständen Fackeln brannten. Sobald die am weitesten vorgedrungenen Trupps sahen, wie der Oberste Maharl und seine Krieger das erste Zelt betraten, sollten sie sich in den nördlichen Teil des Lagers ergießen und angreifen. Ziel war, so viele Manticlaar wie möglich zu töten, bevor Alarm geschlagen wurde und eine organisierte Verteidigung auf die Beine gestellt werden konnte.

Als Demarr sein Schwert in den ersten Feind bohrte, durchflutete ihn eine Befriedigung, die sexueller Lust gleichkam. Jeder nachfolgende tödliche Hieb ließ eine ähnliche Welle des Glücks aufsteigen und mit jedem Opfer strahlte der Talisman heller. Als er ein halbes Dutzend Männer getötet hatte, war der Auserwählte von einem unheimlichen Silberglanz der Macht umgeben und alle Krieger der Manticlaar bis auf die mutigsten flohen vor ihm.

Die Manticlaar hatten sich erstaunlich schnell von dem ersten Schock erholt. Doch als sie eben zum Gegenangriff übergehen wollten, setzten die Adrel eine Zeltreihe nach der anderen in Brand. In vielen Unterkünften befanden sich noch Frauen und Kinder. Angsterfüllte Schreie und Ausrufe der Bestürzung sorgten für Verwirrung, und unter den Manticlaar breitete sich erneut Chaos aus, als viele der Männer ihren Familien zu Hilfe eilten, nur um kurzerhand niedergestreckt zu werden.

In diesem Augenblick stieß der größte Haufen der Adrel, der bis dahin südlich des Lagers gelauert hatte, unter der Führung von Ramiff vor und verwandelte die Schlacht in ein Massaker. Die Manticlaar, die anfangs zahlenmäßig leicht überlegen gewesen waren, hatten keine Chance.

Demarr hatte sich wie im Rausch durch die gegnerischen Gruppen gekämpft, und seine machtvolle Aura hatte Angst in die Herzen seiner Feinde gesenkt. Sein tanzendes, glitzerndes Schwert hinterließ eine tödliche Spur. Es wurde fraglos mit Kunst geschwungen, aber die vom Silberschein erleuchtete Waffe schien ein Eigenleben zu führen. Demarr war nicht aufzuhalten. Selbst seine eigenen Männer, die neben ihm fochten, taten dies mit ehrfurchtsvollen Gesichtern und hielten sich wenn möglich von ihm fern.

»Auserwählter.«

Ramiff tauchte noch einmal wie aus dem Nichts auf.

»Ich hatte doch gesagt, du solltst dich ausruhen«, stellte Demarr kühl fest. Es gefiel ihm gar nicht, wenn man ihm nicht gehorchte.

»Ich war auf dem Weg zu meinem Lager, als die erste Patrouille zurückkam, Auserwählter.«

»Zurückkam? Sie sollten doch bis zum Mittag draußen bleiben, oder?«

»Das stimmt, Herr, aber sie haben zwei Kundschafter erwischt. Der eine ist Nemda, der andere Dagali. Der Anführer des Spähtrupps wollte sie herbringen, bevor er das Gebiet weiter durchkämmt.«

»Nemda und Dagali! Gut…das sind wunderbare Neuigkeiten, Ramiff. Danke, dass du mir so schnell Bescheid gegeben hast. Wo werden sie gefangen gehalten?«

»Beim Brunnen, Herr, mit den Gefangenen der Manticlaar.«

»Sehr gut. Nun geh, Ramiff, und ruh dich aus«, befahl Demarr nicht unfreundlich.

Ramiff verbeugte sich nochmals und lief in Richtung der Zelte. Demarr sah ihm nach und dachte über die nächsten Schritte nach. Die Nemda-Sippe hatte nur etwa fünf- oder sechshundert Mitglieder. Wenn er sie überzeugte, dass er der Auserwählte war, würde er stärkeren Druck auf die großen Sippen ausüben können. Mit ein wenig List und kleinen Beweisen seiner Macht würde er sie alle innerhalb weniger Monate in der Hand haben. Auf diese Gelegenheit hatte er gewartet. Er würde sie nicht verstreichen lassen.

Demarr schritt durch die Überreste des Manticlaar-Lagers und machte sich auf zum Brunnen. Ein offener Platz mit einer großen Feuerstelle markierte die lebenswichtige Wasserquelle. Die Glut brannte noch, als er auf das Gefangenenlager zulief.

Als sie Demarr erkannten, standen die Wachen sofort stramm.

»Rührt euch«, befahl Demarr. »Ist das Wasser noch rein?«

»Ja, Auserwählter. Wir haben nicht zugelassen, dass sie es vergiften.«

»Gut. Hol mir etwas herauf.«

»Ja, Auserwählter.«

Die Wache ging zum Brunnen und ließ den kleinen Eimer an der Kette hinab, bis er unten auf die Wasseroberfläche platschte. Demarr wartete geduldig und beobachtete aus dem Augenwinkel die gefesselten Gefangenen. Die Wache nahm einen sauberen Becher, goss Wasser aus dem Eimer hinein und reichte ihn Demarr, der ihn mit einem Kopfnicken entgegennahm.

Die Kundschafter der Nemda und Dagali waren leicht von den Manticlaar zu unterscheiden, denn ihre Ghutras hatten eine Borte in der jeweiligen Farbe ihrer Sippe. Demarr schritt auf die beiden zu und sah ihnen abwechselnd in die Augen.

»Also, was sagst du, Nemda? Betrachtest du mich als den Auserwählten?«

»Warum sollte ich, Maharl? Wegen eines Sieges, in dem die Zeit und die Sippengeschichte ein unbedeutendes Gefecht sehen werden?«

Demarr dachte einen Augenblick über seine Worte nach. Was der Nemda sagte, war nicht von der Hand zu weisen. Aber selbst wenn er recht behalten würde, im Hier und Jetzt, entschied Demarr, würden die Ereignisse der vergangenen Stunden weithin als eine bedeutende Schlacht und Verschiebung der Machtverhältnisse gewertet werden. Der Kundschafter folgte nur den Anweisungen seiner Anführer. Demarr musste seine Ergebenheit erlangen und ihn dann als Werkzeug einsetzen, um seine Sippe für sich zu gewinnen.

»Ich nehme an, du denkst ähnlich, Dagali?«, erkundigte sich Demarr mit einem Lächeln.

»Ihr habt einen beeindruckenden Sieg errungen, Maharl, aber das macht Euch noch nicht zum Auserwählten«, sagte der Kundschafter der Dagali, dem seine ausweglose Situation nur allzu bewusst war, vorsichtig. »Ich würde ja zu gern der erste Dagali sein, der den Auserwählten willkommen heißt, wenn ich nur Beweise sehen könnte, die Eure Behauptung stützen.«

»Beweise! Ha! Du hockst da als mein Gefangener und wagst, nach Beweisen zu verlangen, bevor du dich vor mir verbeugst!«, rief Demarr mit einem Lachen, das die Luft wie ein Messer durchschnitt. »Beim Tarmin, ich bewundere deinen Mut, aber deine Frechheit wird dich eines Tages noch in größte Schwierigkeiten bringen.«

Demarr sah zur Wache und gab ihr ein Zeichen.

»Binde diese beiden Männer los. Sie möchten Beweise, dass ich der Auserwählte bin, und ich bin gewillt, sie ihnen zu liefern.«

»Sofort, Auserwählter«, antwortete die Wache.

Der Kundschafter der Dagali wirkte eher belustigt als beeindruckt, als er sah, wie selbstverständlich die Adrel-Krieger den ehrenvollen Titel gebrauchten. Der Kundschafter der Nemda dagegen blickte misstrauisch und beunruhigt, weil man ihn so plötzlich freiließ. Demarr achtete nicht auf ihre Gesichter, denn er wusste nun, was er zu tun hatte, und sein Herz hüpfte erwartungsvoll.

Die übrigen Gefangenen hatten das Gespräch mit kaum verhohlenem Interesse verfolgt, als sich Demarr an sie wandte.

»Ihr werdet inzwischen wissen, dass ihr sechs die einzigen Überlebenden der Manticlaar seid. All eure Krieger, eure Frauen und sogar eure Kinder sind tot.«

Die hockenden Gefangenen nickten und ließen niedergeschlagen die Schultern sacken.

»Und du, Maharl der Manticlaar«, sagte Demarr und deutete auf den Anführer der besiegten Sippe. »Wie lautete meine letzte Botschaft an dich?«

»Dass Ihr der von den alten Propheten verkündete Auserwählte seid, der gekommen ist, die Sippen im heiligen Krieg zu vereinen, und dass Ihr uns vernichtet, wenn wir uns Euch nicht anschließen.«

»Und wie lautete deine Antwort?«

»Wir haben die Forderung ignoriert und nun den Preis für unsere Dummheit bezahlt.«

»Nein!«, fuhr ihn Demarr an. »Ihr habt noch nicht den vollen Preis bezahlt. Ich habe geschworen, ich würde alle Manticlaar vernichten, und ich beabsichtige nicht, diesen Eid zu brechen. Ihr werdet hingerichtet und nichts kann daran etwas ändern. Ihr habt also nichts zu gewinnen, wenn ihr lügt, und nichts zu gewinnen, wenn ihr die Wahrheit sagt. Nichts, außer womöglich zwei andere Sippen davor zu bewahren, denselben Fehler wie ihr zu begehen. Ich überlasse also euch, was ihr den Kundschaftern der Nemda und der Dagali berichtet.«

Demarr wandte sich ab und trat einige Schritte zur Seite. Er bedeutete den beiden Kundschaftern, dass sie den Manticlaar nun Fragen stellen könnten. Dann hockte er sich im Schneidersitz auf den Boden, nippte an seinem Becher Wasser und verfolgte, wie der Dagali mit seiner Befragung begann.

»Nehmt Ihr den Fremden dort als den Auserwählten an?«, fragte der Dagali den Maharl der Manticlaar.

»Ich bezweifle nicht, dass er ist, was er zu sein behauptet. Es wäre klug, auf ihn zu hören«, antwortete der besiegte Anführer.

»Und was ist mit den anderen? Seid ihr seiner Meinung?«

Die Manticlaar nickten und einer der Männer meldete sich zu Wort.

»Er hat die Macht, die von den Alten prophezeit wurde. Ich habe gesehen, wie er im heiligen Licht erstrahlte, als er meine Sippenbrüder ermordete. Wir müssen verblendet gewesen sein, als wir ihn verspotteten.«

»Er erstrahlte? Das ist alles? Das könnte doch ein geschickter Trick gewesen sein.«

»Nein«, wandte der Maharl der Manticlaar ein. »Es war kein Trick. Dieser Mann besitzt wirklich die heiligen Kräfte. Ich habe keine Zweifel, dass er die Sippen vereinen wird.«

»Ihr habt keine Zweifel! Na, unter den gegebenen Umständen überrascht mich das kaum. Ihr habt einen Feind derart unterschätzt, dass eure Sippe ausgelöscht wurde, und anschließend versichert ihr, ihr hättet keine Zweifel. Nehmt mir nicht übel, wenn ich euren Behauptungen kein Vertrauen schenke«, fauchte der Kundschafter der Nemda, offenbar unbeeindruckt von dem Glaubensbekenntnis.

»Ich gebe dir recht. Mir ist eine furchtbare Fehleinschätzung unterlaufen, aber der Fehler lag nicht darin, dass ich die Stärke der Adrel unterschätzt habe, sondern die Macht ihres Anführers in Frage gestellt habe. Was immer ihr tut, und es geht mich im Grunde ja nichts an, wie ihr entscheidet, denkt an eines: Wenn dieser Mann nicht der Auserwählte ist, dann sollte die Dagali-Sippe in der Lage sein, die Adrel im offenen Kampf zu besiegen. Die Nemda aber verfügen nicht über solche Stärke und müssten zumindest schlimme Verluste hinnehmen, sollten die Adrel sie angreifen. Ihr Nemda habt keinen Grund, euch sicher zu fühlen.«

»Nemda-Krieger lassen sich nicht von irgendeinem dahergelaufenen Blender erpressen«, spottete der Kundschafter der Nemda mit einer abfälligen Handbewegung.

»Das galt auch für die Manticlaar – inzwischen ist das Vergangenheit. Lass mich zu Ende reden. Wenn dieser Mann der Auserwählte ist und ihr wie ich beschließt, ihm die Gefolgschaft zu verweigern: Glaubt ihr ernsthaft, dass die Sache für euch anders ausgehen würde als bei uns? Und ihr Dagali, ihr glaubt euch in einer Position der Stärke. Euer Stamm ist um vieles größer als jener der Adrel, aber bedenkt eines: Wenn er wirklich der Auserwählte ist, kann eure Überzahl dann irgendetwas gegen ihn ausrichten? Auch wir waren stark, und wir waren nicht ganz unvorbereitet. Seht euch gut um und seid dankbar, dass ihr unserem Schicksal noch entgehen könnt.«

Die beiden Kundschafter waren offenbar immer noch skeptisch, aber der Dagali wirkte nachdenklich. Genau das war der Augenblick, auf den Demarr gewartet hatte. Er ergriff die Gelegenheit.

»Genug«, unterbrach er. »Das alles führt zu nichts. Ihr beide tretet zurück. Und der Rest erhebt sich.«

Die beiden Kundschafter gingen auf Abstand zu den Gefangenen der Manticlaar und Demarr stellte sich einige Schritte vor ihnen auf. Er hielt kurz inne und musterte sie mit stechendem Blick. Den Talisman hielten seine Finger fest umklammert.

»Euer neuer Glaube an mich ist rührend, aber er wird euch nicht retten. Ich habe geschworen, die Manticlaar zu vernichten, und ihr seid die Letzten dieser Sippe. Empfangt nun die gerechte Strafe dafür, dass ihr euch mir widersetzt habt.«

Demarr breitete die Arme aus, als wollte er den Gefangenen entgegenlaufen und sie umarmen. Aus dem Amulett brachen sechs blitzartige Flammen hervor und trafen die Manticlaar-Krieger mitten in die Brust. Die Manticlaar wurden vom Feuerstoß in die Luft geschleudert und waren tot, bevor sie wieder auf die Erde fielen.

Die Kundschafter hatten das Geschehen mit offenen Mündern verfolgt und starrten Demarr entsetzt an. Der Auserwählte wandte sich ihnen zu, und die beiden fielen rasch auf die Knie, den Kopf respektvoll geduckt. Ein Zittern durchlief sie bei der kleinsten Bewegung von Demarrs Händen und das glühende Medaillon zog ihre Blicke wie hypnotisch an.

»Ich nehme an, wir brauchen keine weiteren Erklärungen oder Beweise, meine Herren?«, fragte Demarr. Ihm stand der Zorn in den Augen.

»Nein, Auserwählter«, antwortete der Dagali.

Der Nemda stand immer noch unter Schock und konnte nur den Kopf schütteln.

»Gut. Dann geht zurück zu euren Leuten und überbringt ihnen meine Botschaft. Seid mit mir oder sterbt. Könnt ihr das behalten? Oder soll ich es aufschreiben?«

»Sie werden sich Euch anschließen, Auserwählter. Ich stehe dafür mit meinem Leben ein«, schwor der Kundschafter der Dagali.

»Das tust du wahrhaftig. Also sieh zu, dass du mich nicht verrätst«, grollte Demarr. »Gebt ihnen Pferde und führt sie aus dem Lager«, befahl er den Wachen. Dann wandte er sich ab und schritt auf die Zelte zu.

◎ ◎ ◎

»Au! Himmel, tut das weh! Das wird morgen die reinste Qual!«, schimpfte Jenna und begutachtete die Blasen an ihren Füßen.

Calvyn, der sich soeben auf sein Bett fallen gelassen hatte, sah zu ihr herüber. Jenna saß auf der Bettkante, hatte den rechten Fuß über das linke Knie gelegt und stupste vorsichtig mit einem Finger auf die große Blase an ihrer Hacke. Sie verzog kurz das Gesicht, dann setzte sie den Fuß behutsam auf den Boden. Sie schlüpfte auch aus dem zweiten Stiefel und wiederholte die Prozedur am linken Fuß.

Überall im Raum hörte man die Rekruten stöhnen und scharf die Luft einziehen, während sie ihre Wunden und schmerzenden Glieder versorgten. Calvyn taten Muskeln in seinem Körper weh, von denen er bis jetzt nicht einmal gewusst hatte, dass er sie besaß. Und seit das Gewicht von seinen Füßen genommen war, spürte er, wie sie in den Stiefeln pochten. Ein Stechen an den Hacken und auf dem Spann ließen ahnen, dass auch er nicht ohne Blasen davongekommen war.

»Morgen bin ich invalide«, stöhnte Jenna und stand mit verkrampftem Gesicht auf.

»Das sind wir alle«, stimmte ihr jemand aus dem hinteren Teil des Raumes zu.

»Derra macht uns morgen früh die Hölle heiß«, brummte Tyrrak. »Sie wird unerträglich sein, wenn wir wie ein Haufen Krüppel am Exerzierplatz auftauchen.«

»Vielleicht kann ich das verhindern«, dachte Calvyn bei sich. Ihm war eine Idee gekommen. Einige von Perdimonns Heilmitteln waren mit seinen anderen Besitztümern im Lager des Quartiermeisters verstaut. Er sah den Tiegel Salbe, die Perdimonn eigens für solche Fälle hergestellt hatte, im Geiste vor sich. Sie wirkte schmerzlindernd und förderte die Heilung der Haut. Wie geschaffen für ihre Blasen. Aber wie sollte er an die Salbe gelangen? Das Lager war schon zur Nacht geschlossen, und der Quartiermeister würde sich bestimmt weigern, es für einen unbedeutenden

Rekruten wieder aufzuschließen, und die diensthabenden Wachen hatten sicher keinen Schlüssel.

Er musste eine andere Lösung finden. Er könnte die anderen auch durch den direkten Einsatz von Magie heilen, aber er erinnerte sich an Perdimonns Warnung, seine Fähigkeiten nicht offen zu zeigen. Es lohnte sich nicht, deswegen Ärger zu riskieren. Vielleicht würde ihm das Zauberbuch den Spruch zur Herstellung der Salbe verraten, dachte er. Immerhin hatte er heute größere Fortschritte bei seinen Konzentrationsübungen gemacht als je zuvor. Einen Versuch war es wert.

Calvyn wartete, bis er sich unbeobachtet fühlte, streckte sich wie eine Katze und langte dabei unauffällig unter die Matratze. Als er das Buch in der Hand hielt, rollte er sich auf die Seite und steckte es rasch unter seinen Kittel.

Ohne dass jemand auf ihn achtete, stand Calvyn auf und schritt durch den Schlafraum zur Tür. Niemand sagte etwas, als er hinausging. Offenbar waren sie alle mit etwas anderem beschäftigt oder sie dachten, er ginge nur kurz austreten.

Calvyn schloss leise die Tür hinter sich, denn er wollte auf keinen Fall die Aufmerksamkeit der Wachen auf sich lenken, die auf den Burgmauern patrouillierten. Das Innere der Burg war zu Calvyns Ärger besonders gut erhellt. Am Rand des Exerzierplatzes brannten in regelmäßigen Abständen Fackeln. Einige waren in die Mauer geklemmt, andere steckten in frei stehenden Fackelständern. Zusammen erzeugten sie ausreichend Licht, um auch noch das letzte bisschen Hoffnung, er könne sich vielleicht ungesehen zum Lager des Quartiermeisters schleichen, zunichte zu machen. Stattdessen lief er außen an den Mannschaftsunterkünften entlang zu den Waschräumen.

»Ich brauche ein ruhiges Plätzchen außer Sichtweite,

aber mit genug Licht zum Lesen«, dachte Calvyn auf dem Weg zur südwestlichen Ecke der Burg.

Er schaute aufmerksam die Mauern entlang, um sicherzugehen, dass ihn niemand beobachte. Dann schlich Calvyn an den Waschräumen vorbei bis ganz an den Rand des Geländes. Rechts von ihm begannen die Stufen zum Südwestturm, links befanden sich die geschlossenen Türen des Speisesaals. Die niedrige Rundmauer des Burgbrunnens stand genau vor ihm und an der Wand daneben brannte eine Fackel.

»Los, Calvyn, wo immer du auch hinwillst, entscheide dich schnell!«, dachte er und suchte verzweifelt nach einem Versteck. Es gab keines. Doch wenn er sich in die Ecke zwischen dem Speisesaal und der Burgmauer hockte, würde ihn wohl kaum jemand bemerken, der nicht gerade zum Wasserholen an den Brunnen kam. Calvyn sah ein, dass er nichts Besseres finden würde, und lief schnell um den Brunnen herum in die abgeschiedene Nische.

Sobald er saß, spähte er noch einmal um sich. Er fühlte sich schutzlos und unsicher, aber er hatte keine andere Wahl. Es musste hier und jetzt sein, oder gar nicht. Er griff in den Waffenrock und holte das Zauberbuch hervor. Ein letzter schweifender Blick versicherte ihm, dass keine unmittelbare Gefahr bestand, erwischt zu werden. Calvyn schlug das Buch auf und begann zu lesen.

Beim Durchstöbern der Seiten entdeckte Calvyn mehrere neue Zaubersprüche, mit denen diverse Leiden geheilt werden konnten. Einen Hinweis auf die benötigte Salbe fand er nicht. Enttäuscht schloss er das Buch, saß still da und starrte vor sich hin, während sein Geist die Situation beurteilte.

Er konnte die Salbe nicht herstellen, und es gab keinen Weg, an den Tiegel im Lager des Quartiermeisters zu gelangen. Welche Möglichkeit könnte es sonst noch geben? Ein Spruch zum Auffinden verlorener Gegenstände würde nichts nützen, denn das nächste Mittel in seiner Nähe würde zweifellos sein eigener im Lager verschlossene Salbentiegel sein. Und wenn er die Betonung der Runen so veränderte, dass die Kraft der Magie das gesuchte Objekt herbeibrachte statt auffand? Calvyn hatte keine Ahnung, was geschehen würde, wenn er die Runen auf diese Weise veränderte, aber auf einmal klangen ihm Perdimonns Worte im Ohr.

»Calvyn, du hast gerade einmal eine Ahnung von dem bekommen, was Magie vermag… du wirst sicher bald eigene Zaubersprüche ersinnen, von denen ich nicht einmal träumen kann. Denn dein Geist arbeitet anders als meiner und wird die Runen auf eine Weise zusammenstellen, die allein deinem Bewusstsein entspringt… das ist mein Zauberbuch… irgendwann wirst du dein eigenes Zauberbuch schreiben, und ich möchte dich ermuntern, eher früher als später damit zu beginnen.«

Bestärkt durch die Erinnerung an Perdimonn begann Calvyn, Runen in den sandigen Boden zu schreiben. Immer wieder veränderte er die seltsamen Symbole, bis er zufrieden feststellte, dass der Spruch die gewünschte Absicht widerspiegelte. Calvyn prägte ihn sich sorgfältig ein und sah die Runen schließlich in einer fließenden, ununterbrochenen Abfolge vor seinem inneren Auge. Er war bereit.

Calvyn hielt die Hand ausgestreckt, und er sah alles genau vor sich: das flackernde Licht der Fackel, das unebene Mauerwerk der niedrigen Brunneneinfassung, die Waschräume, die Unterkünfte und schließlich die Zinnenmauer, deren Umrisse sich gegen den Nachthimmel abhoben. Als er sicher war, dass sich jede noch so kleine Einzelheit in seinen Geist gebrannt hatte, schloss Calvyn die Augen und begann den Zauberspruch.

Die Kombination der Runen war recht schwierig zu artikulieren, aber die Silben gingen ihm mühelos über die Lippen. Er sprach die Lautkette im Flüsterton. Calvyn stellte sich vor, wie jede einzelne Rune in seine Hand floss und sich zu einer verschlungenen Figur zusammensetzte, aus der sich langsam der Salbentiegel herausbildete. Der Zauberspruch fühlte sich »richtig« an. Diese Gewissheit hatte er nicht verspürt, als er die von Perdimonn erlernten Zaubersprüche aufgesagt hatte. Doch der junge Magier ließ nicht zu, dass seine Konzentration durch derartige Gedanken gestört wurde.

Als Calvyn die letzte Silbe gesprochen hatte, vereinigten sich die Runen zu einem Bild des ersehnten Salbentiegels. Als die Vorstellung Gestalt annahm, gab es ein Geräusch, als würde der Korken aus einer Weinflasche gezogen. Calvyn spürte das Gewicht eines Gegenstands in seiner Hand.

Einen Moment lang wagte Calvyn kaum, die Augen zu öffnen. Doch dann zog ihn seine prekäre Lage in die Wirklichkeit zurück und er starrte mit pochendem Herzen auf Perdimonns Salbentiegel auf seiner ausgestreckten Hand. Er schloss die Finger um das Gefäß und drückte es an die Brust, als hätte er Angst, es würde wegfliegen.

Nachdem er sich der Echtheit des Tiegels versichert hatte, rappelte sich Calvyn hoch und steckte Salbe und Zauberbuch unter seinen Kittel. Er schlenderte betont gelassen am Brunnen vorbei und am Exerzierplatz entlang zum Eingang der Unterkünfte. Er war fast dort angelangt, als eine Stimme über den Platz dröhnte.

»He, du! Rekrut!«

Calvyn blieb abrupt stehen. Sein Herz raste.

»Ja, du. Was machst du da?«

»Ich war kurz austreten«, antwortete er und blickte zu

der Gestalt hinüber, die vor den Unterkünften der Korporale stand.

»Das ist noch lange keine Entschuldigung, um hier herumzuschlurfen wie ein Bettler. Marschier gefälligst! Du bist jetzt beim Militär!«

Erleichtert nahm Calvyn Haltung an und marschierte stramm bis zum Eingang der Schlafräume. Sobald er die Tür hinter sich geschlossen hatte, stieß Calvyn einen glücklichen Seufzer aus.

»Und wo hast du dich herumgetrieben, während wir hier geschuftet haben für die Stubenkontrolle morgen früh?«, fragte Tyrrak gehässig.

»Ich hab meinen Hals riskiert, um etwas zu besorgen, das eure Blasen heilt«, erwiderte Calvyn. Seine patzige Antwort nahm es sofort mit Tyrraks anklagendem Ton auf. »Aber wenn du kein Interesse daran hast …«

Calvyn zog den Tiegel aus seinem Kittel, fuchtelte damit unter Tyrraks Nase herum und lief durch den Raum zu seinem Bett.

»Entschuldige, Calvyn. Ich hab gedacht …«

»Du hast gedacht, ich hätte mich davongestohlen, damit ich mich hier nicht für Derras Appell abrackern muss. Das hab ich aber nicht, klar? Ich erledige liebend gerne meinen Teil, Tyrrak, aber vorher werde ich jedem, der es wünscht, eine Heilsalbe für seine Blasen geben. Hast du damit ein Problem?«

»Nein, ich …«

»Gut. Wenn du etwas hiervon haben möchtest, dann schlage ich vor, du hältst an der Tür Wache, während ich mich um die anderen kümmere. Ich hab den Ärger nämlich nicht auf mich genommen, damit das Zeug am Ende konfisziert wird.«

Niedergeschlagen tat Tyrrak wie verlangt und hielt Ausschau nach unerwünschten Besuchern. Calvyn arbeitete sich von einem zum anderen und trug die Salbe sparsam auf die Blasen der Rekruten auf. Er hätte sie auch einfach herumgehen lassen können, aber er befürchtete, dass viele den Wert und die Wirkung der Arznei unterschätzten und zu viel davon verwenden würden.

Als er alle versorgt hatte, bat er einen anderen Rekruten, Tyrraks Platz einzunehmen, und kümmerte sich auch um seine Füße. Anschließend setzte er sich auf sein Bett und zog die Stiefel aus. Jenna, die eben noch den Fußboden rund um ihr Bett gewienert hatte, trat nun mit einem Lächeln auf Calvyn zu.

»Lass mich das machen. Wenn deine Muskeln so schmerzen wie meine, kannst du Hilfe sicher gebrauchen.«

»Danke«, erwiderte Calvyn. »Und wie geht es voran?«

»Was? Die Putzerei?« Calvyn nickte. »Ach, ganz gut nehme ich an. Ich weiß nicht, wie genau sie es hier nehmen. Aber Derra wird uns darüber nicht lange im Zweifel lassen.«

»Bestimmt nicht«, meinte Calvyn grinsend.

»Diese Salbe wirkt erstaunlich gut. Ich glaube nicht, dass ich schon einmal etwas Ähnliches gesehen habe«, sagte Jenna und roch an dem Tiegel, bevor sie ihre Fingerspitze hineintauchte und das Mittel auf Calvyns linke Hacke schmierte. »Woher hast du sie?«

»Stell mir keine Fragen und ich erzähle dir keine Lügen«, antwortete Calvyn mit einem Augenzwinkern.

»Wie du willst. Aber mich wundert schon, wie schnell sie die Schmerzen lindert, und ich bin mehr als gespannt, ob sie genauso gut heilt, wie sie betäubt.«

»Oh, da bin ich sicher.«

»Ich frage mich, welche Wirkstoffe sie enthält. Meine Mutter hat mir ein wenig Kräuterkunde beigebracht, als ich klein war. Diese Salbe riecht aber nach rein gar nichts. Wirklich höchst ungewöhnlich.«

»Grüble nicht weiter darüber nach, Jenna. Wir sollten froh sein, dass sie wirkt, und uns dringenderen Fragen zuwenden: Wo sollen wir die Salbe jetzt verstecken?«

»Du denkst an die Stubenkontrolle?«

»Genau.«

»Ja, das könnte schwierig werden«, bestätigte Jenna und schaute sich in dem spartanisch eingerichteten Schlafraum um. »Derra wird das Zimmer umkrempeln wie ein wilder Eber. Und bestimmt kennt sie alle Ecken, in denen man verbotene Ware verschwinden lassen könnte. Was willst du tun?«

»Derra wird ja wohl hoffentlich davon ausgehen, dass wir noch nicht lang genug hier sind, um irgendetwas hereingeschmuggelt zu haben, nach dem es sich zu suchen lohnt. Wenn wir den Tiegel außer Sichtweite deponieren, genügt das vielleicht vorerst«, antwortete Calvyn. Die anderen waren auf das Gespräch der beiden aufmerksam geworden.

»Hinter meinem Bett hat sich ein Mauerstein gelockert«, schlug ein Rekrut vor. »Wenn wir die Wand dahinter etwas aushöhlen, passt der Tiegel vielleicht hinein.«

»Das wäre ideal«, stimmte Calvyn zu. »Kann ich mal sehen? Entschuldige, aber wie heißt du noch?«

»Matim. Ja, schau es dir mal an«, antwortete Matim.

Calvyn und Jenna halfen ihrem Kameraden, das Bett von der Wand zu ziehen, konnten aber keinen lockeren Stein entdecken.

»Hier«, sagte Matim mit einem Grinsen, fasste nach unten und wackelte an einem großen Stein. »Sieht gar nicht so aus, als wäre er locker, stimmt's?«

»Wie hast du ihn nur entdeckt?«, fragte Jenna erstaunt.

»Reines Glück. Einer der Gefreiten hat mir bei meiner Ankunft erzählt, dass die Korporale bei der Stubenkontrolle besonders gern auch in dieser Ritze hinter dem Bett nach Staub suchen«, erklärte Matim und deutete auf einen schmalen Rand am Bettgestell. »Und nachdem sie mir mein Bett zugewiesen hatten, hab ich mal nachgeschaut, was der Gefreite meinte. Beim Bücken hab ich mich an der Wand abgestützt und gemerkt, dass sich dieser Stein da leicht bewegt hat.«

»Das Glück ist auf unserer Seite. Sollen wir mal versuchen, ihn aus der Wand zu ziehen?«, schlug Calvyn vor.

»Kein Problem. Aber jemand sollte aufpassen, dass niemand kommt. Nur für den Fall.«

»Stimmt.«

»Ich mach das«, bot Jenna an und stellte sich an das Fenster neben der Tür.

Sobald Jenna signalisierte, dass die Luft rein war, begannen die Jungen, den Stein hin und her zu wackeln, um ihn aus der Mauer zu lösen. Als sie den Stein schließlich herausgezogen hatten, bückten sie sich und schauten in das Loch in der Wand.

»Ausgezeichnet! Dahinter ist nur loser Schutt!«, rief Calvyn und freute sich über ihren Erfolg.

»Gut, aber was machen wir mit den Steinbrocken? Wir können sie wohl kaum auf dem Exerzierplatz loswerden. Jetzt haben wir das gleiche Problem wie mit dem Tiegel, denn wir müssen auch die Steine irgendwo verstecken«, gab Matim zu bedenken.

»Kein Problem. Wir werfen sie einfach über die Burgmauer.«

»Und wenn uns eine Wache hört oder sieht?«

»Hm. Du hast recht«, gab Calvyn zu. »Das könnte ziemlich unangenehm für uns werden. Aber egal, lass uns einfach die Mauer ein wenig aushöhlen, dann stellen wir den Tiegel hinein und kümmern uns später um den Schutt, ja?«

Matim nickte und fing gleich an, die lockeren Gesteinsstücke herauszupulen und auf den Fußboden zu legen. Der erforderliche Hohlraum war in weniger als einer Minute geschaffen. Als Calvyn merkte, dass der Tiegel nun hineinpassen würde, legte er das Behältnis in das Versteck und schob den Mauerstein zurück an seinen Platz.

»Hat jemand eine Idee?«, fragte Matim und zeigte auf den kleinen Haufen Schutt.

»Kann ich einen Vorschlag machen?«, meldete sich Bek vom anderen Ende des Zimmers. »Warum versenkt ihr die Steine nicht im Brunnen?«

»Das könnten wir, aber wir werden sicher genauso schnell erwischt, wenn wir die Steine in den Brunnen fallen lassen, wie wenn wir sie über die Mauer werfen. Das Geräusch ist einfach zu auffällig«, entgegnete Matim.

»Ich meine ja nicht, dass ihr sie einfach hineinplumpsen lasst. Der Eimer am Brunnen hat ein Schwenkseil. Wenn ihr die Steine leise in den Eimer legt und ihn dann vorsichtig bis zum Wasser hinablasst, könnt ihr den Eimer kippen und den Schutt loswerden, ohne viel Lärm zu machen.«

»Großartiger Gedanke!«, freute sich Calvyn. »Bek, du bist einfach genial.«

Bek wurde rot ob des Lobs und widmete sich rasch wieder dem Fußboden rund um sein Bett. Calvyn sammelte das halbe Dutzend Steine ein und schaute in die Runde.

»Gibt es einen Freiwilligen, der für unseren Schlafraum Wasser holt?«

»Ich gehe«, bot Tyrrak an, versessen auf eine Chance, seinen Ausbruch von vorhin wiedergutzumachen.

»Schön«, antwortete Calvyn. »Viel Glück. Und versuch keine Tricks. Halt dich einfach an den Plan, ja?«

»Geht in Ordnung«, antwortete Tyrrak und stopfte die Steine in die Taschen seiner Kleidung.

»Vergiss nicht zu marschieren«, mahnte Calvyn.

»Keine Sorge. Sieh die Sache als erledigt an«, erwiderte Tyrrak, nun wieder das Selbstbewusstsein in Person.

Calvyn stöhnte innerlich und wünschte schon, er wäre selbst zum Brunnen gelaufen. Doch Tyrrak kam innerhalb kurzer Zeit mit einem Krug Wasser zurück und war die Steine erfolgreich losgeworden.

»Keiner hat etwas gemerkt«, versicherte Tyrrak, nachdem die Tür sicher hinter ihm verschlossen war. »Ich kann kaum erwarten, Derras Gesicht zu sehen, wenn sie entdeckt, dass ihr Herumjagen heute uns nicht zu kompletten Krüppeln gemacht hat. Das wird ein Bild für die Götter.«

»Hoffentlich«, erwiderte Calvyn, der nicht sicher war, wie lange die schmerzstillende Wirkung der Salbe andauern würde und wie schnell die Blasen abgeheilt wären.

»Eins ist jedenfalls sicher: Morgen wird kein guter Tag, wenn wir dieses Zimmer hier nicht rechtzeitig auf Vordermann bringen«, warf Matim ein. »Derra ist bekannt dafür, wie gern sie Unterkünfte auseinandernimmt.«

»Du hast recht«, stimmte ihm Calvyn zu. »Wir sollten hier schnellstmöglich alles blitzsauber kriegen und dann sehen, dass wir noch eine Mütze Schlaf bekommen. Ich habe das ungute Gefühl, dass wir ihn brauchen werden.«

9

»Trupp zwei ... stillgestanden!«

Die Rekruten nahmen zackig Haltung an, als Korporalin Derra die Stube betrat. Sic standen jeweils am Fußende ihres Bettes, und alle bemühten sich, einen besonders guten Eindruck zu machen. Derra musterte das Zimmer und die Rekruten, ihre harten Züge zeigten keinerlei Regung. Die zukünftigen Soldaten – Brust raus, Bauch rein – starrten geradeaus, konnten den durchdringenden Blick ihrer Korporalin aber spüren.

»Sie sollen sich rühren«, befahl Derra dem Rekruten neben der Tür.

»Trupp zwei! Rührt euch!«

Derra begann den Morgenappell und nahm sich als Erstes den Rekruten vor, der die Befehle gegeben hatte.

»Hast du dich heute morgen rasiert, Rekrut?«

»Jawohl, Korporalin«, antwortete ihr bedauernswertes Opfer und starrte auf einen Punkt an der gegenüberliegenden Wand.

»Und was hast du benutzt? Einen Löffel? Rasier dich noch einmal gründlich, bevor du auf dem Exerzierplatz erscheinst.«

»Ja, Korporalin.«

»Deine Stiefel sind nicht poliert, dein Hemd ist verknittert ... du siehst schlimm aus, Rekrut!«

»Ja, Korporalin.«

»Ist das dein Bett?«

»Ja, Korporalin.«

»Und du willst mir wohl weismachen, dass das hier ein Bettbündel sein soll?«

»Ja, Korporalin.«

»Das ist aber kein Bettbündel. Da ist ja Pferdedung besser geordnet als dieser armselige Haufen!«, schimpfte Derra und warf das Bettzeug ans Kopfende des Bettes. »Wenn du das nicht ordentlicher hinbekommst, Rekrut, wirst du nächsten Monat neben der Ausbildung zum Putzdienst eingeteilt.«

Der Rekrut begann, das Bettzeug erneut zu falten.

»Nicht jetzt, du Idiot! Zurücktreten!«

Derra schritt den Schlafraum entlang und riss ein Bettbündel nach dem anderen auseinander. Niemand entging ihren Beschimpfungen, und die Laken und Decken waren hinter ihr verstreut, als hätte ein verheerender Wirbelsturm in der Stube gewütet.

Calvyn war der Letzte in der Reihe und wartete beklommen darauf, dass Derra sich zu ihm vorarbeitete. Er stand so still, wie er nur konnte, während die Korporalin Jennas Bettbündel zerstörte und ihr befahl, sie solle sich das Haar schneiden lassen, damit es ihrem neuen Status als Rekrutin entspreche. Dann stand die furchterregende Frau schließlich vor ihm, die dunklen Brauen ärgerlich gerunzelt.

Calvyn stand da und fixierte einen Punkt an der gegenüberliegenden Wand. Es musste stark dagegen ankämpfen, die Korporalin nicht direkt anzuschauen. Aus den Augenwinkeln konnte er sehen, wie ihre Kiefermuskulatur arbeitete. Es entstand eine kurze Pause, während der Derra in sein Gesicht starrte, als wolle sie ihn zwingen, sie anzuschauen. Sie musterte Calvyn noch einmal eingehend von oben bis unten, trat dann zur Seite und kontrollierte sein Bett.

»Dieses Bettbündel ist … gar nicht schlecht, Rekrut. Aber noch nicht gut genug«, ließ sie wissen und warf das Bettzeug auf den Boden. »Du kannst ruhig noch ein bisschen üben.« Und damit schritt die Korporalin durch den Schlafraum zum Ausgang. Als sie die Tür erreicht hatte, wandte sie sich noch einmal um.

»Also ehrlich, Rekruten, ihr seid erbärmlich. Ihr seid undiszipliniert, unordentlich und verlottert. Euch fehlt es an Stolz, und das sowohl in Bezug auf eure Erscheinung als auch auf den Zustand eurer Unterkunft. Morgen früh möchte ich deutliche Fortschritte sehen oder ihr könnt was erleben. Dieser Fußboden hier hat so zu glänzen, dass ich mich darin spiegeln kann. Und eure Stiefel genauso. Eure Uniformen müssen sauber und gebügelt sein und eure Bettbündel sorgfältig und einheitlich zusammengelegt. Ich dulde keine Wiederholung dieser jämmerlichen Vorstellung, Trupp zwei. Verstanden?«

»Jawohl, Korporalin.«

»Schön. Und jetzt abtreten zum Frühstück. Ich erwarte euch beim ersten Hornstoß auf dem Exerzierplatz. Bis dahin müsst ihr alle vorzeigbar sein.«

Die Korporalin trat aus dem Zimmer und schloss unsanft die Tür. Ein allgemeiner Seufzer der Erleichterung ging durch den Raum wie ein Windstoß. Einige Rekruten ließen sich auf ihre Betten plumpsen, andere starrten ungläubig auf das Durcheinander ringsum. Der Raum, der ihnen kurz zuvor so tadellos erschienen war, war nun ein Chaos aus Laken, Decken und Kissen.

»Das ging ja glimpflich ab!«, scherzte Calvyn und durchbrach die entsetzte Stille. »Die Korporalin scheint uns zu mögen, sonst würde sie uns nicht so schnell wiedersehen wollen! Kommt, wir werfen einfach nur die Laken und Decken auf die Betten und gehen was essen. Um das Zimmer kümmern wir uns später. Derra will uns leiden sehen. Vielleicht hebt sich ihre Laune, wenn sie erkennt, dass wir zäher sind als erwartet. Wir sollten uns in zwei Minuten draußen aufstellen und allen hier zeigen, dass Trupp zwei sich nicht so leicht einschüchtern lässt. Wir halten zusammen, ganz gleich, was Derra uns an den Kopf wirft.«

Ein paar Rekruten lächelten, und es setzte wieder allgemeines Gemurmel ein, während sie das verstreute Bettzeug zusammenfalteten.

»Hast du dich jetzt zum Anführer gemausert?«, flüsterte Jenna Calvyn zu, als sie ein Laken aufhob, das neben seinem Bett lag.

»Irgendeiner musste doch was sagen«, erwiderte er achselzuckend. »Als ich herkam, wirkten alle so selbstsicher und überlegen, aber jetzt, da wir alle im selben Boot sitzen und wie der letzte Dreck behandelt werden, sind sie auf einmal genauso verletzlich wie du und ich. Ich möchte denen einfach nur weniger Möglichkeiten bieten, uns so respektlos zu behandeln.«

»Meine Stimme hast du. Hoffentlich funktioniert es auch.«

Jenna und Calvyn klaubten das Bettzeug auf und liefen los.

»Dann mal los, Trupp zwei«, rief Calvyn. »Jetzt zeigen wir es denen. Wir treten draußen in einer Reihe an und marschieren los, um uns ein schönes fettiges Militärfrühstück einzuverleiben. Die Betten können warten.«

Trupp zwei formierte sich rasch vor der Tür. Calvyn rief die Befehle, ließ die zwanzig Rekruten strammstehen und führte sie im zackigen Marschschritt hinüber zum Speisesaal. Auf sein »Wegtreten!« schritten die Rekruten in einer ordentlichen Reihe durch die Doppeltür.

Calvyn stand wie üblich am hinteren Ende und war so einer der Letzten, der sich an der Schlange fürs Frühstück anstellte. So sah er, wie ein Rekrut aus seinem Trupp höflich Platz machte, um zwei Gefreiten den Vortritt zu lassen. Er befand sich in Hörweite und verfolgte das anschließende Gespräch.

»Danke, Rekrut«, sagte der größere Soldat freundlich. »Dein Trupp hat aber schnell verstanden, worum es hier geht.«

»Was meinst du damit? Dass wir einige ausgewählte Gefreite beim Frühstück vorlassen?«

Der andere Soldat lachte amüsiert.

»Nein, das nicht. Obwohl ich natürlich nichts dagegen habe«, antwortete der erste Gefreite. »Ich meine, dass ihr zum Essen im Trupp erscheint. Die Korporale lieben so was. Das beweist Zusammenhalt und all das. Hat euch das jemand gesteckt?«

»Nicht dass ich wüsste. Einer unserer Kameraden hat vorgeschlagen, dass wir uns zusammenraufen und gemeinsam beim Frühstück erscheinen. Kurz zuvor hat Korporalin Derra unsere Schlafstube verwüstet.«

»Gut so. Lass dir gesagt sein: Je enger ihr zusammenhaltet, desto besser kann euch Derra leiden.«

»Ja?«

»Darauf kannst du deine letzte Kupfermünze wetten! Ihr habt doch sicher schon diese Ansprache gehört, in der es darum geht, dass man von jetzt ab alles gemeinsam tun soll. Gemeinsam essen, schlafen und so?«

Der Rekrut nickte, und auch andere aus Trupp zwei hörten interessiert zu, was der ungewöhnlich mitteilsame Soldat zu sagen hatte.

»Wir haben mehrere Wochen gebraucht, bis wir uns das mit dem Mannschaftsgeist wirklich zu Herzen genommen haben, und wir waren ganz erstaunt, was es dann bewirkt hat«, erzählte der Soldat. Er sah sich kurz um, wer alles zuhörte, und sprach dann in gedämpfteren Ton weiter. Calvyn musste ordentlich die Ohren spitzen, um seine Worte zu verstehen. »Nehmt Derras Rede so wörtlich wie möglich, ohne es zu übertreiben. Wenn jemand essen geht, gehen alle. Wenn jemand austritt, treten alle aus … und wenn jemand aus irgendeinem Grund bestraft wird, tauchen alle bei seiner Bestrafung auf. Glaub mir. In der ersten Woche geht es einem furchtbar auf den Geist, aber wenn man sich einmal daran gewöhnt hat, sind die Aufgaben, vor die sie einen hier stellen, irgendwie leichter zu meistern. Außerdem erntet ihr so schnell den Respekt der Höherstehenden und das ist ein entscheidender Vorteil.«

»Danke für den Ratschlag.«

»Nicht der Rede wert … und das meine ich wörtlich: Erzähl niemandem davon außer den Leuten aus deinem Trupp, ja?«

»In Ordnung. Danke noch mal.«

Als Calvyn am Frühstückstisch in die Gesichter seiner Kameraden blickte, entdeckte er viele nachdenkliche Mienen. Er sah sich im Raum um, arbeitete sich mechanisch durch den Teller mit Essen und dachte noch einmal über die Worte des Gefreiten nach. Dass man zusammenhalten musste, sagte einem der gesunde Menschenverstand, wenn auch vielleicht nicht auf so extreme Weise, wie der Gefreite es geschildert hatte. Der Gedanke, dass die Vorgesetzten es schätzten, wenn die Soldaten alles gemeinsam taten, entsprach auch Calvyns erstem Eindruck vom Leben beim Militär. Das Störende daran war nur, dass diese Mentalität den Rekruten wenig Raum für Eigeninitiative und unabhängige Ideen und so gut wie keine Privatsphäre ließ.

Calvyn grübelte wieder einmal darüber nach, wie um Himmels willen er seine Studien der Magie weiterführen sollte, wenn er jeden wachen Moment in Begleitung der anderen Rekruten verbrachte. Meditieren konnte er beim Lauftraining oder bei einer der vielen eintönigen Aufgaben, die die Rekruten immer wieder erledigen mussten. Viel riskanter war das Wirken von Magie, und Calvyn mochte sich gar nicht ausdenken, welche Strafe ihn erwarten würde, wenn er dabei innerhalb der Burgmauern erwischt würde.

Der Erfolg seines »Bringe«-Spruchs hatte ihn ermutigt und den dringenden Wunsch geweckt, weiter mit eigenen Zaubersprüchen zu experimentieren. Er erinnerte sich wieder daran, wie er innerlich jubiliert hatte, als er die Augen öffnete und den Tiegel Salbe in seiner ausgestreckten Hand entdeckte. Das heftige Verlangen, diese Erfahrung zu wiederholen, drängte sich immer wieder in seine Gedanken, und wenn er darüber nachsann, wie großartig es wäre, ein eigenes Zauberbuch zu entwickeln, wurde ihm ganz elend zumute. Er kam zu der bitteren Erkenntnis, dass es wahrscheinlich noch viele Monate dauern würde, bis er in die Lage käme, weitere Erfolge dieser Art zu genießen.

»Eins nach dem anderen, Calvyn«, redete er sich leise zu. Da merkte er, dass Jenna ihn mit leicht amüsierten Gesichtsausdruck beobachtete. Er rang sich ein Lächeln ab. »Erste Anzeichen von Wahnsinn, und das schon am zweiten Tag!«, scherzte er.

»Wie bitte?«, meinte Jenna und zog fragend die Augenbrauen hoch.

»Ich rede schon mit mir selbst. Das sind die ersten Anzeichen von Wahnsinn. Ich hab nur überlegt, wie ich in ein paar Monaten sein werde.«

»Dicker wahrscheinlich, wenn du weiter dieses Zeug isst«, lachte Jenna und deutete auf seinen beinahe leeren Teller.

»Unsinn! Ich wachse noch und brauche mein Futter.«

»Ja, du wächst … in die Breite.«

»Wir werden sehen. Und was ist mit dir? Du solltest wirklich ein bisschen mehr essen.« Seine Stimme klang besorgt.

»Mir geht es gut. Ich habe mich nur noch nicht an drei Mahlzeiten pro Tag gewöhnt. Lass mir noch ein wenig Zeit. Wenn ich Derras Tortur noch ein paar Tage mitmache, verschlinge ich wahrscheinlich auch alles in Sichtweite«, antwortete Jenna mit einem Augenzwinkern.

Die beiden lachten und Calvyn stopfte auch noch die letzten Happen in sich hinein und warf dann Messer und Gabel schwungvoll auf seinen Teller. Nach einer angedeuteten Verbeugung in Jennas Richtung lehnte er sich zurück, faltete die Hände über dem Bauch und seufzte gesättigt.

»Wenn du dann auch mal fertig bist, könnten wir den Trupp sammeln und zurück in die Stube marschieren. Wir sollten schon mal anfangen zu putzen, bevor es zum Exerzierplatz geht.«

◎ ◎ ◎

Er wischte sich die Regentropfen aus dem Gesicht, dann blickte Perdimonn noch einmal zurück auf den steilen Aufstieg. Im heftigen Eisregen war nichts als der felsige Berghang zu sehen, aber er spürte, dass Selkor in der Nähe war. Es setzte ihm zu, dass er den Magier aus Shandar nicht abschütteln konnte, und er knirschte voller Ingrimm mit den Zähnen, während er in Gedanken immer wieder durch sämtliche Zaubersprüche hastete, die er beherrschte.

»Wenn ich doch nur den Gestaltwandel besser geübt hätte«, dachte er bei sich, und gleich darauf schalt er sich wegen solch vergeblicher Wünsche. Der Formwechsel war eine Disziplin, die einen äußerst konzentrierten Geist und ein lebhaftes Gedächtnis für Details erforderte, und Perdimonn schätzte seine Fähigkeiten in dieser Hinsicht nur allzu realistisch ein. Eine Erinnerung aus seinen jungen Tagen blitzte auf, als er noch verwegen genug gewesen war, sich im Gestaltwandel zu versuchen. Perdimonn zog eine Grimasse, als er daran dachte, wie er einst versuchte hatte, sich in einen Falken zu verwandeln. Ein Unterfangen, das beinahe verhängnisvoll geendet hätte.

Der junge Perdimonn war fasziniert vom Fliegen gewesen, insbesondere von der Vorstellung, es selbst zu versuchen. Und welche Gestalt hätte sich besser für die Erfüllung dieses Traums geeignet als die eines Falken, des schnellsten und elegantesten alle Vögel? Tagelang hatte er die stolzen Tiere in einer Falknerei in Mantor studiert, bis er die Umwandlung wagte. Aber er hatte einen entscheidenden Teil des Zaubers außer Acht gelassen und vergessen, sich seine eigene Gestalt einzuprägen, um anschließend in seinen Körper zurückkehren zu können. Perdimonn musste bitter lächeln, als er sich an die verdutzte und leicht misstrauische Miene des Falkners erinnerte, der kurz aus dem Raum getreten war und bei seiner Rückkehr einen jungen Mann antraf, der irgendwie leicht anders aussah als noch vor wenigen Minuten. Nach dieser kleinen Episode war Perdimonn gezwungen gewesen, die Stadt in aller Eile zu verlassen, denn wie nicht anders zu erwarten hatte die Gerüchteküche nach seinem Experiment angefangen, heftig zu brodeln.

Perdimonn wandte sich wieder dem nassen, kalten Wind zu und kämpfte sich weiter vorwärts, immer tiefer in die Berge hinein. Er zitterte und wickelte seinen Umhang noch fester um sich. Doch nachdem er mit einem Zauberspruch Kraft aus der ihn umgebenden Erde gezogen hatte, schritt er frisch gestärkt weiter.

»Sogar die Gestalt einer alten Bergziege wäre mir jetzt nützlich«, sann der alte Mann nach, als er beinahe über einen losen Felsbrocken stolperte. »Aber für Selkor wird es genauso unangenehm«, dachte er grinsend. Er konnte sich lebhaft vorstellen, wie wütend der Magier aus Shandar sein würde, wenn er merkte, dass Perdimonn sein Pferd freigelassen und sich entschieden hatte, den halbwegs sicheren Klingenpass zu verlassen, um die Berge zu Fuß zu erklimmen. Selkor verabscheute Höhen, und das Wissen, dass Perdimonn sich hier in einem Umfeld bewegte, in dem seine Kraft am stärksten war, mochte ihn zumindest zögern lassen, ihn direkt anzugreifen.

Es war eine lange Verfolgungsjagd gewesen. Vor zehn Tage hatten sich Perdimonns und Calvyns Wege getrennt und der alte Mann war seitdem ständig an seine Grenzen gegangen. Er hatte jeden Zauberspruch der Verschleierung und Tarnung eingesetzt, den er kannte, aber er hatte seine Spuren nicht verwischen können. Selkor war ihm weiterhin auf den Fersen und er holte langsam, aber sicher auf.

»Nicht mehr lange«, stieß Perdimonn zwischen zusammengebissenen Zähnen hervor.

Vor Anstrengung ächzend, schleppte sich der alte Magier auf den flachen Gipfel, der ein kreisrundes Plateau hoch über dem Talgrund bildete. In der Mitte der Fläche thronte ein einzelner, fast zehn Fuß hoher Granitfels, der nach oben spitz zulief und aussah wie der ausgefallene Zahn einer der Steinriesen, von denen die Legende erzählte.

Perdimonn lief auf den Stein zu und legte seine Hände fast zärtlich auf die raue, rissige Oberfläche. »Ja«, murmelte er. »Perfekt! Dieser Platz ist ausgezeichnet.«

Er beschirmte die Augen mit den Händen, um sie vor dem Eisregen zu schützen, umrundete langsam den Monolithen und sah hinaus in das Unwetter. An drei der vier Gebirgskämme konnte er nur die Schultern der gewaltigen Berge ausmachen, die sich in die Wolken schoben. In südlicher Richtung konnte er nichts erkennen, aber er spürte die Präsenz der hohen Gipfel, die in der Ferne aufragten.

Perdimonn lächelte, setzte sich auf den Boden und lehnte sich an den Stein. Er sah den südlichen Hang hinunter, an dem sich Selkor eben in diesem Moment im heulenden Wind emporkämpfte. Hinter seinem Stein war Perdimonn halbwegs vor den Elementen geschützt. Der alte Magier atmete tief durch und zog seinen dicken Umhang über die angezogenen Knie, damit er ein kleines, wärmendes Zelt bildete. Während er in nervöser Anspannung auf die Ankunft seines Herausforderers wartete, blitzten mit einem Mal seine Augen auf, denn ihm fiel ein, dass er noch eine Möglichkeit zur Flucht hatte, die Selkor weder erwarten noch begreifen würde. Doch bis jetzt war er sich noch nicht sicher, ob er überhaupt fliehen musste. Perdimonn fühlte sich stark. Von überall strömte Kraft in ihn.

Derart im Einklang mit seiner Umgebung, richtete Perdimonn seine Gedanken auf Calvyn und berührte seinen Geist. So klar, als wäre er mitten unter ihnen, sah er Calvyn und andere junge Menschen über ein abgegrenztes gepflastertes Terrain marschieren. Perdimonn spürte Calvyns Absicht, in diesem neuen Umfeld sein Bestes zu geben, und gleichzeitig, wie angesichts seiner Fortschritte in der Magie Wellen der Enttäuschung, aber auch des Triumphs in dem Jungen aufstiegen. Auch Freundschaft sah er in Calvyns Gedanken und dies bereitete dem alten Mann ein warmes und gutes Gefühl. Er kehrte zu seiner eigenen Situation auf dem kahlen Berggipfel zurück.

»Du bist beim Militär, Calvyn? Warum das?«, fragte sich Perdimonn still. Vielleicht war es ja keine schlechte Idee, wenn der Junge ein wenig kontrollierte Gewalt erlernte, dachte er dann. Calvyn hatte einen harten Weg vor sich, so viel war Perdimonn klar. Tatsächlich hatte er, wenn er in den vergangenen Tagen an Calvyn gedacht hatte, den Jungen mit einem wundervoll geschmiedeten, hell strahlendem Schwert in der erhobenen rechten Hand vor sich gesehen. Dies war dem alten Magier höchst seltsam vorgekommen, denn er wusste, dass Calvyn noch nie eine so kostbare Waffe geschwungen hatte, geschweige denn besessen. Doch der Vision nach waren das Schwert und der Junge irgendwie verbunden, als sei vorherbestimmt, dass sie zusammengehörten. Hier waren offensichtlich geheime Kräfte am Werk, die die Fantasie eines alten Mannes bei Weitem überstiegen, und durch die kurze Berührung mit Calvyns Gedanken erkannte Perdimonn instinktiv, dass der Junge den richtigen Weg gegangen war. Es fühlte sich genauso richtig an wie dieser Ort, den er für seine Konfrontation mit Selkor gewählt hatte. Zum ersten Mal konnte Perdimonn erahnen, wovon Seher und Wahrsager seit Jahrhunderten lebten. Das Gefühl, dass die Ereignisse, einen vorgezeichneten Lauf nahmen, überwältigte ihn. Der Eisregen, der Wind und seine kalten, feuchten Kleider – alles Dinge, die bis dahin niederdrückend erschienen waren, verwandelten sich auf einmal in einen Segen. Sein Herz und sein Verstand erhellten sich voller Freude über diese Erkenntnis.

»Es soll so sein. Es gibt eine Bestimmung und diese Bestimmung fühlt sich richtig an. Wenn ich nur wüsste, worin sie genau besteht«, murmelte Perdimonn mit einem bitteren Lächeln. »Aber man kann nicht alles zugleich haben.«

Wieder richtete Perdimonn seine Gedanken aus, dieses Mal auf der Suche nach Selkor. Er musste nicht lange umherschweifen, denn der Magier erreichte gerade in diesem Moment den Gipfel.

Perdimonn stand auf und lehnte sich an den Stein. Seine Augen funkelten. Die alte Fröhlichkeit, die sich in den letzten beiden Wochen tief in sein Herz zurückgezogen hatte, kam wieder zum Vorschein. Es tat so gut, in den Bergen zu sein, wo die Erde stark und unbeeinflusst vom Menschen war. Perdimonn sog die frische, reine Luft in tiefen Zügen ein und sah ungerührt zu, wie Selkor über den Rand des Plateaus kletterte.

»Es ist vorbei, Perdimonn. Dieses Mal gibt es kein Entkommen. Ich lasse mich von deinen Trugbildern nicht länger irreführen«, ließ Selkor kühl wissen. Er baute sich mit gespreizten Beinen vor ihm auf und seine Augen glühten erwartungsvoll.

»Du wirst doch zugeben, dass die letzte falsche Fährte gar nicht so schlecht war«, erwiderte Perdimonn mit einem schadenfrohen Grinsen. »Da hab ich dich ganz schön zappeln lassen.«

»Pah! Tricks und Verstellung, das ist etwas für Dummköpfe«, fauchte Selkor. »Macht gebietet Respekt, alter Mann. Du hast Zugang dazu, nur deshalb habe ich so lange gezögert. Doch du alter Narr weigerst dich, die Macht zu gebrauchen, weil du Angst hast, versehentlich einen anderen zu verletzen. Es ist schon lange an der Zeit, dass du sie an jemanden weitergibst, der gewillt ist, sie für das Wohl aller einzusetzen. An jemanden, der im Kampf gegen das Böse und die Unterdrückung nicht davor zurückschreckt, Gewalt anzuwenden. Jemanden, der nicht zögert, sich für das Richtige einzusetzen. Es ist an der Zeit, dass du sie mir übergibst.«

»Das würde ich ja gerne tun, Selkor. Wenn du derjenige wärst, der zu meinem Nachfolger bestimmt ist. Das bist du aber nicht. Der Rat hat dich bereits abgewiesen, da du eines Hüters nicht würdig bist.«

»Der Rat«, spottete Selkor, stemmte die Hände in die Hüften und schüttelte höhnisch den Kopf. »Diese müden alten Irren sind schlimmer als du. Du hast wenigstens noch einen Funken Leben in dir. Die haben ja nicht die leiseste Ahnung, was ›würdig‹ bedeutet!«

»Aber sie haben die Befugnis, diese Entscheidung zu fällen, ob es dir gefällt oder nicht.«

»Ihr Wort hat hier draußen keine Bedeutung, alter Mann, und das weißt du auch. Wenn ich die Macht erst einmal besitze, haben sie gar keine andere Wahl, als mich anzuerkennen.«

»Und du willst gegen Unterdrückung kämpfen!«, erwiderte Perdimonn lachend. »Hol doch einen Spiegel hervor und versetz ihm ein paar ordentliche Fausthiebe!«

Selkors Augen verengten sich zu Schlitzen. »Deine Lage sollte es dir eigentlich verbieten, mich zu verspotten, Perdimonn. Es gibt keinen Ort, an dem ich dich nicht finden würde, und du weißt so gut wie ich, dass du mich nur daran hindern kannst, mir zu nehmen, wonach mich verlangt, wenn du deinen Grundsatz der Friedfertigkeit aufgibst. Es ist meine Bestimmung, der mächtigste Magier aller Zeiten zu werden. Du und dein unseliger Rat mögen mich noch so oft zurückweisen – am Ende wird sich mein Schicksal erfüllen.«

»Das bleibt abzuwarten«, antwortete Perdimonn. In seinem Gesicht stand noch immer ein Lächeln, aber aus seinen Augen strahlte keine Heiterkeit mehr. »Ich werde nie zulassen, dass du an dich reißt, was mir anvertraut wurde, Selkor, und so stark du dir auch vorkommen magst, ich glaube fest daran, dass es dir nicht gelingen wird, dir die Macht mit Gewalt zu nehmen. Die Erde besitzt eine Kraft, die nicht gebrochen werden kann, Selkor. Sie kann geformt und verwandelt werden, aber sie kann nie vollkommen zerstört werden. Ich wache über diese Kraft und schütze sie vor Missbrauch und trotz aller Beteuerungen deiner edlen

Absichten kann ich in deinem Streben nach Macht doch nichts Gutes erkennen. Macht in den falschen Händen bringt Unheil und diese Macht in deinen Händen könnte eine Katastrophe verursachen. Du kannst jetzt gehen, Selkor, denn du wirst nicht bekommen, was du verlangst.«

»Da liegst du falsch, Perdimonn. Ich werde alles über deinen Schlüssel erfahren, genauso wie über Arreds, Morrels und Rikaths. Ja, ich kenne euch alle. Ich habe es vorhergesehen. Es wird geschehen. Ich werde alle Schlüssel hüten, und ich werde sie so einsetzen, wie es eigentlich bestimmt war.«

Selkor baute sich in voller Größe auf, wirbelte theatralisch mit den Händen und ließ seinen ersten Zauberspruch los. Eine Welle der Dunkelheit entströmte seinen Händen und hüllte Perdimonn ein wie ein Tuch aus pechschwarzer Leere. Doch die Finsternis konnte sich kaum absenken, da wich sie schon zurück und zerfiel in tausend Stücke. Perdimonn stand unbewegt und offensichtlich unberührt von Selkors Attacke da. Dem Aggressor wurde keine Zeit für einen nächsten Angriff gelassen. Perdimonn hob die Hände, und Selkor schnappte nach Luft, als der Felsbrocken unter seinen Füßen mit beängstigender Geschwindigkeit emporstieg. Durch die enorme Beschleunigung gaben seine Knie nach, und sein Kopf und sein Magen drehten sich, als der Schuss in die Höhe plötzlich abbrach und er auf einem Felsvorsprung stand, der nach allen Seiten hin steil abfiel. Wolken und Regen umwirbelten Selkor und behinderten die Sicht von der Bergspitze, die ihm so plötzlich zum Gefängnis geworden war. Doch obwohl er den Abgrund nicht sehen konnte, kämpfte er verzweifelt gegen das Schwindelgefühl an, das ihn zu überwältigten drohte. Selkor fiel auf die Knie und schloss die Augen. Mit den Händen auf dem Felsen ordnete er seine Gedanken und beruhigte seinen rasenden Herzschlag.

»Denk nach, verdammt! Denk nach!«, murmelte er vor sich hin. »Dieser gerissene alte Fuchs! Er wusste, dass du Höhenangst hast. Wie lange mag er das wohl vorbereitet haben? Bleib ruhig. Reiß dich zusammen. Denk nach. Er hat keine der großen Kräfte eingesetzt, sonst hättest du es gemerkt. Dann kann es doch eigentlich nur eines sein …« Selkor hielt die Augen fest geschlossen und tastete vorsichtig nach dem Abgrund. Seine Hände arbeiteten sich immer weiter vor, bis er irgendwann auf allen vieren krabbelte. »Ein Trugbild!«

Immer noch mit geschlossen Augen stand Selkor auf und macht einen Schritt nach vorn. Eins, zwei, drei Schritte. Wenn sein Gefängnis echt gewesen wäre, würde er nun ins Leere fallen. Zähneknirschend öffnete Selkor die Augen und befand sich wieder auf dem flachen Gipfel. Ihm gegenüber stand der alter Magier. Doch Perdimonn war nicht untätig gewesen und inzwischen von einer leuchtenden Mauer aus magischer Kraft umgeben, die mit jedem Augenblick undurchdringlicher wurde.

Ohne lange nachzudenken, begann Selkor, glühende Feuerbälle auf den Schutzwall zu schleudern, aber die tödlichen Wurfgeschosse gerieten vor der blaugrünen Wand ins Stottern. Selkor wurde schnell klar, dass Angriffe dieser Art nicht nur ungeheure Mengen magischer Energie verschlangen, sondern ihn auch von seinem eigentlichen Ziel abbrachten. Er durfte Perdimonn noch nicht töten. Er musste ihn so lange leben lassen, bis er den Schlüssel in der Hand hielt, der ihm das Tor zum Ruhm eröffnen würde. Selkor zwang sich, seine Wut zu besänftigen. Er hielt inne und analysierte die Taktik des alten Magiers. Eine ausgesprochen kluge Taktik. Perdimonn stand an diesem Ort ein schier unerschöpflicher Vorrat an Energie zur Verfügung, und Selkor musste sich etwas einfallen lassen, wenn er den alten Mann zum Nachgeben zwingen wollte, ohne ihn zu töten.

»Wenn ich den alten Narr dazu bringen kann, den Schlüssel aus seinem Gedächtnis hervorzuholen, dann ist er mein«, dachte Selkor. Was auch immer er tat, es musste schnell geschehen, denn der Schutzschild des alten Magiers wurde immer stärker. Perdimonn würde den Schlüssel nur benutzen, wenn Selkor so großen Druck auf ihn ausübte, dass er keine andere Wahl hatte. Wenn der alte Mann sich dann auf den dazu benötigten Zauberspruch konzentrierte, könnte Selkor sich in das Bewusstsein des Magiers schleichen und die Runen aus seinen Gedanken pflücken.

So begann Selkor einen Angriff, der Perdimonn in eine ausweglose Lage bringen sollte. Aus der Luft rings um ihn schuf Selkor energieverschlingende Blitze des Nichts. Sie waren wie schwarze Risse in der Luft, die, einmal losgelassen, mit einem vernehmlichen Knacken auf Perdimonns Schutzwall trafen. Mit jedem dieser Blitze zog Selkor Energie aus dem magischen Kraftfeld, bis dieses brüchig wurde und nur noch schwach flackerte.

Perdimonn verzog vor Anstrengung das Gesicht. Er bemühte sich, seinen Schild aufrechtzuerhalten, und musste immer weitere Kreise ziehen, um mehr und mehr Energie einzufangen. Sein Kampf war vergeblich. Selkors Zaubersprüche negierten anscheinend die magische Energie, und je mehr Kraft Perdimonn in seinen Schutzmantel leitete, umso mehr davon zerstörten die antimagischen Blitze. Er musste sein Vorgehen ändern, aber es fiel ihm immer schwerer, einen klaren Gedanken zu fassen.

Die Versuchung, den Schlüssel hervorzuholen und die Kraft, die er nun schon so lange hütete, zu seiner Verteidigung einzusetzen, war überwältigend. Doch er widerstand dem Verlangen und drängte jeden Gedanken an diesen Ausweg entschlossen beiseite. Er spürte, dass Selkor ihn dazu bringen wollte, den Schlüssel zu benutzen, und entschied, dass er lieber den Tod wählte, als sich dem Magier aus Shandar zu fügen. Perdimonn brauchte eine Pause, in der er seine Verteidigung neu planen könnte. Trotz der Kälte schwitzte der alte Magier heftig. Er wusste, dass er Selkors Angriffen auf diese Weise nicht mehr lange standhalten würde. Er musste ein Ablenkungsmanöver ersinnen, das seinen Gegner in Verwirrung stürzen und ihm selbst eine kurze Unterbrechung gewähren würde. Es musste ein einfaches, schnelles Manöver sein, das nicht zu viel Energie verbrauchte.

Der Wind trieb erneut einen Hagelschauer über den Gipfel und lieferte Perdimonn die zündende Idee, die er benötigte. Er ließ den Schutzschild fallen, sprach noch im selben Moment seinen nächsten Zauber und tauchte den Gipfel in einen dichten Nebelwirbel, indem sich die Wolkenwand auf seinen Befehl herabsenkte.

Selkor war einen Moment lang verdutzt und brauchte einige Sekunden, um zu einem Gegenzauber anzusetzen. Die Sicht war extrem schlecht und man konnte nur einige Fuß weit blicken. Selkor bemühte sich, die Wolken wieder aufsteigen zu lassen. Doch er spürte, dass sich etwas Seltsames um ihn herum ereignete. Also schuf auch er sich einen Schutzschild für den unwahrscheinlichen Fall, dass Perdimonn ihn angreifen würde, statt sich nur zu verteidigen oder zu fliehen. Der alte Magier würde nicht mehr lange durchhalten, davon war Selkor überzeugt. Zudem würde er nicht weit kommen, bis Selkor den Nebel beseitigt hatte, der ohnehin keinen anderen Zweck erfüllte, als das Unvermeidliche noch ein paar Sekunden hinauszuzögern.

Der Gegenzauber war gesprochen und der Nebel lichtete sich. Einen kurzen Moment konnte Selkor nur dastehen und sich ungläubig umsehen. Dann stemmte er die Hände in die Hüften und lachte, während sein Blick über die vielen Perdimonns strich, die überall auf dem Berg verteilt waren und sich eifrig einen blaugrün schimmernden Schutzwall aufbauten.

»Sehr amüsant, alter Mann. Aber das wird dir nichts nützen und dich sicher zu schnell ermüden lassen. Warum siehst du nicht ein, dass ich am Ende doch gewinne werde? Gib mir den Schlüssel, dann ist es vorbei und du musst nicht länger leiden.«

Die identischen Perdimonns hielten kurz inne und wandten sich Selkor zu. Einstimmig riefen sie ihm ein entschlossenes »Niemals!« entgegen und widmeten sich dann gleich wieder der Stärkung ihrer magischen Schilde.

»Also gut. Wie du willst«, gab Selkor resigniert kund. Dann ließ er erneut seine nachtschwarzen Blitze erstehen und schleuderte sie wahllos auf die Gestalten. Jedes Trugbild, das von Selkors antimagischen Geschossen getroffen wurde, verschwand augenblicklich mit einem leisen Knall. Perdimonns Armee der Phantome schwand immer schneller, und Selkor wurde mit jedem Blitz wütender, der seinen wahren Gegner verfehlte.

Währenddessen bereitete Perdimonn, der sich im Schutz des Nebels hinter den hohen Fels in der Mitte des Plateaus geschlichen hatte, seine letzte Verteidigung vor. Es war eine drastische Maßnahme, aber er wusste, dass sie Selkor noch einmal davon abhalten würde, sein Ziel zu erreichen. Der alte Mann war kein Dummkopf. Er hatte erkannt, dass Selkor große magische Fähigkeiten besaß und der jüngere Magier selbst hier in den Bergen mehr als ein ebenbürtiger Gegner für ihn war. Doch Perdimonn hatte eine letzte Zuflucht, in die Selkor nicht vorstoßen konnte, ohne das zu zerstören, was er unbedingt an sich bringen wollte.

Es verlangte ihm enorme Konzentration ab, aber er konnte den außergewöhnlichen Zauberspruch fehlerfrei vollenden, und als er die Hände gegen den Monolithen drückte, verschmolzen sie mit dem Felsen. Perdimonn hielt das neue magische Feld aufrecht, zog seine Hände zurück und drehte sich mit dem Rücken zum Stein. Dann drückte er mit langsamen, entschlossenen Bewegungen seinen gesamten Körper gegen den Fels und spürte, wie er in ihn hineinglitt. Kurz bevor sein Gesicht mit der Vorderseite des Steins verschmolz, konnte er nicht umhin, seinem Gegner zum Abschied einen letzten Hieb zu versetzen.

»Auf Wiedersehen, Selkor«, rief er mit einem spitzbübischen Lachen. Dann war er verschwunden.

Selkor, der inzwischen rasend vor Wut auf dem Plateau umherlief und in rascher Reihenfolge antimagische Geschosse abfeuerte, hörte zufällig das Rufen, wandte sich um und sah gerade noch, wie Perdimonns Gesicht in den Fels abtauchte.

»Nein!«, schrie er. Er rannte zu dem Monolithen. »Verdammter alter Mann! Du kannst nicht ewig da drin bleiben. Komm heraus und lass es uns beenden.«

Selkor konzentrierte sich und ließ seinen Geist wandern, um Perdimonns Bewusstsein zu erreichen, aber er nahm nur den Fels und das Lachen des alten Mannes wahr. Zornig schlug er mit der Hand auf den Stein. Dann legte er die schmerzende Handfläche an die Brust, wickelte seinen dunklen Mantel fester um sich und setzte sich mit überkreuzten Beinen auf die Erde. Mit düster gerunzelter Stirn stellte er sich darauf ein, eine ganze Weile dort zu hocken.

10

Schulter an Schulter standen Calvyn, Jenna und acht Kameraden aus ihrem Trupp vor Bek und den anderen. Alle schwitzten heftig, während sie in der warmen Nachmittagssonne ihre schweren Holzschwerter schwangen und die neuesten Manöver übten.

Bis vor kurzem hatten Derras Training vor allem darauf abgezielt, die Schnelligkeit und die Kraft der einzelnen Rekruten zu steigern. Doch in den letzten Wochen hatte die Korporalin den gemeinsamen Kampf eingeführt und ihnen erläutert, welche Voraussetzungen man mitbringen musste, um Seite an Seite in einer offenen Feldschlacht zu kämpfen. Mit dem Beginn der neuen Trainingsphase hatten sich ausnahmslos alle Rekruten Prellungen und leichte Verletzungen zugezogen, und Calvyn spürte schmerzvoll seine neueste Quetschung, als er sein Holzschwert immer und immer wieder nach dem vorgegebenem Drill bewegte.

Der Übergang vom Einzelkampf zum Kampf in einer Linie war schnell, aber logisch von sich gegangen, dachte Calvyn, während er Hiebe abwehrte und Hiebe setzte. Derra hatte ihnen vorgeführt, wie sie gegen zwei Gegner kämpfte, die sie gleichzeitig angriffen. Als flinke und erfahrene Schwertkämpferin wusste sie sehr schnell die Schwächen der beiden auszunutzen. Doch anschließend hatte die Korporalin ausführlich demonstriert, wie ihre Gegner, wenn sie als Einheit kämpften, für gegenseitige Deckung sorgen und um vieles wirkungsvoller vorgehen konnten.

Die Übungen mit zwei Mann gegen einen stellten eine reizvolle Herausforderung dar, und es geschah, dass sich die besten Schwertkämpfer Treffer von den schlechtesten einfingen. Calvyn war überaus stolz, als Derra ihn neben Bek, Tyrrak und anderen erfahreneren Schwertkämpfern auswählte, um allein gegen zwei Gegner zu kämpfen. Noch zufriedener war er, als es ihm gelang, sich in mehreren Kämpfen durchzusetzen. Später, als das Zusammenspiel seiner Gegner besser klappte, musste sich Calvyn immer mehr in die Defensive zurückziehen.

Nachdem die ursprünglichen Paarungen einige Tage zusammen geübt hatten, wurden alle Rekruten durcheinandergemischt. Calvyn hatte Matim zum Partner, der eher ein mittelmäßiger Schwertkämpfer war. Seine Hiebe waren alle korrekt gesetzt, aber viel zu langsam, um Wirkung zu zeigen. So bekamen er und Calvyn mehr als genug blaue Flecken ab.

Die Übungen schritten fort, und es hatten zwei gegen zwei und drei gegen drei gefochten, bis an diesem Morgen der gesamte Trupp ins Kampftraining mit einbezogen wurde. Die Mittagspause war verronnen und der Nachmittag war für Calvyn und die anderen viel zu schnell angebrochen. Die Rekruten spürten das Gewicht ihrer Übungswaffen und ihre schmerzenden Armmuskeln. Es geschahen immer mehr und immer schwerwiegendere Fehler, aber nur die wenigsten hatten noch die Kraft, sie zu ihrem Vorteil zu nutzen.

»Halt! Trupp zwei, beim Tarmin, reißt euch zusammen! Was seid ihr? Eine Schneckenbrut? Aber das wäre eine Beleidigung für die armen Tierchen. Ich habe Schnecken gesehen, die sich erheblich schneller bewegten. Setzt euch, ich habe euch etwas zu sagen ...«

Trupp zwei ließ sich in eine annähernd geordnete Sitzreihe fallen, und Derra bereitete sich auf eine ihrer äußerst ermunternden Brüllattacken vor. Ihre als Ansporn gedachten Reden waren mit lebhaften Vergleichen und Erläuterungen gespickt, deren Offenheit den Rekruten oftmals die Sprache verschlug. Die Korporalin ließ keinen Hieb aus, und kein Rekrut wurde jemals im Zweifel darüber gelassen, auf welchen Gebieten er sich noch verbessern musste.

Bevor Derra ihren Angriff starten konnte, tauchten jedoch zwei andere, den Rekruten unbekannte Korporale hinter der Waffenkammer auf und marschierten zielstrebig auf sie zu. Die Korporalin blieb stehen und wartete, bis sie sich näherten.

»Ja?«, fragte sie, verärgert über die Störung. Dabei musterte sie die glänzenden blauschwarzen Uniformen ihrer Kollegen, als würde sie eine Militärparade abschreiten. »Was ist denn so wichtig, dass es nicht bis zum Ende des Trainings warten kann?«

»Wir sind hier, um zwei Euer Rekruten unter Arrest zu nehmen, auf Befehl von Hauptmann Tegrani«, erwiderte der ältere der beiden Korporale mit ernster Miene. »Die Rekruten Calvyn und Bek gehören doch Eurem Trupp an, oder?«

Einer der Rekruten sog scharf die Luft ein, die anderen schwiegen erschrocken und wandten die Köpfe überrascht in Calvyns und Beks Richtung. Derra musterte die Korporale verächtlich. Doch die beiden schreckten vor ihrem eisigen Blick nicht zurück, sondern warteten stumm auf eine Antwort. Schließlich, nach einer gefühlten Ewigkeit, ließ sich Derra zu einem Nicken herab und bedeutete Calvyn und Bek vorzutreten.

Calvyns Herz pochte heftig, als er aufstand und zügig vor den Trupp trat. Aus dem Augenwinkel konnte er sehen, dass Bek so bleich war wie die weiß getünchten Mauern der Stallgebäude hinter ihm. Die beiden Rekruten standen nebeneinander stramm, den Blick auf ihre stirnrunzelnde Korporalin gerichtet.

»Wisst ihr, worum es hier geht?«, knurrte sie mit rauer Stimme.

»Nein, Korporalin«, antworteten die beiden nacheinander.

»Würdet ihr mir vielleicht verraten, was meinen Rekruten vorgeworfen wird? Sie scheinen genauso wenig darüber Bescheid zu wissen wie ich«, wandte sich Derra an die beiden wartenden Korporale.

»Sie sind angeklagt, persönliche Dinge aus dem Besitz von Hauptmann Tegrani gestohlen zu haben, und werden vor das Militärgericht gestellt.«

Mehrere Rekruten schnappten nach Luft, doch Derra, immer noch mit tiefen Falten auf der Stirn, sah zuerst die Korporale und dann die entsetzten Jungen an, deren Mienen ihre Fassungslosigkeit angesichts der vorgebrachten Beschuldigungen spiegelten. Derras Züge entspannten sich ein wenig, als sie Calvyn und Bek anwies, mit den beiden Korporalen zu gehen.

»Ich werde gleich mit euch reden«, sagte die Ausbilderin in dem freundlichsten Ton, den Calvyn bisher von ihr gehört hatte. Als sie ihren beiden Rekruten in die Augen schaute, erkannte Derra, dass sie für die Tat nicht verantwortlich waren, und sie beschloss, alles zu tun, um ihnen zu helfen. »Geht jetzt. Aber ihr beantwortet keine Fragen, bis ich da bin. Verstanden?«

»Jawohl, Korporalin«, erwiderte Calvyn knapp. Bek und er marschierten zu den Abgesandten von Hauptmann Tegrani und standen vor ihnen stramm.

»Und was euch betrifft, meine Herren«, wandte sich Derra an ihre ranggleichen Kollegen. »Bitte sorgt dafür, dass erst in meiner Anwesenheit mit den Befragungen begonnen wird, sonst mach ich euch die Hölle heiß, klar?«

»So klar wie ein Bach im Vortaff-Gebirge«, erwiderte der ältere der beiden Korporale mit einem zustimmenden Nicken. »Wir bringen sie vorerst in Drens Dienststube und warten dort auf Euch.«

Flankiert von den beiden finster dreinblickenden Unteroffizieren marschierten Calvyn und Bek über den Exerzierplatz und bemühten sich, Ruhe zu bewahren. Calvyn dachte während der kurzen Wegstrecke darüber nach, wie oft er sich überhaupt in der Nähe der Offiziersunterkünfte aufgehalten hatte. Höchstens einmal während des Wachdienstes, fiel ihm ein, aber er war nie mit Bek zusammen eingeteilt gewesen und konnte sich deshalb nicht erklären, warum man sie verdächtigte.

Es passte einfach nichts zusammen. Immer wenn Bek und er in den vergangenen Wochen Zeit gemeinsam verbracht hatten, war mindestens noch ein anderer dabei gewesen. Wann sollten sie gestohlen haben, und warum? Calvyn hatte eine nahezu beschämend hohe Geldsumme beim Quartiermeister eingelagert und seines Wissens litt auch Bek nicht unter Geldnöten. Der Korporal hatte jedoch von »persönlichen Dingen« gesprochen, nicht von Geld. Was konnte der Hauptmann besitzen, was Bek und ihn angeblich verführt hatte, einen Diebstahl zu begehen und damit alles aufs Spiel zu setzen? Calvyn hatte nicht die leiseste Ahnung.

Die beiden Rekruten betraten die Dienststube des Sergeanten Dren in ganz unterschiedlicher Gemütsverfassung. Calvyn war auf der Hut, aber auch neugierig darauf zu erfahren, worum es ging. Bek dagegen stand kurz vor einer Panikattacke, und in seiner blühenden Fantasie malte er sich schon die Folgen einer Verhaftung aus. Er sah sich öffentlich ausgepeitscht, im Finstern angekettet und jahrelang in einem elenden Höllenloch verrotten. Seine Atmung und sein Puls waren beschleunigt, und seine Augen flackerten nervös von einem Punkt zum anderen, ohne wirklich etwas wahrzunehmen.

»Beruhige dich, Bek«, flüsterte Calvyn seinem Freund zu, als sie das Zimmer betraten. »Du hast doch nichts gestohlen, oder?«

»Natürlich nicht!«, entfuhr es Bek.

»He! Ihr habt euch nicht zu unterhalten!«, befahl der Korporal, der hinter ihnen durch die Tür trat. »Du«, fuhr er fort und zeigte auf Calvyn, »setzt dich dort in die Ecke auf den Boden. Und du«, sagte er mit einem Wink in Beks Richtung, »setzt dich dorthin.«

Calvyn und Bek begaben sich auf die zugewiesenen Plätze und brüteten schweigend vor sich hin. Gleich nachdem die Rekruten sich hingehockt hatten, hielten die beiden Korporale eine kurze, gemurmelte Besprechung ab, und der jüngere der beiden verließ die Dienststube. Die Tür schloss sich mit einem dumpfen Schlag und die drei im Zimmer blickten einander mit nachdenklichen Mienen an. Die Sekunden der Stille dehnten sich zu Minuten.

Einige Zeit später ging die Tür wieder auf und das Scheppern des Riegels riss alle drei aus ihren Gedanken. Die beiden Rekruten und auch der Korporal sprangen hoch und ließen ihre steifen Glieder strammstehen, als Hauptmann Tegrani und der jüngere Korporal in den Raum schritten. Calvyn und Bek wurden angewiesen, sich nebeneinander vor dem Hauptmann aufzustellen.

Tegrani war zweifellos eine beeindruckende Erscheinung in seiner blauschwarzen Uniform. Groß und schlank stand er vor ihnen, das jungenhafte Gesicht zu einem missbilligenden Ausdruck verzogen. Er fingerte an seiner silbernen Gürtelschnalle. Die silbernen Rangkordeln des Hauptmanns lagen stolz auf seiner Schulter und die silbernen Sporen an den blitzblank polierten Lederstiefeln ließen keinen Zweifel an seinem hohen Rang.

»Und ihr seid also Calvyn und Bek?«, stellte der Hauptmann eher fest, als dass er es fragte.

»Ja, Sir«, bestätigten die beiden Rekruten einstimmig.

»Könntet ihr mir erklären, warum Dinge aus meinem persönlichen Besitz unter euren Matratzen gefunden worden sind?«

»Sir«, erwiderte Calvyn zögernd, »Korporalin Derra hat uns ausdrücklich angewiesen, keine Fragen zu beantworten, bis sie hier eingetroffen ist. Ich möchte nicht ungehorsam erscheinen, aber …«

»Ihr wollt auf Derra warten«, vollendete Tegrani mit einem schiefen Lächeln. »Nun, das kann ich euch nicht übel nehmen. Ihr werdet nicht lange warten müssen. Die gute Korporalin hat bestimmt gesehen, dass ich gekommen bin, und wird die anderen Rekruten vor der Zeit entlassen, damit sie so früh wie möglich zu uns stoßen kann.«

Der Hauptmann schlenderte zu Sergeant Drens Schreibtisch, schlug das zuoberst liegende Pergament auf und überflog es gleichgültig. Mit einem abfälligen Naserümpfen legte er die Rolle zurück auf den Stapel und schritt durch den Raum ans Fenster. Im Gehen wies er die beiden Korporale an, sich zu rühren. Dann sah er schweigend auf den Drillplatz.

Calvyn und Bek standen weiter stramm, so zackig und unbeweglich, wie sie nur konnten. Durch die nach Süden gelegenen Fenster strömte die Nachmittagssonne ins Zimmer, und den beiden Rekruten fiel es immer schwerer, Haltung zu bewahren. Die Waffenübungen waren anspruchsvoll und schweißtreibend gewesen. Obwohl sie ein wenig abgekühlt waren, während sie in den Zimmerecken von Sergeant Drens Dienststube gehockt hatten, spürten die beiden nun erneut die Hitze und mussten sich mehrerer Tricks bedienen, die ihnen Derra beigebracht hatte, um bei den harten Drillübungen nicht in Ohnmacht zu fallen.

Calvyn wackelte in den Stiefeln mit den Zehen. Diese für niemanden sichtbare Bewegung genügte, damit sich das Blut nicht in seinen Füßen und Unterschenkeln staute und die Zirkulation ausreichend angeregt wurde, um ihn halbwegs bei Bewusstsein zu halten. Bek verfolgte das gleiche Ziel, indem er mit den Kniescheiben zuckte. Beide Rekruten aber waren mehr als erleichtert, als es an der Tür klopfte und Korporalin Derra erschien, die den Hauptmann zackig begrüßte, zügig den Raum betrat und die Tür hinter sich schloss.

»Willkommen, Derra. Na, dann lasst uns diese Sache ohne viel Aufheben klären, einverstanden?«, verlangte Hauptmann Tegrani in einem geschäftsmäßigen Ton.

»Sir…«

»Ihr werdet noch Gelegenheit bekommen, Euch zu äußern, Derra. Lasst uns erst hören, was die Jungs zu ihrer Verteidigung zu sagen haben, in Ordnung?«, unterbrach der Hauptmann und hob die Hand, um die Korporalin zum Schweigen zu ermahnen.

Derra nickte, denn der Hauptmann hatte das Recht, die Rekruten zuerst zu befragen.

»Danke, Korporale. Ihr könnt jetzt gehen«, fuhr Tegrani fort und entließ die stummen Gestalten an der Tür.

Die beiden salutierten, machten kehrt und verließen den Raum.

»Korporalin Derra ist hier und bereit, sofort einzuschreiten, falls ich euch dazu bringe, etwas zu sagen, was ihr anschließend bereuen könntet«, erklärte Tegrani, und seine jugendlichen Züge wirkten äußerst entschlossen. »Ich frage euch jetzt erneut: Könnt ihr mir erklären, wie Gegenstände aus meinem persönlichen Besitz unter eure Matratzen gelangt sind?«

»Sir, ich weiß ja nicht einmal, um welche Gegenstände es geht, und noch weniger, wie sie unter die Matratze in meinem Bett gekommen sind«, erwiderte Calvyn so ruhig wie möglich.

»Ich auch nicht, Sir«, erklärte Bek mit zitternder Stimme.

»Ach ja, natürlich. Ein Unschuldiger kann nicht wissen, was gestohlen wurde, wie dumm von mir. Wenn ich dir aber erzählen würde, Rekrut Calvyn, dass meine silberne Flöte unter deinem Bett gefunden wurde und dass ein sehr wertvoller Dolch unter der Matratze des Rekruten Bek lag, würde das zur Klärung des Sachverhalts beitragen?«

»Sir, ich mache kein Geheimnis daraus, dass ich Flöte spiele und mein Instrument schon sehr alt ist und bessere Tage gesehen hat. Aber ich käme nie darauf, eine Flöte zu stehlen, denn die meine trägt noch viele Jahre des Spielens in sich und besitzt großen sentimentalen Wert für mich. Ich habe es nicht nötig zu stehlen, um etwas zu bekommen, was ich wahrscheinlich auch kaufen könnte, wenn ich es unbedingt haben wollte.«

Hauptmann Tegrani nickte gedankenversunken und hielt einen Moment inne, bevor er sich Bek zuwandte, der immer noch erschreckend bleich aussah.

»Nun, Rekrut Bek? Was hast du zu deiner Verteidigung zu sagen?«, fragte der Hauptmann.

»Sir, ich würde Euch nie bestehlen, Sir. Ich wollte schon immer Soldat werden, Sir, und ich würde nie etwas tun, womit ich meine Laufbahn beim Militär aufs Spiel setze, Sir. Ehrlich, Sir«, platzte Bek heraus und schwieg dann abrupt. Seine Wangen waren feuerrot angelaufen und setzten sich nun deutlich vom immer noch grauweißen Gesicht ab.

»Hmm … es überrascht mich natürlich nicht, dass ihr alles abstreitet. Die ganze Sache wirkt irgendwie falsch, aber die Beweislage spricht eindeutig gegen euch. Solange ihr nicht in der Lage seid, eure Unschuld zu beweisen, werdet ihr für das Vergehen bestraft … und glaubt mir, unsere Strafen sind streng.«

Der Hauptmann musterte abwechselnd Calvyn und Bek und sein Blick forschte nach irgendeiner Reaktion der Rekruten. Die beiden aber standen weiter stramm, während ihre Gedanken wild kreisten, aber zu keinem Ergebnis kamen. Mit einem leisen Schnauben wandte sich Hauptmann Tegrani schließlich ab und schritt hinter den Schreibtisch. Er setzte sich auf Drens Stuhl, lehnte sich zurück und strich sich nachdenklich übers Kinn.

»Hauptmann, Ihr müsst doch erkennen, dass meine Rekruten unschuldig sind. Ich jedenfalls bin davon überzeugt. Warum müssen sie dem hier noch ausgesetzt werden, Sir?«, erkundigte sich Derra. Sie beherrschte nur mit Mühe ihre Wut.

»Was gibt mir Anlass, sie für unschuldig zu halten, Korporalin? Meine Besitztümer wurden an ihren Schlafstellen gefunden, und es gibt keine Hinweise, die auf eine andere Person deuten. Ihr wisst so gut wie ich, welch hohen Stellenwert der Baron der Disziplin einräumt. Die Regeln hier sind streng und die Bestrafung hart, damit Situationen wie diese vermieden werden. Wir können nicht zulassen, dass Diebe innerhalb oder im Umkreis der Burg ihr Unwesen treiben. Das Leben beim Militär hängt vom absoluten Vertrauen in die Kameraden ab. Wenn Verdacht und Misstrauen überhandnehmen, bilden die Soldaten keine Einheit und jede Hoffnung auf eine geschlossene Truppe ist dahin.«

Derra bekämpfte ihren Unmut und knirschte hörbar mit den Zähnen, bevor sie eine Antwort gab.

»Ich erkenne die Notwendigkeit von Disziplinierungsmaßnahmen absolut an«, knurrte Derra, »aber niemand wird leugnen, dass sie ihren Sinn keinesfalls erfüllen, wenn sie an Unschuldigen vollzogen wird. Ihr solltet einige Dinge über diese beiden Rekruten wissen, die diese Beschuldigungen besonders lächerlich erscheinen lassen.«

»Aha?«

Tegrani hob fragend die Augenbrauen hoch. Er lehnte sich noch weiter zurück und legte ein Bein über das andere, bis der Knöchel das Knie berührte und er ihn mit beiden Händen umfassen konnte.

»Na schön. Dann fahrt nur fort.«

»Nun, Sir. Zuerst einmal sagtet Ihr, die Gegenstände seien unter den Matratzen der Rekruten gefunden worden. Das ist ein so offensichtliches Versteck, dass es natürlich zu den Orten gehört, die man als Erstes durchsuchen würde. Keiner dieser Rekruten ist so dumm. Wäre einer von ihnen in diesen Diebstahl verwickelt, so würde die Suche wahrscheinlich noch andauern. Zudem, und das ist unter den anderen Rekruten nicht allgemein bekannt, besitzen diese beiden mehr Geld als die meisten langjährigen Soldaten und wahrscheinlich auch mehr als die meisten Hauptleute.«

»Und das macht sie weniger verdächtig, Korporalin? Ganz im Gegenteil!«, unterbrach der Hauptmann überrascht.

»Es geht nicht um ihren Reichtum, sondern um die Quelle, aus der er stammt, Sir. Ich mache keinen Hehl daraus, dass ich möglichst alles über meine Rekruten erfahren möchte. Denn wenn ich in der Lage bin, ihre Stärken und Schwächen einzuschätzen, kann ich sie an ihre Grenzen gehen lassen und sie zu den Soldaten formen, die der Baron braucht.«

Der Hauptmann nickte.

»Nun, Sir, Ihr solltet wissen, dass Calvyn mit zwei Pferden und genug Geld und Ausrüstung in der Burg eingetroffen ist, um noch eine Zeit ohne eine andere Einkommensquelle auszukommen. Zudem hat er nach Auskunft von Sergeant Dren eines der Pferde an Hauptmann Strexis verkauft – die schöne reinrassige Stute, auf der er in letzter Zeit zu sehen war – und dafür eine beträchtliche Summe Geld erhalten. Der Quartiermeister sagte mir, Calvyn habe weder etwas aus seinem Besitz genommen noch etwas hinzugefügt und lediglich an freien Tagen um seine Flöte und ein altes Geschichtenbuch gebeten. Bek aber ist der Sohn von einem Hauptmann Lord Valdeers. Er ist finanziell unabhängig und hat es nicht nötig, sich durch Stehlen zu bereichern.«

»Die Leute stehlen nicht immer, um sich zu bereichern, Hauptmann«, bemerkte der Hauptmann, den Mund zu einem dünnen Strich verzogen. »Und wer sagt mir, dass Calvyn das Pferd und die Ausrüstung nicht gestohlen hat, bevor er herkam?«

»Sir, ich würde nie …«, platzte es aus dem empörten Calvyn heraus.

»Still, Rekrut!«, knurrte Derra. »Ich mach das hier.«

»Ja, Korporalin«, antwortete Calvyn unterwürfig und biss sich auf die Lippen.

»Da habt Ihr natürlich recht, Hauptmann. Aber wenn Ihr außerdem noch berücksichtigt, dass Bek bisher sämtliche Schwertwettkämpfe zwischen den Rekruten gewonnen hat und Calvyn der erste Kandidat für die Position des Truppführers ist, dann werden die beiden zu eindeutigen Zielscheiben für Neid und Missgunst. Die ganze Sache sieht für mich nach einem abgekarteten Spiel aus, das zudem noch schlecht verschleiert wurde.«

Als sie den Truppführer erwähnte, warf Calvyn der Korporalin einen fragenden Blick zu, den sie mit einem angespannten Grinsen erwiderte.

Der Hauptmann musterte nochmals die beiden Rekruten, und eine tiefe Falte zerfurchte ihm die Stirn, während er den Bericht der Korporalin verdaute. Seine Zeigefinger klopften träge gegen seinen Knöchel.

»Was Ihr da sagt, hört sich glaubhaft an, Derra. Ihr könntet recht haben. Aber selbst wenn das der Fall sein sollte, wird es nicht einfach, das Militärgericht zu überzeugen. Was ihr anführt, sind alles Indizienbeweise, und ganz gleich, wie sehr ihr euch auch für den Charakter der beiden verbürgt, wird ein Gericht doch immer dazu neigen, sich an die harten Fakten zu halten. Auch wenn wir annehmen, dass den beiden eine Falle gestellt wurde, bleibt doch der unglückliche Umstand, dass das Diebesgut an ihren Schlafplätzen sichergestellt wurde. Aufgrund meiner geringen Dienstjahre als Hauptmann und meiner Verwicklung in den Fall darf ich mich nur insofern an einem Gerichtsverfahren beteiligen, als ich die gefundenen Gegenstände als jene identifiziere, die aus meiner Unterkunft gestohlen wurden. Wenn ich mich vor Gericht mehr einsetzen soll, müssen schon Beweise vorliegen, die jemand anderen belasten. Und die große Frage ist doch: Wer könnte das sein?«

Der Hauptmann ließ seine Frage im Raum stehen.

»Könnt ihr Rekruten euch vorstellen, wer aus eurem Trupp einen Groll gegen euch hegen könnte? Oder wer so von Neid zerfressen wird, dass er euch auf diese Weise zu Fall bringen will?«

Unweigerlich tauchte Tyrraks Gesicht vor Calvyns innerem Auge auf, aber er schob den Gedanken entschlossen beiseite. Tyrrak war ichbezogen, aber nicht niederträchtig, sagte er sich. Er ging sorgfältig den gesamten Trupp durch, entschied aber, dass niemand zu einer solch gemeinen Tat gegen einen Kameraden fähig war.

»Nein, Sir, ich kann mir nicht vorstellen, dass jemand aus Trupp zwei so etwas tun würde«, erwiderte Calvyn mit Bestimmtheit.

Bek schüttelte schweigend den Kopf, als sich der Blick des Hauptmanns auf ihn richtete.

»Was ist mit Euch, Korporalin?«, erkundigte sich Tegrani bei Derra, die grübelnd die Stirn runzelte.

»Ich glaube, dass die beiden gutherziger sind, als ich es bin, denn ich hätte den Rekruten Tyrrak als möglichen Täter genannt«, sagte sie und blickte Calvyn scharf an. »Aber wenn ich länger darüber nachdenke, muss ich mich ihrem Urteil anschließen. Er ist ein Prahler mit einem großen Mundwerk, aber nicht berechnend genug, um eine solche Tat zu begehen.«

»Da Ihr nicht gerade für Eure Weichherzigkeit bekannt seid«, erklärte Tegrani mit einem schiefen Grinsen, »werde ich Eurer persönlichen Einschätzung der Rekruten Glauben schenken. Wenn aber irgendjemand da draußen versucht hat, diesen jungen Männer etwas anzuhängen, solltet Ihr diese Person entlarven, und das möglichst schnell.«

»Fällt euch jemand ein, der euch Böses wünschen könnte? Irgendjemand?«

»Niemand hier in der Burg, Sir«, antwortete Calvyn und ihm schauderte. Im Geiste sah er auf einmal Selkor vor sich, der die Hand ausstreckte und hasserfüllt mit seinem langen Zeigefinger auf ihn deutete.

»Ich weiß auch niemanden, Sir«, fügte Bek gerade rechtzeitig hinzu, um die Aufmerksamkeit von dem aufgewühlten Calvyn abzulenken.

»Gut, Korporalin, ich gebe Euch Zeit für eine Untersuchung. Ihr könnt eine Woche lang Nachforschungen anstellen, aber nicht einen Tag länger. Bis dahin kommen die zwei ins Burgverlies.«

Der Hauptmann nahm das Bein herunter, stand auf und begann, im Raum hin und her zu schreiten. Die Korporalin und die beiden Rekruten blieben schweigend stehen und hörten auf das Klacken seiner Absätze und das leise Klirren seiner Sporen.

»Nach dem, was Ihr mir berichtet habt, ist anzunehmen, dass der Schuldige unter den Rekruten zu suchen ist, und ich schlage vor, dass Ihr Eure Untersuchungen genau darauf konzentriert, Korporalin ... Ich werde mich nicht vor das Militärgericht stellen und allein aufgrund Eurer Aussage für die Unschuld dieser beiden hier eintreten. Wie gesagt, da müsst ihr schon handfeste Beweise erbringen. Ich gewähre Euch zwei Minuten, um mit Calvyn und Bek zu sprechen, aber ich erwarte, dass sie anschließend ins Verlies gebracht werden. Ist das klar?«

»Sicherlich, Hauptmann«, erwiderte Derra kurz.

»Viel Glück, Korporalin.«

»Danke, Sir.«

Mit einem letzten Blick auf die beschuldigten Rekruten lief der Hauptmann zur Tür und trat hinaus. Die Tür quietschte leicht, und obwohl sie aus massiver Eiche war, fiel sie mit einem deutlich metallischen Klang ins Schloss.

Korporalin Derras kantiges Gesicht durchzogen Falten der Wut. Sie holte tief Luft und sah die beiden jungen Männer an.

»Dass ihr eingesperrt seid, wird unsere Untersuchungen in gewisser Hinsicht behindern ... aber vielleicht hilft es uns auch. Wenn ihr beide im Kerker sitzt, hat das zumindest den Vorteil, dass die wahren Täter glauben, ihr Ziel erreicht zu haben. Wir können nur hoffen, dass sie daraufhin unvorsichtig werden. Wir müssen sie in dem Glauben lassen, dass ihr Handeln Erfolg hatte, und dann sollen sich ein paar Spione im Lager umhören. Gibt es jemanden aus Trupp zwei, dem ihr euer Leben anvertrauen würdet?«, fragte Derra, und ihr stechender Blick bohrte richtiggehend nach einer Antwort.

»Rekrutin Jenna«, antwortete Calvyn, ohne zu zögern.

»Und Matim«, fügte Bek hinzu.

Calvyn nickte zustimmend.

»Eine gute Wahl«, bestätigte Derra. »Also gut, Jungs. Ich werden Trupp zwei mitteilen, dass ihr in etwa einer Woche vor das Militärgericht gestellt werdet und die Korporale Gan und Beren bitten, auch Trupp eins und Trupp drei zu informieren. Sobald sich eine Möglichkeit ergibt, werde ich die Rekruten Jenna und Matim anweisen, Augen und Ohren offen zu halten, falls einer der Rekruten mit seiner Tat herumprahlt, und ich werde Gan und Beren bitten, ihre Trupps sorgfältig zu beobachten. Wir haben sieben Tage, um diese Angelegenheit zu klären. Hoffen wir, dass das reicht.«

Calvyn musste schwer schlucken, und Bek, der immer weiß wie ein Leintuch war, schien kurz davor, in Tränen auszubrechen.

»Und wenn es nicht reicht, Korporalin?«, erkundigte sich Calvyn vorsichtig.

»Hört mir mal zu, ihr beide. Unter diesen Umständen bleibt euch nichts anderes übrig, als darauf zu vertrauen, dass ich mich bemühe, Licht in die Angelegenheit zu bringen. Ich kann euch nur versichern, dass ich alles tun werde, um eure Unschuld zu beweisen. Ihr habt jetzt eine nicht gerade angenehme Zeit vor euch. Die Zellen sind alles andere als luxuriös und ich habe keinen nennenswerten Einfluss auf die Wachen. Sollte sich das Gerücht verbreiten, dass ihr eine bessere Behandlung erfahrt als die bisherigen

Gefangenen, würden sich unsere Hoffnungen, die wahren Schuldigen zu finden, ohnehin schnell in Luft auflösen. Der Plan zielt ja darauf ab, unseren Gegner in falscher Sicherheit zu wiegen.«

»Das sehen wir ein, Korporalin«, versicherte Calvyn mit einer Ruhe, die er nicht empfand. »Aber bevor wir gehen, Korporalin: Es gibt da noch eine Person, die ich gerne in den Plan einweihen würde – den Gefreiten Jez … groß, mit orangeroten Haaren«, fuhr Calvyn fort und deutete mit der Hand an, wie groß Jez etwa war. »Ich glaube, der Gefreite ist absolut vertrauenswürdig, und mit seiner gewinnenden Art kann er Leute leicht zum Reden bringen.«

Derra grinste kurz.

»Ja, ich weiß, wen du meinst, Calvyn. Eine gute und interessante Wahl. Ich werde sicherstellen, dass auch der Gefreite Jez vollständig auf dem Laufenden ist. Habt ihr sonst noch etwas anzumerken? Nein? Also gut, dann los.«

Die beiden jungen Rekruten nahmen zackig Haltung an, und Derra marschierte mit ihnen aus der Dienststube und über den Waffenübungsplatz. Auf der anderen Seite der Platzes führte Korporal Gan seine Rekruten in die grundlegenden Techniken des Bogenschießens ein. Doch als Korporalin Derra und die Gefangenen vorbeimarschierten, spürte Calvyn nur zu gut, worauf sich die Aufmerksamkeit aller richtete … jedenfalls nicht auf Korporal Gans Erklärungen.

Als er den Anfang der Stufen erreichte, die hinunter in die Dunkelheit führten, blickte Calvyn ein letztes Mal auf die in helles Sonnenlicht getauchte Burganlage. Den klaren blauen Himmel, gespickt mit strahlend weißen Schönwetterwolken, wollte er in Erinnerung behalten und zum Zentrum seiner abendlichen Meditationsübungen machen. In dem kurzem Augenblick speicherte er so viele Einzelheiten wie nur möglich. Der abgewetzte sandige Grund des Waffenübungsplatzes, die drei großen Zielscheiben aus Stroh, in denen zahllose Pfeile steckten, die stolz wirkenden Wachposten zwischen den Zinnen der Burgmauern und die blauschwarze Standarte auf dem Dach des Bergfrieds – all das brannte sich in sein Gedächtnis. Dann stieg er schon die steilen Stufen zum Fundament der Burg hinab.

Brennende Wandfackeln sorgten in regelmäßigen Abständen für flackerndes orangefarbenes Licht, als der letzte Schimmer des Tageslichts verschwunden war. Calvyns und Beks Schritte hallten dumpf über die in einem leichten Bogen verlaufende Treppe, und die kleine Gruppe kam zum Halt, als sie die schwere Eichentür erreichte, die den dahinterliegenden Gang versperrte.

Ein Gefreiter trat aus einer seitlichen Tür und salutierte.

»Bringt diese beiden in Zelle eins. Ohne die ausdrückliche Genehmigung von Hauptmann Tegrani sind keine Besuche erlaubt«, befahl die Korporalin.

»Jawohl, Korporalin«, erwiderte der diensthabende Gefängniswärter und zog einen Schlüsselring aus seiner Rocktasche.

Die beiden Schlösser wurden mit großen Metallschlüsseln geöffnet und der Gefreite schob die mächtigen Eisenbolzen oben und unten an der Tür zurück. Sie glitten krachend in ihre Halterungen. Der Wärter nahm eine Fackel von der Wand, schob die schwere Tür auf und führte die beiden Rekruten durch die Dunkelheit zu ihrem Kerker. Ihre Zellentür versperrte eine ähnliche Anordnung von Schlössern und Riegeln.

»Rein mit euch«, befahl der Wärter unmissverständlich.

Calvyn und Bek gehorchten umgehend. Als sie die Zelle betraten, spendete die Fackel des Wärters gerade noch genug Licht, um zwei niedrige Segeltuchliegen und ein schäbiges Loch in einer Ecke des Fußbodens auszumachen. Letzteres sollte ihnen wahrscheinlich als Toilette dienen. Es war genauso schlimm, wie Calvyn es sich vorgestellt hatte. Die Tür fiel mit einem dumpfen Schlag hinter ihnen zu und schluckte mit einem Mal alles Licht – bis auf einen winzigen, flackernd erleuchteten Spalt an der Schwelle. Der Schlüsselbund rasselte, dann drehten sich klackernd die Schlösser. Das Scheppern der einschnappenden Riegel hallte durch die Dunkelheit und der letzte schwache Lichtschein verschwand mit dem Klang sich entfernender Schritte.

Finsternis und Stille breiteten sich aus.

Calvyn seufzte schwer. Er tastete sich zu der Liege auf der rechten Seite und setzte sich. Das Segeltuch gab unter seinem Gewicht nach. Sie würden hier keinen besonders angenehmen Aufenthalt haben, stellte er niedergeschlagen fest.

»Ich weiß nicht, ob ich das durchstehe«, stammelte Bek, und es klang, als habe er seine Stimme kaum noch unter Kontrolle.

»Unsinn!«, erwiderte Calvyn bestimmt. »Du schaffst das. Leg dich einfach hin und hol den Schlaf nach, den Derra uns mit allen Mitteln geraubt hat. Ruh dich aus, solange du kannst, denn wenn Jenna, Matim und die anderen das Schwein gefasst haben, das uns das angehängt hat, wird Derra uns draußen auf dem Drillplatz bestimmt keine Schonbehandlung zukommen lassen.«

»Darauf kannst du wetten«, stimmte Bek lachend zu. Seine Stimme klang immer noch nervös, aber auch ein bisschen erleichtert.

Ein leises Scharren in der Dunkelheit ließ Calvyn vermuten, dass Bek seine Liege gefunden hatte. Er horchte auf Beks Bewegungen und nach einer Weile konnte er den Atemrhythmus seines Freundes über die schwarze Kluft hinweg vernehmen. Bek fing an, tiefer und regelmäßiger zu atmen. Aber gerade, als er dachte, Bek hätte sich beruhigt, wurden die Atemzüge wieder schneller und unregelmäßiger.

»Was ist los, Bek?«, fragte Calvyn, und seine Stimme hallte durch die Stille.

»Es ist die Dunkelheit. Ich hab das Gefühl, als würden die Wände immer näher rücken. Ich habe noch nie eine so... absolute Finsternis erlebt. Man sieht nicht einmal die Hand vor Augen.«

»He! Jetzt mal langsam. Hast du etwa Angst? Es gibt überhaupt keinen Grund, sich zu fürchten«, redete ihm Calvyn leise zu. »Wir haben die Zelle doch gesehen, als wir reinkamen. Es kommt genügend Luft herein und die Wände und Türen sind extrem solide. Denk dran, dieser Ort hier wurde geschaffen, um Menschen sicher zu verwahren – und reichlich unbequem, das muss ich zugeben, aber immerhin sicher.«

Aber noch während er redete, überfiel auch Calvyn ein leichtes Gefühl von Panik angesichts dieses lichtlosen Ortes. Er spürte, wie ihm das Herz in der Brust pochte und sein Atem sich beschleunigte. »Das ist ja lächerlich«, ermahnte er sich selbst und zwang sich, wieder langsamer zu atmen.

»Ich weiß«, antwortete Bek mit schwacher Stimme, »aber irgendwie hilft mir das auch nicht.«

»Also gut. Entspann dich, und ich werde sehen, was ich tun kann.«

»Was soll das sein?«, fragte Bek skeptisch.

»Vertrau mir, Bek. Ich weiß, was ich tue, und ich hab noch ein oder zwei Trümpfe im Ärmel. Aber bevor ich irgendetwas unternehme, möchte ich, dass du mir absolutes Stillschweigen gelobst.«

»Stillschweigen? Bei Tarmin, Calvyn! Was hast du vor?«

»Du hast mir schon einmal vertraut und ich konnte dir helfen. Du sollst mir nur versprechen, niemandem zu sagen, was hier unten geschieht. Ich weiß, dass du ein ehrenwerter Mensch bist, und ich würde dir alles anvertrauen. Gib mir einfach nur dieses Versprechen: Wenn ich dir helfe, deine Angst zu überwinden, erzählst du niemandem, wie mir das gelungen ist. Und ich verspreche dir, dass das, was ich tun werde, dir keinerlei Schaden zufügen wird. Und, schwörst du?«

»Also schön, Calvyn, wenn du darauf bestehst, dann verspreche ich es«, antwortete Bek, den Calvyns Bitte allmählich neugierig machte.

»Gut. Dann schau doch mal, ob du irgendwo einen losen Stein finden kannst. Die Größe und die Form spielen keine Rolle.«

»Einen Stein?«, wunderte sich Bek.

»Hilf mir einfach, Bek. Du wirst es schon noch verstehen.«

»Gut.«

Die beiden jungen Männer tappten eine Weile umher, bis Calvyn fand, was er brauchte. Als er über den Boden zur Tür kroch, bekam seine linke Hand einen losen Kieselstein zu fassen, der nicht größer als eine Murmel war.

»Alles klar, Bek, du kannst aufhören zu suchen. Ich hab genau das, was ich brauche«, sagte Calvyn so leise, dass er beinahe flüsterte.

»Großartig«, antwortete Bek. »Und was soll ich jetzt tun?«

»Setz dich einfach auf deine Liege und schließ die Augen. Tu, was du willst, aber unterbrich mich in den nächsten Minuten nicht, denn ich werde meine gesamte Konzentration brauchen«, wies Calvyn ihn an und tastete sich zurück zu seiner Liege.

Er drehte den Stein immer wieder in den Händen und bildete sich eine Vorstellung von ihm, ohne ihn zu sehen. Dann schloss der junge Magier die Augen, um sich besser konzentrieren zu können, und begann seinen Lichtspruch. Beim Aussprechen der Runen stellte sich Calvyn vor, wie ein weiches weißes Licht aus dem Kiesel trat. Ohne innezuhalten, vollendete er den Spruch, mit dem das Leuchten in den Stein eingeschlossen würde. Dann öffnete er die Augen.

Es dauerte einen Moment, bis er mehr als seine Hand erkennen konnte, aber der Stein gab tatsächlich einen gedämpften Lichtschein ab, und als seine Augen sich daran gewöhnt hatten, konnte er einige Schritte von ihm entfernt Beks Umrisse ausmachen.

»Gut, Bek, du kannst die Augen wieder öffnen«, sagte Calvyn freundlich.

»Was zum …?«

»Schsch! Gib deinen Augen ein wenig Zeit, und du wirst genug sehen können, um die Angst zu vertreiben.«

»Was hast du mit dem Stein gemacht?«, flüsterte Bek.

»Ich habe nur einen Trick angewandt, den mir ein alter Freund beigebracht hat, das ist alles«, antwortete Calvyn ausweichend.

»Zauberei meinst du wohl.«

»Wenn du es als Zauberei bezeichnen möchtest, meinetwegen, aber sag niemandem etwas davon, ja? Wenn das herauskommt, stecke ich in noch weitaus größeren Schwierigkeiten als jetzt«, flüsterte Calvyn.

»Von mir erfährt keiner was, Calvyn. Aber beim Tarmin! Ein Magier! Ich wusste, dass an dir etwas anders ist, aber ich konnte es nie genau benennen. Du warst immer so konzentriert bei der Sache, und dann deine abendlichen Meditationen … jetzt ergibt es alles einen Sinn.«

»Bek, ich kann dir versichern, dass ich kein Magier bin. Ich bin ein Anfänger auf diesem Gebiet, mehr nicht. Ich schwöre.«

Calvyn erklärte seinem Freund im Flüsterton, wie er Perdimonn begegnet und mit ihm umhergereist war. Er beendete seine Erzählung mit der Begegnung mit Selkor und der darauf folgenden Flucht und fasste kurz zusammen, warum er beschlossen hatte, Baron Keevans Heer beizutreten. Bek hörte mit großen Augen zu.

»Du siehst also, dass ich kein echter Magier bin. Trotzdem darf niemand von meinen Fähigkeiten erfahren, Bek, sonst bekomme ich furchtbaren Ärger. Ich weiß noch immer nicht, was mit Perdimonn geschehen ist, aber ich habe das starke … ja, Gefühl, dass er noch lebt. Ich kann es nicht genau erklären, aber ich weiß einfach, dass Selkor ihn nicht getötet hat.«

»Und was ist mit Selkor? Wenn Perdimonn noch lebt …«

»Ich habe keine Ahnung, mein Freund. Vielleicht ist er tot, vielleicht lebt er noch. Ich nehme an, dass Letzteres der Fall ist, und wenn er doch tot sein sollte, kann ich mir beim besten Willen nicht vorstellen, dass Perdimonn dafür verantwortlich ist. Gewalt liegt nicht in seiner Natur.«

Die beiden verharrten eine Weile schweigend, in Gedanken versunken. Es tat gut, sich einem Freund anvertraut zu haben, fand Calvyn. Es war zwar riskant gewesen, aber er spürte, dass Bek ihn niemals willentlich verraten würde, und das Geheimnis, das sie von nun an teilten, würde sie in schlimmen Zeiten stärker zusammenschweißen. Aber dann hätte Calvyn beinahe laut losgelacht. »Schlimme Zeiten!« Wenn das keine schlimmen Zeiten waren, die sie hier durchmachten, was dann?

»Äh … Calvyn? Was machen wir mit dem Stein, wenn

der Wärter zurückkommt? Das Leuchten ist schon ein wenig auffällig.«

»Keine Sorge. Wenn wir den Stein über der Tür festklemmen, wird der Schimmer vom Licht seiner Fackel überdeckt. Ich habe ihn extra schwach leuchten lassen«, beruhigte ihn Calvyn.

»Du denkst auch an alles, was?«

»Ich bemühe mich«, erwiderte er lachend. Dann stand Calvyn auf, ging zur Tür und drückte den Stein in einen Spalt in der Mauer. »So müsste es gehen«, meinte er zufrieden und kehrte zu seinem Lager zurück. Er streckte sich wie eine Katze und legte sich vorsichtig auf die unbequeme Liege. »Versuch doch zu schlafen, Bek. Lass uns das Beste aus unserer Situation machen.«

»Gut, ich probier's«, antwortete sein Freund, und trotz allem obsiegte schließlich die Müdigkeit. Schon bald waren die beiden jungen Männer tief und fest eingeschlafen.

11

Näher kommende Schritte ließen die beiden Gefangenen ahnen, dass nun etwas geschehen würde. Sie hörten keine einzelnen Tritte wie sonst von dem Wächter, der ihnen das Essen brachte, sondern das Stiefelgetrappel einer ganzen Gruppe, die sich zielstrebig auf die Zelle der beiden jungen Rekruten zubewegte.

»Da kommt nicht nur der Wärter, Bek. Jetzt passiert was«, flüsterte Calvyn.

Der Schein einer Fackel leuchtete unter der Tür hindurch und das laute Einrasten der zurückgeschobenen Eisenbolzen hallte durch die Dunkelheit. Calvyn und Bek hielten die Hand vor die Augen und wandten die Köpfe ab, als sich die rasselnden Schlüssel im Türschloss drehten. Die beiden Gefangenen hatten schnell begriffen, dass sie nicht direkt in die helle Fackel des Wärters schauen durften, wenn sie nicht noch lange danach orangefarbene Flecken vor den Augen sehen wollten.

Die Zellentür sprang auf und jemand betrat den Raum.

»Es ist vorbei. Wir haben den wahren Dieb. Ihr könnt gehen«, verkündete die sanftraue Stimme von Korporalin Derra. »Los, Jungs. Jetzt schnell raus hier, dann päppeln wir euch schon wieder auf.«

Unendliche Erleichterung durchflutete jede Pore von Calvyns Körper, wie Wasser in einen Schwamm eindringt. Seine Knie wackelten, als er versuchte, auf die Beine zu kommen, und auch nachdem er sich erhoben hatte, konnte er sich kaum bewegen.

»Wie lange?«, fragte Bek, mit vor Durst verdorrter Kehle.

»Ihr wart fünf Tage hier unten. Aber das ist jetzt nicht wichtig. Kommt her. Der Gefreite hier hat einen großen Becher Wasser für jeden von euch. Sobald ihr getrunken habt, bringen wir euch nach oben, dann könnt ihr euch waschen, umziehen und etwas essen. Das habt ihr bestimmt bitter nötig.«

Calvyn nickte zustimmend und sah die Korporalin mit zusammengekniffenen Augen an. Das Licht im Hintergrund war zu grell, als dass er Derras Gesichtszüge erkennen konnte, aber der vertraute Umriss ihrer athletischen Gestalt war ihm ein willkommener Anblick.

Die Korporalin streckte Bek die Hand hin und half ihm von seiner Liege auf. Calvyn reichte man einen großen

Becher Wasser, sobald er in den Gang gestolpert war. Dankbar setzte er ihn an die Lippen. Sein Magen krampfte sich zusammen, als die eiskalte Flüssigkeit seine ausgetrocknete Speiseröhre hinunterrann.

Hinter sich vernahm er das gierige Schlucken Beks, der sein Wasser auf ähnliche Weise hinunterstürzte wie er. Calvyn dachte jedoch nicht daran, sich nach ihm umzuwenden, bis er nicht den letzten Tropfen aus dem Becher geleert hatte. Dann stieß er einen Seufzer der Erleichterung aus.

»Besser?«, erkundigte sich Derra.

»Viel besser. Danke«, erwiderte Calvyn.

Er sah sich um. Seine Augen gewöhnten sich langsam an die starken Reize. Bek trank noch seinen Becher aus und der Wärter schloss die Zellentür. Derra sah die beiden an, aber ihr Gesicht verriet wie immer keine Regung.

»Könnt Ihr uns sagen, wer es war?«, fragte Calvyn. Er konnte die Stimmung der Korporalin schwer einschätzen.

»Garth«, sagte sie. »Trupp drei.«

Calvyn dachte kurz nach, dann schüttelte er den Kopf.

»Kenne ich nicht.«

»Doch, du kennst ihn«, korrigierte ihn Bek sofort. »Du hast ihn vergangene Woche beim Schwertturnier geschlagen und bist dann unter die ersten acht gekommen. Das hat ihm schwer zu schaffen gemacht, aber ich hätte nie gedacht, dass es solche Rachegelüste bei ihm weckt.«

»Wenn das so ist, Bek, was hat das dann mit dir zu tun? Ich erinnere mich jetzt an ihn. Ich habe bei all deinen Kämpfe zugeschaut, aber ich erinnere mich nicht, dass ihr euch jemals gegenübergestanden wärt.«

»Ihr habt beide recht«, schaltete sich Derra ein. »Ich nehme an, Garth hat Bek aus Neid in seinen Plan eingebaut und weil es gerade so eine gute Gelegenheit war. Er war offensichtlich eifersüchtig auf deinen ungeschlagenen Rekord, Bek, und mir wurde gesagt, er habe Hoffnungen gehegt, der beste Schwertkämpfer seines Jahrgangs zu werden. Diese Hoffnungen wurden zerstört, als Kaan aus Trupp eins ihn im Halbfinale des ersten Turniers besiegte. Und als du dann im Finale Kaan geschlagen hast, wurde ihm klar, dass er so schnell nicht Erster Schwertkämpfer werden würde – wenn überhaupt.«

Derra nahm die leeren Becher entgegen und bedeutete ihnen, ihr durch den Gang zu den Stufen folgen, die sie aus der Gefangenschaft führen würden.

»Anscheinend hat Garth während seines Wachdienstes am Abend nach dem Turnier gehört, wie Hauptmann Tegrani in der Unterkunft auf seiner Flöte spielte«, erklärte Derra, während sie die beiden nach draußen geleitete. »Er muss dich an deinen freien Tagen mit deinem Instrument gesehen, Calvyn, und dann zwei und zwei zusammengezählt haben, um seine kleine Intrige auszuhecken. Ihr könnt euch glücklich schätzen, dass er seinen Mund nicht halten konnte, sonst wäre er womöglich damit durchgekommen Aber dieser Narr musste natürlich einem Freund aus Trupp drei alles erzählen und das war sein Ruin. Sein Freund war genauso angewidert von der Tat wie wir und hat die kleine Schlange sofort Korporal Beren übergeben. Er wird noch befragt, aber es besteht kein Zweifel, dass er schuldig ist.«

»Müssen wir jetzt noch vor dem Militärgericht aussagen?«, fragte Calvyn so vorsichtig, als fürchtete er sich vor der Antwort.

»Nein, das halte ich für unwahrscheinlich«, antwortete Derra langsam, nachdem sie kurz darüber nachgedacht hatte. »Vielleicht möchte Hauptmann Tegrani euch noch einmal sprechen. Wenn er gute Laune hat, wird er sich womöglich sogar bei euch entschuldigen. Ich wäre jedenfalls sehr enttäuscht, wenn er es nicht tut.«

Calvyn hätte beinahe laut losgeprustet bei der Vorstellung, wie Derra Hauptmann Tegrani ihre »Enttäuschung« kundtun würde. Bei diesem Gespräch hätte er gerne Mäuschen gespielt.

»Ich würde aber nicht darauf warten, Jungs«, fuhr sie fort. »Der Mann hat furchtbar viel zu tun, und obgleich er die Sache nicht unbedingt vergessen wird, wird es sobald wohl keine Gelegenheit für eine Entschuldigung geben.«

Korporalin Derra führte sie langsam die Stufen empor, bis sie in die süßlich duftende Abendluft und das Zwielicht der Dämmerung traten. Calvyn und Bek sogen ihre Lungen voll und sahen sich dankbar in der schattigen Burg um.

»Der nächste Ruf ertönt zum Abendessen, Jungs. Ich schlage vor, ihr wascht euch erst mal und zieht euch um. Ich sehe euch morgen vor dem Frühstück zu unserem Lauf. Beim Waffentraining habt ihr einiges nachzuholen, aber macht euch deswegen erst einmal keine Sorgen. Ich setze Extrastunden an, falls es nötig sein sollte.«

»Danke, Korporalin Derra… für alles«, sagte Calvyn.

»In diesem Heer treten wir füreinander ein, Rekruten. Vergesst das nicht. Wenn Soldaten aber unehrenhaft handeln, werden sie hart bestraft. Das werdet ihr noch merken, wenn Rekrut Garth seine gerechte Strafe erhält. Ich muss noch mit dem Gefreiten sprechen, der heute Gefängniswache hat. Geht nur. Genießt das Abendessen.«

Das ließen sich die beiden Freunde nicht zweimal sagen.

Derra wandte sich um und verschwand in dem dunklen Treppenschacht. Calvyn und Bek nahmen nebeneinander Aufstellung und zwangen ihre steifen Glieder, so zackig wie möglich über den Waffenübungsplatz, um den Bergfried herum, über den hallenden Steinbelag des Exerzierplatzes bis zu ihrer Unterkunft zu marschieren. Drinnen brannte schon Licht, und als sie sich der Tür näherten, nahmen sie den Klang vertrauter Stimmen wahr. Draußen wartete eine hohe, schlaksige Gestalt auf sie, die halb verdeckt im Schatten stand.

»Calvyn? Bist du das?«

»Jez! Ich meine, Gefreiter Jez. Ja, ich bin's. Schön, dich wiederzusehen.«

Jez grinste. Freundlichkeit erhellte sein Gesicht, und der frisch gestutzte orangerote Schopf ließ seine Erscheinung zusätzlich strahlen.

»Nicht halb so schön, wie dich zu sehen, mein Freund«, antwortete er. »Korporalin Derra hat mir die Sache erklärt, und ich habe alles drangesetzt, um diese elende Schlangenbrut zu finden, die euch das angehängt hat, wirklich. Aber leider habe ich nichts entdeckt. Glaubt mir, ich war ja so froh, als ich eben erfuhr, dass er gefangen gesetzt wurde und ihr freikommt. Ich musste einfach schnell vorbeikommen und für euer Vertrauen danken. Das werde ich nie vergessen. Tut mir leid, dass ich nicht helfen konnte.«

Calvyn lächelte müde.

»Mach dir keine Sorgen, Jez. Ich bin dir sehr dankbar, dass du es versucht hast. Glaub mir, es war gut zu wissen, dass hier draußen jemand ist, der auf unserer Seite steht. Kennst du übrigens schon meinen Freund Bek?«

»Nicht dass ich wüsste«, antwortete Jez, wandte sich an Bek und reichte ihm die Hand. »Dann bist du der neue Schwertkämpfer, von dem alle sprechen. Schön, dich kennenzulernen, Bek.«

»Gleichfalls, Gefreiter Jez.«

»Woher kannst du so gut mit einem Schwert umgehen? Es wird wild darüber spekuliert, aber im Grunde weiß niemand etwas Genaues.«

»Nun, so gut bin ich gar nicht«, erwiderte Bek bescheiden. »Aber mein Vater ist Hauptmann im Heer von Lord Valdeer. Er hat mir das Fechten von früh auf beigebracht. Ich dachte, wenn ich demselben Heer beitrete wie er, würde ich entweder ewig in seinem Schatten stehen oder irgendwie anders behandelt, weil er mein Vater ist. Das wollte ich nicht, also bin ich hierhergekommen, wo ich einer unter vielen bin und nach meinen Verdiensten beurteilt werde.«

»Verständlich«, nickte Jez zustimmend. »Vielleicht treffen wir uns mal zu einem Übungskampf. So gut bin ich aber nicht ...«

Er brach ab, aber ein verschmitztes Augenzwinkern ließ Bek wissen, dass er in Wirklichkeit ein ausgezeichneter Schwertkämpfer war. Bek lachte.

»Ich trete gerne gegen dich an, Gefreiter Jez. Vorausgesetzt, Derra lässt uns noch ein wenig Freizeit, nachdem wir fünf Tage Tortur verpasst haben!«

»Gut. Ich gehe jetzt besser. Die Pflicht ruft. Aber ich werde nicht vergessen, dass du mir dein Vertrauen geschenkt hast, Calvyn. Das bedeutet mir sehr viel. Wenn du irgendwann etwas brauchen solltest, bin ich immer bereit, dir zu helfen.«

Calvyn konnte ihm nur erneut danken. Nachdenklich blickte er seinem Freund nach, als er in den immer dunkler werdenden Schatten verschwand. Dann öffnete er die Tür zur Schlafstube und die beiden wurden von einem wahren Begeisterungsturm empfangen.

◎ ◎ ◎

Zwölf komplette Trupps standen auf dem Exerzierplatz. Zweihundertvierzig Zeugen für das strenge Rechtssystem des Militärs. Als Rekrut Garth herausgeführt und an den

Holzpfosten gebunden wurde, den man auf dem Platz errichtet hatte, musste Calvyn daran denken, dass es nur einem glücklichen Zufall zu verdanken war, dass nicht er dort stand – vor aller Augen und vollkommen nackt.

Baron Keevan selbst trat flankiert von Hauptmann Tegrani und Hauptmann Strexis aus dem Haupttor des Bergfrieds und schritt auf den Platz. Der Blick des Barons war hart wie Granit, als er die von Sergeant Brett dargebotene Schriftrolle ergriff. Keevan las rasch und leise das Dokument und sein Gesicht verriet keinerlei Gefühlsregung. Dann verlas er die Schrift, und seine Stimme hallte mit einer Lautstärke über den Burghof, auf die selbst ein Ausbilder stolz gewesen wäre.

»Mein Gericht hat dich, Rekrut Garth aus der Provinz Kelldorn, für schuldig befunden: erstens, Gegenstände aus dem privaten Besitz eines Offiziers gestohlen zu haben, und zweitens, die genannten Gegenstände verwendet zu haben, um andere Rekruten des Diebstahls zu bezichtigen. Dieses unehrenhafte Verhalten ist in keiner Gesellschaft zu tolerieren, erst recht nicht in einer militärischen. Das Vertrauen in die Kameraden ist von entscheidender Bedeutung, und deine Taten zeigen allzu deutlich, dass du dieses Vertrauens nicht würdig bist. Ich verurteile dich deshalb zu fünfzig Rutenschlägen und dem Ausschluss aus unserem Heer. Zudem ergeht ein Schreiben an alle Barone und Lords im Norden Thrandors, in dem auf deine schandvolle Tat aufmerksam gemacht wird, und du wirst auf der rechten Wange mit dem Mal eines Diebes gebrandmarkt.«

Der Baron rollte das Pergament ein und gab es Sergeant Bek zurück.

»Fahrt fort, Sergeant«, befahl er.

Brett salutierte und vollführte eine vorbildliche Kehrtwendung. Er marschierte zügig zu seiner Position neben dem Pfahl, machte dort Halt und wandte sich an Korporal Beren, der mit der Rute in der Hand hinter seinem verurteilten Rekruten stand.

»Das Urteil lautet fünfzig Rutenschläge«, befahl er mit dröhnender Stimme. »Beginnt auf mein Kommando … Eins.«

Calvyn und viele andere zuckten zusammen, als die fünf Fuß lange Rute durch die Luft pfiff und auf Garths Rücken niedersauste. Die folgenden fünf Minuten waren kein Vergnügen. Garths Schreie brannten sich in Calvyns Gedächtnis. Er schloss die Augen und wünschte sich von ganzem Herzen, er könnte auch die Ohren verschließen.

»Neunundvierzig … fünfzig.«

Nun war der letzte Schlag der Rute zu hören, und Calvyn, der die Augen immer noch fest geschlossen hielt, durchfuhr ein stiller Seufzer der Erleichterung.

»Trupp … wegtreten!«

Mit der halben Kehrtwendung nach rechts öffnete Calvyn die Augen und fühlte sich seltsam getröstet, als er erkannte, dass viele seiner Kameraden bleich wie Pergament waren. Calvyn war unfähig, auch nur einen kurzen Blick auf die bedauernswerte Gestalt zu werfen, die von dem Pfahl gebunden und zur Schmiede geschleift wurde. Er wandte sich ab und lief geradewegs zum Eingang der Unterkunft. Er hielt nicht einmal an, um die Tür hinter sich zu schließen, ging zu seinem Bett und setzte sich. Ihm war übel.

Er hörte Schritte. Also war er nicht der Einzige, der gleich zurückgekehrt war. Jenna setzte sich neben ihn auf das Bett und legte voller Mitgefühl die Hand auf seine Schulter.

»Grauenhaft, oder?«, seufzte sie mit gedämpfter Stimme.

»Das kann man wohl sagen«, antwortete Calvyn, die Ellbogen auf die Knie gestemmt und das Gesicht in den Händen vergraben. »Das Schlimmste war, dass ich bei jedem Rutenschlag denken musste, dass beinahe ich dort an dem Pfahl gestanden hätte. Ich habe jeden Hieb gespürt… und weißt du, was mich davor bewahrt hat? Weißt du das?«

Calvyn hielt inne und sah zu Jenna auf. Tränen strömten ihm über die Wangen. Ihre sanften braunen Augen blickten ihn ernst an, dann schüttelte sie kaum wahrnehmbar den Kopf.

»Bek und seine Familie«, sagte er, und seine Stimme erstickte in einem Schluchzen. »Hätte Garth es nur auf mich abgesehen, hätte er bestimmt erreicht, was er wollte. Niemand hätte mir geglaubt. Aber Bek! Niemand hielt für möglich, dass Bek so etwas tun könnte! Sein Vater ist Hauptmann, wusstest du das? Verdammt, Jenna! Was tue ich hier überhaupt? Was hab ich getan, dass man mir eine solche Falle stellt? Muss ich mich jetzt die ganze Zeit vor rachsüchtigen kleinen Fieslingen wie Garth in Acht nehmen?«

»He! Beruhige dich, Calvyn«, beschwichtigte ihn Jenna. »Jetzt kommen wir mal zurück zu den Tatsachen, ja? Auch wenn dir niemand geglaubt hätte, wäre Garth doch aufgeflogen. Vergiss nicht, dass einer seiner Kameraden ihn gemeldet hat. Dieser Kerl ist ein Narr. Und niemand von uns hat auch nur eine Sekunde geglaubt, dass ihr schuldig seid. Sogar Derra hat euch sofort verteidigt, dich auch, wenn du dich vielleicht erinnern magst. Was du hier tust, fragst du? Du wirst gerade zu einem ausgezeichneten Soldaten, also reiß dich zusammen, Truppführer! Ja, Bek hat es mir erzählt. Du bist ein guter Mensch, Calvyn, und du wirst einen verteufelt guten Truppführer abgeben. In vielerlei Hinsicht warst du schon vom ersten Tag an unser Anführer, aber es ist schön, dass du es nun auch offiziell sein wirst.«

Calvyn legte die Hand auf Jennas, die immer noch auf

seiner Schulter ruhte. Er brachte ein dankbares Lächeln zustande.

»Danke, Jenna.«

»Immer gern, mein Freund. Und wenn noch so ein Idiot versuchen sollte, dich dranzukriegen, dann kannst du deine letzte Kupfermünze drauf verwetten, dass Trupp zwei nicht eher ruht, bis deine Ehre wiederhergestellt ist.«

»Wirklich edel«, erwiderte er und zog in gespieltem Spott eine Augenbraue hoch.

»Ich mein das ernst, du Schwachkopf«, erwiderte Jenna und boxte ihn zärtlich in die Seite.

»Und ich weiß das sehr zu schätzen. Ehrlich. Danke. Mir geht es schon viel besser, aber ich weiß nicht, ob mir jetzt noch nach Mittagessen ist.«

»Ruft einen Arzt!«, rief Jenna halblaut. »Calvyn verweigert das Essen. Es muss was Schlimmes sein!«

Beide lachten.

◎ ◎ ◎

Die meiste Zeit der Woche hatte es pausenlos geregnet und der bedeckte graue Himmel verhieß keine Besserung. Sämtliche Rekruten waren vor der Burg versammelt und bereiteten sich auf einen Wettkampf im Hindernislauf vor. Wasser ergoss sich in Sturzbächen vom Himmel, während die Mannschaften ein letztes Mal die Köpfe zusammensteckten und ihre Taktik besprachen.

»Also, Leute, wir haben das ja schon mindestens hundert Mal durchgekaut. Jetzt zeigen wir den anderen Trupps, wie man richtig zusammenhält. Gibt es noch Fragen? Nein? Gut. Ein Letztes noch: Passt auf! Der Boden ist schlammig, also lasst es bei den Hindernissen langsam angehen. Heldenmutige Sprünge führen nur zu Verletzungen, die uns zurückwerfen. Denkt dran: Wir bewegen uns geschmeidig, gekonnt und geordnet. Verstanden? Dann auf eure Plätze. Es geht los!«, befahl Calvyn.

Trupp zwei schwirrte auseinander und trug die Ausrüstung zur Startlinie. Jeder Trupp musste zwei lange Leitern, fünf lange Seile, zwei kleine Baumstämme (etwa fünfzehn Fuß lang und acht Zoll im Durchmesser) und eine Trage mit einer Puppe befördern, die das Gewicht eines ausgewachsenen Mannes hatte. Das erschien auf den ersten Blick keine allzu schwere Last für zwanzig kräftige junge Männer und Frauen. Aber die Wirklichkeit sah anders aus. Über eine Distanz von vier Meilen mit mehreren ernst zu nehmenden Hindernissen fühlte sich die Ausrüstung bald an, als wäre sie aus Blei. Die zusätzliche Erschwernis durch den schlammigen Untergrund und den stürmischen Wind mit schweren Regengüssen ließ den Wettkampf zu einer noch härteren Herausforderung werden.

»Trupps! Fertig! Und los!«, brüllte Sergeant Brett in voller Lautstärke.

Auf diesen Befehl hin wetzten die drei Trupps los und rannten über die nasse Wiese auf das erste Hindernis zu. Das Tempo war schnell, aber nicht mörderisch. Alle Mannschaften waren einigermaßen gleich stark, was die körperliche Ausdauer anging, und so entstanden während der ersten Laufstrecke kaum Abstände zwischen den drei Trupps. Die eigentlichen Unterschiede zeigten sich erst darin, welche Vorstellung die drei Truppführer von erfolgreicher Gemeinschaftsarbeit hatten.

Trupp eins und drei blieben stets beieinander und bewältigten jedes Hindernis als Gruppe. Für seinen Trupp hatte Calvyn sich etwas anderes ausgedacht.

Sie hatten gemeinsam die Stärken und Schwächen jedes Einzelnen besprochen und waren dann ein Hindernis nach dem anderen durchgegangen, um auszuhecken, wie sie es so sicher und zügig wie möglich überwinden könnten. Als dann alle mit dem Plan einverstanden gewesen waren, hatten sie ihre Taktik immer wieder eingeübt und verfeinert, bis ihr Trupp an den Hindernissen kaum noch zum Stehen kam.

Das erste Hindernis bestand aus einer zehn Fuß hohen Mauer, die eigens für den Wettkampf errichtet worden war. Alle Mannschaften wandten ähnliche Techniken an, um ihre Leute und die Ausrüstung hinüberzubefördern, aber der wahre Unterschied offenbarte sich in der Ausführung.

Etwa vierhundert Meter vor der Mauer sprinteten die vier besten Läufer aus Trupp zwei mit den zwei Leitern voran, die dann in einem Abstand von sechs Fuß an das Hindernis gelehnt wurden. All dies geschah unter der strengen Aufsicht von Korporal Gan, dem Wettkampfrichter an den Hindernissen. Zwei der vier Läufer kletterten gleich über die Mauer auf die andere Seite, während die anderen beiden unten die Leitern festhielten. Als der Rest des Trupps bis auf etwa hundert Meter an das Hindernis herankam, rannten wiederum die beiden kräftigsten Truppmitglieder voraus und stiegen die Leiter zu zwei Drittel hinauf, um dann auf die anderen zu warten. Vor der Mauer angekommen, stemmten zwei Rekruten die Tragbahre unter Mithilfe eines dritten zwischen den Leitern empor, wo sie von den beiden kräftigen Kameraden in Empfang genommen, über die Mauer gehievt und an die beiden Armpaare auf der anderen Seite übergeben wurden. Anstatt nun selbst hinüberzuspringen, setzten sich die beiden Muskelpakete rittlings zwischen den Leitern auf die Mauer, die Gesichter einander zugewandt. Dann wurden die beiden Baumstämme zwischen ihnen an das Hindernis gelehnt. Sie blieben dort stehen, bis der Rest der Mannschaft die Leitern erklommen und mit schnell aufeinanderfolgenden Platschgeräuschen in den dicken Matsch auf der anderen Seite gesprungen war. Gleichzeitig wurden die Seile neben einer der Leitern über die Mauer geworfen, von den Rekruten auf der anderen Seite gefangen und weitergereicht.

Sobald alle bis auf die beiden auf der Mauer und die beiden unten an den Leitern das Hindernis überwunden hatten, zogen die Leitermänner die Leitern aus dem Matsch und schoben sie über den Rand der Mauer. Während die Mannschaftsmitglieder auf der anderen Seite die Leitern wegschafften, machten sich die beiden verbleibenden Rekruten daran, den ersten Baumstamm anzuheben.

»Bereit!«, rief einer der beiden auf der Mauer.

»Jetzt«, schnaufte die unten und hievten den dicken hölzernen Pfahl senkrecht nach oben. Sobald der Stamm die richtige Höhe erreicht hatte, packten ihn die oben Sitzenden und ließen ihn über die Mauer kippen.

»Bereit!«, hieß es erneut, und die Prozedur wurde wiederholt. Nun, da die gesamte Ausrüstung hinüberbefördert war, streckten die beiden Leitermänner unten ihre Hände nach den rittlings auf der Mauer hockenden Rekruten aus, die ihre Kameraden recht unsanft über das Hindernis zogen und dann selbst hinuntersprangen.

Alle drei Mannschaften hatten keine größeren Schwierigkeiten, die Mauer zu überwinden, aber Calvyns Einfall, die Leitern vorauszuschicken, hatte seinen Leuten einen Vorteil von einigen Sekunden verschafft. Bei Erreichen des vorletzten Hindernisses lieferten sich Trupp zwei und Trupp drei ein Kopf-an-Kopf-Rennen, wobei Trupp Zwei seinen Vorsprung hielt. Trupp eins hatte bei den vorangegangenen zwei Hindernissen Zeitstrafen hinnehmen müssen und war nun, falls sich bei den anderen Mannschaften keine Katastrophe ereignete, aus dem Rennen.

Nasser, klebriger Matsch hing den Rekruten schwer an den Stiefeln und jeder Schritt wurde zum Kampf. Wind und Regen ließen eine Meile wie fünf erscheinen, doch die Rekruten hörten nicht auf, gegen den Parcours, die anderen Mannschaften und die Elemente zu kämpfen.

Die beiden letzten Herausforderungen lagen in Sichtweite der Ziellinie, die auf dem Weg zum Haupttor auf die Mannschaften wartete. Das erste Hindernis war ein breiter Bach, das zweite ein großes, knapp über dem Boden gespanntes Netz. Die Regeln waren denkbar einfach. Alle Rekruten sollten mit der Ausrüstung den Fluss überqueren, ohne in Kontakt mit dem Wasser zu kommen, und dann unter dem Netz hindurch über den Boden kriechen, bis die letzten Meter bis zum Ziel beginnen würden.

Trupp zwei und Trupp drei näherten sich dem zehn Fuß breiten Fluss gemeinsam, aber Calvyn schickte erneut seine besten Läufer voraus, um den Weg zu ebnen. Als die anderen eintrafen, war schon eine Leiter als Brücke von Ufer zu Ufer gelegt. Zudem wurden zwei Stricke in Hüfthöhe gehalten, die Rekruten auf beiden Seiten stramm zogen. Die Stricke dienten nicht dazu, die Läufer am Fallen zu hindern, sondern sollten das Selbstvertrauen stärken und Halt bieten, falls jemand das Gleichgewicht verlor, während er die Leiterbrücke überquerte.

Diese Vorbereitungen verschafften Trupp zwei den nötigen Vorteil, um ihren leichten Vorsprung auszubauen. Die Mannschaft überquerte gerade problemlos den Fluss, als das Missgeschick passierte. Auf halben Weg über die Brücke glitt Tondis schlammbedeckter Stiefel von der Sprosse, auf die sie soeben das Gewicht verlagert hatte, und sie fiel kopfüber ins kalte Wasser.

»Zeitstrafe. Trupp zwei wartet zehn Sekunden, bis er das Hindernis verlässt«, rief die zuständige Wettkampfrichterin Derra.

»Hast du dir was getan?«, rief Calvyn besorgt und schaute vom gegenüberliegenden Ufer zu Tondi hinab.

»Alles in Ordnung«, versicherte Tondi, rappelte sich auf und schüttelte das Wasser aus ihren Haaren.

»Schnell zurück und noch mal über die Leiter«, feuerte Calvyn sie an.

Tondi ließ sich nicht zweimal bitten, watete, so schnell sie konnte, durch das hüfttiefe Wasser und kroch am Ufer hoch. Dieses Mal überquerte sie den Fluss ohne Zwischenfall, knapp gefolgt von den Letzten der Mannschaft. Die restliche Ausrüstung wurde herübergeschafft, dann begann die Zeitstrafe.

»Eins ... zwei ...«

»Tut mir leid, Leute«, entschuldigte sich Tondi und sah mit Entsetzen zu, wie Trupp drei seine fehlerfreie Flussüberquerung vollendete und sich zügig zum letzten Hindernis aufmachte.

»Fünf ... sechs ...«

Trupp zwei rannte los und lief die Anhöhe hinauf zum letzten Hindernis. Jenna und Calvyn führten an und sprinteten vor den anderen zum Netz. Schon tauchten sie unter dem Rand hindurch. Aber anstatt zum anderen Ende zu kriechen, blieben sie hocken und streckten ihre Rücken so weit wie möglich empor, um das Netz anzuheben und zwischen sich eine Brücke zu bilden. Das nächste Paar glitt zwischen Calvyn und Jenna unter das emporgehobene Netz, robbte bis zur Mitte, machte ebenfalls zu beiden Seiten einen Katzbuckel und bildete so ein weiteres Stück Tunnel für das nächste Paar. Das dritte Paar bewegte sich bis zum anderen Ende des Netzes und tat es den anderen gleich, sodass ein durchgehender, erhöhter Durchschlupf entstand.

Calvyn blickte zu Trupp drei, der dieselbe Taktik anwandte, und ein Grinsen huschte über sein Gesicht, als er sah, wie sich zwei Rekruten der gegnerischen Partei unter dem Netz mit der Tragbahre abmühten.

»Die stecken wir ein«, flüsterte er Jenna zu.

»Dreimal!«, antwortete sie, und ihre Augen blitzten vor Vergnügen.

Trupp zwei strömte rasch unter dem Netz hindurch. Jeweils zwei Rekruten krochen nebeneinander ans andere Ende, wo sich die Mannschaft rasch sammelte. Der einzige Ausrüstungsgegenstand, der mit auf die andere Seite befördert wurde, war eines der fünf Seile. Matim, Tyrrak und zwei andere waren zurückgeblieben und hatten eiligst die übrig gebliebenen vier Seile an die beiden Griffe der Trage und die beiden Baumstämme gebunden, während sich die anderen auf die andere Seite durchgekämpft hatten. Als die Enden der Seile sicher an der Ausrüstung befestigt waren, wurden die anderen Enden den vier Rekruten um die Hüften gebunden und auch sie robbten in Paaren unter dem Netz hindurch.

Das erste der letzten beiden Paare war an die Trage angebunden. Das zusammengelegte schlaffe Seil rollte sich nach und nach ab, während die Rekruten durch den Matsch zum anderen Ende des Netzes gelangten. Als sie hinten angekommen waren, standen sie auf, ergriffen das Seil und rannten weiter, die Trage wie einen Schlitten hinter sich her ziehend. Die Trage glitt mühelos unter dem Netz hindurch, und in kurzem Abstand folgte ihr das letzte Rekrutenpaar mit den Baumstämmen im Schlepptau. Sechs Mannschaftsmitglieder halfen, die schweren Pfähle auf die andere Seite zu ziehen, und in null Komma nichts hatte sich

Trupp zwei gesammelt, die Ausrüstung losgebunden und Trupp drei im Matsch strampelnd zurückgelassen.

Mit Erreichen der Ziellinie ließ Calvyn seine Mannschaft die Ausrüstung ordentlich zusammenlegen, sich zackig formieren und strammstehen. Dann machte er eine halbe Kehrtwendung, marschierte zu Sergeant Brett, salutierte und brachte so viel Dezibel auf, wie er nur konnte, um zu verkünden, dass Trupp zwei seine »Aufgabe erledigt« habe.

»Gut, Truppführer. Ihr könnt euch rühren«, erwiderte Sergeant Brett nüchtern.

»Sergeant«, salutierte Calvyn und macht erneut kehrt, um sich seinem Trupp zuzuwenden. »Trupp zwei, rührt euch!«

Die Rekruten waren völlig außer Atem, sahen aber vergnügt, wie Trupp drei sich zur Ziellinie kämpfte, während Trupp eins eben erst das Netz in Angriff nahm.

Korporalin Derra schritt den Hügel am Fluss hinauf, wo ihre Aufgabe als Kampfrichterin nun beendet war. Mit katzengleicher Anmut kam sie auf Calvyn und die anderen zu.

»Verdammt! Kann sie nicht einmal lächeln?«, murmelte jemand hinter Calvyn.

Wie zur Antwort nahm Derras Gesicht einen weicheren Ausdruck an, und statt der zornigen Falten zeigte sie ein verschmitztes Grinsen, als sie vor ihrem Trupp stehen blieb.

»Gut gemacht, Trupp zwei. Wirklich gut«, sagte sie, und in ihrer Stimme lag eindeutig Heiterkeit. »Unten am Fluss dachte ich schon, ihr hättet alles vermasselt, aber diese Taktik am Netz war wirklich ausgezeichnet. Ich habe noch nie erlebt, dass die Seile auf diese Art eingesetzt wurden, aber ich vermute mal stark, dass ich es von nun an öfter sehen werde. Ihr könnt wetten, dass Trupp drei gleich wünschen wird, ihnen wäre das auch eingefallen«, fügte sie hinzu und deutete mit dem Kopf den Hügel hinab, wo Korporal Beren entschlossen auf seinen Trupp zusteuerte.

»Wascht euch, den Rest des Nachmittags habt ihr frei. Trupp eins wird die Ausrüstung fortschaffen. Übungsschwerter und Bogen stehen in der Waffenkammer zur Verfügung, falls jemand für das morgige Turnier trainieren möchte. Bring die Gruppe zurück zu den Unterkünften, Truppführer.«

»Jawohl, Korporal. Trupp zwei! Stillgestanden! Links um! Im Gleichschritt, marsch!«

Calvyn führte Trupp zwei durch das Haupttor und zur Tür der Unterkunft. Dann ließ er die Rekruten abtreten. Sie zogen die dreckigen Stiefel aus und stellten sie neben den Eingang. Sobald alle in der Stube waren, war alle militärische Strenge verflogen und der Raum hallte wider von Gelächter und Triumphschreien. Aufgeregt diskutierten sie die Einzelheiten des Rennens und überboten sich dabei gegenseitig an Lautstärke.

»Wie wär's später mit einem letzten Übungskampf, Bek?«, fragte Calvyn seinen Freund und klopfte ihm freundlich auf den Rücken.

»Gerne. Gib mir eine Stunde, damit ich mich waschen kann und den gröbsten Dreck von meinen Klamotten bekomme. Wenn du willst, kämpfe ich, bis die Sonne untergeht«, entgegnete Bek mit einer übertriebenen Verbeugung.

Calvyn lachte.

»Ich bin froh, wenn ich zehn Minuten durchhalte nach dieser Strapaze! Außerdem will ich meine Kräfte sparen, damit ich dich armseliges Häufchen morgen beim Turnier schlage.«

»Haha!«, rief Bek mit lauter Stimme. Die anderen sahen interessiert zu ihm herüber. »Der Truppführer will den unangefochtenen Meister des Schwerts herausfordern!«

Ein Teil der Rekruten stachelte die beiden Freunde mit fröhlichen »Oho«-Rufen an, und Calvyn grinste vergnügt.

»Es wird Zeit, dem Ersten Schwertkämpfer einen Dämpfer zu verpassen, und wenn sich niemand anders dazu herablässt, muss ich das wohl übernehmen«, meinte Calvyn.

Die Umstehenden lachten.

»In einer Stunde dann.«

»Mit Vergnügen!«

»Du glaubst doch nicht ernsthaft, dass du ihn schlagen kannst, oder?«, fragte Jenna, als Calvyn zu seiner Liege stapfte.

»Machst du Witze? Nicht in einer Million Jahren! Bek und ich haben in den vergangenen Wochen oft zusammen gekämpft, aber ich habe ihm nicht einen einzigen Treffer versetzt. Trotzdem habe ich mich verbessert und eine kleine Trainingseinheit vor morgen wird mir nicht schaden.«

»Aha. Ich hatte nur das Gefühl, du hättest ihn ernsthaft herausgefordert.«

»Na ja! Du solltest mich nicht ganz abschreiben. Bek ist nicht unschlagbar, und wenn ich es morgen beim Turnier weit genug schaffe, um auf ihn zu treffen, bekommt er keine Sonderbehandlung. Ich will schließlich gewinnen. Aber ich will realistisch bleiben. Bek ist in den vergangenen fünf Monaten unbesiegt geblieben. An ihn ist bis jetzt keiner herangekommen. Meine Chancen stehen also nicht besonders gut! Bestimmt nicht so gut wie deine beim Bogenschießen.«

»An deiner Stelle würde ich nicht darauf setzen, dass ich gewinne. Tamar hält den Titel des Ersten Bogenschützen genauso fest wie Bek den des Ersten Schwertkämpfers.«

»Du könntest Tamar schlagen, wenn du ihn einfach vergisst und dich darauf konzentrierst, deine Pfeile in die Mitte der Zielscheibe zu schießen. Im gesamten Wettkampf gibt es keinen Schuss, den du nicht beherrschst.«

»Ja, vielleicht, aber so viele meiner Pfeile auch treffen mögen, Tamar hat immer mehr. Dieser Kerl hat ein Herz aus Eis und einen Bogenarm aus Granit. Ich habe noch nie jemanden gesehen, der eine so ruhige Hand hat.«

Calvyn setzte sich auf sein Bett und knöpfte seinen schlammbedeckten Waffenrock auf. Dann hielt er inne und blickte mit einem freundlichen Lächeln in Jennas ernste braune Augen.

»Deswegen kannst du ihn nicht besiegen, Jenna. Du siehst ihm beim Schießen zu. Tu das nicht. Morgen beim Turnier solltest du jeden Gedanken an Tamar und seine Schießkunst verdrängen. Du kannst sicher sein, dass ich weder an ihn noch an dich denke, wenn ich meine Pfeile loslasse.«

»Wie? Auch nicht ein bisschen?«, fragte Jenna, und ihre Hände glitten zu den obersten Knöpfen ihres Hemds. Sie lächelte verführerisch.

Calvyn schluckte leicht, und seine Wangen glühten dunkelrot.

»Dachte ich mir's doch«, sagte Jenna.

»Das ist ungerecht! So habe ich das nicht gemeint!«

»Ich weiß. Darum bist du auch so ein guter Freund, Calvyn. Deine Aufrichtigkeit und deine Fürsorge für andere haben dich zu einem ausgezeichneten Truppführer und dem besten Freund gemacht, den jeder von uns sich nur wünschen könnte. Viel Glück morgen. Ich will versuchen, deinen Rat zu befolgen und Tamar nicht beachten. Vielleicht sorgen wir ja beide für eine Überraschung.«

Calvyn grinste.

»Ja, das wär's doch, oder?«, meinte er verschmitzt.

12

Calvyn war müde. Es war ein guter Morgen gewesen, mit großen Erfolgen für Trupp zwei bei den Wettkämpfen. Und auch das Wetter war ihnen wohlgesinnt. Der Regen, der die Rekruten während der vergangenen Woche geplagt hatte, hatte einem blauem Himmel Platz gemacht. Die Sonne verbesserte die Laune der Rekruten erheblich, vor allem da sie nicht so heiß herabbrannte, als dass es den Höhepunkt der monatelangen Ausbildung unerträglich gemacht hätte.

Alles war perfekt, dachte Calvyn, als er sich in die Schlange für das Mittagessen stellte. Die Reihe war recht lang, und zuerst stand er noch gesittet an, dann aber war er versucht, sich einfach hinzusetzen und abzuwarten, bis der erste Ansturm vorüber wäre. Doch die Rekruten unterhielten sich aufgeregt über die Ereignisse des Tages, und bevor er noch Gelegenheit hatte, aus der Reihe zu treten, wurde Calvyn von ihrer Begeisterung mitgerissen und die Müdigkeit fiel von ihm ab wie ein hingeworfener Mantel.

»Eine ausgezeichnete Leistung, Calvyn! Das war einer der besten Schwertkämpfe, die du hier je gezeigt hast«, schwärmte Bek und klopfte Calvyn anerkennend auf den Rücken, als er in bester Laune auf das Ende der Schlange zuschlenderte.

Jenna war ihm dicht auf den Fersen und zeigte ein Grinsen, das ihr Gesicht in zwei Hälften zu schneiden drohte.

»Platz da, aus dem Weg! Der ehrenvolle Erste Bogenschütze wünscht zu dinieren«, neckte Calvyn mit lauter Stimme und deutete einen Kniefall vor ihr an.

Alle ringsum lachten und spielten mit. Sie verbeugten sich ehrerbietig vor der schrecklich verlegenen Jenna.

»Genug! Ihr könnt mir schöntun wie ihr wollt, sobald ich meinen knurrenden Magen mit etwas Essen besänftigt habe. Ich bin halb verhungert«, schimpfte Jenna, scheuchte die Meute mit einer Handbewegung fort und bemühte sich, ihrer Stimme einen überheblichen Klang zu geben und eine herrische Haltung anzunehmen.

»Das ist nicht die Jenna, die ich vor fünf Monaten kennengelernt habe! Oh nein!«, seufzte Calvyn theatralisch.

»Nein! Du hast recht! Sie ist eine Hochstaplerin«, gab Bek zurück. »Los, schnappt sie euch!«

Ein rasch erhobener Zeigefinger ließ Bek und Calvyn innehalten, und Jenna warf ihnen einen warnenden Blick zu, aber sie konnte die ernste Miene nur einige Sekunden beibehalten, bis sie lachen musste. Erst Calvyn und dann Bek beglückwünschten sie mit einer Umarmung.

»Du warst beeindruckend«, versicherte Calvyn begeistert. »Der arme Tamar traute seinen Augen nicht, als du in der langen Distanz alle drei beweglichen Ziele hintereinander getroffen hast! Er sah aus, als hätte dein Pfeil sich direkt in sein Herz aus Eis gebohrt!«

»Tamar? Wer ist das?«, fragte Jenna unschuldig.

Alle lachten.

»Aber du warst auch nicht schlecht, Calvyn. Ich hab zufällig mitbekommen, dass ein paar deiner Pfeile ebenfalls ihr Ziel getroffen haben. Wo bist du denn schließlich gelandet?«

»Oh, an fünfter Stelle, glaube ich«, antwortete Calvyn bescheiden.

»Fünfter von einundsechzig, das ist keine Schande«, meinte Jenna.

»Du warst Fünfter beim Bogenschießen!«, rief Bek erstaunt. »Und beim Schwertkampf bist du unter den ersten acht! Heute ist dein Tag!«

»Ja, ich kann mich nicht beklagen. Zudem trete ich gleich nach dem Mittagessen im Viertelfinale gegen Tyrrak an und dieses Mal schätze ich meine Chancen gar nicht so schlecht ein.«

»Das wird ein sehenswerter Kampf!«, gluckste Jenna freudig. »Ich möchte zu gerne sehen, wie du ihm eins verpasst, nachdem er so schrecklich protzen musste, als er dich das letzte Mal besiegt hat.«

»Wenn du ihn schlägst, bist du nicht nur weitergekommen als jemals zuvor bei einem Turnier, sondern hast zudem noch einmal das Vergnügen mit mir«, meinte Bek grinsend und wackelte herausfordernd mit den Augenbrauen.

»Nicht so großspurig, mein Freund. Du musst erst noch Garret besiegen und der ist kein schwacher Gegner«, warnte ihn Calvyn.

Bek rümpfte verächtlich die Nase und dachte kurz nach, bevor er antwortete.

»Da hast du natürlich recht, aber ich habe nicht vor, gegen irgendjemanden zu verlieren, und ganz bestimmt nicht gegen Garret.«

»Und wie ist es dir mit dem Schwert ergangen, Jenna?«, fragte Calvyn. »Ich habe leider nicht gesehen, wie du gekämpft hast.«

»Oh, ich bin in der zweiten Runde auf Kaan gestoßen. Es hat nur ein paar Sekunden gedauert. Er war wie der Blitz«, erwiderte sie achselzuckend. »Aber Tondi hat die Fahne für uns Mädchen hochgehalten.«

»Ist sie noch dabei?«, fragte Calvyn überrascht.

»Ja. Sie hat den großen Kerl aus Trupp eins in der dritten

Runde geschlagen. Der war ganz schön platt, als sie ihn entwaffnet hat«, berichtete Jenna freudig.

»Das glaub ich gern!«, meinte Calvyn und grinste. »Dann sind vier der letzten acht im Schwertkampf aus Trupp zwei. Eine stolze Leistung, würde ich sagen.«

»Bemuttert da die alte Glucke Calvyn ihre flügge gewordenen Küken?«, spottete Bek.

Ein paar Rekruten kicherten, aber Calvyn biss nicht an und ignorierte sie gelassen.

»Dann trifft Tondi im Viertelfinale auf Kaan«, meinte er nachdenklich.

Jenna nickte.

»Tja, eigentlich ist ja Kaan der Favorit, aber das soll mich nicht davon abhalten, Tondi anzufeuern. Es wäre doch das Ereignis des Turniers, wenn sie es schafft, ihn zu besiegen.«

»Das kannst du laut sagen«, stimmte Jenna zu. »Es wäre ein kleines Wunder, aber es sind schon unwahrscheinlichere Dinge geschehen.«

Die drei Freunde hatten nun den Anfang der Schlange erreicht. Sie holten sich ihr Essen und setzten sich an einen der langen Tische. Das Gespräch beim Mittagessen drehte sich weiter darum, wer wen im Schwertkampf besiegt und wer welche Ziele beim Bogenschießen getroffen hatte. Zudem gab es wilde Spekulationen über den Wettbewerb im Nahkampf ohne Waffe, der die Ereignisse des Tages abschließen sollte. Die zierliche Jenna hatte sowohl Calvyn als auch Bek in dieser Disziplin geschlagen, und sie war die Einzige der drei, die sich auf die Kämpfe freute. Calvyns Körper war im Laufe der fünfmonatigen Ausbildung muskulöser geworden und seine letzten Fettpölsterchen waren längst verschwunden. Trotzdem war es ihm nie gelungen, Jennas Schnelligkeit und Balance zu erreichen, und immer wenn er ihr im Nahkampf ohne Waffen gegenübergestanden hatte, war er unweigerlich als Verlierer geendet.

Heute war es Calvyn, der sein Essen nicht hinunterbekam. Sein Magen war wie zugeschnürt in Erwartung des bevorstehenden Duells mit Tyrrak um einen Platz im Halbfinale. Jenna hatte großes Vergnügen daran, ihn deswegen aufzuziehen.

»Du wirst nie ein großer, starker Junge, wenn du dein Gemüse nicht isst«, witzelte sie, als Calvyn den Teller beiseiteschob. »Und dann muss ich dieses armselige, unterernährte Häufchen Elend, das du bist, heute Nachmittag wieder einmal in den Dreck werfen.«

»Tu das ruhig«, willigte Calvyn grinsend ein. »Aber dann musst du dir schon ein paar neue Tricks einfallen lassen.«

»Oho! Der Erfolg steigt dem Mann zu Kopf!«, spottete Jenna lachend. »Rüttle ihn mal ordentlich durch, Bek, ja? Ich glaube, er träumt, und in ein paar Minuten beginnt doch sein Kampf gegen Tyrrak.«

Die freundschaftlichen Sticheleien setzten sich fort, bis etwa eine Viertelstunde später den acht übrig gebliebenen Anwärtern auf den Titel des Ersten Schwertkämpfers die Waffen ausgehändigt wurden. Während der vorangegangenen Runden waren immer mindestens vier Kämpfe zugleich abgelaufen, aber für die Endphase des Turniers war nun in der Mitte des sandigen Waffenübungsplatzes ein einzelner Kampfring markiert worden. Alle Rekruten, die bereits aus dem Wettkampf ausgeschieden waren, und auch einige Gefreite stellten sich nun ringsum auf, um ihre Truppkameraden anzufeuern, und es ging ein erwartungsvolles Raunen durch die Menge, als die Viertelfinalisten noch schnell einige Aufwärmübungen machten.

Zur Überraschung vieler Rekruten war eine Seite des Kampfplatzes freigeräumt worden, um fünf Holzstühlen

Platz zu bieten. Das Raunen schwoll an, denn es wurde wild spekuliert, welche Hauptleute und Sergeanten zuschauen würden. Und dann trat zum Erstaunen aller der Baron selbst mit seinen vier Hauptleuten aus dem Bergfried.

Die Schmetterlinge, die schon Calvyns Appetit auf den Kopf gestellt hatten, verdoppelten ihre Anstrengungen, als er die Neuankömmlinge erblickte. Doch als die beiden ersten Kontrahenten aufgerufen wurden, spürte Calvyn, wie die Anspannung von ihm abfiel und einer tief empfundenen Ruhe und Selbstsicherheit Platz machte.

Bek und Garret waren die Ersten, die gegeneinander antraten. Sie salutierten mit ihren Schwertern und der Kampf begann. Mit dem ersten klirrenden Aufeinandertreffen der Klingen brachen die Beifallsrufe der umstehenden Rekruten aus, die jeweils ihren Favoriten anfeuerten. Calvyn jedoch beobachtete den Baron und seine Hauptleute, die dem Kampf aufmerksam folgten. Nicht ein Hieb schien ihren Blicken zu entgehen. Jede Änderung der Haltung oder Verlagerung des Gleichgewichts wurde von den fünf ausdruckslosen Augenpaaren registriert. Nur Hauptmann Tegrani ging ein wenig mit, und über sein strenges Gesicht huschte ein befriedigtes Lächeln, als Bek den Angriff von Garret abwehrte und ihm den entscheidenden Streich an der Brust versetzte. Trupp zwei brach in Jubel aus, als Bek sein Schwert zuerst in Richtung des besiegten Gegners, dann in Richtung des Barons hob und zügig vom Kampfplatz schritt.

»Rekruten Tyrrak und Calvyn«, rief Sergeant Brett, der als Schiedsrichter fungierte.

Calvyn zwang sich, ruhig zu bleiben, und bahnte sich einen Weg zur Mitte des Platzes. Er hob sein Schwert und salutierte vor dem Baron, dann wandte er sich um und wiederholte die Geste vor Tyrrak. Sein Gegner tat es ihm gleich.

»Beginnt«, wies der Sergeant mit lauter Stimme an.

Tyrrak sprang nach vorn und startete einen schnellen, starken Angriff. Offensichtlich wollte er den Kampf rasch und mit möglichst wenig Kraftaufwand beenden. Und sein Angriff führte tatsächlich zu einem jähen Ende des Duells – jedoch nicht mit dem von ihm gewünschten Ergebnis.

Calvyn hatte wochenlang mit Bek trainiert und seine Reaktion war blitzschnell. Beinahe ohne nachzudenken, wehrte er Tyrraks Hieb ab, und im nächsten Augenblick setzte er nicht nur einen, sondern gleich zwei entscheidende Schläge. Dann stoppte er die Schwertklinge seines Gegners, der noch einmal zum Gegenschlag ausgeholt hatte.

Die Begegnung hatte nur einige Sekunden gedauert, und Tyrrak konnte nur schwer begreifen, dass man ihn so schnell bezwungen hatte. Nach den entscheidenden Schlägen sprang Calvyn zurück und salutierte, aber Tyrrak griff weiter an. Also fing Calvyn nochmals die Klinge seines Gegners ab und ließ sie an seinem Schwert hinuntergleiten, bis Heft an Heft stieß und die Rekruten mit ineinander verhakten Waffen einen zähen Kampf um die Überlegenheit der Kräfte begannen.

»Hör auf, du Idiot! Es ist vorbei!«, stieß Calvyn zwischen zusammengebissenen Zähnen hervor.

»Halt!«, rief der Sergeant eine Sekunde später. »Der Sieger ist Rekrut Calvyn.«

Trupp zwei und viele Rekruten aus anderen Trupps brachen in Jubel aus. Tyrrak hatte offenbar nicht viele Anhänger unter seinen Kameraden.

Widerstrebend trat er zurück und stapfte mit flüchtigem Gruß davon. Calvyn salutierte also vor dem Rücken seines Gegners, weigerte sich aber, den Moment seines Triumphes so schnell verstreichen zu lassen. Darum wandte er sich dem Baron zu und salutierte nochmals, während die Rekruten durch lautes und begeistertes Klatschen, Rufen und Pfeifen ihre Bewunderung für den schnellen Sieg kundtaten.

»Beeindruckend!«, rief Jenna, als sie auf Calvyn zurannte, nachdem er den Kampfplatz verlassen hatte. »Ich glaube, nicht einmal Bek wäre so rasch mit Tyrrak fertig geworden!«

»Doch, natürlich. Tyrrak hat nur dieselbe Arroganz an den Tag gelegt wie sonst auch«, ließ Calvyn in nüchternem Ton wissen. »Der Kerl will nichts dazulernen. Aber ich schon, und ich wollte ihn nicht noch einmal mit derselben Taktik davonkommen lassen, mit der er mich schon beim letzten Mal bezwungen hat.«

»Diese Niederlage vergisst er nicht so bald, die wird noch eine Weile schmerzen – besonders, da er sie in so hoher Gesellschaft eingesteckt hat«, antwortete Jenna und deutete mit dem Kopf in Richtung des Barons.

Calvyn folgte der Bewegung und sah, dass der Baron ihn immer noch mit undurchdringlicher Miene musterte. Beinahe schuldbewusst wandte Calvyn den Blick ab und sah wieder zu Jenna, deren Gesicht vor Begeisterung strahlte. Ihre großen braunen Augen waren sehr anziehend mit diesem freudigen Funkeln darin, dachte er, aber dann gab er sich einen Ruck, weil er sich ärgerte, dass er sich so leicht hatte ablenken lassen.

»Hast du Beks Gesicht gesehen nach deinem Sieg?«, flüsterte Jenna.

Calvyn schüttelte beinahe unmerklich den Kopf und zwang sich, nicht gleich nach Bek Ausschau zu halten.

»Nach seiner Prahlerei beim Mittagessen ist er jetzt etwas zur Vernunft gekommen«, fuhr sie fort. »Er war offenbar froh, dass du gewonnen hast, aber da schwang auf jeden Fall auch Überraschung mit. Ich glaube, er macht sich Sorgen. Aber siehe da, wenn man vom Teufel spricht …«

»Ein toller Sieg, Calvyn. Da hast du enorme Schnelligkeit bewiesen.«

»Ich hatte einen guten Lehrer.«

»Ja, und der Lehrer fühlt sich jetzt herausgefordert. Ich freue mich umso mehr auf unser Aufeinandertreffen«, antwortete Bek. Seine Stimme klang etwas weniger überzeugt als sonst, und als Bek ihm die Hand schüttelte und gratulierte, sah Calvyn einen Funken Selbstzweifel in den Augen seines Freundes aufblitzen.

Die nächste Begegnung stand an und Jubelrufe für die Kontrahenten brachen aus. Calvyn aber hing seinen Gedanken nach, während der hart ausgefochtene Schwertkampf Höhepunkt und Ende erreichte. Der Gewinner, ein Geldarian aus Trupp eins, war ebenfalls ein Liebling der Menge und wurde mit großem Jubel bedacht, als er zum Ende salutierte.

»Rekruten Tondi und Kaan«, rief Sergeant Brett und riss Calvyn aus seinen Tagträumen.

»Gib's ihm, Tondi!«, schrie jemand und brachte die Menge zum Lachen.

Die üblichen Höflichkeiten wurden ausgetauscht und der Wettkampf begann. Calvyn, Jenna und alle aus Trupp zwei unterstützten ihre Kameradin in maximaler Lautstärke, aber obwohl sie ihre Sache recht gut machte, war Tondi von Anfang an unterlegen. Das unvermeidliche Ende zog sich länger hin, als es nach Calvyns Empfinden nötig gewesen wäre. Kaan schien sich vor der Menge produzieren zu wollen und spielte noch ein wenig mit seinem Opfer, bevor er es erledigte. Ein gefährliches Spiel, dachte Calvyn. Kaan würde diese Angewohnheit noch bereuen, wenn es einmal um Leben und Tod gehen würde.

Als Tondi vom Kampfplatz schritt, klopfte Calvyn ihr anerkennend auf die Schulter.

»Du hast dich gut geschlagen, Tondi. Er ist ein harter Gegner«, sprach er ihr zu.

»Danke. Viel Glück dir«, antwortete sie mit einem enttäuschten Lächeln, das mehr sagte als alle Worte. »Du wirst es brauchen«, murmelte sie noch, bevor sie sich abwandte.

Obwohl ihm bewusst war, dass er diesen letzten Kommentar nicht hören sollte, spürte Calvyn auch, dass er nicht abfällig gemeint war. Tondi hatte einfach nur die Tatsachen klargestellt. Gegen Bek müsste er verdammt viel Glück haben.

»Erstes Halbfinale. Rekruten Bek und Calvyn«, brüllte Sergeant Bek über den Lärm der Zuschauer hinweg.

Calvyn und Bek schritten zur Mitte des Platzes und führten die offizielle Begrüßung aus. Seltsamerweise war Calvyn dieses Mal nicht nervös. Ob dies daran lag, dass er bereits gegen Tyrrak gekämpft und gesiegt hatte, wusste er nicht. Doch er trat seinem Freund mit klarem und ruhigem Geist entgegen, das Schwert griffbereit.

»Beginnt«, ertönte der laute Befehl.

Die Schwerter blitzten zum tödlichen Tanz auf und nochmals ertönte das Klirren von Metall auf Metall. Die beiden Freunde brachten all ihr Können auf, um sich einen Platz im Finale zu sichern. Die Rufe der Menge blieben unbeachtet, während die beiden sich umkreisten. Die Schwerter waren unentwegt in Bewegung, denn das heftige Tempo des Kampfes ließ keine Minute nach. Bek startete einen Angriff nach dem anderen, doch seine Hiebe wurden schnell und sicher von Calvyns Klinge gekontert. Und auch Calvyns Vorstöße trafen auf eine solide Verteidigung.

Die Begegnung befand sich im Gleichgewicht und auf keiner Seite tat sich ein klarer Vorteil auf. Die Menge war außer sich und die Anfeuerungsrufe überschlugen sich. Die

Rekruten hatten nicht mehr erlebt, dass Bek derart in Bedrängnis kam, seit Derra ihn beim ersten Unterricht auf dem Waffenübungsplatz besiegt hatte. Wie so oft der Fall, ermutigten sie vor allem den Außenseiter. Calvyn aber hatte nur Bek im Auge. Er blieb streng konzentriert, während er gelassen alle Manöver Beks abwehrte.

Nach einem überwältigend raschen Angriff von Calvyn stolperte Bek leicht nach hinten. Calvyn lehnte instinktiv sein Gewicht mit einem Ausfallschritt nach vorn, merkte dann aber, dass er in eine Falle gelockt worden war, denn Beks Schwert pfiff auf sein Zwerchfell zu. Mit einer Verrenkung, die selbst ihn erstaunte, zog Calvyn den Bauch ein und bog den Rücken von der Schwertspitze weg, während er die eigene Klinge verdrehte und Bek in den Oberarm ritzte. Beide Kämpfer hörten, wie Stoff zerriss, als Calvyns Schwert Beks Ärmel und Beks Schwert die Vorderseite von Calvyns Waffenrock zerschnitt.

»Halt«, rief Sergeant Brett unnötigerweise, denn die beiden Kontrahenten waren bereits einen Schritt zurückgetreten, um den Schaden zu begutachten.

Calvyns sah zu Bek hinüber, als der Sergeant angelaufen kam, um beide Kämpfer auf den entscheidenden Schnitt hin zu untersuchen, der die Begegnung beenden würde. Calvyn grinste seinen Freund an und schüttelte kaum merklich den Kopf, während er seinen Waffenrock aufknöpfte, damit der Sergeant seine unverletzte Haut sehen könnte. Das Grinsen wurde erwidert, denn auch Bek rollte seinen zerrissenen Ärmel hoch und zeigte, dass keine Wunde zu sehen war.

»Kein Treffer«, verkündete der Sergeant. »Fahrt fort.«

Die zuschauenden Rekruten waren in atemloses Flüstern verfallen, während Sergeant Brett die beiden inspiziert hatte, und gespanntes Raunen schwirrte um den Kampfplatz. Mit dem Befehl, den Schwertkampf fortzusetzen, toste eine

Welle des Jubels durch die Burg, und die klirrenden Hiebe und schnellen Drehungen fingen von vorne an.

Kurze Zeit später geriet einer der Kämpfer ins Stolpern und dieses Mal war es keine List. Bei einem Ausfallschritt zur Seite spürte Calvyn, wie sich sein Knöchel verdrehte, und wusste sofort, dass er sein Gleichgewicht nicht mehr rechtzeitig zurückerlangen würde. Und natürlich nutzte Beks Klinge die Gelegenheit und streifte Calvyns Arm. Calvyn spürte den Schnitt und hob sofort sein Schwert, um den Siegestreffer anzuzeigen.

Beide Rekruten waren völlig außer Atem, als sie kehrtmachten, um dem Baron zu salutieren. Zu Calvyns Überraschung trugen alle vier Hauptleute und auch der Baron ein Lächeln im Gesicht. Der Kampf hatte ihnen offenbar Vergnügen bereitet. Alle spendeten begeistert Applaus. Mit einem Mal schwappte Calvyn der brandende Lärm entgegen, und die Jubelrufe seiner Kameraden drangen in sein Bewusstsein vor.

»Eine Zeitlang habe ich mir gewünscht, wir beide hätten nicht so viel trainiert«, meinte Bek lachend, als sie vom Kampfplatz schritten. »Das war einfach Pech zum Schluss, als du gestolpert bist.«

»Aber dann musstest du immer noch den entscheidenden Hieb setzen und du hast verdient gewonnen. Es war ein guter Kampf. Und jetzt sieh zu, dass du im Finale keinen Fehler machst, ja?«

»Alles klar, Truppführer!«

Kurz darauf sah sich Calvyn im Mittelpunkt des Interesses, denn viele der Rekruten äußerten ihr Bedauern über seine Niederlage. Alle sprachen davon, wie nah er dem Sieg gewesen war. Nach fünf Monaten Ausbildung war Calvyn nun von allen Rekruten am nächsten dran gewesen, Bek in einem Einzelschwertkampf zu besiegen. Calvyn war ein wenig überwältigt von den Ereignissen und deshalb mehr als erleichtert, als der Beginn des Halbfinales die Aufmerksamkeit seiner Kameraden von ihm ablenkte.

Der restliche Verlauf des Wettkampfs war vorhersehbar. Kaan stellte Geldarian vollkommen in den Schatten, und obwohl im Finale zwischen Bek und Kaan hart gekämpft wurde, war das Ergebnis unabwendbar. Es war, als ob Kaan sich daran gewöhnt hatte, den Endkampf gegen Bek zu verlieren, und trotz seiner Schnelligkeit und Geschicklichkeit trat er nie wie ein Gewinner auf. Bek verteidigte also ein weiteres Mal den Titel des Ersten Schwertkämpfers.

Nach dem Finale zogen sich der Baron und seine Hauptleute wieder in den Bergfried zurück, wobei sie sich angeregt unterhielten und lachten. Dann wurden die Paarungen für das Turnier im Nahkampf ohne Waffen bekannt gegeben und in jeder Ecke des Waffenübungsplatzes Kreise markiert. Kurz darauf begannen die Kämpfe, die dann bis zum frühen Abend andauerten. Das Finale wurde zwischen zwei Rekruten aus Trupp drei entschieden, die sich schon den gesamten Wettkampf hindurch überlegen gezeigt hatten. Bek und Calvyn verloren jeweils gegen einen der Finalisten, Bek in der zweiten und Calvyn in der dritten Runde. Auch Jenna verlor in der dritten Runde, aber gegen den anderen Finalisten. Er hatte ihr einen betäubenden Schlag auf die rechte Wange versetzt und sie damit geradewegs aus dem Kampfring katapultiert. Später am Abend, als sie Calvyn den Kampf noch einmal schilderte, betonte sie jedoch, dass das blaue Auge, das ihr siegreicher Gegner im Finale getragen hatte, ihm mit den besten Empfehlungen ihres linken Stiefels verpasst worden war.

»Mit dem Stiefel!«, rief Calvyn erstaunt.

»Ja, ich konnte einen verteufelt guten Sprungtritt landen, der selbst einen Bären niedergestreckt hätte. Aber dieser

Kerl hat einen härteren Schädel als ein Bär und mein erhoffter Siegesschlag war nicht mehr als ein kleines Ärgernis für ihn. Der Mann ist aus Stein, und er war nicht gerade erfreut über meinen Versuch, ihn mit dem Vorschlaghammer zu zertrümmern!«, erzählte Jenna lachend, zuckte dann aber zusammen, weil ihre geschwollene Wange nicht zu einem Grinsen verzogen werden wollte.

»Du überraschst mich immer wieder!«

»Du bist offenbar leichter zu überraschen als er. Leider, denn wie sich herausstellte, hatte das recht unglückliche Folgen für mich«, sagte sie und strich vorsichtig über die Schwellung.

»Ich habe eine Salbe, mit der die Schwellung abklingt. Sie ist beim Quartiermeister. Sollen wir mal schauen, ob er noch da ist?«

»Noch so ein Wundermittel aus deinen Vorräten? Worauf warten wir? Dann mal los.«

◎ ◎ ◎

»Bei Tarmin! Sieh dir das an! Gerade, als ich dachte, uns wären ein paar Tage erträgliches Wetter gegönnt, fegt hier ein Sandsturm an! Kannst du mal die Alarmglocke schlagen, Cieran?«

Cieran murmelte etwas Unverständliches und lief gähnend zu der großen Glocke in einer Ecke des Wachturms. Er ergriff einen dicken Metallstab, der an der Wand lehnte, hielt die linke Hand über das linke Ohr und schlug dann etwa ein Dutzend Mal kräftig auf die Glocke. Die alte Glocke gab immer noch einen lauten und klaren Ton von sich, obwohl sie im Laufe jahrelanger Vernachlässigung gerissen und verrostet war. Der Schlägel im Innern war längst abgebrochen, und der Griff, mit dem man früher den

Schwingmechanismus betätigt hatte, war inzwischen so eingerostet, dass man ihn beim besten Willen nicht mehr bewegen konnte. Doch die treue alte Alarmglocke erfüllte immer noch ihre Pflicht, und die Leute ringsum begannen, die Fensterläden zu schließen und alles hereinzuholen, das nicht sicher festgemacht war.

»Warum ich?«, wandte Cieran sich mit einem erneuten Gähnen an seinen Kameraden. »Was hab ich getan, dass ich so etwas verdient hätte, Petro?«

»Nichts. Es ist einfach deine Schicht, sonst nichts.«

»Nein, ich meine ja nicht den Wachdienst. Ich meine Kortag. Warum musste ich hier nach Kortag berufen werden? In Mantor gab es genug Posten zu vergeben, aber ich musste ja unbedingt in das abgelegenste und trostloseste Höllenloch ganz Thrandors abkommandiert werden, das ständig vom Wind gepeitscht und von Staub durchfegt wird. Und warum? Um Karawanen zu kontrollieren! Ich muss in der Ausbildung jemandem gehörig auf die Nerven gegangen sein.«

»Und mir gehst du auch langsam auf die Nerven! Hör auf zu stöhnen und hol uns lieber einen Becher Dahl aus dem Kessel, ja?«, erwiderte Petro. Er blickte immer noch nach Süden, wo die ferne Staubwolke über die Einöde hinweg auf sie zurollte.

Eben war die Sonne aufgegangen, und der wolkenlose Himmel leuchtete in jenem endlos tiefen Blau, das so verheißungsvoll schien. Das Wetter in der Wüste hing selten von der Luftfeuchtigkeit ab, sondern vielmehr vom Wind, der den losen Wüstenstaub aufwirbelte und damit bestimmte, welch ein Tag der Festung Kortag beschert würde.

Dieser Sturm aber erschien irgendwie anders, dachte Petro, als er die breite Front aus tief fliegendem Staub beobachtete, die sich über die Wüste hinweg stetig auf ihn zubewegte. Irgendetwas stimmte da nicht. Etwas nagte mit beharrlicher, aber nur undeutlich vernehmbarer Stimme an seinem Unterbewusstsein.

»Hier, bitte«, sagte Cieran und reichte dem zweiten Wachmann einen Becher des dampfend heißen Getränks. »He, der hat es aber in sich«, rief er, als er den sich nähernden Sturm betrachtete.

»Ja, aber irgendwie ist er seltsam. Ich habe so etwas noch nie gesehen.«

»Wer einen Sturm gesehen hat, hat alle gesehen, würde ich doch meinen«, schnaubte Cieran achselzuckend. »Staub ist Staub, mein Freund. Du bist schon zu lange hier, wenn du anfängst, einen Sturm von dem anderen zu unterscheiden. Du musst unbedingt in die Zivilisation zurück, bevor du noch eine merkwürdige Anhänglichkeit an diesen gottverlassenen Ort entwickelst.«

»Ja, vielleicht hast du recht«, antwortete Petro nachdenklich und nahm einen Schluck aus seinem Becher mit Dahl. »Ich denke, wir können genauso gut reingehen und dafür sorgen, dass alle Läden geschlossen sind, bevor es losgeht.«

»Einverstanden. Mal sehen … da unten ist niemand. Ich geh kurz mal runter und sag den Wachen, sie sollen das Haupttor schließen«, sagte Cieran.

Die beiden Wachmänner erledigten schnell, was zu tun war. Nicht lange, und sie saßen hinter geschlossenen Läden in dem kleinen Wachturm und hatten die Füße auf dem niedrigen Tisch ausgestreckt. Sie freuten sich, die letzten paar Stunden ihres Wachdienstes nun damit verbringen zu können, die nackten sandfarbenen Wände anzustarren.

»Und was hast du heute Nachmittag vor?«, fragte Cieran und rutschte noch tiefer in seinen Stuhl.

Petro fuhr sich mit den Fingern durchs Haar und schürzte die Lippen.

»Vielleicht geh ich rüber zu Ellen und wir schwatzen ein bisschen und trinken ein paar Tassen Dahl«, erzählte er schließlich und ließ seinen Finger erst an der einen und dann an der anderen Seite seines dicken Schnurrbarts entlanggleiten.

»Aha, ihr schwatzt? Nennt man das jetzt so?«, bemerkte Cieran anzüglich und lachte bellend auf, als der zweite Wachmann vor Verlegenheit errötete.

»Es ist nichts dergleichen«, verteidigte sich Petro. »Ellen ist eine gute Freundin und wir sitzen gern beisammen. Das ist alles.«

»Natürlich, mein Freund. Das sagen sie alle!«, spottete Cieran. »Aber deswegen habe ich eigentlich nicht gefragt. Ich dachte, du hättest vielleicht Lust auf ein Essen in der neuen Taverne im Westviertel. Der Besitzer hat einen Koch angeheuert, der ist das reinste Wunder. Er benutzt die ungewöhnlichsten Gewürze für sein Fleisch und das Gemüse ist Kochkunst in Vollendung.«

»Ich weiß nicht recht ...«

»Nun komm schon! Ein gutes Essen und ein paar Krüge Bier mit den Jungs werden dir nicht schaden. Ellen ist auch morgen noch da, aber wir gehen nicht so oft zusammen ins Gasthaus. Es wird bestimmt lustig. Also, was meinst du?«

Petros Finger spielten mit seinem Schnurrbart, während er sich eine gute Ausrede zurechtlegte. Er wollte nicht mitkommen. Die raue, rauchgeschwängerte Atmosphäre in den Tavernen lag ihm nicht und sein Magen konnte die stark gewürzten Speisen nicht vertragen.

»Danke für die Einladung, Cieran, aber von diesen Gewürzen bekomme ich ... verdammt, das kann ...!«

Petro sprang auf und riss die Fensterläden auf.

»Was? Was ist denn?«, fragte Cieran und sprang ebenfalls entsetzt auf.

»Es weht kein Wind!«

»Na und?«

»Wie kann dieser Sturm dann so schnell auf uns zukommen? Bei Tarmin! Schnell, ich muss noch einmal nachsehen, aber wenn ich richtig liege, sind wir heute zu beschäftigt, um in der Taverne zu sitzen.«

»Aha? Und was tun wir?«

»Wir kämpfen um unser Leben.«

Petro eilte den Wachturm hinauf, dicht gefolgt von Cieran. Sie rannten zum Südwall und blickten auf die sich rasch nähernde Staubwolke.

»Bei allen Göttern … es sind Tausende!«

»Steh nicht einfach da, Cieran. Weck den Boten und schicke ihn nach Mantor. Gib ihm das schnellste Pferd, das aufzutreiben ist. Dem König muss unverzüglich Nachricht erteilt werden«, befahl Petro.

»Aber was wirst du tun?«

»So viele Männer wie möglich zusammentreiben, bevor sie hier ankommen. Wir sind Soldaten, hast du das vergessen? Wir müssen kämpfen, wenn es so weit ist. Jetzt ist es so weit. Lauf! Liebe Güte, beeil dich! Wir haben keine Zeit zu verlieren.«

Cieran sprang die Stufen hinunter. Bevor Petro loshastete, warf er einen letzten Blick auf das herannahende Nomadenheer. Sie schwärmten herbei wie eine Flut. Zahllose Kämpfer, viele davon auf Pferden, brandeten auf die unvorbereitete Festung zu.

»Eine Zeit zu kämpfen … und eine Zeit zu sterben«, murmelte er düster. Dann wandte sich auch Petro um und rannte los. Er war fest entschlossen, irgendeine Art von Verteidigung aufzubauen – und sei es nur, um seine geliebte Ellen zu schützen.

13

Calvyn sah das geschäftige Treiben auf dem Marktplatz und war für einen Moment überwältigt von einer Flut der Erinnerungen an seine Reisen mit Perdimonn. Die Rufe der besonders eifrigen Händler übertönten die brodelnde Geräuschkulisse auf dem belebten Platz. Der Duft von frisch gebackenem Brot mischte sich mit dem Geruch der feilgebotenen frischen Kräuter und Gewürze. Gelegentlich schlängelte sich der Geruch des an großen Spießen brutzelnden Fleischs durch das Wirrwarr unzähliger anderer Düfte, die so typisch für einen Markt in Thrandor waren.

Calvyn war, als kehrte er nach einem langen Tag, den er angelnd am Fluss verbracht hatte, nach Hause zurück. Alles wirkte so vertraut, dass es ihm vorkam, als sei er nie fort gewesen.

»He Calvyn, komm und sieh dir das an«, rief Jenna und winkte ihm von einem der Stände zu.

Calvyn lächelte und nickte. Abwesend strich er seine neue blauschwarze Uniform glatt, legte die Hand auf den Schwertknauf an seiner Hüfte und bahnte sich einen Weg durch die Menge. Jenna begutachtete gerade einen wunderbar gearbeiteten Bogen.

»Ist er nicht eine Schönheit?«, fragte sie, und ihre Augen leuchteten vor Begeisterung.

»Ja, und bestimmt sehr preisgünstig«, erwiderte Calvyn mit einem Augenzwinkern zum Händler. »Darf ich?«, fragte er und streckte die Hand nach dem Langbogen aus.

Beinahe widerstrebend reichte Jenna ihm die Waffe. Calvyn untersuchte den Bogen eingehend nach Fehlern im Holz. Man sah sofort, dass die Waffe nicht irgendein Lehrling gefertigt hatte. Das Holz fühlte sich seidenglatt an. Der Griff war mit einem seltsamen Material überzogen, das leicht rau war. Calvyn sah es sich interessiert an, weil er bisher nichts Ähnliches gesehen oder berührt hatte.

»Bevor du fragst: Die Antwort lautet nein. Ich weiß nicht, welches Material das ist. Der Bogner wollte es mir nicht verraten«, sagte der Händler mit einem leichten Grinsen. »Aber auf jeden Fall fasst es sich wunderbar an und rutscht nicht aus der Hand, oder?«

»Ja, ganz ausgezeichnet. Und was ist das für ein Holz?«, fragte Calvyn und strich über die beeindruckend geschmeidige Oberfläche ober- und unterhalb des Griffs.

»Agarholz aus dem Westen Shandars.«

»Wirklich? Ich habe davon gehört, aber noch nie welches gesehen. Ich glaube langsam, der Preis für diesen Bogen wird mir nicht gefallen.«

Der Händler lachte. »Das könnte stimmen«, meinte er nickend. »Er kostet fünfundzwanzig Goldstücke und nicht einen Kupferpfennig weniger.«

Jenna blieb vor Erstaunen die Luft weg, aber Calvyn nickte nur nachdenklich.

»Er stammt wohl von einem Meister?«

»Von niemand anderem als Vandar persönlich.«

»Vandar? Den Namen habe ich noch nicht gehört«, erwiderte Calvyn und schüttelte den Kopf. Dann wurde ihm bewusst, dass dies auch nicht weiter verwunderlich war, denn er kannte schließlich keinen einzigen Handwerksmeister aus der Gegend.

»Du kennst Vandar nicht?«, rief Jenna verwundert aus.

»Er ist der angesehenste Bogner im Norden von Thrandor – wenn nicht in ganz Thrandor.«

»Ach«, entfuhr es Calvyn langsam. »Der Vandar.«

»Du …!«

Da ihr kein geeignetes Schimpfwort einfiel, versetzte Jenna ihm einen freundschaftlichen Stups und nahm ihm den Bogen ab. Sie strich ein letztes Mal liebevoll und bedauernd über das edle Holz und gab die Waffe zurück an den Händler.

»Leider übersteigt der Preis meine Möglichkeiten«, sagte sie mit einem enttäuschten Lächeln.

Der Händler nickte.

»Ich hab noch andere Bogen, die vielleicht geeignet sind …«, bot er an.

Jenna hob die Hand, damit er erst gar nicht damit begann, seine Ware anzupreisen. »Ein andermal. Heute möchte ich einfach ein bisschen weiterträumen«, erklärte sie. »Ich komme bestimmt noch einmal an Euren Stand.«

Calvyn nickte dem Händler zu und die beiden liefen weiter über den Marktplatz. Als sie so durch die Gänge schlenderten, fiel Calvyn plötzlich auf, wie die Leute, die an den verschiedenen Ständen Besorgungen machten, respektvoll zur Seite traten, damit Jenna und er ungehindert vorbeilaufen konnten. Der Stolz, mit dem ihn seine Uniform erfüllte, wurde mit jedem Schritt größer. Noch nie war man ihm mit einer solchen Achtung entgegengetreten, und er beschloss, dass er dieses Gefühl genoss. Ob es daran lag, dass sie Uniformen trugen oder dass sie offensichtlich bewaffnete und gut ausgebildete Kämpfer waren, war ihm dabei gleich. Er fühlte sich bedeutend und das war ein erhebendes Gefühl.

»Und, möchtest du heute noch etwas kaufen, Calvyn?«, fragte Jenna.

»Das hängt vom Preis ab, aber ich möchte nach Silber Ausschau halten.«

»Silber? Was für Silber?«

»Na, Silber halt. Du weißt schon … das Metall.«

»Was willst du denn damit? Erzähl mir nicht, du betätigst dich in deiner Freizeit als Silberschmied.«

»Nein! Ich nicht. Ich brauche das Silber, damit mir jemand daraus etwas fertigt. Ich denke schon lange darüber nach, und … nun ja, es ist so eine verrückte Idee, die ich nicht mehr aus dem Kopf bekomme. Ich möchte ein eigenes Schwert haben. Nicht, dass dies hier nicht ausreichend wäre, aber ich möchte ein Schwert, das eigens für mich gemacht wurde, und ich dachte, ich könnte Gerran bitten, mir eines zu schmieden.«

»Wenn das so ist, will ich doch hoffen, dass er das Silber als Lohn erhält, sonst bekommst du ein Schwert, das etwa so brauchbar ist wie ein Feuerschutz aus Zunder.«

Calvyn lächelte und nickte.

»Ja, ich weiß, wie weich Silber ist, aber bevor ich zum Militär gegangen bin, hat mir ein alter Freund ein Geheimnis anvertraut, das Abhilfe bringen soll, und ich möchte gerne wissen, ob es funktioniert. Im Grunde ist es ein Experiment.«

»Für mich klingt das wie eine riesige Geldverschwendung, aber wenn du zu viel Geld hast, bin ich die Letzte, die deinem Drang nach Wissen im Weg steht«, spottete Jenna.

Calvyn verstand, dass Jenna nicht tatenlos zusehen wollte, wie er sein Geld für etwas völlig Nutzloses hinauswarf, aber er konnte die Idee nicht so einfach aufgeben. Er hatte in den vergangenen Monaten während seiner Meditationen oft darüber nachgedacht und konnte keinen Grund erkennen, warum der Versuch scheitern sollte. Die größte Schwierigkeit bestand darin, Gerran davon zu überzeugen, dass man ein Schwert auf diese Weise schmieden könnte. Der Meisterschmied würde bestimmt ernste Bedenken haben und war nicht gerade dafür bekannt, sich leicht überzeugen zu lassen. Calvyn aber glaubte fest daran, dass er den skeptischen Handwerksmeister schon dazu bringen könnte, seine ungewöhnliche Idee in die Tat umzusetzen.

»Na los, Jenna. Hilf mir, einen Juwelier zu finden, der sich von einem Barren Silber trennen möchte, und dann spendiere ich uns beiden ein Stück gebratenes Fleisch.«

»Ich nehme dich beim Wort«, stimmte Jenna begeistert zu, denn der Duft, der von den Bratenspießen ausging, war wirklich verführerisch. »Ich gehe hier lang, und du dort. Wir treffen uns dann in zehn Minuten am Bäckerstand, einverstanden?«

Die beiden erkundeten den gesamten Markt und fanden schließlich heraus, dass an diesem Tag zwei Juweliere auf dem Platz waren. Calvyn feilschte länger mit beiden Händlern und entschied sich schließlich gegen einen von ihnen, weil ihn eine ungute Ahnung beschlich. Das Gespräch mit dem anderen Juwelier verlief direkt und ehrlich und Calvyn hielt am Ende einen kleinen Barren Silber in der Hand. Er hatte das zufriedene Gefühl, einen gerechten Handel abgeschlossen zu haben.

Wie versprochen ging Calvyn dann mit Jenna herüber zu den großen offenen Feuerstellen, über denen man mehrere Fleischstücke am Spieß röstete. Die beiden Freunde standen etwas abseits und unterhielten sich, während sie sich durch die riesigen Portionen Bratenfleisch arbeiteten, die Calvyn für sie besorgt hatte. Anfangs sprachen sie über die erinnerungswürdigen Ereignisse ihrer Ausbildung, dann aber kamen sie rasch zu ihren Erlebnissen auf den Patrouillen, die sie entlang der Handelsrouten im nördlichen Grenzgebiet von Thrandor durchführten.

»Was meinst du, würde Derra tun, wenn wir auf eine dieser Plündererbanden aus Shandar treffen?«, fragte Jenna, nagte noch ein saftiges Stückchen Fleisch vom Knochen ab und wischte sich einen Tropfen Bratensaft vom Kinn.

»Wenn ich daran denke, wie die ausgeraubte Karawane gestern auf der Handelsstraße östlich des Mistian aussah, hätte sie wohl keine andere Wahl, als zu kämpfen«, antwortete Calvyn.

»Aber die Karawane muss von einem ziemlich großen Plünderertrupp überfallen worden sein. Glaubst du, Derra scheut einen Kampf, wenn unsere Chancen schlecht stehen?«

»Du meinst, ob Derra uns in einen Kampf schicken würde, den wir aller Wahrscheinlichkeit nach nicht überleben? Nein. Es sei denn, es gibt keinen anderen Ausweg. Aber wir sind nicht Soldaten geworden, um zu kämpfen, wenn es uns passt. Wir sind Soldaten geworden, um die Menschen hier zu beschützen«, erklärte Calvyn und deutete mit dem Fleischknochen über den Marktplatz. »Wir tragen Verantwortung für die Güter von Baron Keevan und für alle Menschen, die hier leben und sich nicht selbst verteidigen können.«

Jenna sah ihn überrascht an.

»Hast du wieder diese Rührseligtinktur geschluckt, oder was?«, fragte sie lachend. »Sag mir nicht, du bist dem Militär aus uneigennützigen Gründen beigetreten, Calvyn. Sieh doch mal klar. Wir alle hatten egoistische Motive. Einige waren sicher egoistischer als andere, aber ich wette alles Geld, das ich besitze, dass niemand aus unserem Jahrgang zu uns gestoßen ist, um die Schwachen zu beschützen.«

»Also gut, vielleicht hab ich mich etwas schwülstig ausgedrückt«, gab Calvyn mit einem Grinsen zu. »Aber ob du willst oder nicht, wir tragen nun eine Verantwortung, die wir nicht einfach abschütteln können. Derra hat eine wenig beneidenswerte Aufgabe. Ihr obliegt es, die Situationen richtig einzuschätzen, in die wie geraten. Sie muss harte Entscheidungen treffen. Und für jede Entscheidung, die sie trifft, muss sie den Sergeanten und Hauptleuten Rechenschaft ablegen. Kannst du dir vorstellen, dass sie Brett oder Dren berichtet, wir hätten untätig zugesehen, wie Plünderer unschuldige Händler töteten und ihre Waren stahlen, weil die Bande den Eindruck machte, sie könnte uns ernsthaft etwas anhaben? Es braucht schon eine Menge Plünderer, um es mit unserem Trupp aufzunehmen. Wir haben erfahrene Soldaten und herausragende Kämpfer.«

»Ja, ich weiß. Ich fand es wirklich schade, dass unser Trupp nach der Ausbildung aufgeteilt wurde, aber seit die alten Hasen bei uns sind, habe ich eine Menge dazugelernt. Außerdem bin ich froh, dass Derra weiterhin unser Korporalin ist. Bei ihr weiß ich, wo ich dran bin.«

»Bestimmt«, pflichtete ihr Calvyn mit einem wissenden Lächeln bei. »Derra ist nicht so leicht zufriedenzustellen, aber es ist gut, ein paar Konstanten zu haben, an denen man sich festhalten kann. Ich wünschte nur, Bek wäre uns zugeteilt worden. Ich vermisse seine Gesellschaft.«

»Apropos Derra… da kommt sie schon«, warnte Jenna mit einem leichten Kopfnicken in die Richtung der sich nähernden Korporalin.

»Und, wie gefällt euch euer Leben als Gefreite?«, erkundigte sich Derra mit einem freundlichen Lächeln, das auf dem ernsten Gesicht jener Person, die Trupp zwei in den vergangenen Monaten so hart an die Kandare genommen hatte, vollkommen fehl am Platz wirkte.

»Wunderbar. Danke, Korporalin«, antwortete Calvyn ein

wenig vorsichtig, da er nicht wusste, ob das Lächeln ehrlich gemeint war oder ein verschleierter Vorbote für eine ihrer berühmten Schimpftiraden.

»Schön. Ihr zwei könnt euch glücklich schätzen, dass ihr bei einem Spähtrupp gelandet seid, der euch so bald nach der Ausbildung an einem Markttag in die Stadt führt. Viele Gefreite müssen Monate warten, bis sie für so einen Dienst eingeteilt werden. Und dann haben wir auch noch genug Zeit, um einkaufen zu gehen. Habt ihr etwas gefunden, das euch gefällt?«

»Oh ja«, erwiderte Jenna begeistert und vergaß mit einem Mal alle Schranken. »Da drüben an dem Stand am Ende des Gangs auf der rechten Seite steht ein wunderbarer Bogen zum Verkauf. So einen wie den habe ich noch nie gesehen. Der Händler sagt, er sei aus Agarholz und von Vandar persönlich gefertigt. Aber leider will er fünfundzwanzig Goldstücke.«

»Ach ja! Den Bogen kenne ich. Er hat ihn schon eine Weile, und er wird noch eine ganze Zeit auf ihm sitzen bleiben, wenn er nicht verdammtes Glück hat.«

»Warum das?«, fragte Jenna überrascht. »Eine so hochwertige Waffe müsste doch leicht zu verkaufen sein.«

»Stimmt«, antwortete Derra. »Solche Waffen sind selten. Der Adel und die wohlhabenderen Hauptleute sind ständig auf der Suche danach. Aber wie viele Adlige und Hauptleute sind schon Bogenschützen? Nicht viele. Fast ohne Ausnahme ist ihre bevorzugte Waffe das Langschwert. Die Leute, die sich einen so kostbaren Langbogen leisten könnten, werden also kaum so viel Geld für eine Waffe ausgeben, die sie dann doch nicht nutzen.«

»Das klingt einleuchtend«, stimmte Jenna nachdenklich zu. »Aber es ist doch eine Schande, dass eine so schöne Waffe ungenutzt auf einem Marktstand liegt, wenn es Menschen wie mich gibt, die bereitwillig all ihren Besitz hergeben würden, um sie in den Händen zu halten.«

»Ja leider, aber daran wird sich nichts ändern«, meinte Derra. »Und was ist mit dir, Calvyn? Hast du etwas gefunden, das dich reizt?«

»Einiges, ja. Aber hauptsächlich habe ich genossen, mal die Burg zu verlassen. Die andere Umgebung wirkt enorm erfrischend.«

»Und auch das andere Essen, wie ich sehe«, bemerkte Derra grinsend.

»Entschuldigung! Möchtet Ihr auch etwas?«

Derra hob ablehnend die Hand und schüttelte den Kopf.

»Nein, vielen Dank. Eher sollte ich etwas für euch springen lassen, nach dem, was ihr in den vergangenen fünf Monaten durchmachen musstet.«

Calvyn und Jenna wechselten einen kurzen, ungläubigen Blick. Derra bemerkte es und lachte.

»Ich bin nicht so herzlos, wie ihr vielleicht meint. Aber denkt jetzt bloß nicht, dass ich euch nicht mehr hart rannehme, nur weil ihr die Ausbildung beendet habt. Davon kann keine Rede sein. Ich hoffe jedoch, wir haben in Zukunft nebenbei auch ein bisschen Spaß.«

Calvyn und Jenna trauten ihren Ohren nicht. Der Gedanke, mit Korporalin Derra Spaß zu haben, erschien ihnen ein wenig abwegig. Die Angst vor ihrem hitzigen Temperament saß zu tief, als dass sie sie in einem Moment der Milde und Freundlichkeit einfach hätten ablegen können. Doch das verschmitzte Blinken in Derras Augen war unverkennbar. Es erschütterte das Bild von der humorlosen, kaltherzigen und herrischen Anführerin, das Calvyn bisher von ihr gehabt hatte. Die Mauer, die sie um sich errichtet hatte, war dick genug gewesen, um niemanden dahinter blicken zu lassen.

»Sagt mal, habt ihr euch schon einmal die Zukunft vorhersagen lassen?«, fragte Derra plötzlich.

»Einmal. Aber das ist lange her«, antwortete Jenna. »Es war ein Haufen Quatsch. Nichts von dem, was die alte Wahrsagerin mir erzählt hat, ist wahr geworden.«

Calvyn schüttelte den Kopf. Er erinnerte sich, dass Perdimonn die Wahrsager auf den Märkten stets gemieden hatte. Calvyn hatte den alten Magier eines Tages darauf angesprochen, als sie gerade dabei waren, ihre Waren zur Abfahrt in den Wagen zu packen.

»Können Seher wirklich in die Zukunft schauen?«, fragte der junge Calvyn betont beiläufig.

»Nur die wenigsten von ihnen«, antwortete der alte Mann nach einer kurzen Pause. »Die meisten sind Hochstapler und Scharlatane, die den Leuten etwas vorspielen, um ihre Taschen mit dem Geld abergläubischer Stadtmenschen zu füllen. Es gibt jedoch ein paar Wahrsager, die tatsächlich über die Fähigkeit verfügen, Bruchstücke der Zukunft zu sehen. Aber selbst wenn die Vision stark und deutlich ist, können sich die Ereignisse noch ändern oder auch gar nicht stattfinden. Denn es gibt nicht nur eine mögliche Zukunft, sondern mehrere. Mit jeder Entscheidung, die du triffst, löschst du eine dieser Möglichkeiten aus.«

»Und warum schauen sie dann überhaupt in die Zukunft, wenn doch nichts sicher ist?«, fragte Calvyn.

»Aus verschiedenen Gründen. Einige tun es, weil sie immer wieder merken, dass ihre Visionen wahr werden, andere, weil sie von ihren okkulten Eltern in diese Richtung gelenkt wurden. Die meisten aber betrachten die Wahrsagerei als bequeme Geldquelle.«

Calvyn hatte die Wahrsager auf den Märkten seitdem immer misstrauisch beäugt und sich gefragt, ob die exzentrischen Gestalten, die fast auf allen Märkten in Thrandor zu sehen waren, wohl Betrüger waren oder nicht. Es hatte ihn immer fasziniert, wie verschieden die Menschen waren, die zu den Sehern gingen, aber er hätte nie gedacht, dass Derra zu der abergläubischen Sorte zählte.

»Na, diese alte Hexe könnte dich überraschen, Jenna«, fuhr die Korporalin fort. »Viele der Dinge, die sie mir vorhergesagt hat, sind tatsächlich eingetreten. Ich habe nie viel von der Sache gehalten, aber einer der Korporale ließ sich vor einigen Jahren die Zukunft lesen und überredete mich, es auch einmal zu versuchen. Damals war ich noch Gefreite. Die alte Seherin hat meine Beförderung auf den Tag genau vorhergesagt. Und glaubt mir, keiner war mehr überrascht darüber als ich, denn ich habe mich immer als durchschnittlichen Soldaten betrachtet. Wer weiß, was sie euch beiden erzählt.«

»Ach, ich weiß nicht …«, wich Calvyn unsicher aus.

»Komm schon, Calvyn. Was soll schon Schlimmes passieren?«, fragte Jenna. »Sag nicht, du hast Angst vor einer alten Hexe!«

»Beurteile einen Feind nie nach dem ersten Anschein«, zitierte Calvyn eine Warnung Derras aus der Ausbildung. Aber er sagte es mit einem Grinsen im Gesicht.

»Feind! Ich glaube, Ihr solltet diesen Calvyn im Auge behalten, Korporalin. Er will sich mit alten Weibern anlegen. Die Uniform und das Schwert sind ihm wohl zu Kopf gestiegen«, scherzte Jenna.

Calvyn und Derra lachten.

Das Lachen der Korporalin war für die beiden frisch gebackenen Gefreiten etwas vollkommen Neues. Calvyn fiel auf, dass er heute zum ersten Mal erlebte, wie Derra echte Fröhlichkeit ausstrahlte. Es war ein erhebendes Gefühl. Sosehr er die Herausforderungen beim Militär schätzte, wurde ihm nun mit einem Mal klar, dass eben dieser freundliche Ton eine ganz neue Wertschätzung seines Standes einläutete.

»Schon gut, schon gut! Ich gebe auf!«, rief Calvyn und hob die Hände zum Zeichen der Kapitulation. »Dann wollen wir mal sehen, was die Zukunft uns bringt. Geht nur voran, Korporalin, obwohl ich schon ahne, wohin Ihr gehen werdet, denn...« Calvyn schloss die Augen, legte die Finger an die Schläfen und ahmte die tiefe, unheimliche Stimme der Wahrsager nach: »... ich sehe, wie Ihr uns in den zweiten Gang links führt.«

Jenna gab ihm einen Schubs.

»Danke, Jenna. Wenn du es nicht getan hättest, hätte ich das erledigt«, sagte Derra. Ihr Gesichtsausdruck war hart und streng wie eh und je, und ihre Stimme klang schroff.

Calvyn schluckte, denn er dachte, er habe eben eine unsichtbare Grenze überschritten. Dann aber erschien erneut ein Grinsen auf dem Gesicht der Korporalin.

»Ich spiele die Strenge gar nicht so schlecht, oder?«, meinte sie und lachte vergnügt über Calvyns Unbehagen.

»Ganz herausragend, wirklich«, bestätigte Calvyn mit einem erleichterten Seufzen.

Die drei blauschwarz gekleideten Soldaten bahnten sich einen Weg durch die Menge und traten vor einen einfachen, mit einem schwarzen Tuch bedeckten Tisch, an dem eine alte Frau saß. Sie trug ein schlichtes Gewand, das vielleicht einmal weiß gewesen, nun aber von schmutzigem Grau war. Ihr strähniges graues Haar war zu einem unordentlichen Knoten zurückgebunden und ihr wettergegerbtes, von tiefen Falten durchzogenes Gesicht verriet keinerlei Regung. Sie starrte ins Leere und wartete auf ihren nächsten Kunden.

Als Korporalin Derra gegenüber der alten Frau Platz

nahm, bemerkte Calvyn, dass die Augen der Seherin vom grauen Star getrübt waren.

Diese Frau muss vollkommen blind sein, dachte er. Derra legte ihr je eine Kupfermünze in die aufgehaltenen knotigen Hände.

Die alte Frau steckte das Geld ein und ergriff Derras Hände. Das Gesicht der Hexe zerschnitt ein Grinsen, das eine Reihe Zahnstummel offenbarte. Sie stimmte ein vergnügtes, kratziges Gekicher an, weil sie Derras Hände erkannte.

»Ah, die Unerbittliche kommt noch einmal, um mehr zu sehen. Was wünscht du zu wissen?«

»Ich möchte wissen, was du in meiner Zukunft siehst, Mütterchen«, erwiderte Derra.

»Natürlich. Aber was willst du wissen? Willst du etwas über deinen Tod erfahren oder über dein Leben?«

Calvyn erstarrte und fragte sich, warum er nur mitgekommen war.

»Bitte, sag mir einfach, was du siehst«, verlangte Derra höflich, aber bestimmt.

»Ich sehe Krieg. Krieg und Tod. Tod und Kummer. Aber für dich sehe ich keinen Tod. Du wirst leben und aufsteigen. Oh ja, Unerbittliche. Du magst dich weigern, aber du wirst erneut befördert.«

»Krieg? Mit Shandar?«, fragte Derra überrascht.

»Mit Shandar?«, rief die alte Frau aus und brach erneut in gackerndes Gelächter aus. »Der Heilige Krieg steht vor der Tür, Unerbittliche. Sei bereit, denn er bedeutet den Untergang.«

»Den Untergang? Für wen?«

»Nein. Mehr werde ich dir nicht erzählt. Ich habe schon zu viel gesagt. Deine Zukunft habe ich geweissagt, aber wer sind deine Freunde? Wollen sie etwas über ihr Schicksal erfahren?«

Derra stand auf und deutete Jenna, ihren Platz einzunehmen. Etwas widerstrebend setzte sich Jenna auf den Stuhl und legte eine Kupfermünze in jede Hand der alten Wahrsagerin. Derra wirkte sehr nachdenklich, als sie beiseitetrat und mit Calvyn zusah, wie die alte Frau nach Jennas Händen griff.

»Ahhh«, hauchte die Seherin. »Die Jägerin. Ja, das ergibt Sinn. Die Jägerin und die Unerbittliche Seite an Seite. Interessant. Also, Bogenmeisterin, was möchtest du wissen?«

Wie schon Derra bat Jenna einfach, die alte Frau möge ihr sagen, was sie sehe.

»Krieg und Elend werden auch dich treffen. Nur wenige entkommen unverletzt, jedoch ... eine lange Reise. Ja. Eine Jagd. Aber was willst du mit deinem Bogen jagen? Sei dir deines Zieles bewusst, damit du nicht selbst zur Gejagten wirst.«

»Was meinst du damit, Mütterchen?«

»Was ich damit meine? Ich meine, was ich sage«, krächzte die Alte. »Deine Beute ist die gefährlichste aller Zeiten. Du selbst musst tief in deinem Herzen wissen, was deine Beute ist. Mehr kann ich nicht sagen. Dein Schicksal ist vorhergesagt.«

»Aber es ergibt keinen Sinn«, sagte Jenna ein wenig verärgert.

»Oh, das wird es«, flüsterte die alte Frau. »Denk an meine Worte. Und, wer ist da noch? Ich ahne da so etwas ...«

Die alte Frau hielt inne und neigte den Kopf zur Seite wie ein Hund, der auf ein Geräusch lauert. Beim Zusehen lief es Calvyn kalt den Rücken hinunter und beinahe hätte er auf den Hacken kehrtgemacht und wäre wie ein verängstigter Hase davongelaufen. Aber genau in diesem Moment legte Derra ihm die Hand auf die Schulter. Die Berührung ließ ihn kurz aufschrecken, weil sie so unerwartet kam, dann aber flößte sie ihm Vertrauen ein. Denn, dachte er, was hatte die Seherin den anderen schon getan? Sie hatte ihnen ein paar Rätsel mitgegeben, sonst nichts. Warum raste ihm also das Herz?

»Lächerlich«, murmelte er vor sich hin und setzte sich auf den Stuhl, den Jenna soeben freigemacht hatte.

Er legte die verlangten Kupferstücke in die Hände der alten Frau, die sie flink einsteckte. Dann umschloss sie mit ihren knochigen Fingern seine Hände. Die Reaktion war überraschend und kam sofort. Die Seherin zuckte entsetzt zurück.

»Du … das Schwert!«, keuchte sie. Sie saß kerzengerade, die blinden Augen weit geöffnet.

In den folgenden Bruchteilen einer Sekunde geschahen mehrere seltsame Dinge auf einmal. Calvyn hörte Perdimonns Stimme an seinem rechten Ohr, die ihn klar und deutlich warnte: »Calvyn, pass auf!« Überrascht wandte sich Calvyn zur Seite, um nach dem Sprecher Ausschau zu halten, als die alte Hexe scheinbar aus dem Nichts einen Dolch hervorholte und hinter dem Tisch hervorsprang wie eine wütende Schlange.

Ein gellender Schmerz brannte in Calvyns Schulter. Der Dolch biss sich tief ins Fleisch. Die alte Frau zog die Klinge wieder heraus und wollte ein zweites Mal zustechen, aber Derra war schneller, packte das Handgelenk der alten Frau und hielt es umklammert wie ein Schraubstock. Sie entwand der Seherin das Messer und rief nach dem Marktaufseher.

Jenna, die vor Schreck wie gelähmt gewesen war, stürzte nun an Calvyns Seite. Er fasste sich an die blutende Schulter und krümmte sich vor Schmerz.

»Du brauchst einen Arzt, aber schnell«, sagte Jenna leise.

»Wem sagst du das?«, keuchte Calvyn zwischen zusammengebissenen Zähnen hervor. »Sieh, ob du einen finden kannst. Und wenn nicht, dann besorg Nadel und Faden … und etwas zum Verbinden«, fügte er noch hinzu.

Blut sickerte mit beängstigender Schnelligkeit durch Calvyns Finger und so kniff er die Wunde trotz der Schmerzen noch fester zusammen. Plötzlich war das krächzende und gackernde Lachen der alten Hexe zu hören, die sich nicht länger gegen Korporalin Derra zur Wehr setzte, und Calvyn sah auf und blickte in ihr faltiges Gesicht. Die blinden Augen waren auf ihn gerichtet und das schiefe Grinsen verspottete seine Pein.

»Die Macht des Auserwählten wird dich brennen lassen«, kreischte sie. »Ich sehe, wie sein heiliges Feuer deine Hände verschlingt. Das Schwert wird brennen. Haha …«

Die alte Frau wurde von hysterischem Gelächter geschüttelt und konnte nicht weitersprechen. Calvyn liefen Schauder über den Rücken, die nichts mit seiner Verletzung zu tun hatte. Dann kam der Marktaufseher und wollte wissen, was los war.

»Die verrückte Alte hat dort am Tisch mit einem Dolch auf meinen Soldaten eingestochen. Es gab weder eine Provokation noch eine Warnung. Sie hat einfach ihre Waffe gezückt und ist auf ihn losgegangen. Wenn er sich nicht zur Seite gedreht hätte, als sie zustieß, wäre die Verletzung tödlich gewesen.«

»Hat sonst jemand die Tat beobachtet?«, erkundigte sich der Marktaufseher, und sein Ton offenbarte, wie lästig ihm die ganze Angelegenheit war.

Mehrere Leute traten vor.

»Und ihr bestätigt das Vorkommnis?«

Die Zeugen nickten.

Die alte Hexe, immer noch im festen Griff von Korporalin Derra, stieß weiter ihr irres Gelächter aus. Hin und wieder krächzte sie »brennen« und »Schwert«, aber keine zusammenhängenden Worte. Offensichtlich verärgert über die Scherereien, die die ganze Angelegenheit verursachte, befahl der Marktaufseher seinen Helfern mit einem Handzeichen, die alte Frau fortzuschaffen.

»Sperrt sie ein, bis sie sich so weit beruhigt hat, dass wir sie befragen können«, ordnete er an.

Gleich nachdem die Helfer die Korporalin von der Gefangenen befreit hatten, lief Derra herüber zu Calvyn.

»Wie schlimm ist es?«, fragte sie, und ihr Gesicht blickte wieder ernst und streng.

»Die Wunde ist tief, aber ich werde es überleben«, versicherte Calvyn. Er wünschte sich sehnlichst, er möge allein sein, um die Wunde mit einem heilenden Spruch zu schließen, aber es hatten zu viele Menschen gesehen, wie übel der Schnitt war, und er konnte ihn nicht einfach heilen, ohne Verdacht zu erwecken. Er musste dieses Mal einfach der Natur ihren Lauf lassen, entschied er. Zumindest in den ersten Tagen.

Jenna kam mit einem Arzt herbei, der sich gleich daranmachte, Calvyns Wunde zu säubern und zu nähen. Die Menge, die sich um den Marktstand der Seherin gebildet hatte, zog sich langsam zurück, denn die größte Aufregung war vorüber. Nur ein paar Leute blieben stehen und schauten interessiert zu, wie die Nadel des Arztes durch Calvyns Haut stach und der Faden die Hautlappen fest zusammenzog, damit die Blutung gestoppt würde.

Calvyn saß einfach da und blickte geradeaus, die Zähne vor Schmerz fest zusammengebissen. Seine Gedanken kreisten um den unerklärlichen Angriff. Er war absolut sicher, dass es Perdimonns Stimme gewesen war, die er hinter sich vernommen hatte. Aber der alte Magier war nirgends zu sehen gewesen. Nichts an dem gesamten Zwischenfall ergab Sinn. Aber die Seherin hatte das Schwert erwähnt, und damit hatte sie bestimmt nicht das gemeint, das er jetzt noch bei sich trug. Zumindest verlieh ihm ihre Bemerkung die Hoffnung, dass sich das Schwert, das er sich schmieden lassen wollte, als besonders erweisen würde.

Als der Arzt die Wunde zusammengenäht hatte, legte er ein Tuch auf und wickelte einen Verband um den Arm.

»Gute Arbeit«, lobte ihn Calvyn und rollte leicht die Schulter, um zu testen, wie fest der Verband saß. »Vielen Dank.«

»Keine Ursache. Ihr habt ordentlich Abwechslung in meinen Tag gebracht«, erwiderte der Arzt grinsend. »Ich hab schon eine ganze Weile keine Gelegenheit gehabt, mich an einer so ernsten Verletzung auszuprobieren. Ist immer gut, wenn man in Übung bleibt, wisst Ihr.«

»Schön, dass Ihr es so genossen habt«, meinte Calvyn mit einer Spur Sarkasmus. »Aber nehmt mir nicht übel, wenn ich Euch nicht allzu oft Abwechslung bieten mag.«

Der Arzt lachte, winkte und lief über den belebten Marktplatz davon.

»Wir müssen zurück zum Sammelpunkt«, sagte Derra. »Wir ziehen bald weiter. Kannst du mit uns laufen, Calvyn? Oder soll ich einen Wagen holen lassen, der dich zurück zur Burg bringt? Du hast eine Menge Blut verloren, und ich möchte nicht, dass wir dich zurücktragen müssen.«

»Es wird schon gehen, Korporalin. Ich kann laufen, aber ich wäre wahrscheinlich nicht ganz auf der Höhe, sollte es zu einer Auseinandersetzung kommen. Wenigstens hat die Alte nicht meinen Schwertarm erwischt, also könnte ich vielleicht sogar noch eine Waffe halten, aber ich kann nicht sagen, dass ich das gerne unter Beweis stellen würde.«

»Das musst du nicht. Wir werden die Patrouille sowieso heute Abend beenden und zur Burg zurückkehren. Ich werde dich dann für leichte Dienste einteilen, bis du ganz wiederhergestellt bist. Ich wünschte, ich wäre nie auf diesen dummen Einfall gekommen.«

»Ach, ich weiß nicht«, erwiderte Calvyn. »Mit einer Sache habt Ihr jedenfalls recht gehabt … diese Seherin hat uns wirklich überrascht.«

Derra zog die Stirn in noch tiefere Falten.

»Auf Überraschungen dieser Art kann ich gerne verzichten«, versicherte sie. »Von dieser Wahrsagerei habe ich endgültig genug. Ein heiliger Krieg, ha! Es gibt nun gar nichts Heiliges an einem Krieg. Aber was will man von Wüstennomaden schon erwarten.«

»Wüstennomaden?«, wiederholte Jenna fragend.

»Ja. Irgendjemand hat mir erzählt, dass die alte Frau aus der Wüste Terachim stammt. Wer habe ich vergessen, aber es ist mir auch gleich. Die Zeiten, in denen ich mir Sorgen um die Zukunft gemacht habe, sind nun vorbei. Gehen wir. Die anderen sammeln sich schon, und ich möchte nicht zu spät kommen.«

14

»Was ist, Veldan? Was ist so wichtig, dass du es für nötig erachtest, mich beim Essen zu unterbrechen, wo ich doch ausdrücklich angeordnet hatte, dass wir ungestört zu bleiben wünschen?«

»Entschuldigt vielmals, Eure Majestät«, sagte der Erste Diener mit einer tiefen Verbeugung. »Ein reitender Bote aus Kortag ist eingetroffen, der Euch dringend zu sprechen verlangt. So dringend, dass er droht, sich den Weg zu Euch mit seinem Schwert zu bahnen.«

»Kortag? Aber in Kortag gibt es doch nichts, das von Bedeutung wäre«, erwiderte der König ungehalten.

Nachdem er Messer und Gabel auf den Teller gelegt hatte, stieß König Malo II., Herrscher über Thrandor, einen verärgerten Seufzer aus. Der Monarch tupfte sich den Mund mit einer großen Serviette ab und blickte auf seine Gemahlin und die Gäste am Tisch. Die Aussicht auf dieses Mahl hatte ihn den ganzen Tag mit freudiger Erwartung erfüllt und die langweiligen Hofgeschäfte einigermaßen erträglich gemacht.

Es war Monate her, dass der König das letzte Mal mit seinem alten Freund Baron Anton gespeist hatte. Der Baron hatte nicht an den Hof kommen können, weil er einer Bande, die sich selbst »Demarrs Rebellen« nannte, durchs ganze Land hinterherjagte. Bis jetzt hatte Anton jedoch nur Misserfolge eingesteckt, denn die Bande folgte keinem erkennbaren Muster, schlug ohne Warnung zu und verschwand dann spurlos. Es hatte viel Überredung gekostet, den Baron dazu zu bringen, die Jagd für ein paar Tage ruhen zu lassen und einen Besuch bei Hofe zu mache. Und jetzt, wo er endlich einmal da war, wollte der König jede freie Minute mit seinem engsten Vertrauten verbringen.

»Ich hoffe, diese Angelegenheit ist wirklich wichtig, Veldan, oder dieser reitende Bote wird es bitter bereuen.«

»Jawohl, Majestät«, erwiderte der Erste Diener und verzog keine Miene.

»Dann schlage ich doch vor, du führst ihn herein.«

»Sofort, Eure Majestät.«

Der Erste Diener verbeugte sich nochmals und verließ den Speisesaal, um einige Sekunden später mit einem verstört blickenden Mann in schmutziger Reitkleidung zurückzukehren. Der Bote hatte zerzaustes Haar, war unrasiert, und nach den Ringen unter seinen Augen zu urteilen, war er furchtbar erschöpft.

»Eure Majestät«, grüßte der Reiter, fiel auf ein Knie und neigte den Kopf.

»Steh auf und gib uns die Kunde, die nicht warten konnte«, donnerte der König.

»Krieg, Eure Majestät. Wir befinden uns im Krieg«, erwiderte der Reiter fest und unbeeindruckt vom Missfallen des Königs.

Mehrere Damen am Tisch schnappten erschrocken nach Luft und Baron Anton hätte sich fast am Wein verschluckt.

»Krieg?«, rief der König ungläubig. »Und gegen wen befinden wir uns im Krieg, junger Mann?«

»Den Terachiten, Eure Majestät. Sie haben aus der Wüste angegriffen, und noch bevor ich Kortag hinter mir ließ, konnte ich sehen, wie die Stadt bereits brannte.«

»Das kann nicht sein! Hat Kortag nicht eine starke Befestigungsmauer und einen ganzen Trupp Soldaten, der es bewacht?«

»Ja, Eure Majestät, aber die Truppenstärke der Angreifer wurde auf über zwanzigtausend Mann geschätzt.«

»Wie?«, rief Baron Anton und sprang vom Tisch auf. »Das kann nicht wahr sein! Bei einer solchen Truppenstärke kann man nicht mehr von einem Angriff sprechen, das ist eine Invasion. Wer hat diese Schätzung abgegeben? Bist du sicher, dass es nicht irgendein Gefreiter war, der maßlos übertrieben hat?«

»Nein, Sire. Wir hatten zu wenig Zeit, um die Heeresstärke genau zu bestimmen, aber ich persönlich würde sagen, dass zwanzigtausend noch vorsichtig geschätzt ist.«

»Und wann ist der Angriff erfolgt?«, fragte Anton mit tief gerunzelter Stirn.

»Vor vier Tagen, Sire. Ich bin seitdem nicht vom Pferd gestiegen.«

»Vier Tage von Kortag bis hierher! Eine beeindruckende Leistung. Meinen aufrichtigen Dank, junger Mann. Du wirst für deinen Einsatz belohnt werden. Veldan, bring diesen jungen Mann hier zu den Gästeunterkünften und sorge dafür, dass er etwas zu essen und Schlaf bekommt.«

»Aber, Eure Majestät…«, unterbrach Anton aufgeregt.

»Nein, Anton. Deine Fragen können warten, bis sich der arme Mann ausgeruht hat. Das Wesentliche hat er uns bereits mitgeteilt. Du kannst ihn morgen befragen. In der Zwischenzeit haben wir einiges zu tun. Wir müssen das Heer mobilisieren und Boten in alle Gegenden Thrandors schicken. Die Truppen, die in Kortag eingefallen sind, werden noch Verstärkung bekommen. Aber die Einzelheiten können warten. Wir müssen die Sache in Bewegung bringen, mein Freund. Wir haben keine Zeit zu verlieren.«

»Natürlich, Eure Majestät. Ihr habt ganz recht«, stimmte Anton mit einem Nicken in Richtung des Reiters zu.

Der Erste Diener führte den erschöpften Soldaten aus dem Speisesaal. Rings um den Tisch wogten gedämpfte Gespräche auf, als der König und der Baron sich entschuldigten und gleich nach dem Boten den Raum verließen.

»Ich hatte keine Ahnung, dass es zwanzigtausend Nomaden in der Wüste Terachim gibt«, musste Baron Anton eingestehen, während er neben König Malo über den Flur des Königshauses schritt.

»Ehrlich gesagt, ich auch nicht. Aber soweit mir bekannt ist, ist noch kein Reisender aus den Tiefen der Wüste zurückgekehrt. Wer weiß schon, wie viele Nomaden durch diese sandgepeitschte Weite streifen? Mir ist unvorstellbar, wie die Wüste so viele Menschen versorgen kann. Vielleicht reiten sie deshalb gen Norden – um Land zu gewinnen, auf dem ihr Volk leben kann. Wer weiß? Ganz gleich, wie viele Krieger es sein mögen, sie haben den Friedensvertrag von Kortag gebrochen. Wir müssen nun alles tun, um unser Land und unsere Untertanen zu verteidigen.«

Der König blieb an der Kreuzung von zwei Fluren stehen und wandte sich seinem Freund zu. Er legte dem Baron eine Hand auf die Schulter und sah ihm tief in die Augen.

»Anton, ich brauche dich, um das Heer aus Mantor zu führen. Du warst mir immer ein treuer Gefährte und ich vertraue dir mehr als jedem anderen lebenden Menschen. Geleite die Regimenter aus Mantor in südwestliche Richtung, nach Fallowsford. Mit den dortigen Milizen bekommst du mindestens viereinhalbtausend Mann zusammen. Das müsste reichen, um den Ort wehrhaft zu machen. Sorge nur dafür, dass du vor den Terachiten dort eintriffst.«

»Ja, Eure Majestät.«

»Und Anton …«

»Ja, Eure Majestät?«

»Pass auf dich auf, mein Freund. Gib mir sofort Nachricht, und ich schicke dir, so schnell ich kann, Verstärkung. Der Bote aus Kortag soll dich morgen begleiten. Dann kannst du ihn während des Ritts befragen. Vielleicht kann er dir noch etwas zur Zusammensetzung des feindlichen Heeres sagen.«

»Danke, Eure Majestät. Ich werde mein Bestes geben«, antwortete Anton.

»Ich weiß.«

Baron Anton wandte sich ab und lief über den Korridor, der zu den Unterkünften seiner Leute führte. Der König blickte ihm nach.

»Ich weiß, guter Freund«, murmelte der König leise. »Ich hoffe nur, das reicht.«

◎ ◎ ◎

»Nein! Auf keinen Fall! Diese Idee ist vollkommen absurd.«

»Aber Gerran, das ist kein normales Silber«, erklärte Calvyn. »Es stammt aus der Tiefe des Großen Waldes im Westen, wo die Erde eigentümlich ist und Metalle ganz besondere Eigenschaften besitzen«, log er glattweg. »Glaub mir, ein Silber wie dieses hast du noch nie gesehen. Mein Vater hat es mir gegeben, bevor er getötet wurde. Er hatte noch ein Stück, daraus hat er sich eine Axt schmieden lassen. Diese Axt hat Bäume umgeschlagen wie keine zweite, und die Klinge wurde nie stumpf. Es war einfach unglaublich.«

Calvyn schritt durch die Schmiede, immer dem großen Schmied hinterher, der sich alle Mühe gab, Calvyns Fantasiegeschichte zu ignorieren.

»Eine Axt?« spottete er, blieb kurz stehen, warf einen Blick auf den Barren, den Calvyn in der ausgestreckten Hand hielt, und ging wieder seiner Arbeit nach. »Lächerlich!«

»Hör mal, Gerran. Ich habe jahrelang auf diese Gelegenheit gewartet. Du bist bei Weitem der beste Schmied, den ich je getroffen habe. Du schmiedest Schwerter von höchster Qualität. Ich möchte, dass niemand anders als du mir dieses Schwert schmiedet. Darum bin ich auch bereit, dir zehn Silbertaler für deine Mühen zu zahlen. Zehn Silbertaler zuzüglich der Materialkosten natürlich.«

»Zehn Silberlinge? Du bist wirklich versessen auf dieses Schwert, was?« Der Schmied dachte eine Weile über das Angebot nach. »Nein. Es ist sinnlos. Die Metalle werden sich niemals verbinden. Silber und Eisen! Verrückt!«, erklärte der Schmied entschlossen und schüttelte den Kopf.

»Also gut. Fünfzehn Silberlinge«, konterte Calvyn.

»Du willst mir fünfzehn Silberlinge zahlen, um zuzusehen, wie ich dieses aussichtslose Unterfangen in Angriff nehme? Du bist wahnsinnig«, sagte Gerran mit Erstaunen in der Stimme. »Aber schön. Bring mir morgen früh dein Geld und ich werde das Unmögliche versuchen.«

»Danke, Gerran. Vielen Dank. Ich bin gleich nach dem Frühstück bei dir«, platzte Calvyn heraus, der seine Aufregung kaum im Zaum halten konnte.

Der Schmied schüttelte nur den Kopf, trottete davon und murmelte etwas von »Irrsinn«, bevor er die Esse für seine Nachmittagsarbeit vorbereitete. Calvyn machte sich schnell davon, bevor der Schmied es sich doch noch anders überlegen konnte, und lief hüpfenden Schrittes zu seiner neuen Unterkunft.

Die Stube, in die er inzwischen gezogen war, unterschied sich nicht besonders von jener, die er während der vergangenen fünf Monate mit den anderen Rekruten aus Trupp zwei geteilt hatte. Doch einen Unterschied gab es: Neben seinem Bett stand nun ein Spind, in dem er neben seiner neuen blauschwarzen Uniform persönliche Dinge aufbewahren konnte. Natürlich waren seine Flöte und Perdimonns Zauberbuch die ersten Gegenstände, die in den Schrank fanden. Ihnen folgten einige Salben und Tränke aus Perdimonns Vorrat, aber auch ein oder zwei Mittel, die er selbst mithilfe des Zauberbuchs hergestellt hatte.

Während der letzten beiden Monate seiner Ausbildung war Calvyn mit seinen magischen Studien viel weiter fortgeschritten, als er für möglich gehalten hätte. Von Beginn an war er sehr diszipliniert vorgegangen und hatte sich regelmäßig den Geistesübungen gewidmet, die Perdimonn ihm beigebracht hatte. Während der letzten Phase ihrer militärischen Ausbildung waren ihm und seinen Kameraden immer öfter freie Tage zugestanden worden. Calvyn hatte diese Zeit für seine Studien genutzt und Zaubersprüche geübt, wann immer er die Burg verlassen konnte.

Die Vorstellung, ein magisches Schwert in den Händen zu halten, gehörte zu den Kindheitsträumen aller kleinen Jungen in Thrandor. Doch dieser Traum hatte sich für Calvyn während der vergangenen zwei Monate in ein festes Ziel verwandelt. Es gab uralte Geschichten von magischen Waffen und verzauberten Rüstungen. Minnesänger überall in Thrandor lebten davon, in ihren Geschichten und Liedern von diesen Wunderdingen zu erzählen und zu singen. Obwohl das meiste pure Erfindung war, glaubte Calvyn, dass ein Körnchen Wahrheit darin steckte. So verband der junge Schüler der Kriegskunst also seine beschränkte Erfahrung in Bezug auf Waffen mit seinem noch begrenzteren Wissen über Magie und kam schließlich auf eine Idee, die seinen Jungentraum wahr werden lassen sollte.

Calvyn verdankte diesen Einfall hauptsächlich den mahnenden Worten, die Perdimonn ihm beim Abschied mit auf den Weg gegeben hatte. Der alte Magier hatte seinen jungen Lehrling davor gewarnt, Zauberkraft an einen Gegenstand aus Eisen zu binden, und ihm stattdessen empfänglichere Materialien wie Silber empfohlen. Da Silber aber ein viel zu weiches Metall war, um daraus ein brauchbares Schwert zu fertigen, musste Calvyn erfinderisch sein. Es dauerte eine ganze Zeit, aber dann kam ihm doch ein Gedanke. Er wollte versuchen, Silber in ein gewöhnliches Eisenschwert einzuschmelzen, während es geschmiedet wurde. So würde die Klinge ihre Stärke behalten, aber auch die Empfänglichkeit des Silbers für magische Kräfte besitzen.

Das größte Problem an der Sache war, dass die chemischen Eigenschaften der Metalle vollkommen unvereinbar waren. Obwohl seine Kenntnisse der Schmiedekunst begrenzt waren, wusste doch selbst er, dass Silber bei einer relativ niedrigen Temperatur zu schmelzen begann und flüssig wurde, während Eisen selbst in der heißesten Esse vielleicht weiß glühte, sich aber nicht verflüssigte. Um eine Verbindung von Silber und Eisen zu erlangen, müsste es also schon mit unnatürlichen Dingen zugehen, und über das, was am Ende dabei herauskommen würde, konnte Calvyn nur spekulieren.

Calvyn ließ sich von den Schwierigkeiten und Unwägbarkeiten nicht abschrecken, dachte viele Abende gründlich darüber nach, meditierte und formulierte mögliche Zaubersprüche, um sein Ziel zu erreichen. Das Resultat war ein überraschend kurzer und einfacher Bindungsspruch, und je mehr Calvyn darüber nachdachte, umso weniger konnte er einen Grund erkennen, warum er scheitern sollte. Er musste ähnlich vorgehen, wie wenn er eine Heilkraft an einen Trank oder eine Salbe binden wollte. In beiden Fällen war die gleichmäßige Verteilung der Kräfte erforderlich, und so veränderte Calvyn den bekannten Spruch einfach dahingehend, dass er auf die zugegebenermaßen völlig anderen Inhaltsstoffe passte.

Er war einen gewaltigen Schritt weiter, als er schließlich das Problem gelöst hatte, wie er die beiden Metalle verschmelzen sollte. Dann aber stand er vor der Frage, welche besonderen Eigenschaften er sich für seine Waffe wünschte. Aufgrund seiner mageren Kenntnissen der Magie waren seine Möglichkeiten beschränkt. Leider hatten die meisten Zaubersprüche, die er von Perdimonn übernommen hatte, mit heilenden Kräften zu tun und ließen sich kaum in nützliche Eigenschaften für ein Schwert verwandeln. Doch Calvyn ließ seine Fantasie spielen und suchte einzelne Elemente von verschiedenen Zaubersprüchen heraus, die ihm von Nutzen sein konnten.

Der erste und auf den ersten Blick brauchbarste Spruch war derjenige, den Perdimonn am Tag ihrer ersten Begegnung angewandt hatte, um seinen Wagen leichter zu machen. Ein leichtes Schwert würde ihm mehr Wendigkeit verleihen und verhindern, dass sein Arm im Kampf vorschnell ermüdete. Zudem war keine weitere Abwandlung des Spruches erforderlich, als die Kraft zu binden, damit die Wirkung erhalten bliebe.

Die Zaubersprüche zum Feuermachen so anzupassen, dass Flammen aus dem Schwert schlugen, sobald eine bestimmte Rune ausgesprochen wurde, war da schon schwieriger. Ähnlich schwer war es, das Schwert glühen zu lassen, wenn sein Kämpfer dem wahrhaft Bösen gegenüberstand. Aber Calvyn entdeckte schließlich einen Zauberspruch für einen magischen Schutzschild, der sich als brauchbar erwies. Zudem wandelte er den Spruch ab, den Perdimonn verwendet hatte, um das Zauberbuch als altes Geschichtenbuch erscheinen zu lassen, damit er die äußeren Eigenschaften des Schwertes verändern sollte. Falls es funktionierte, würde das Schwert allen anderen wie eine ganz gewöhnliche Waffe erscheinen, außer in Momenten höchster Gefahr.

Zum Abschluss veränderte Calvyn noch einen »Finde«-Spruch, damit das Schwert ihn zu »finden« versuchte, falls er je von ihm getrennt würde. Die Waffe sollte für alle Zeit nur an ihn gebunden sein. Ob die magische Kraft auch in diese Richtung Wirkung zeigen würde, konnte Calvyn nicht ermessen. Die Vorstellung, einem nicht belebten Gegenstand einen menschlichen Impuls zu verleihen, war mehr als fragwürdig, aber er hatte ja im Grunde nichts zu verlieren und so beschloss Calvyn, es zumindest zu versuchen.

Das Ergebnis seiner Meditationen und Studien war nun eine komplexe Kombination aus Zaubersprüchen, und es würde seine Zeit dauern, sie wirken zu lassen. Calvyn musste mit der Magie beginnen, wenn das Silber mit dem Eisen in Kontakt kam – oder aber das Edelmetall würde einfach schmelzen und zerlaufen. Er brauchte also irgendeinen Vorwand, um die Arbeit des Schmieds im entscheidenden Augenblick zu unterbrechen, etwas, das ihm fünf Minuten verschaffte, in denen er sich darauf konzentrieren konnte, den Zauber zu wirken. Gerran wäre kein Meisterschmied gewesen, wenn er sich gerne bei der Arbeit hätte stören lassen, es würde also alles andere als leicht werden. Wie so oft bei Problemen, die schier unlösbar erscheinen, erwies sich die Antwort auf Calvyns verzwickte Lage als sehr einfach. Zudem offenbarte sie sich in einem ganz und gar überraschenden Moment.

Seit seiner Rückkehr in die Burg, war Calvyn für leichte Dienste eingeteilt worden, damit seine Wunde heilen konnte. Die vergangenen drei Tage hatte er hauptsächlich damit verbracht, stumpfsinnig oben auf den Burgmauern Wache zu schieben. So war er mit Kameraden aus verschiedenen Trupps zusammengetroffen, unter anderem auch aus seiner Ausbildungseinheit. Nach einem besonders langweiligen Wachdienst waren Tondi und ein mit ihr eingeteilter Soldat heranmarschiert, um Calvyn und den zweiten Posten abzulösen. Tondi sah besorgt aus.

»Calvyn, ich habe gehört, du bist auf der Patrouille verletzt worden. Ist es schlimm?«

Calvyn lächelte beschwichtigend.

»Nein. Es hätte durchaus schlimmer kommen können. Auf dem Markt hat mir ein altes Weib ihren Dolch in die Schulter gerammt. Könnte glatt eine gute Heldengeschichte abgeben!«, scherzte er und klopfte leicht auf seine Schulter.

»Trotzdem. Es tut doch bestimmt weh«, beharrte Tondi.

»Oh ja. Ohne Schmerzen läuft so eine Stichverletzung nicht ab, egal wem man sie zu verdanken hat..«

»Dann bete ich zu Tarmin und Ishell, dass sie dir Heilung schenken und deine Schmerzen lindern mögen.«

Calvyn war bisher kaum Menschen begegnet, die ernsthaft an Götter glaubten, und reagierte ein wenig fassungslos auf Tonis Erklärung. Aber er dankte ihr schon im Voraus für ihre Gebete und dachte während des gesamten Rückwegs zu seiner neuen Unterkunft über ihren Dienst an ihren Gottheiten nach.

Erst später, als er meditierte, fiel Calvyn auf, dass Tondi ihm soeben die perfekte Ausrede geliefert hatte, um seinen Zauber im Beisein von Gerran zu wirken, ohne den Schmied irgendwie ablenken zu müssen. Er würde ihm einfach sagen, dass er das Schwert einer Gottheit weihen wolle, von der Gerran noch nie gehört hatte. Er würde ihm den Zauberspruch als ein Gebet in der alten Sprache der Holzfäller verkaufen. Der Schmied würde die Lüge nie durchschauen und ihn seine Zauberformel ohne Unterbrechung aufsagen lassen. Calvyn geriet in eine solche Hochstimmung über diese Lösung, dass er ernsthaft versucht war, zu Tondi zu laufen und sie fest an sich zu drücken. Dann aber brachte er seine Gedanken zurück in die ruhige Ordnung seiner allabendlichen Meditationen und sandte stattdessen zwei kurze Dankgebete an die beiden Gottheiten seiner Freundin.

Mit diesem Tag, so hoffte Calvyn inbrünstig, war also das letzte Hindernis genommen, das zwischen ihm und seinem magischen Schwert gestanden hatte. Es war nicht leicht gewesen, Gerran dazu zu bewegen, seinen Auftrag entgegenzunehmen, und Calvyn freute sich, dass er nicht lockergelassen hatte. Ja, das Schwert würde einen Großteil seines Geldes verschlingen, und die ganze Idee könnte katastrophal scheitern, aber irgendwie wusste Calvyn, dass das Ergebnis die Kosten und die Mühen mehr als wettmachen würde.

Mit dem Schlafen hatte er in dieser Nacht arge Schwierigkeiten und Calvyn lag noch lange wach und hörte das Schnarchen und Seufzen seiner Stubengenossen. Als die Müdigkeit schließlich sein arbeitendes Hirn und seine gespannte Erwartung überlistete, träumte Calvyn abwechselnd von Niederlage und Triumph.

Mit dem Morgenkonzert der Vögel erwachte ein übernächtigter, aber geistig hellwacher junger Mann. Calvyn stand auf und zog sich leise an, um seine Kameraden nicht zu wecken. Er holte den Silberbarren aus seinem Spind, schlich lautlos aus dem Schlafraum und trat in die kühle Luft des frühen Morgens.

Es war noch nicht ganz hell, als Calvyn am Exerzierplatz vorbeilief und die Stufen zur Südmauer emporstieg. Er betrachtete die grüne Landschaft, die Baron Keevans Burg umgab, und sog die frische Luft in tiefen Zügen ein. Nur ein leichter Rauchgeruch von den Feuerstellen, mit denen ein Teil der Unterkünfte in der Burg geheizt wurden, stahl sich in die klare, süßlich duftende Luft. Vielleicht kam diese Frische durch die Nähe der Berge, dachte Calvyn und schaute gen Norden zu den violett schimmernden Gipfeln.

»Perdimonn«, murmelte Calvyn vor sich hin, »wäret Ihr jetzt hier, würdet Ihr wahrscheinlich denken, dass ich halb verrückt bin. Vielleicht bin ich das auch, aber ich muss es einfach wagen oder ich werde mein ganzes Leben damit verbringen, über dieses ›Was wäre gewesen, wenn‹ nachzugrübeln, von dem Ihr mich so gerne abbringen wolltet.«

Calvyn lachte laut auf. »Ich werde langsam wahnsinnig«, dachte er und schüttelte den Kopf. »Ich spreche mit einem Menschen, der entweder tot oder eine halbe Welt entfernt ist – das ist fast genauso verrückt wie das, was ich später in der Schmiede versuchen möchte!«

Bis zum Frühstück schleppte sich die Zeit gnadenlos dahin, und Calvyn war den Zauberspruch bestimmt hundertmal im Kopf durchgegangen, als schließlich das Hornsignal ertönte, das die Soldaten zum morgendlichen Mahl rief. Ausnahmsweise war der Gedanke an Essen Calvyn fast zuwider. Er konnte keine Sekunde länger warten und lief um die Burg herum zu Gerrans Reich.

»Du bist früh dran«, brummte der Schmied, als Calvyn eintrat. »Hast du das Geld?«

»Ja, Gerran, hier ist es«, antwortete Calvyn ein wenig verärgert über die schroffe Art des Mannes und warf ihm einen kleinen Lederbeutel hin. Auch den Silberbarren holte er aus der Tasche seines Waffenrocks. »Und hier ist das Silber.«

»Hmm«, grummelte Gerran, und nachdem er die Silbermünzen gezählt hatte, nahm er den dargebotenen Barren in seine große, raue Hand. »Sieht aus wie gewöhnliches Silber.«

»Glaub mir, es ist absolut einzigartig«, versicherte Calvyn, während der Schmied das Stück begutachtete und es wieder und wieder in seinen riesigen Händen drehte.

»Das werden wir ja sehen.«

»Ach ja, etwas habe ich noch vergessen, dir zu sagen. Ich muss ein uraltes Ritual vollziehen, wenn du die beiden Metalle verbindest. Ein Gebet zu den Göttern der Holzfäller, das mir beigebracht wurde, als ich noch ein kleiner Junge war. Für gewöhnlich spricht man es, wenn den Gottheiten eine neue Axt anempfohlen wird, aber es würde mir wirklich viel bedeuten, wenn ich es auch über meinem Schwert sprechen könnte. In Erinnerung an meinen Vater.«

Der Schmied richtete den Blick himmelwärts, als suche er selbst nach einer göttlichen Eingebung.

»Und wie lange dauert dieses Gebet?«

»Nur ungefähr fünf Minuten«, antwortete Calvyn leichthin.

»Fünf Minuten!«, platzte Gerran heraus und sah Calvyn mit einer Miene an, die folgende drei Dinge zugleich sagen wollte: »Bist du jetzt vollkommen verrückt geworden?«, »Warum gerade ich?« und »Das kann doch nicht dein Ernst sein!« Dann stemmte der Schmied die Hände in die Hüften und brach in schallendes Gelächter aus, das durch die ganze Werkstatt dröhnte.

»Du willst mir wohl meinen Amboss versauen, was? Bei Tarmin, Junge! Das flüssige Silber wird überall runterlaufen, wenn es mit dem heißen Eisen in Berührung kommt, und du willst beten, während dein Geld dahinschmilzt! Dir fehlen wohl ein paar Pfeile im Köcher! Aber gut. Dann wollen wir mal anfangen und es hinter uns bringen. Ich habe nämlich noch richtige Arbeit zu tun nach diesem … diesem …«

Dem Schmied fehlten die Worte und so schüttelte er nur nochmals den Kopf und lief zu seinem Materiallager. Dabei warf er den Silberbarren in die Luft und fing ihn wieder auf, so wie andere mit einer Münze spielen würden. Gerran und Calvyn suchten ein passendes Stück Eisen heraus, aus dem die Klinge geschmiedet werden sollte. Während er das Metallstück in der Esse erhitzte, erklärte Gerran, dass er vorhatte, das Eisen breiter zu schmieden als gewöhnlich und dann das Silber zu einem schmalen Streifen zu hämmern, den er in das Eisen einlegen wollte, bevor er das Schwert in die endgültige Form brachte.

»Wenn ich das Eisen nicht schnell genug falte, wird das Silber schmelzen und wegfließen … und wenn ich dann das gebogene Metall erneut erhitzen muss … nun ja! Lass es mich so sagen: Dann sind die Aussichten, dass du überhaupt noch etwas von deinem Silber in der Klinge behältst, äußerst schlecht.«

Calvyn lächelte und nickte.

»Ich verstehe, was du sagen willst, Gerran. Wirklich. Und ich weiß zu schätzen, dass du dir so viele Gedanken gemacht hast. Aber nichts von dem, was du vorgeschlagen hast, wird notwendig sein. Schmiede das Schwert einfach so, wie du jedes andere schmieden würdest. Du musst nur das Silber zu einem Streifen aushämmern und es auf das heiße Eisen legen. Es wird sich mit dem Eisen verbinden, und du musst nur noch die Klinge und das Heft ausarbeiten.«

»Hör mal, Gefreiter Calvyn. Ich wäre nicht seit zehn Jahren Meisterschmied, wenn ich nicht wüsste, wie man Metall verarbeitet ...«, begann Gerran mit zorniger Stimme.

Calvyn hob die Hand und schnitt dem wutentbrannten Schmied einfach das Wort ab.

»Das ist *mein* Schwert, Gerran, bezahlt mit *meinem* Geld. Also schmiede es so, wie *ich* es haben möchte. Red mir da nicht rein. Ich brauche deine Schmiedekünste, aber zu meinen Bedingungen.«

Der Schmied schnaubte erbost, holte das Eisen mit der Zange aus der Esse und bearbeitete es mit einem großen Hammer auf dem Amboss. Er ließ seinen Zorn nicht an dem Werkstück aus. Metall war dem Meisterschmied heilig, und er konnte es genauso wenig verschwenden, wie er einem kleinen Kind etwas zuleide tun konnte. Hätte er in seiner Schmiede etwas anderes getan, als Metall kunstvoll in Form zu bringen, wären seine Werkzeuge entweiht worden, und so zwang er sich, auch diese Klinge so gut zu schmieden, wie es in seiner Macht stand. Alles andere hätte seinen Namen und sein Ansehen entehrt.

Das Schwert nahm Formen an und die Kunstfertigkeit des Schmieds versetzte Calvyn in Staunen. Das Klopfen des

Hammers schuf einen Zauber ganz eigener Art, und Calvyn schaute gebannt zu, wie diese einzigartige Magie vor seinen Augen mit unendlichem Geschick gewirkt wurde. Alle Zeit wurde bedeutungslos, während Gerran arbeitete und mit dem Anspruch auf Vollkommenheit unermüdlich seinen Hammer schwang.

Als der Schmied schließlich die Klinge begutachtete und mit seiner Arbeit zufrieden war, wandte er sich ein letztes Mal dem Feuer zu und widmete sich dem kleinen Silberbarren. Innerhalb kürzester Zeit hatte er das Silber zu einem langen, gleichmäßigen Streifen gehämmert und griff dann mit seiner Zange nach der heißen Eisenklinge.

»Wofür auch immer du beten möchtest, du kannst gleich um ein Wunder bitten, denn das hier wird eine ganz schöne Schweinerei«, brummte Gerran.

Mit einem letzten prüfenden Blick auf das rot glühende Eisenschwert legte der Meisterschmied das Werkstück auf den Amboss und hielt zögernd, aber sorgsam den Streifen Silber an den Rand der Klinge.

Das zischende Geräusch, mit dem das Silber auf das glühende Eisen traf, riss Calvyn aus seiner tranceartigen Bewunderung für die Arbeit des Schmieds. Er trat vor, nahm eine betende Haltung ein, beugte sich über das Schwert, schloss die Augen und sprach seinen Zauber. Er stellte sich vor, wie die Runen in das Silber einsanken, und sah im Geiste, wie der Edelmetallstreifen von dem Eisen aufgesaugt wurde wie Wasser von einem Schwamm. Gerran stockte der Atem. Calvyn beachtete ihn nicht. Die endlose Runenreihe in Calvyns Kopf verschmolz mit dem Schwert, wurde eingesogen wie das Silber. Genauso konzentriert wie kurz zuvor der Schmied arbeitete sich Calvyn gleichmäßig und fehlerlos durch seinen Zauberspruch. Als die letzte Rune vor seinem inneren Auge in die Schwertklinge sank, öffnete Calvyn die Augen und bedeutete dem Schmied, dass er nun das Schwert vollenden könne.

Beinahe ehrfurchtsvoll nahm Gerran die Klinge mit seiner Zange auf und untersuchte eingehend ihre Oberfläche. Auf einige Stellen schlug er nochmals mit seinem Hammer, dann war der Meisterschmied zufrieden und löschte das eben geschmiedete Schwert in einem Trog mit reinem Quellwasser ab. Dann ein weiterer prüfender Blick. Und erneute Konzentration und Sammlung der Kräfte, als Gerran begann, die Schwertklinge zu schärfen.

Der Gefreite und der Schmied wechselten kein einziges Wort, bis Gerran befand, dass das Schwert so perfekt war, wie er es in seiner Macht stand.

»Ein edles Schwert, junger Soldat. Möge es für Rechtschaffenheit und Gerechtigkeit kämpfen«, sagte Gerran und hob die Waffe zu einem rituellen Salut.

»Und möge es dem Namen seines Schmieds Ehre bringen«, antwortete Calvyn, wie die Tradition es verlangte.

»Beeindruckend! Ich habe noch nie gesehen, dass sich Silber auf diese Art auflöst. Entschuldige, dass ich dir nicht getraut habe, Calvyn, aber so etwas habe ich in all den Jahren meiner Arbeit nicht erlebt. Woher kam dieses Silber noch mal, sagst du?«

»Tief aus dem Großen Wald im Westen.«

»Glaubst du, du könntest noch mehr davon besorgen? Ich hätte gern etwas davon, wenn auch nur, um zu sehen, wie es in das Eisen einsickert! Einzigartig!«

»Soweit ich weiß, verkaufen die Waldbewohner ihr Silber nicht an Fremde. Ich weiß nicht einmal, wie mein Vater an den kleinen Barren gelangt ist, den er mir gegeben hat«, log Calvyn aalglatt.

»Schade. Das Silber verändert die Oberfläche des Schwerts. Es erhält einen leichten Schimmer. Nur schade, dass an dieser Stelle Linien entstanden sind. Ich hoffe, sie schwächen die Klinge nicht.«

Calvyn besah sich die Stelle, auf die der Schmied deutete, und seine Augen weiteten sich vor Überraschung. Glücklicherweise war der Meister zu versunken in sein Werk, denn die Linien, auf die Gerrans großer Finger zeigte, bildeten Runen der Kraft. Insgesamt drei. Die Schriftzeichen für Licht, Feuer und Luft.

»Darf ich?«, fragte Calvyn und streckte die Hand nach dem Schwert aus.

»Natürlich.«

Gerran hielt ihm die Waffe mit dem Heft zuerst hin. Calvyn ergriff das kalte Metall und ihm stockte der Atem.

»Alles in Ordnung? Hast du dich verletzt?«

»Nein, nein. Alles gut«, versicherte Calvyn mit einem strahlenden Lächeln. »Alles bestens.«

In dem Moment, in dem er das Schwert berührte, hatte Calvyn eine Art wundersame Verschmelzung empfunden, als ob seine Hand mit dem Heft verbunden wäre. Dies war unzweifelhaft sein Schwert. Er spürte es mit jeder Faser seines Körpers.

Er hob die Schwertspitze und war erstaunt, wie leicht die Waffe in der Hand lag. Er wunderte sich schon, warum der Schmied nichts dazu gesagt hatte, aber dann fiel ihm ein, dass sich das Schwert für Gerran wie jedes andere anfühlen musste. Der Zauber wirkte nur bei Calvyn.

Calvyn hob die Klinge zu einem Salut auf das Können des Schmieds und wollte Gerran gerade für seine Zeit, Geduld und Kunstfertigkeit danken, als etwas Seltsames geschah. So klar und vernehmlich, als stünde der alte Mann direkt hinter ihm, hörte er Perdimonns Stimme. Sie sprach die Runen eines Zauberspruchs. Ohne zu wissen, warum, wiederholte Calvyn die Worte laut, und es flossen weitere

Runen in die Waffe, deren Bedeutung er zum Großteil nicht kannte. Als der Spruch endete, bemerkte Calvyn, dass ein viertes Schriftzeichen auf dem Schwert erschienen war. Der Schmied aber bewunderte nun nicht mehr sein Werk, sondern sah Calvyn mit misstrauischer Miene an.

»Was war das denn?«

»Nur ein Segensspruch für dich und deine Arbeit«, log Calvyn. »Hab Dank, Gerran. Deine Meisterschaft sucht ihresgleichen, und ich werde dich weiterempfehlen, solange du den Hammer schwingst. Wenn du nichts dagegen hast, würde ich jetzt gern gehen und das Heft einbinden, damit es richtig in der Hand liegt. Entschuldige meinen plötzlichen Aufbruch, aber ich werde dich nun in Frieden lassen, damit du deine Arbeit tun kannst.«

»Kein Problem«, brummte der Schmied. Als Calvyn durch das Tor zu Schmiede verschwunden war, murmelte er noch: »Seltsam … wirklich seltsam«, und wandte sich dann dem ersten Werkstück seiner für diesen Morgen anstehenden Aufträge zu. Draußen wollte Calvyn die vierte Rune noch einmal genauer betrachten – doch sie war inzwischen wieder verschwunden. Er hatte sie nicht erkannt, obwohl sie ihm irgendwie vertraut vorgekommen war, so als müsse er es kennen. Das Verwunderlichste aber war, dass er sich die Form der Rune, nun da er es versuchte, nicht mehr in Erinnerung rufen konnte. Er konnte sich nur an einige Stellen des seltsamen Zauberspruchs erinnern, die für sich allein aber keinen Sinn ergaben. Genauso wenig wusste er, warum er Perdimonns Stimme gehört hatte, auch wenn es ihn irgendwie beruhigte, denn er hatte die ganze Woche darüber nachgegrübelt, ob es wirklich sein alter Freund gewesen war, der ihn auf dem Marktplatz vor der greisen Wahrsagerin gewarnt hatte. Das Erscheinen des vierten Schriftzeichens, das nur sein Meister kennen konnte, versicherte ihm, dass er sich das Ganze nicht eingebildet hatte. Doch dann war die Rune spurlos verschwunden, und er wusste nicht, was es mit dem letzten Zauberspruch auf sich hatte, mit dem er, als Perdimonns Echo, sein Schwert belegt hatte.

Calvyn strich vorsichtig über die Stelle, an der sich das geheimnisvolle Zeichen gezeigt hatte. Im Geiste sah er seinen alten Lehrmeister vor sich.

»Was hatte das zu bedeuten, alter Freund?«, fragte er laut.

Aber es kam ihm nur ein wohlbekanntes Lachen in den Sinn, das sich mit seiner ansteckenden Art auf Calvyns Lippen übertrug, und gleich darauf verzogen sich seine Mundwinkel zu einem Grinsen.

15

»Wo ist Derra? Sie kommt doch sonst nie zu spät«, murmelte Jenna. Calvyn und sie warteten mit dem Spähtrupp an den Toren der Burg.

Korporalin Derra ging immer mit gutem Beispiel voran und war stets vor allen anderen da. Sie kam pünktlich mit dem Hornstoß zur vollen Stunde, und dann wehe dem, der nur eine Sekunde zu spät eintraf. Heute aber war es längst an der Zeit, dass die Patrouille sich in Bewegung setzte. Von Derra aber fehlte jede Spur. Die Soldaten wurden langsam unruhig. Die geflüsterten Gespräche wurden lauter und lauter. Dann erhob einer der älteren Soldaten die Stimme:

»Alle mal herhören. Wenn Korporalin Derra in den nächsten zwei Minuten nicht auftaucht, werden wir jemanden schicken, der nach ihr sucht. Bis dahin verhalten wir uns ruhig, wie es sich für echte Soldaten geziemt.«

Stille legte sich über die Wartenden. Die Sekunden verstrichen. Calvyn ging im Kopf verschiedene Möglichkeiten durch. Derra könnte krank sein, aber dann hätte man ihnen Ersatz geschickt. Sie könnte verschlafen haben, was aber höchst unwahrscheinlich war. Dann fiel Calvyn auf einmal ein, dass er den ganzen Morgen noch keinen Korporal oder Sergeanten gesehen hatte. Normalerweise saßen ein paar von ihnen beim Frühstück, aber er erinnerte sich nicht, einem einzigen Vorgesetzten begegnet zu sein. Also war nicht nur Derra zu spät. Es musste etwas geschehen sein, das alle Offiziere betraf. Calvyn lief ein Schauder über den Rücken. Es war etwas Schlimmes, das spürte er.

Gerade als die zwei Minuten vorüber waren, tauchte Korporalin Derra mit mehreren anderen Korporalen auf. Sie bogen um die Ecke des Stallgebäudes und schritten auf die Burgtore zu.

»Stillgestanden!«, befahl der ältere Soldat, der vorher für Ruhe gesorgt hatte.

Derra nickte ihren Begleitern zum Abschied zu und die Korporale teilten sich auf und liefen in verschiedene Richtungen. Mit einer tiefen Stirnfalte und ernstem Blick trat Derra ihrem Trupp entgegen und befahl den Soldaten, sich zu rühren.

»Leute«, setzte sie an und holte noch einmal tief Luft, »wir werden heute nicht auf Patrouille gehen. Aber es gibt genug zu tun. Heute Abend ziehen wir in den Krieg.«

Mehrere Soldaten stockte beim Wort »Krieg« hörbar der Atem. Nicht aber Calvyn. Nicht zufällig hatte Derra ihm und Jenna in die Augen geblickt, während sie die Neuigkeit verkündete. In Calvyns Bewusstsein blitzte das Gesicht der alten Wahrsagerin auf dem Markt auf.

»Der Heilige Krieg«, keuchte er.

»Gegen wen führen wir Krieg?«, fragte einer der erfahrenen Kämpfer verwundert. »Ich dachte, der König sei nicht willens, Shandar wegen der Plünderungen den Krieg zu erklären.«

»Wir kämpfen auch nicht gegen Shandar. Unsere Gegner sind die Nomaden aus der Wüste Terachim«, antwortete Derra und sah erneut zu Calvyn und Jenna herüber. »Sie sind offenbar durch die Gebirgsspalte bei Kortag vorgedrungen, mit einem Heer von mehr als zwanzigtausend Mann. Gestern Abend ist ein Bote des Königs eingetroffen, der um Unterstützung gebeten hat, und der Baron stellt nun eine Truppe auf, die zu den Kämpfern im Süden stoßen soll. Wir haben also einige Vorbereitungen zu treffen und nur sehr wenig Zeit. Wir haben die Order, Verpflegungswagen zu beladen. Der erste wird gleich hier eintreffen. Ihr alle meldet euch in zehn Minuten beim Vorratslager. Noch Fragen?«

»Gehen alle mit nach Süden?« fragte jemand.

»So gut wie alle«, erwiderte Derra. »Nur zwei Trupps und die neuen Rekruten bleiben hier, um die Burg zu bewachen, aber der Baron selbst wird alle anderen in den Feldzug gen Süden führen. Sonst noch etwas?«

Niemand meldete sich.

»Also gut. Abtreten! Vorratslager. Zehn Minuten«, rief sie noch einmal.

Calvyn und Jenna tauschten einen bedeutungsvollen Blick und ein stummes Einverständnis blitzte zwischen ihnen auf. Die Wahrsagerin hatte recht gehabt. Es sollte Krieg geben. Er war schon da.

Der Rest des Tages verflog mit eifrigen Vorbereitungen. Durch das Tor rumpelten leere Wagen herein, die sich kurz darauf wieder hinausschleppten – beladen mit Verpflegung, Waffen, Zelten, Decken, Rüstungen und allem möglichen Kriegsmaterial. Bis zum späten Nachmittag waren die Lager geleert, und die erschöpften Soldaten wurden zu einem frühen Abendessen zusammengerufen.

Calvyn hatte den Speisesaal noch nie so voll gesehen. Der Baron hatte alle Trupps von ihren Streifen und Wachposten in den umliegenden Dörfern und Städten abgezogen. Baron Keevans gesamtes Heer war versammelt, und es gab Dutzende Gesichter, die Calvyn noch nie gesehen hatte. Sie alle mischten sich in die wogende Masse besorgter und entschlossener Soldaten, die gemeinsam ein letztes Mahl einnahmen, bevor sie in den Kampf zogen.

Für Calvyn waren die Geschehnisse aufregend, aber auch Furcht einflößend. Mehr noch Letzteres, denn die Worte der alten Seherin auf dem Markt suchten seine Gedanken heim. Immer wieder hörte er die krächzende Stimme kreischen: »Die Macht des Auserwählten wird dich brennen lassen. Ich sehe, wie sein heiliges Feuer deine Hände verschlingt. Das Schwert wird brennen.« Das irre Lachen der alten Frau hallte in seinem Schädel wider wie die endlosen Schreie der Skrii-Lerche. Der irrsinnige Gesang dieser unglückseligen Lerche hatte dazu geführt, dass sie die meistgejagte Vogelart in Thrandor war – und das nur, um das Land von ihrem höchst unangenehmen Kreischen zu befreien.

Calvyn hätte alles getan, um das ähnlich nervenzermürbende Gelächter aus dem Kopf zu bekommen. Es beunruhigte ihn, dass er anscheinend einem vorbestimmten Pfad folgte, der zu einer Begegnung mit dem geheimnisvollen »Auserwählten« führen würde. Was genau die alte Hexe mit ihren Rätseln gemeint hatte, blieb unklar. Wenn Derra die Unerbittliche war, Jenna die Jägerin, dann war er also das Schwert? War dies dann der eigentliche Grund für seine

Ruhe und sein Selbstvertrauen beim Schmieden des Schwertes? Die Alte hatte gesagt, seine Hände würden »vom heiligen Feuer verschlungen« und das Schwert würde »brennen«. Ja, dass sein Schwert brannte, wusste er bereits, denn kurz nachdem seine Waffe fertiggeschmiedet war, hatte er den eigens ersonnenen Zauber überprüft. Als er die Rune der Kraft ausgesprochen hatte, waren Flammen aus dem Schwert geschlagen, die vom Heft bis zur Schwertspitze züngelten. Seine Hände aber hatten keinerlei Hitze gespürt.

»Hallo! Jemand zu Hause?«, fragte Jenna und riss ihn aus seinen düsteren Gedanken, indem sie mit einer Hand vor seinen Augen wedelte.

»Entschuldige. Ich war meilenweit weg.«

»Willst du darüber reden?«

»Ich weiß nicht genau.«

»Ist es die alte Seherin?«, erkundigte sich Jenna ahnungsvoll.

»Ja. Sie hat mehr Fragen aufgeworfen, als sie Antworten gegeben hat.«

»Ich habe auch viel über diese Fragen nachgegrübelt, und jetzt, wo der von ihr vorausgesagte Krieg so schnell gekommen ist …« Jenna hielt inne und sammelte ihre Gedanken. »Es gibt so viele mögliche Erklärungen für die Weissagungen der alten Hexe, und eine davon könnte immer noch sein, dass sie uns etwas vorgemacht hat.«

»Aber der Krieg …«, wandte Calvyn überrascht ein.

»Derra sagte, die alte Frau stamme aus Terachim«, unterbrach ihn Jenna. »Ich bin sicher, diese angeblichen Seherinnen nutzen vertrauliche Informationen, um ihren Visionen mehr Glaubhaftigkeit zu verleihen. Womöglich hat sie so einst Derras Vertrauen gewonnen. Vielleicht hatte die alte Frau irgendwie erfahren, dass Derra befördert werden sollte, und auch wann. Wer weiß? Aber selbst wenn das nicht der Fall sein sollte, sind ihre Prophezeiungen doch so vage und so offen für alle möglichen Deutungen, dass sie auf fast jeden Soldaten passen.«

»Und wie erklärst du dir dann, dass die Alte dich die Jägerin genannt und vorhergesagt hat, dass deine Beute die gefährlichste aller Zeiten sein würde?«, fragte Calvyn. Er wunderte sich über Jennas vehemente Zweifel.

»Für eine Soldatin ist es nun mal nicht ungewöhnlich, dass sie den Bogen dem Schwert vorzieht. Und der Bogen ist auch die beliebteste Waffe für die Jagd. So kommt man auf die Jägerin. Und was die gefährlichste Beute aller Zeiten angeht – das könnte alles sein, von einem Löwen bis hin zu einem menschlichen Gegner. Was als gefährlich wahrgenommen wird, hängt doch ganz vom Empfinden des Einzelnen ab. Wie sollte ihre Weissagung da nicht ins Schwarze treffen? Jede gefährliche Beute könnte für den Betroffenen die gefährlichste aller Zeit sein. Es ist eine Frage des Blickwinkels und des Wunschs nach einer Erklärung.«

Jennas Argumente waren überzeugend, und dennoch wurde Calvyn das Gefühl nicht los, dass mehr dahintersteckte. Nach Jennas Ansicht war der Auserwählte einfach nur jemand, dem Calvyn diesen Titel einst verleihen würde, wenn die Umstände nur annähernd so waren wie von der alten Frau geschildert. Doch die Seherin hatte ja anklingen lassen, dass dieser von ihr genannte Auserwählte eine bedeutende und mächtige Person sei, die vielleicht sogar über magische Kräfte verfügte. In Calvyns Kopf türmten sich die Fragen und sie blieben alle unbeantwortet.

»Ich weiß nicht, ob das die Lösung des Rätsels ist, Jenna, aber ich bin froh, dass du mir gesagt hast, was du darüber denkst. Ich fühle mich jetzt bedeutend besser. Wie sagt man? Geteiltes Leid ist halbes Leid.«

Calvyn lächelte seine Freundin dankbar an und drückte sanft ihre Hand. Für einen Moment sahen sie sich tief in die Augen und das Band zwischen ihnen wurde noch fester.

»Ich freue mich, dass ich dir helfen konnte, aber was ist mit dir? Du hast noch nicht gesagt, was du über diese Weissagungen denkst«, sagte Jenna, und ihre großen braunen Augen forschten nach einer Regung.

»Meine Gedanken sind sehr wirr«, antwortete Calvyn zögernd, und sein Blick ruhte immer noch auf ihr. »Ich kann dir keine Antwort geben, weil ich keine habe. Nur noch mehr Fragen. Aber all das muss warten. Wir müssen gehen. Unser Trupp macht sich marschbereit. Wir sollten lieber schnell machen, oder wir ziehen Derras Zorn auf uns. Ich möchte nicht, dass uns ihre freundliche Seite verloren geht, bevor sie noch richtig zur Geltung kommen konnte.«

»Einverstanden«, erwiderte Jenna mit einem angespannten Lächeln. »Gehen wir. Auf dem langen Weg nach Süden haben wir bestimmt noch Gelegenheit, miteinander zu sprechen.«

»Sicher. Und vielleicht habe ich dann auch ein paar Antworten.«

Kurze Zeit später standen Korporalin Derra und ihr zwanzig Mann starker Trupp in zwei Kolonnen bereit. Alle warteten atemlos auf den Befehl, mit dem sie in den Krieg ziehen würden. Die Soldaten hatten ihre blauschwarze Uniform an, waren aber zusätzlich mit einer harten Lederkappe ausgerüstet worden, die durch ein Eisenband in Stirnhöhe verstärkt war. Außerdem trugen sie unter ihren Waffenröcken ein Kettenhemd und auf ihren Rücken einen leichten Rucksack mit Ersatzkleidung und Essbesteck. Jeder Soldat sollte zudem Feuerstein und Zunder mithaben, um jederzeit ein Feuer machen zu können.

Calvyn fühlte sich unwohl. Das Kettenhemd war schwer.

Er hatte den ganzen Tag mit schweren Ladearbeiten verbracht, und nun protestierten sein schmerzender Rücken und die müden Beine gegen das Gewicht von Kettenhemd und Rucksack. Sein erschöpfter Körper sehnte sich bereits nach einem Bad und einem warmen Bett, doch in Gedanken hatte Calvyn sich damit abgefunden, dass er beides über absehbare Zeit nicht zu Gesicht bekommen würde. Vielleicht auch nie wieder.

Langsam trabten Baron Keevan und seine Hauptleute auf ihren Pferden aus dem Burgtor, und ihre Ritterrüstungen und Sporen rasselten mit jedem Huftritt. Sie ritten an die Spitze der Kolonne, und die Trupps, an denen die hochrangige Gesellschaft vorbeikam, standen nacheinander stramm. Anschließend wurde den Soldaten befohlen, sich mit einer halben Drehung zur Marschkolonne zu formieren. Das Heer war zum Abrücken bereit. Der Baron nahm seine Position an der Spitze ein, und der lange Marsch begann.

Die übliche Disziplin beim Marschieren wurde schnell fallen gelassen. Die Soldaten durften sich unterhalten, und auf das Schwingen der ausgestreckten Arme wie beim Exerzieren wurde weitgehend verzichtet, außer wenn sie durch Dörfer oder Städte kamen. Die Hauptleute achteten jedoch darauf, dass ihre Trupps im Gleichschritt blieben, denn sie wussten, dass der knirschende Rhythmus der Stiefel die Soldaten auch bei großer Müdigkeit weitertrug.

Die Unterhaltungen der Männer und Frauen aus Baron Keevans Heer verstummten schnell, als die Aufregung über den Abzug der Erschöpfung nach einem langen Tag harter Arbeit Platz machte. Die Rucksäcke lasteten auf ihnen, als seien sie mit Blei beladen, und viele hätten gerne auf den Schutz des Kettenhemds verzichtet, nur um das Gewicht von den Schultern zu haben. Köpfe hingen herab, Füße schlurften und Schultern sackten zusammen, während das

Tageslicht in das Zwielicht der Dämmerung überging. Es war bereits dunkel, als der Baron zur Nacht anhalten ließ. Calvyn schätzte, dass sie mindestens drei Stunden marschiert waren, und seine Beine ließen ihn auf schmerzvolle Weise wissen, dass dies zweieinhalb Stunden zu viel gewesen waren.

Korporalin Derra befahl Calvyn und drei anderen Soldaten aus dem Trupp, zwei Zelte aus dem bereitstehenden Wagen zu holen, in denen sie die Nacht verbringen würden. Calvyn lud seinen Rucksack neben Jenna ab, die sich an den Wegesrand gehockt hatte, sobald der Befehl zum Halten gekommen war. Dann wanderte er mit den anderen zum Wagen und stellte sich in die Schlange für die Zelte. Bevor sie noch wussten, wie ihnen geschah, stöhnten Calvyn und seine Kameraden unter dem Gewicht der schweren Planen und Holzpfähle. Sie wankten mit ihrer Last zurück zu ihrem Trupp, der schon zwei Plätze neben der Straße vorbereitete, an denen ihr Nachtlager aufgeschlagen werden sollte.

Derra, die anscheinend noch voller Tatkraft steckte, überwachte die Tätigkeiten in ihrer gewohnt rauen Art, und trotz des müden und ungeschickten Herumhantierens ihrer Untergebenen waren die beiden Zelte schnell errichtet und innerhalb kurzer Zeit brannte vor den Eingängen je ein Feuer. Zum Entsetzen einiger Soldaten verbot Derra ihrem Trupp, schlafen zu gehen, bevor nicht jeder eine Tasse heißen Dahl getrunken und seinen Rucksack sorgfältig unter einer Plane verstaut hatte. Als Calvyn das dampfende Getränk in den Händen hielt, wusste er die Strenge der Korporalin zu schätzen. Der heiße Dahl wärmte ihm den Magen und linderte den Schmerz in seinen Muskeln. Mit großer Erleichterung empfingen die Soldaten Derras Nachricht, dass an diesem Abend keine Wachablösungen stattfinden würden, und alle waren innerhalb von Sekunden eingeschlafen, nachdem sie sich auf der kalten Unterlage des Zeltes niedergelegt hatten.

Die folgenden acht Tage gingen in eine Routine über, die mit dem Morgengrauen begann und kurz nach Einbruch der Dämmerung endete. Es herrschte kaltes, oft nasses Wetter, das für die Jahreszeit aber nicht ungewöhnlich war. Nicht verwunderlich also, dass die Truppe die langen täglichen Märsche schnell überhatte, und die Korporale und Sergeanten erkannten schnell, dass ihre Hauptaufgabe darin bestand, die Moral und die Disziplin der Soldaten aufrechtzuerhalten. Häufig wurden Marschlieder angestimmt, um die Zeit und die endlosen Meilen rascher vergehen zu lassen.

Korporalin Derra hatte darauf bestanden, dass ab dem ersten Tag nach Verlassen Mantors jedes Mitglied ihres Trupps eine Aufgabe übernahm und entweder die Zelte aufschlug, Wasser holte, Feuerholz sammelte oder den Latrinengraben aushob. Alle ohne Ausnahme waren an den nächtlichen Wachdiensten beteiligt, die für die Sicherheit des Lagers sorgten. Ab und an wurde ein erfahrener Soldat, der zum Kundschafter ausgebildet worden war, auf einen Erkundungsritt geschickt. Ansonsten gab es wenig Abwechslung.

Nach der ersten Nacht im Zelt war Calvyn bibbernd vor Kälte und mit steifen Gliedern aufgewacht, was sowohl an den Temperaturen als auch an den Anstrengungen des vorangegangen Tages liegen mochte. Als er jedoch das Feuer am Zelteingang wieder entfacht und seinen durchfrorenen Körper aufgewärmt hatte, empfand Calvyn den restlichen Marsch nach Levansbrück als recht erträglich. Während seiner Wachdienste hatte er die paar Zaubersprüche eingeübt, die ihm vielleicht im Kampf von Nutzen sein könnten. Besonders die Formel zur Errichtung eines magischen Schutzschilds, die er in Abwandlung auch auf sein Schwert angewandt hatte. Doch die grün schimmernde Schutzsphäre weckte die Aufmerksamkeit des Wachpostens neben ihm. Calvyn musste dem Gefreiten einreden, dass die Erscheinung wohl daher rührte, dass er zu lange ins Feuer geschaut hätte. Grummelnd und wenig überzeugt war der Soldat wieder abgezogen, und Calvyn hatte seine nächtlichen Übungen von da an darauf beschränkt, sich die Runen einzuprägen, ohne sie sich als Bild vorzustellen und damit ihre Wirkung hervorzurufen.

Ab und zu gelang es Calvyn und Jenna, Zeit mit Bek, Tondi, Matim und anderen aus ihrem alten Ausbildungstrupp zu verbringen. Alle schienen trotz der Umstände einigermaßen guter Stimmung. Ihre Zusammenkünfte dauerten aber nie lange, denn sie waren vor Müdigkeit zu kaum mehr fähig, als noch schnell einen Becher Dahl am Feuer zu trinken, bevor sie sich schlafen legten.

Die einzige Ausnahme von dieser Regel ergab sich nach etwa vier Tagen Marsch, als Bek am Lagerfeuer vor Calvyns Zelt auftauchte. Calvyn merkte sofort, dass seinen Freund irgendetwas beschäftigte. Er fand aber keine Gelegenheit, ihn danach zu fragen, bis die anderen aus dem Trupp sich ins Zelt zurückgezogen hatten.

Sobald die letzten Kameraden sich schlafen gelegt hatten, führte Bek seinen Freund zu einer Stelle in Baron Keevans Heerlager, die weit genug von den Zelten entfernt war, damit sie nicht belauscht werden konnten.

»Was ist los, Bek?«, flüsterte Calvyn und musste die Augen anstrengen, um ihn in der Dunkelheit überhaupt erkennen zu können.

»Ich will dir nicht nachspionieren, Calvyn, aber hast du in letzter Zeit Magie gewirkt?«, raunte Bek. »Ich habe gehört, wie ein Gefreiter aus dem Trupp neben uns seinen Kameraden erzählt hat, dass er während der Nachtwache einen grünlich schimmernden Lichtglanz gesehen hat, und da musste ich an dich denken.«

Calvyn seufzte.

»Ja, Bek. Das war ich. Es war leichtsinnig von mir und wird nicht wieder vorkommen.«

»Was wird nicht wieder vorkommen? Die Magie oder die Unachtsamkeit?«, fragte Bek. »Und was hat es überhaupt mit diesem grünen Schein auf sich?«

»Es ist ein Zauberspruch aus Perdimonns Buch. Mit ihm kann man eine Art magisches Schutzschild errichten, das Waffen nicht durchdringen können, aber als ich die Idee hatte, es zu versuchen, war ich wohl geistig nicht gerade auf der Höhe. Den Fehler mache ich nicht noch einmal.«

»Alle Achtung! Ein magischer Schutzschild!«, raunte Bek aufgeregt. »Wirst du die Pfeile des Feindes von uns abwehren?«

Calvyn dachte kurz darüber nach, ob er seinem Freund mitteilen sollte, dass der Zauberspruch vor allem zu seinem eigenen Schutz gedacht war. Dann entschied er, sich lieber herauszureden.

»Na ja, der Spruch ist eigentlich nicht geeignet, eine ganze Truppe zu schützen, aber ich arbeite daran«, flüsterte er. »Das Schwierigste an der Magie ist ja, dass sie verboten ist und als Verrat gilt. Und dann erfordert sie enorme Konzentration. Ich glaube kaum, dass ich die aufbringen kann, während zwanzigtausend Terachiten es darauf abgesehen haben, mir den oberen Speisetrakt zu zerstückeln!«

Bek legte eine Hand vor den Mund, um ein lautes Lachen zu ersticken. »Du hast aber auch eine Art, dich auszudrücken, Calvyn«, japste er.

Calvyn begriff gar nicht, was daran so lustig gewesen sein sollte.

»Sagen wir mal so, Bek«, erklärte er vorsichtig. »Um mein Leben zu verteidigen, werde ich wohl eher die Schwertmagie einsetzen, die du mir beigebracht hast, als irgendwelche unausgegorenen Zaubersprüche, die ich gelernt oder erfunden habe.«

Bek dachte eine Weile über diese Worte nach, dann seufzte er. »Eins ist sicher: Wir alle werden auf die ein oder andere Weise auf die Probe gestellt werden.«

Als Baron Keevans Heer in Levansbrück eintraf, waren Calvyn und viele andere junge Soldaten stark beeindruckt von der Größe der Lagerstatt, die sich vor den Toren der Stadt ausbreitete. Es waren fast genauso viele Zelte wie Häuser zu sehen. Calvyn war auf einmal viel beruhigter über den Ausgang des so plötzlich eingetretenen Konflikts. Die erfahrenen Soldaten gaben sich alle Mühe, den Heermassen mit Gelassenheit zu begegnen, aber in Wahrheit hatte noch niemand von ihnen erlebt, dass sich eine Armee dieser Größe an einem Ort versammelt hätte.

Etwa viertausend Einheiten kampierten bei Levansbrück. Dies war bei Weitem die größte Truppenstärke, die je in Thrandor aufgebracht worden war, und sie weckte in den Soldaten ein Gefühl der Unbesiegbarkeit.

Nachdem Baron Keevans Heer sein Lager aufgeschlagen hatte, stellte sich schnell heraus, dass sie nicht lange in Levansbrück bleiben könnten. Fast stündlich trafen neue Truppen ein und die Ressourcen der Gegend würden rasch erschöpft sein.

Der Baron war nach ihrer Ankunft sehr schnell mit seinen Hauptleuten losgezogen, um zwischen den vielen Zelten nach anderen Heeresführern Ausschau zu halten. Sie waren eine Weile fort gewesen, als Hauptmann Tegrani mit der Nachricht zurückkam, dass sie früh am nächsten Morgen weiter gen Süden marschieren würden. Der junge Hauptmann teilte den Sergeanten und Korporalen die neuesten Nachrichten der Kundschafter und reitenden Boten mit, die von den südlich gelegenen Truppenteilen gen Norden geschickt worden waren, um zu berichten, wie viel Verstärkung die Armee der Terachiten bereits mobilisiert hatte.

Spät am Abend ließ Derra ihren Trupp antreten und umriss ihren Soldaten die aktuelle Lage.

»Es sieht ganz so aus, als ginge es da unten ziemlich übel her«, erklärte Derra mit rauer Stimme und unbewegter Miene. Ihre Augen glänzten im Feuerschein. »Kundschafter Baron Antons haben das Heer der Terachiten auf etwa dreißigtausend Mann geschätzt.«

Von irgendwoher war ein lang gezogenes, tiefes Pfeifen zu hören. Nach einer kurzen Pause, in der ihre Soldaten die Neuigkeiten erst einmal verdauen sollten, fuhr Derra fort: »Baron Antons Männer gelten als vertrauenswürdig, und wir können also damit rechnen, dass wir bei Ankunft in Mantor bedeutend in der Unterzahl sein werden. Nach neuesten Berichten ist Anton mit einem Heer ausgezogen, um die Garnisonsstadt Fallowsford zu verteidigen und die Terachiten daran zu hindern, in voller Truppenstärke in Mantor einzutreffen. Diese Höllenbrut hat alles auf ihrem Weg zerstört. Sie haben nichts und niemanden verschont. In diesem Krieg wird es kein Erbarmen geben. Töten oder getötet werden, allein darum geht es. Der Anführer soll ein Fanatiker sein, der vor nichts zurückschreckt.«

»Wie lange wird es dauern, bis die Terachiten Fallowsford erreichen?«, erkundigte sich einer der älteren Soldaten.

»Sie sind bereits dort«, antwortete Derra. »Seit vier Tagen. Nach neuesten Informationen ist die Verstärkung durch Baron Antons Heer nur ein paar Stunden vor den Terachiten eingetroffen. Wir wissen, dass die Verteidiger den ersten feindlichen Angriff abwehren konnten, aber die

Garnison hat schwere Verluste erlitten. Sie werden nicht mehr lange standhalten können.«

Schweigen legte sich über den versammelten Trupp ob dieser düsteren Prognose. Calvyn schaute auf die Gesichter der Soldaten, aber sie waren zu sehr in Gedanken versunken und erwiderten seinen Blick nicht.

Plötzlich durchbrach Jennas Stimme die Stille.

»Wir stark ist unser Heer eigentlich, Korporalin? Ich meine damit nicht nur die Männer von Baron Keevan. Ich frage mich, wie viele Kämpfer der König bei Mantor in die Schlacht schicken will. Es wäre doch schön, wenn wir wüssten, wie viele Terachiten jeder von uns töten muss. Schließlich will ich ja nicht gierig erscheinen und einem anderen die Beute wegschnappen.«

Auf Jennas unbekümmerte Worte angesichts der ernsten Lage ertönte Gelächter rund um das Lagerfeuer.

Auch Derra lächelte, als sie antwortete.

»Die Truppen in Fallowsford sind etwa viereinhalbtausend Mann stark. Nach den neuesten Zahlen aus Mantor sind dort noch einmal dreieinhalbtausend Soldaten zusammengekommen und wir brechen hier morgen früh mit etwa fünftausend Mann auf. Womöglich trifft nach und nach weitere Verstärkung ein, aber wenn wir die nicht mit einrechnen, bleiben zwei bis drei Terachiten für jeden von uns.«

»Wie großzügig von ihnen«, kommentierte Jenna und erntete erneut Gelächter.

»Eine Übermacht von drei zu eins ist ein kläglicher Beginn für eine Schlacht«, brummte ein Soldat aus den hinteren Reihen.

»Stimmt. Es ist keine ideale Ausgangslage«, erwiderte Derra in seine Richtung gewandt. »Aber ihr seid eine disziplinierte und hervorragend ausgebildete Truppe. Wenn ihr nur im Kopf behaltet, was euch beigebracht wurde, und tut, was man euch sagt, werden wir diese Nomadenhorde schon überwältigen. Sie werden zurück in die Wüste fliehen, so schnell sie ihre flohzerbissenen Beine tragen.«

»Ich habe keine Schwierigkeiten damit, an der Seite meiner Kameraden aus Baron Keevans Heer zu kämpfen«, versicherte einer der älteren Soldaten. »Sogar die jüngsten Soldaten aus unserem Trupp sind mehr als fähige Schwertbrüder. Aber was ist mit den anderen? Sind sie kampferprobt und verlässlich genug, um unsere Flanken zu schützen? Wenn nicht, sollten wir uns ernsthaft Sorgen machen, Korporalin.«

»Es stimmt, dass eine zusammengesetzte Armee schwächer ist als ein Heer aus Soldaten, die alle dieselbe Ausbildung hinter sich haben und deswegen als Einheit denken und handeln. Aber euch wird ermutigen, dass die Terachiten ganz andere Probleme haben als nur eine gemischte Streitkraft. Ihre Armee besteht aus vielen verschiedenen Sippen und Stämmen. Einige dieser Sippen hegen untereinander größeren Hass als gegen uns. Es ist also anzunehmen, dass die Streitigkeiten in den Reihen unseres Feindes immer größer werden, je länger der Krieg andauert. Darum treibt sie ihr Anführer auch so schnell auf Mantor. Er weiß, dass Mantor entscheidend sein wird. Wenn er den Stämmen einen raschen, durchschlagenen Sieg bringt, werden die Sippen ihre alten Feindseligkeiten vielleicht begraben. Wenn die Dinge aber nicht so laufen, wie er es sich vorstellt, sind wir schnell das kleinste seiner Probleme.«

»Das wär's doch, oder?«, kommentierte Jenna lachend. »Aber hoffentlich trifft das nicht ein, bevor wir unseren Anteil an Terachiten abbekommen haben.«

»Das wäre in der Tat schrecklich«, meinte Calvyn ironisch.

Leises Gelächter kam auf.

»Wenn es keine weiteren Fragen gibt, ist die Vorstellung hiermit beendet, Leute«, verkündete Derra und sah in die Runde.

Niemand meldete sich.

»Gut«, fuhr die Korporalin fort. »Ich schlage vor, dass alle, die nicht zur ersten Wache eingeteilt sind, ein wenig schlafen. Wir werden in den nächsten Tagen neben mehreren anderen Trupps marschieren, und ich erwarte von euch allen, dass ihr mir keine Schande macht. Ist das klar?«

»Jawohl, Korporalin«, kam die im Chor gesprochene Antwort. Damit zerstreute sich die Gruppe und die Soldaten begaben sich zu den beiden Zelten oder auf ihre Wachposten.

Nach einer unruhigen Nacht mit bruchstückhaften, halb erinnerten Träumen brach der Morgen für Calvyn viel zu früh an. Seine Augen waren wie entzündet und er ging zum kalten Bach und spritzte sich eisiges Wasser über Gesicht und Nacken. Dann klopfte er auf seine Wangen, um nach der belebenden Wäsche die Blutzirkulation anzuregen. Dabei besah er sein Spiegelbild auf der sich beruhigenden Wasseroberfläche. Nach und nach verschwanden die Kräuselungen und seine Gesichtszüge traten deutlicher hervor. Recht verwundert stellte Calvyn fest, dass ihn da aus dem Wasser nicht länger ein Junge anblickte. Das Gesicht gehörte einem Mann. Einem jungen, aber eindeutig erwachsenen Mann.

»Seltsam«, murmelte er. »Ich frage mich, wann das passiert ist.«

Die Erkenntnis, dass seine Kindheit nunmehr der Vergangenheit angehörte, machte es ihm irgendwie leichter, das ihm Bevorstehende zu akzeptieren. Kinder spielten Krieg, aber Erwachsene wurden plötzlich in ihn hineingerissen. Dieser Zeitpunkt war nun schneller gekommen, als er sich gewünscht hätte, aber als er sah, wie fest und entschlossen ihn sein Spiegelbild aus dem Wasser anschaute, traute er sich plötzlich zu, seine Pflicht als Soldat zu erfüllen. Er kehrte zurück zum Zelt und betrachtete die Gesichter seiner um das Feuer versammelten Kameraden mit neuem Blick. Zu seiner eigenen Verwunderung konnte er erkennen, welche Soldaten noch nicht die geistige Veränderung vollzogen hatten, die aus spielenden Kindern Soldaten machte, die entschlossen waren, für ihren König und ihr Land zu sterben.

»Alles in Ordnung?«, fragte Jenna, die schon ihren Rucksack packte, als er das Zelt betrat.

»Ja, bestimmt«, versicherte Calvyn und entspannte seine nachdenkliche Miene, um seiner Freundin ein Lächeln zu schenken. »Mich beschäftigt nur, was Derra uns gestern Abend berichtet hat, das ist alles. Vielleicht hätte ich ein besseres Gefühl, wenn ich wüsste, wie die Gegend aussieht, in der wir kämpfen werden. Ich glaube, mir wäre wohler, wenn die Schlacht… na ja, sagen wir mal, in der Nähe der Burg stattfinden würde, wo ich mich auskenne. Dann könnten sie uns ruhig auch mit zehn zu eins Kämpfern gegenüberstehen, und ich würde trotzdem froh sein… also gut, nicht froh, aber zumindest erleichtert, dass ich auf heimatlicher Erde kämpfe. Verstehst du, was ich sagen will?«

»Sehr genau«, antwortete Jenna und nickte bekräftigend. »Ich war jedoch schon einmal in Mantor, vor Jahren, und so kommt es mir nicht vollkommen fremd vor. Ich muss aber dazusagen, dass ich damals lieber in einer Kutsche reiste, als zu Fuß zu gehen.«

»In einer Kutsche? Ich wusste nicht, dass du aus einer reichen Familie stammst, sonst hätte ich schon längst eine Verbindung vorgeschlagen«, scherzte Calvyn und rieb sich grinsend die Hände, als sehe er schon die Goldbatzen vor sich.

Jenna lachte.

»Vielleicht hätte ich lieber Pony und Karren sagen sollen, das wäre eine bessere Beschreibung gewesen.«

»Mist!«, fluchte Calvyn, senkte den Kopf und schüttelte ihn in gespielter Enttäuschung. »Wieder einmal sind mir Reichtum und Ruhm durch die Lappen gegangen! Aber egal. Ich bin sicher, wenn ich in diesem Aufzug in Mantor auftauche, werden sämtliche Mädels, ob reich oder arm, bei meinem Anblick in Ohnmacht fallen. Bestimmt kann ich dann aus Dutzenden von schönen, begehrenswerten und wohlhabenden jungen Damen wählen, die sich darum reißen werden, sich mit einem solch schneidigen und heldenhaften Soldaten zusammenzutun.«

»Ganz sicher«, stimmte Jenna trocken zu. »Um all die Frauen abzuwehren, musst du wahrscheinlich mehr Geschick und größere Entschlossenheit aufbringen, als um diese kümmerliche Armee der Terachiten zu schlagen. Dreißigtausend rasende Terachiten sind eine Kleinigkeit, verglichen mit den Damen aus Mantor.«

Calvyn lachte, aber Jennas Gesicht blieb ernst und ihn beschlich ein leiser Zweifel.

»Machst du Witze?«, fragte er stockend.

Jenna blieb noch kurz ernst, doch dann wurde sie auf einmal von einem Lachkrampf geschüttelt. Calvyn stimmte zerknirscht mit ein, als er begriff, dass sie ihn gründlich auf den Arm genommen hatte. Mit Tränen in den Augen zeigte Jenna auf Calvyns Gesicht. Ihr Gelächter weckte die Aufmerksamkeit von Korporalin Derra, die den Kopf aus dem Zelteingang steckte.

»Was ist so lustig? Mir würde ein bisschen Spaß auch gut bekommen«, knurrte sie.

»Ich«, antwortete Calvyn grinsend. »Jenna hat mich glauben lassen, die Frauen in Mantor würden mich unwiderstehlich finden, und anstatt mir Sorgen über die Terachiten zu machen, sollte ich mir lieber Gedanken machen, wie ich mich ihrer erwehren kann. Sie ist eine ziemlich kaltblütige Lügnerin«, fügte er hinzu.

Derra sah erst zu Calvyn, und dann zu Jenna, die sich nach seinen Worten nun wieder vor Lachen krümmte. Die Korporalin verzog das Gesicht und schüttelte ungläubig den Kopf.

»Wenn ihr eure Albernheiten beendet habt, könnten wir vielleicht die Zelte abbauen«, schlug sie nicht zu unfreundlich vor. »Wir werden erst in einer Stunde losziehen, aber ich möchte, dass weit vorher alles gepackt und aufgeladen ist. Wir haben viel zu tun, Soldaten, also haltet euch nicht zu lange mit Witzeleien auf. Trotzdem: Schön zu sehen, dass einige ihre gute Laune behalten.«

Kurze Zeit später, nach dem inzwischen zur Routine gewordenen Zusammenpacken der Ausrüstung und dem Beladen der Wagen, standen Calvyn und Jenna in Reih und Glied mit ihren Kameraden und warteten auf den Befehl zum Weitermarsch Richtung Mantor. Jenna hatte ein paar Freunden das Wesentliche ihrer Unterhaltung wiedergegeben, und diese hatten Calvyn daraufhin so gnadenlos aufgezogen, dass sie einen Anflug von schlechtem Gewissen verspürte. Calvyn duldete, dass sich alle auf seine Kosten amüsierten, und hielt dem Spott nichts entgegen. Also ließ Jenna einige Kommentare fallen, die das Gespräch auf andere Themen brachten.

»Tut mir leid, Calvyn. Ich hätte nicht so darauf herumreiten sollen«, flüsterte sie ihm zu.

»Kein Problem«, erwiderte er gutmütig. »Die Offiziere sagen doch immer: Wer keinen Spaß versteht, wäre besser nicht Soldat geworden. Außerdem war es doch lustig und die anderen hatten endlich mal wieder was zu lachen.«

»Ja, Spaß verstehen ist das Eine, aber du kannst doch nicht zulassen, dass die ganze Horde über dich herfällt! Wenn man mit dir allein ist, kann man die schönsten Sticheleien austauschen, Calvyn, aber wenn sich mehrere über dich lustig machen, verstummst du und nimmst es einfach hin. Tu das nicht. Lass dir eins raten: Schluck nicht so viel runter. Schlag zurück, und zwar schnell und hart. Hol ruhig ordentlich aus, damit sie von dir ablassen. Sonst wirst du zur leichten Beute, und wenn du zulässt, dass zu viele Witze auf deine Kosten gemacht werden, ohne dich zu wehren, verlieren die anderen den Respekt vor dir. Das hast du nicht verdient, also gib ihnen keine Gelegenheit dazu.«

»Gut, Mama«, sagte er unterwürfig, aber mit einem Funkeln in den Augen, das Jenna kichern ließ.

»Ich mein das ernst, du Idiot!«, rief sie lachend.

»Ich weiß, und du hast auch vollkommen recht. Von nun an werde ich boshaft und gemein sein«, antwortete Calvyn, wobei er die letzten Worte im tiefen Bass grummelte.

»Nie im Leben!«, sagte Jenna und schüttelte ungläubig den Kopf. »Warum müssen meine Freunde nur so kompliziert sein?«

Bevor Calvyn sich eine schlagfertige Antwort zurechtlegen konnte, ließ Sergeant Brett den Trupp strammstehen und innerhalb von Sekunden wurde der Marsch fortgesetzt.

16

Nachdem die Truppen Levansbrück verlassen hatten, baute sich eine nervöse Anspannung auf. Einen Tag, nachdem sie aus der Stadt am Fluss abgezogen waren, stieß eine große Schwadron aus Lord Valdeers Heer zu ihnen, die zudem die Kunde brachte, dass ihnen weitere fünfhundert Fußsoldaten folgen würden, die noch einen halben Tagesmarsch entfernt seien. Nach einer kurzen Rast, während der die Anführer berieten, ob man auf sie warten solle, setzten die Truppen ihren Weg fort.

Am Abend teilte Korporalin Derra ihren Soldaten das wenige mit, was sie wusste.

»Der Baron und die anderen Heeresführer sind der Ansicht, dass wir so schnell wie möglich in Mantor eintreffen müssen, wenn wir noch etwas ausrichten wollen. Wir können keine Verzögerung dulden. Wir werden ab Morgengrauen bis zur Einbruch der Nacht marschieren und nur haltmachen, um die Maultiere rasten zu lassen und zu verhindern, dass ihr uns alle umkippt. Wenn wir das Tempo derart vorantreiben, besteht große Gefahr, dass ihr austrocknet, also achtet bloß alle darauf, dass ihr Wasser trinkt, bis es euch zu den Ohren wieder herauskommt, und füllt eure Feldflaschen bei jeder Gelegenheit. Wenn wir uns Mantor nähern, werden wir den Versorgungswagen aller Wahrscheinlichkeit nach weit hinter uns lassen, also esst, was ihr könnt und wann ihr könnt. Ab jetzt wird kein Essen mehr abgelehnt, Leute. Ihr wisst nicht, wann ihr das nächste Mal etwas zwischen die Zähne bekommt.«

»Gibt es Nachricht aus Fallowsford, Korporalin?«, fragte einer der erfahreneren Männer und sprach damit aus, was wohl die meisten Soldaten beschäftigte.

»Nein«, sagte Derra in einem Ton, der nahe legte, dass dies als Antwort genügen musste. »Wir sollten uns auf das Wesentliche konzentrieren. Zuerst einmal müssen wir so schnell wie möglich Mantor erreichen, aber wenn wir dort eintreffen, sollten wir zudem noch in der Lage sein, uns dem Feind entgegenzustellen. Müde kämpfen ist schwer. Müde, ausgedurstet und hungrig kämpfen ist unmöglich. Deshalb werden wir ab morgen jeden Abend eine halbe Stunde Schwertkampfübungen machen, bevor wir nach dem Tagesmarsch unser Lager aufschlagen. Jeweils zehn gegen zehn. Ich werde die Gruppen einteilen. Diese Übungen dienen einem doppelten Zweck: Erstens wird euch auf diese Art deutlich, wie hart es ist, kämpfen zu müssen, obwohl man erschöpft ist, und zweitens bleibt auf diese Weise euer Schwertarm trainiert. Hat jemand noch Fragen?«

Niemand antwortete.

»Gut. Dann legt euch schlafen. Wir brauchen jedes bisschen Erholung, das wir kriegen können.«

Und so ging es weiter: Marschieren bei Tage, Schwertkampf in der Abenddämmerung, Lager aufschlagen, Lager abbauen, und dann das Ganze von vorn. Die Meilen und die Tage verstrichen, aber in scheinbar immer langsamerem Tempo. Die Stadt Mantor und die bevorstehende Schlacht rückten näher und die Anspannung innerhalb der Truppe wuchs stetig.

Die Stunden zogen sich dahin, aber in Wirklichkeit rückte die Armee immer schneller vor. Calvyn merkte, dass sich der Zustand der Straßen erheblich besserte, je weiter sie gen Süden marschierten. Die großen Handelswege im Norden waren oft nur mit armseligem Kopfsteinpflaster versehene Wege, die durch die großen Truppenbewegungen und heftigen Regenschauer stellenweise zu schlammigen Morastpfaden verkommen waren. Das hatte ihren langen Marsch grässlich erschwert. Zeitweise konnten sie sich kaum durch den knietiefen Matsch quälen. Doch nun waren die Straßen gut ausgebaut und breit genug, dass zwei Wagen bequem aneinander vorbeikamen. Allein ihre Nervosität und die ewig gleiche Hügellandschaft erweckten den Anschein, als würden sie sich nicht fortbewegen.

Calvyn erfuhr ein wenig über Mantor, indem er Jenna und andere Soldaten befragte. Als er die Stadt schließlich erblickte, erwies sich seine Vorstellung von einer gewaltigen Hügelfestung und einer von mächtigen Mauern umschlossenen Stadt als weitgehend falsch. Tatsächlich waren die Mauern zwar stark, aber nicht unüberwindbar. Ein Großteil der Gebäude befand sich innerhalb der Festung, aber es gab auch viele Häuser, die außerhalb des Schutzwalls gebaut worden waren.

Die Idee einer auf einem Hügel gelegenen Stadt war taktisch gesehen einleuchtend, besonders da die weite Biegung des Flusses der Stadt im Westen und Süden eine natürliche Grenze verlieh. Nur eine Steinbrücke war über den rasch dahinfließenden Fallow errichtet worden und auf ihrer Stadtseite stand ein befestigtes Tor. Sämtliche aus Süden und Westen kommende Handelswege waren von dieser Brücke abhängig. Neben den Fährboten war sie die einzige Möglichkeit, den Fluss zu überqueren – es sei denn, man folgte dem Fallow viele Meilen stromaufwärts bis ins Herz Thrandors. In dieser Richtung verlief der Fluss nordwestlich zum Fuß der Celadornberge und dann in Biegungen zurück nach Süden bis zur Quelle im Terachim-Gebirge, welches die südliche Grenze des Königreichs bildete. Doch die taktischen Vorzüge einer hochgelegenen Stadt hatten irgendwann dem Druck von Handel, Gewerbe und vierzig Jahren friedvollen Wachstums Platz gemacht. Die Bevölkerung Mantors war dem begrenzenden Schutzwall entwachsen, und viele Privatleute und Gewerbetreibende hatten die Möglichkeit einer zukünftigen militärischen Bedrohung ignoriert. So war auf der Nordseite des Hügels nach und nach eine Art Vorstadt entstanden. Doch als Calvyn diese Auslagerungen der Stadt zu Gesicht bekam, lagen sie schon in Trümmern.

◎ ◎ ◎

König Malo stand auf den Stadtmauern im Nordwestteil von Mantor und blickte hinunter ins Tal, wo die Brücke über den Fallow die letzte Verteidigungslinie vor dem Schutzwall markierte, auf dem er sich eben jetzt befand. Es dämmerte bereits, und während sich das nächtliche Gewölbe in den Himmel schob, ertönte Donnergrollen aus dem südlich gelegenen Tal hinter ihm. Der König warf einen Blick über die rechte Schulter. In der Ferne erleuchtete ein Blitz den östlichen Himmel, und auf der Burgmauer erschien der Umriss einer Gestalt, die erschöpft auf ihn zuschritt.

»Eure Majestät«, sagte der Mann mit einer tiefen Verbeugung.

»Anton, mein Freund. Wie gut, dich lebend zu sehen. Ich habe entsetzliche Kunde von den Verlusten in Fallowsford bekommen und befürchtete schon, dich nicht wiederzusehen.«

Der König ergriff Antons Hand und blickte in die müden Augen seines Freundes. Das abnehmende Licht ließ die Erschöpfung des Barons noch deutlicher hervortreten. Sie grub sich in jede Falte seines Gesichts. Erneutes Donnergrollen kündete von drohendem Unheil.

»Es war schlimm, Sire. Ich habe versagt ...«

Die Stimme des Barons klang stockend und leise, doch der König unterbrach, bevor Anton weitersprechen konnte.

»Unsinn, Anton. Du hast nicht versagt. Du hast eine Armee von dreißigtausend und mehr mit nur viereinhalbtausend Mann ganze sechs Tage zurückgehalten. Die Minnesänger werden deine Taten noch über Jahrhunderte besingen.«

»Aber ich habe mehr als die Hälfte dieser Männer verloren, Sire. Falls Ihr nicht noch irgendwo eine große Zahl Soldaten in Reserve habt, von denen ich bisher nicht gehört habe, wird die Stadt innerhalb eines Tages fallen, befürchte ich. Diese Mauer ist viel zu lang, als dass wir sie mit den paar Tausend Mann halten könnten, die wir hier haben.«

Der König seufzte schwer und hielt erneut Wache in nordwestlicher Richtung.

»Ich weiß, Anton«, stimmte er schließlich zu. »Aber wie es scheint, bin ich es, der versagt hat. Ich habe mit einem Angriff dieser Art nicht gerechnet. Vielleicht könnte ich die behäbige Zufriedenheit, die vierzig Jahre Frieden hervorgebracht haben, zu meiner Entschuldigung vorbringen, aber man hatte mich gewarnt. Demarr und die anderen aus dem Norden hatten vor drei Jahren eben einen solchen Angriff vorausgesehen. Dies galt zwar für die Grenze auf der anderen Seite und der Angriff erfolgte dann nie, aber ich hätte doch auf sie hören sollen. Stattdessen bin ich untätig geblieben. Und auch auf ähnliche Warnungen aus dem Süden habe ich nicht reagiert. Ich habe die Bindung an mein Königreich verloren, Anton. Ich kann nur mir selbst die Schuld geben.«

»Ihr seid zu streng mit Euch, Sire ...«

»Im Gegenteil, Anton«, unterbrach der König. »Ich bin nicht streng genug. Ich sollte da unten bei meinen Männern sein und für mein Reich kämpfen, anstatt hier oben zu kauern und meine Untergebenen für mein Wohl sterben zu lassen.«

Anton schwieg, denn er wusste nicht, wie oder gar ob er dem König in dieser düsteren Stimmung entgegentreten sollte. Die beiden standen eine Weile schweigend nebeneinander und blickten in das nun rasch dunkler werdende Tal.

»Hör«, flüsterte der König Anton zu. »Es geht los.«

Entfernter Schlachtlärm erhob sich aus dem Tal, Schreie und das Klirren von Schwertern, das dem finster gestimmten König beinahe unwirklich erschien. König Malo wandte sich seinem Freund zu und legte ihm eine Hand auf die Schulter.

»Komm, Anton«, sagte er traurig. »Suchen wir mir eine passende Rüstung.«

Die Truppen des Königs konnten die Brücke über den Fallow einige Stunden halten, obwohl sie erheblich in der Unterzahl waren. Wenn die Brücke schmaler gewesen wäre, hätten sie endlos Widerstand leisten können, aber sie war für die großen Handelswagen gebaut worden, die nun schon so lange die Hauptbenutzer der königlichen Straßen waren, und trotz des befestigten Tore an der Stadtseite der Brücke obsiegte schließlich die Übermacht der Feinde. Die Verteidiger waren gezwungen, sich zurückzuziehen, und taten dies rasch und geordnet. Das Nordtor der Stadt schlug hinter ihnen zu, nachdem der Hauptmann seine Truppen in die einstweilige Sicherheit innerhalb der Festungsmauern geführt hatte. Mit dumpfem Rattern senkten sich die schweren Fallgitter hinter den Toren herab. Kurz darauf folgte ein Donnergrollen und ein Blitz durchzuckte den Himmel. Das erste einer bedrohlichen Reihe von Gewittern wählte diesen Augenblick, um seine wütende Gewalt an der belagerten Stadt und den Angreifern auszulassen.

Dicke Regentropfen fielen auf das Straßenpflaster und die Dachziegel der Häuser. Zuerst war es nur ein leichtes Trommeln, das aber schnell zu einem Brausen anschwoll, als ein weiterer Blitz die Stadt in fahlem Licht aufleuchten ließ. Der darauffolgende Donnerschlag war so gewaltig, dass einem das Herz stehen blieb. Die Verteidiger duckten sich hinter den Zinnen und sahen entsetzt zu, wie die tiefschwarze Masse des angreifenden Heers über die Brücke schwärmte. Die brodelnde Menschenmenge ergoss sich wie ein See um den nördlichen Fuß des Hügels.

Etwa um Mitternacht wurde im unteren Teil Mantors das erste Feuer gelegt und die in neuerer Zeit entstandene Vorstadt wurde rasch und gründlich dem Erdboden gleichgemacht. Die Verteidiger auf dem Schutzwall beobachteten voller Bestürzung, wie erst eins, dann noch eins und schließlich mehrere Feuer in rascher Folge den Mitternachtshimmel mit ihrem prasselnden orangegelben Schein erhellten. Die ganze Nacht hindurch kamen und gingen die Gewitter, aber auch ihre heftigsten Bemühungen, die Flammen zu löschen, waren vergeblich. In den frühen Morgenstunden war die gesamte untere Stadt erleuchtet und die Moral der Verteidiger Mantors sank auf den Tiefpunkt.

König Malo und Baron Anton liefen den Nord- und Westwall der oberen Stadt entlang, besprachen die wenigen Möglichkeiten zur Verteidigung, die ihnen noch blieben, und machten den Soldaten, die auf den bevorstehenden Angriff lauerten, Mut.

Ein junger Soldat, der mit dem Rücken an der Zinnenmauer kauerte, wurde durch ihr Kommen aufgeschreckt. Schuldbewusst sprang er auf und verbeugte sich vor den beiden Würdenträgern. Der König lächelte und winkte ihn zurück.

»Ruhe dich aus, solange du kannst, Soldat«, riet er ihm

freundlich. »Sie werden nicht vor Morgengrauen angreifen.«

»Wirklich, Majestät?«, platzte der junge Mann erleichtert heraus. »Woher wisst Ihr das?«

»Nun, im Leben ist ja nichts wirklich sicher, aber wenn ich die Armee dort unten anführen würde, würde ich dafür sorgen, dass sich ein Großteil der Soldaten auf dieser Seite des Flusses befindet, bevor der Befehl zum Angriff gegeben wird. Außerdem haben sie die obere Stadt noch nie bei Tageslicht gesehen, und ich glaube, sogar der wildeste Anführer würde sich zweimal überlegen, den ersten Angriff in der Dunkelheit zu beginnen. Ruhe dich nur aus, Soldat. Es tut gut, jemanden zu sehen, der noch schlafen kann.«

»Danke, Eure Majestät.«

Der König und Baron Anton setzten ihren Rundgang fort. Allein der Anblick des weißhaarigen Monarchen, der für sein Alter erstaunlich kernig wirkte und in glänzender Rüstung und mit auf Hochglanz poliertem Helm neben dem kräftigen und entschlossenen Baron einherschritt, flößte vielen Männern Mut ein. Beide nahmen sich Zeit, mit den Soldaten zu sprechen, und gaben letzte kluge Ratschläge, wie man die verschiedenen Punkte der Festung am besten verteidigen könnte. Bei Tagesanbruch waren die beiden den Nord- und Südteil der Mauer zweimal entlanggelaufen und schließlich am Nordtor stehen geblieben, um auf den Sonnenaufgang zu warten.

Der Himmel erhellte sich nur langsam – als weigere sich die Nacht, das Firmament aus ihrer Gewalt zu entlassen. Der letzte Sturm war vor einigen Stunden über die Stadt gezogen, und als die Sonne schließlich ihr glühendes Gesicht am östlichen Horizont zeigte, dampfte die Erde und gab einen Teil der eben aufgenommenen Feuchtigkeit wieder in die Luft ab. Dicke, hoch aufragende Wolken zogen vereinzelt in der morgendlichen Brise dahin, doch ansonsten beherrschte den Himmel ein klares, tiefes Blau.

Mit Anbruch des Tages setzte die Armee der Terachiten zu lautem Gebrüll an und der unvermeidbare Angriff über den Hügel auf die Mauern der Stadt begann.

»Tarmin schütze uns«, murmelte der König von Grauen erfüllt, als er die wahre Größe des feindliches Heeres begriff.

»Amen«, brummte Anton und bedeutete den Soldaten, die Bottiche mit siedendem Pech an den Festungsmauern in Stellung zu bringen.

◎ ◎ ◎

Calvyn fingerte nervös an der Sehne seines Langbogens und schaute durch die wenigen verbleibenden Bäume auf das orangegelbe Leuchten, das von den brennenden Überresten der unteren Stadt ausging.

»Ich frage mich, ob sie wissen, dass wir hier sind«, flüsterte er Jenna zu.

»Wer? Der Feind oder unsere Verbündeten in Mantor?«, fragte Jenna.

»Der Feind. Sie werden bestimmt bald ihre Reiterpatrouille vermissen.«

»Schwer zu sagen, aber ich glaube, sie rechnen nur mit den Verteidigungskräften in der Stadt. Mantor war offenbar von Anfang an ihr Ziel, und nun, da sie vor den Toren stehen, werden ihre Gedanken vor allem der Eroberung gelten.«

Calvyn dachte über ihre Worte nach. Sie ergaben Sinn. Sie hatten den kleinen Spähtrupp, der an der gegenüberliegenden Hügelseite des nördlich von Mantor gelegenen Tals in den Wald geritten war, in Sekundenschnelle überwältigt.

Der lodernde Feuerschein hinter ihnen ließ sie zu einem leichten Ziel für die lauernden Bogenschützen werden, obwohl es mitten in der Nacht war. Die reiterlosen Pferde wurden zusammengetrieben und zu Lord Valdeers Kavallerie geführt, die auf der anderen Seite des Hügelkamms bereitstand.

Die letzte Etappe ihres Marsches war furchtbar anstrengend und auf der letzten Meile durch den Wald extrem tückisch gewesen. Calvyn würde sich freiwillig nie wieder bei Nacht zwischen Bäumen hindurchkämpfen.

Korporalin Derra hatte ihnen am Nachmittag mitgeteilt, dass Kundschafter vom Hügelkamm nördlich von Mantor zurückgekehrt waren, die berichtet hatten, dass sich die feindlichen Truppen Mantor von Süden her näherten.

»Sie müssen noch die Brücke über den Fallow einnehmen, bevor sie die Stadt überfallen können«, stellte Derra nüchtern fest, »aber wenn ich mich an die Verteidigungsanlagen erinnere, ist es sehr unwahrscheinlich, dass wir die Stadt erreichen, bevor die Brücke gestürmt wird.«

Die Einschätzung der Korporalin hatte sich als richtig erwiesen, und etwa eine Stunde vor Mitternacht ließ man die Soldaten anhalten, weil die Anführer über die Neuigkeit berieten, dass der Feind nun das Nordufer des Fallow erreicht hatte. Zu diesem Zeitpunkt war die Armee der Lords des Nordens nicht mehr als eine halbe Stunde Marsch vom Hügelkamm bei Mantor entfernt. Nach einer kurzen Beratschlagung der Hauptleute und Adligen wurde beschlossen, dass es zu gefährlich sei, bei Nacht nach Mantor vorzustoßen. Stattdessen wurde ein Schlachtplan für Tagesanbruch vereinbart.

Der Plan bestand im Wesentlichen darin, die Armee entlang des Waldrands kurz vor der Stadt zu sammeln. Von dort bis zum Festungshügel war es nur knapp eine Meile.

Man würde in drei Schlachtreihen vorstoßen. Zuvorderst sollten die erfahrenen Spießkämpfer angreifen. Calvyn war ein Stein vom Herzen gefallen, denn Baron Keevan hatte nie von seinen Leute verlangt, diese unhandlichen Waffen einzusetzen, und Calvyn verspürte kein Verlangen, an vorderster Front zu kämpfen. Hinter dem Spießtrupp kamen die Schwertkämpfer und eine kleine Kompanie aus Celadorn, die ausschließlich an der Streitaxt ausgebildet worden war. Die Furcht einflößenden Krieger würden in einiger Entfernung von Calvyns Trupp in die Schlacht gehen, und dies war ihm nur recht. Er konnte sich kaum vorstellen, wie man mit einem Schwert kämpfen sollte, wenn der Soldat daneben diese knüppelähnliche Waffe schwang.

Etwa zehn Schritt hinter der Reihe der Schwertkämpfer würden die Bogenschützen in Stellung gehen. Zu seiner Überraschung wurde Calvyn zu ihnen beordert. Als er gegenüber Korporalin Derra äußerte, er wäre lieber bei den Schwertkämpfern, lächelte sie nur und meinte, ihm würden schon früh genug die Pfeile ausgehen und dann könne er sein neues Schwert ausprobieren.

»Jeder Pfeil zählt«, mahnte sie ihn. »Es werden noch genug Nomaden übrig sein, wenn du alle verschossen hast.«

Lord Valdeers Kavallerie und alle anderen berittenen Truppen sollten hinter der Linie warten, denn Lord Valdeer hatte erklärt, die Reiter seien den Bogenschützen nur im Weg und im Grunde erst von Nutzen, wenn sie am Wald entlang vorstoßen und die östliche Flanke der feindlichen Armee angreifen könnten, nachdem die Bogenschützen ihre Arbeit erledigt hätten.

Der Plan stand, die Truppen waren in Stellung, und nun begann das angespannte Warten auf den Sonnenaufgang. Korporalin Derra lief zwischen ihren Soldaten umher und ließ sie etwas essen und vor allem viel Wasser trinken.

»Wenn ihr Krämpfe bekommt, weil ihr an Salzmangel leidet, oder versucht, vollkommen dehydriert zu kämpfen, werdet ihr diese Schlacht nicht überleben. Ihr werdet aber nicht fürs Sterben bezahlt«, sagte sie bestimmt. »Sondern damit ihr den Feind tötet. Sorgt also dafür, dass ihr eure Aufgabe erfüllen könnt.«

Endlich kam das Morgengrauen.

»Also, Leute. Wartet auf den Befehl. Niemand bewegt sich vorwärts, bevor das Signal ertönt«, knurrte Derra. Schlachtlärm drang aus dem Tal. Die Terachiten hatten den Sturm auf die Stadtmauer Mantors begonnen. »Wartet auf das Signal … wartet«, raunte sie.

Dann ertönte weiter östlich von Calvyn, Jenna und ihrem Trupp der blecherne Ruf eines Horns. Innerhalb von Sekunden nahmen entlang des Waldrands etwa ein Dutzend Hörner das Signal auf und es kam der Befehl zum Vorstoß.

Als sie in das helle morgendliche Sonnenlicht marschierten, erblickten Calvyn und die anderen zum ersten Mal die belagerte Stadt und die riesige Armee der Terachiten, die zwischen ihnen und den Befestigungsmauern Mantors eingeklemmt war.

»Also los, Leute. Da sind sie«, schrie Sergeant Brett. »Und denkt dran: Was auch immer sie uns entgegenschleudern, wir müssen die Reihen geschlossen halten, sonst ist es aus. Die Bogenschützen schießen erst, wenn sie dem Feind ins Auge blicken können. Disziplin, Leute. Disziplin wird euch am Leben halten …«

Brett setzte die Ermahnungen unter vollem Einsatz seiner gewaltigen Stimme fort, als schon zahllose feindliche Reiter über den Hang auf sie zukamen. Auch die anderen Sergeanten und Korporale brüllten letzte Anweisungen.

Der Boden bebte unter dem Sturm der Angreifer, und

Calvyn stockte der Atem, als sich das heulende Kriegsgeschrei der Terachiten näherte. Er zwang sich, Ruhe zu bewahren, sah kurz auf seine Füße, hob dann den Kopf und spannte mit einer flüssigen Bewegung seinen Bogen. Er ließ die vorderen zwei bis drei Läufer außer Acht, wählte ein Ziel aus, hielt den Bogen kerzengerade und wartete auf den Befehl zum Schießen.

◎ ◎ ◎

Eben als die erste Sturmleiter an die Stadtmauer gelehnt wurde, stieß die blecherne Fanfare der Hörner durch das Schlachtgeheul der angreifenden Nomadenstämme. Die Verteidiger Thrandors auf den Befestigungsanlagen begannen heftiges Jubelgeschrei, als ihre Verbündeten auf der anderen Seite des Tals aus dem Wald marschierten.

»Seht, Eure Majestät«, rief ein Soldat dem König unnötigerweise zu und deutete begeistert auf die beeindruckende Truppenformation, die sich auf dem gegenüberliegenden Hügelkamm aufbaute.

Tränen der Erleichterung traten dem König in die Augen, und fast gaben seine Knie nach, als er sah, wie der feindliche Angriff vor Schreck und Verwirrung stockte. Baron Anton dagegen war beim Anblick der befreundeten Truppen gleich die Mauer entlang zum Nordtor gestürzt.

»Anton! Wohin gehst du?«, rief der König seinem davonrennenden General nach.

»Ich lasse die Pferde bereit machen, Sire. Ein Kavallerieangriff im rechten Moment kann womöglich die Entscheidung bringen«, antwortete er über die Schulter hinweg und verschwand im Laufschritt.

◎ ◎ ◎

»Verdammt, Ramiff! Warum weiß ich davon nichts?«, tobte Demarr und zeigte auf die nördliche Talseite, wo lange Reihen feindlicher Soldaten zwischen den Bäumen hervortraten. »Habe ich nicht angeordnet, dass Kundschafter ausgesandt werden? Muss ich mich denn um alles selbst kümmern?«

»Wir haben Kundschafter ausgeschickt, Auserwählter. Aber wir haben sie erst vor Kurzem zurückerwartet, und bis sich das Gezänk zwischen den Stämmen um die geplünderte Beute aus der unteren Stadt beruhigt hatte, brach schon der Morgen an, ohne dass sich irgendjemand Gedanken darüber gemacht hätte, wo die Männer bleiben.«

»Diese verfluchte Gier! Erkennen sie denn nicht, dass die größte Belohnung greifbar vor ihnen liegt? Bei Tarmin! Nein! Nicht die Kavallerie! Signalgeber! Schnell. Gib ihnen das Signal zum Rückzug. Was denken die sich bloß? Die werden da oben abgeschlachtet!«

Der Signalgeber stieß mehrmals in ein seltsam gekrümmtes Horn. Das Signal sollte die vorstoßenden Reiter aufhalten, aber der Ruf wurde ignoriert. Der Kavallerietrupp galoppierte weiter den Hügel hinauf, den feindlichen Reihen entgegen.

»Noch einmal«, schrie Demarr den Signalgeber an – außer sich, dass seine Befehle missachtet wurden. »Ramiff, hol mir die Maharls der Dagali und der Embara her. Wir müssen einen geordneten Schlag gegen diese Truppen durchführen«, fauchte Demarr seinen Adjutanten an, während sich der Signalgeber die Seele aus dem Leib blies.

Ramiff brauchte keine zweite Aufforderung und rannte los. Er war glücklich, nun eine gute Entschuldigung zu haben, um von seinem wütenden Herrn wegzukommen. Ramiffs Erleichterung wäre wahrscheinlich noch größer gewesen, wenn er miterlebt hätte, wie der Auserwählte kurz darauf tobte, als er sich wieder der Stadt zuwandte und sah, dass das Signal zum Rückzug der Kavallerie seine Krieger vor den Mauern Mantors durcheinandergebracht hatte. Die Auswirkungen des Missverständnisses waren verheerend. Die Orientierungslosigkeit der Angreifer ermöglichte den Verteidigern auf den Befestigungsanlagen, ohne größere Anstrengung zahlreiche ihrer Gegner zu töten.

Demarr konnte nur zähneknirschend zusehen, wie seine Männer starben.

◎ ◎ ◎

»Schießt!«, brüllte Sergeant Brett unter vollem Einsatz seiner gewaltigen Stimme.

Das Zischen der von den Bogensehnen losgelassenen Pfeile zerriss die Luft. Eine Brücke aus Pfeilen erhob sich über die Bogenschützen und Spießkämpfer hinweg und senkte sich mit tödlicher Gewalt auf die vordersten Reihen der vorstoßenden Terachiten. Pferde und Reiter fielen im tödlichen Pfeilregen.

Calvyn spannte immer wieder den Bogen und versuchte, ruhig zu zielen. Aus dem Augenwinkel sah er, dass Jenna doppelt so viele Pfeile abschoss wie er, und er zweifelte nicht eine Sekunde daran, dass jeder dieser Pfeile mit höchster Präzision losgeschickt wurde.

Die vorderen Reihen der feindlichen Kavallerie wurden niedergemäht, als sei eine Sense zwischen sie gefahren. Hunderte Reiter fielen im Hagel der Pfeile, doch aufgrund der Masse der Angreifer konnte letztendlich doch eine Wand aus Reitern in die Reihen der Thrandorier vorstoßen. Nun ging es Mann gegen Mann.

Die Hauptleute hatten richtig entschieden, als sie die Spießkämpfer in der ersten Schlachtreihe platziert hatten, denn die Terachiten hatten offensichtlich noch nie gegen Waffen mit einer so großen Weitreiche gekämpft. Tatsächlich war es oft nur das Gewicht der Pferde, das einigen Reitern ermöglichte, durch die Reihen der Spießkämpfer und Bogenschützen zu brechen, doch die meisten Männer oder ihre Tiere trugen dabei schwere Verwundungen davon.

Nachdem die Spießkämpfer dem gegnerischen Angriff seine Wucht genommen hatten, bekamen rasch die Bogenschützen ihren Anteil, und es dauerte nicht lange, bis ein Großteil der feindlichen Kavallerie tot am Boden lag. Die verstreuten Überlebenden zogen sich ins Tal zurück. Dort sammelten sich bereits die Fußsoldaten der Terachiten in immer längeren Reihen.

Obwohl es den Feinden nicht gelungen war, eine Bresche in die Linien der Thrandorier zu schlagen, gab es auf Seiten der Verteidiger Opfer zu beklagen. Zu ihnen gehörte auch Sergeant Brett, der von einem riesenhaften schwarzen Pferd der Terachiten niedergetrampelt worden war. Das Tier war ohne Reiter durch die Reihe der Spießkämpfer gebrochen und hatte Sergeant Brett erdrückt, bevor die umstehenden Schwertsoldaten es aufhalten konnten.

Während sich das gegnerische Heer neu formierte, ritten die Hauptleute der Thrandorier durch die Reihen und sorgten dafür, dass die Toten und Schwerverwundeten zurück in den Wald gebracht wurden. Die Leichen der Feinde und ihre toten Pferde wurden nach vorn geschleift und vor den Spießkämpfern platziert, um den nächsten Angriff der Terachiten zu behindern.

Hauptmann Tegrani sah bekümmert zu, wie Sergeant Bretts Leiche zum Waldrand getragen wurde, dann winkte er Korporalin Derra zu sich.

»Derra, ich möchte, dass Ihr Sergeant Bretts Aufgaben übernehmt«, erklärte er.

»Korporal Gan ist der dienstälteste Offizier, Sir. Sicherlich …«, setzte Derra an.

»Ihr könnt besser für Disziplin sorgen, Derra«, unterbrach sie der Hauptmann und wies ihre Einwände rasch ab. »Das brauchen die Truppen jetzt vor allem. Ihr übernehmt vorerst Bretts Aufgaben, und wir sprechen darüber, wer der neue Sergeant sein soll, wenn wir diese Höllenhunde nach Hause gejagt haben.«

»Jawohl, Sir.«

Die Korporalin zeigte keinerlei Gefühlsregung, als sie als »stellvertretende« Sergeantin zu den Soldaten zurückkehrte, und man konnte nur ahnen, was sie empfand. Für ihre Umgebung schlüpfte Derra scheinbar mühelos in ihre neue Rolle, und kurz nach ihrer Rückkehr standen die Einheiten unter ihrem Befehl in exakten Verteidigungslinien bereit.

»Bogenschützen, bereit!«, rief Derra, und ihre raue Stimme klang den Truppen genauso kräftig in den Ohren wie Sergeant Bretts mächtiges Gebrüll.

Der Feind rückte stetig näher. Aber anders als beim übereilten Angriff der Kavallerie waren die Terachiten diesmal auf den Pfeilhagel vorbereitet. Jeder Soldat hatte ein rundes, leichtes Schild aus verstärktem Leder an den Arm gebunden und hielt ein gefährlich aussehendes Krummschwert in der Hand. Obwohl die Schilde sich nicht zu einer festen Schutzwand verbinden ließen wie die rechteckig geformten Schilde der Thrandorier, fanden nach Derras Schießbefehl deutlich weniger Pfeile ihr Ziel als zuvor beim Schlag gegen die Kavallerie.

Calvyn hatte keine Pfeile mehr im Köcher, als der erste feindliche Kämpfer auf die Spießsoldaten stieß. Jenna, bemerkte er, hatte bereits das Schwert gezogen. Calvyn schoss seinen letzten Pfeil über die Köpfe seiner Kameraden hinweg in die Masse des feindlichen Heeres, warf den Langbogen fort und zückte sein Schwert.

Die Linien der Thrandorier hielten den feindlichen Angriffen stand und trotz des ohrenbetäubenden Lärms von aufeinanderschlagenden Waffen, den Schlachtrufen und den Schreien von Verwundeten und Sterbenden konnte Calvyn über das Getöse hinweg Derras raue Befehle vernehmen. Zusammen mit den anderen Bogenschützen schlossen Jenna und er zu den Schwertkämpfern auf und warteten angespannt, dass sie ihre Waffen mit den feindlichen Kriegern kreuzen würden.

◎ ◎ ◎

»Das solltet Ihr versorgen lassen, Eure Majestät. Es blutet stark«, riet Baron Anton in einem Ton, der einem Befehl nahekam.

»Dazu habe ich keine Zeit. Es ist nur ein Kratzer, Anton. Sieh, sie sammeln sich zu einem weiteren Vorstoß, und wir brauchen hier oben jedes Schwert. Beim letzten Angriff haben sie uns beinahe überrannt. Wir sind so dünn gesät, dass sie nur einen kleinen Teil der Mauer einnehmen müssen, und schon können wir sie nicht mehr wegdrängen«, antwortete der König verbissen.

»Mein König… mein Freund«, erwiderte Anton nun behutsamer, »Ihr werdet uns kaum von Nutzen sein, wenn Ihr weiter so viel Blut verliert. In einer halben Stunde seid Ihr schwächer als ein Neugeborenes. Bitte. Lasst die Wunde verbinden.«

Der König sah seinen Freund fest an, und Zorn flammte in seinen Augen auf. Anton blieb standhaft und seine ruhige, feste Miene ließ die Wut des Königs rasch abkühlen.

Wie hatte sich dieser Mann während der vergangenen

Tage verändert, dachte Anton. Der Baron hatte Malo immer gemocht und vor allem seine Güte geschätzt, aber er hatte nie ernsthaft geglaubt, dass er die innere Stärke besaß, um ein wirklich großer König zu sein. An diesem Tag erlebte er einen anderen Menschen. Wenn Malo diese Tatkraft und Entschlossenheit doch schon als junger Mann in sich entdeckt hätte, sann Anton nach. Thrandor hätte zu einem wahrhaft bedeutenden Reich werden können. Stattdessen fochten sie hier eine aussichtslose Schlacht, und die Läuterung seines Freundes war sehr wahrscheinlich vergeblich.

»Du hast recht, Anton. Aber ich verlasse die Mauer nicht. Die Feldscher sollen sich bewaffnen und hier oben auf den Zinnen mit uns kämpfen. Wenn sie jetzt nicht das Schwert ergreifen, werden sie später allein kämpfen müssen.«

»Sehr wohl, Eure Majestät«, stimmte Anton zu und gab den königlichen Befehl rasch an einen in der Nähe stehenden Hauptmann weiter, der losrannte, um die Ärzte zu mobilisieren.

Gellende, wirre Schlachtrufe verkündeten einmal mehr, dass die gewaltige Masse der Angreifer erneut den Hang hinaufschwärmte, um die Mauern der Stadt zu erstürmen. Die Soldaten Thrandors begegneten dem ohrenbetäubenden Lärm der plündernden Horde mit Umsicht und Mut. Ein oder zwei brüllten Beschimpfungen zurück, aber der Großteil der Verteidiger sparte seine Kraft auf, um den Eindringlingen mit steinernen Wurfgeschossen, kochenden Flüssigkeiten, Schweiß und dem Schwert entgegenzutreten.

Augenblicke später tauchten entlang der Mauern erneut Leitern auf, die so schnell wie möglich mit Stangen weggestoßen wurden.

Nach wenigen Minuten brachen an mehreren Stellen kleinere Kämpfe aus, denn es war einigen Terachiten gelungen, die Sturmleitern ganz emporzusteigen. Baron Anton verließ schon der Mut, denn es sah so aus, als würden ihre Krieger von den gegnerischen Kämpfern überrollt. Doch langsam, aber sicher konnte der Feind zurückgedrängt werden. Der Angriff verlor an Stärke und die Verteidiger behielten noch einmal die Oberhand.

»Ich bin zu alt für so etwas, Anton«, brummte der König, als er den Körper eines Kriegers, den er soeben getötet hatte, über die Brüstung warf.

»Unsinn, Eure Majestät«, antwortete der Baron grinsend. »Aber Ihr werdet jetzt diesen Arm verbinden lassen. He! Du… Feldscher! Hierher! Schnell!«

◎ ◎ ◎

»Der da. Der junge mit den dunklen Haaren«, erklärte der Stammesführer der Dagali und deutete auf Bek, der in rascher Folge einen terachitischen Krieger nach dem anderen niederstreckte.

»Ja zum Teufel, Maharl! Dieser Kerl ist wie der Saastrani, der glühende Wirbelwind des Todes, der die Wüste Terachim in der heißen Jahreszeit heimsucht.«

»Was ist los, Zettar? Glaubst du, er kann gegen den Hammer der Dagali bestehen? Habe ich etwa nicht den gefürchtetsten Schwertarm in ganz Terachim, abgesehen vom Auserwählten?«

»Natürlich, Maharl. Ihr seid nicht aufzuhalten«, antwortete Zettar mechanisch. Im Grunde war er sich da nicht so sicher.

»Ruf mir ein Dutzend unserer besten Schwertkämpfer zusammen und dann treibe ich einen Keil in die Linien der Hellhäute. Und zwar genau dort«, verkündete der Anführer der Dagali und zeigte nochmals auf Bek inmitten des

Kampfgetümmels. »Der gehört mir«, fügte er grimmig hinzu.

»Natürlich, Maharl. Auf der Stelle«, sagte Zettar und eilte so schnell wie möglich durch die drängelnden Krieger, die in Scharen zu den feindlichen Trupps vorstoßen wollten.

Zehn Minuten später kam Zettar mit elf Männern zurück. Sie waren Kämpfer höchsten Ranges – ausgewählt, um dem Anführer der Dagali zur Seite zu stehen. Der Maharl schaute immer noch fasziniert zu, wie Bek tötete und tötete.

»Ah! Da bist du, Zettar. Die junge Hellhaut hat acht unserer Brüder aus dem Stamm der Embara getötet, während du fort warst, und nicht einer von ihnen hat ihm auch nur einen Kratzer zugefügt. Nun los, jetzt zeigen wir den Embara, wie sich ein Dagali zur Wehr setzt. Endlich kann ich mich einem Gegner stellen, der meiner Kampfkunst würdig ist.«

Zettar lief ein Schauder über den Rücken, als er zu den feindlichen Linien hinüberschaute. Dieser junge dunkelhaarige Kämpfer hatte etwas Besonderes an sich. Er war schnell, er bewegte sich mit großem Geschick, ja, aber da war noch etwas anderes, etwas, was er nie zuvor gesehen hatte

Der Maharl bahnte sich einen Weg nach vorn und seine Elitekämpfer formierten sich als Keil um ihn herum. Zusammen drängten sie sich durch die Menge und standen bald dort, wo die verfeindeten Heere in Kämpfe verwickelt waren.

Bei dem Gedränge und Geschiebe hatte der Anführer der Dagali den anvisierten Punkt um einige Meter verfehlt und zu seinem Ärger kämpfte der junge Soldat auch schon nicht mehr. Er war zurückgefallen und sprach mit einer drahtigen Frau, die eine äußerst kriegerische Miene zeigte.

»Diese Frau wäre würdig, sich mit einem Maharl zu messen«, dachte er bei sich.

Unaufhaltsam drängte sich der Keil seiner Männer nach vorn und die Soldaten Thrandors wichen zurück oder starben durch die schnellen Schwerter der Dagali.

»Hier, zu mir!«, rief die kämpfende Frau und stürmte nach vorn, um zu verhindern, dass die Linie der Thrandorier durchbrochen wurde. Weitere Soldaten folgten. Das Herz des Maharls machte einen Sprung, als er sah, wie der dunkelhaarige Kämpfer geradewegs auf ihn zukam. Mit einem blitzartigen Hieb beseitigte er den Soldaten vor ihm. Bek übernahm sofort dessen Platz.

»Mal sehen, wie gut du wirklich bist«, knurrte der Maharl in der Sprache Terachims, und ihre Schwerter klirrten im heftigen Schlagabtausch.

Es dauerte mehrere Sekunden, bis dem Bewusstsein dämmerte, dass etwas nicht stimmte. Der Anführer der Dagali spürte ein Brennen in der Brust und konnte nicht mehr Atem holen. Er fuhr sich mit der Hand an den Hals und fühlte erschrocken eine klaffende Wunde, aus der das Blut rann. Wie kam es, dass er auf die Knie gefallen war? Er konnte sich an keine Verletzung erinnern. Niemand konnte so schnell sein. »Unmöglich«, stieß er hervor, als er nach vorn fiel und das Leben aus ihm wich.

Aus dem Augenwinkel sah Zettar, wie sein Anführer zusammenbrach. Er war weniger überrascht über den Ausgang der Begegnung als darüber, wie schnell es gegangen war. Trotz seiner Selbstüberschätzung war der Maharl ein guter Schwertkämpfer gewesen – im Grunde der beste, den Zettar je gesehen hatte. Irgendetwas war mit diesem dunkelhaarigen Kämpfer, das hatte er von Anfang an gemerkt. »Keine Zeit, darüber nachzugrübeln«, dachte er. »Diese Frau weiß auch, wie man mit einem Schwert umgeht.«

Zettar hatte seinen Gedanken kaum zu Ende geführt, da wallte heftiger Schmerz in seiner Brust auf. Auch er hatte den Hieb, der ihn zur Strecke brachte, nicht kommen gesehen.

Derra arbeitete sich weiter nach vorn.

◎ ◎ ◎

»Ramiff, der Signalgeber soll den Kämpfern vor der Stadt zum Rückzug blasen.«

»Aber, Auserwählter ... es kann nicht mehr lange dauern, bis wir die Oberhand gewinnen.«

»Ich weiß, Ramiff. Aber wir verlieren zu viele Männer, wenn wir an zwei Fronten kämpfen und uns an beiden nur gerade eben durchsetzen können. Wir müssen die feindlichen Linien am Nordhang zerschlagen, bevor sie weitere Verstärkung bekommen. Die Lage ist ernst, aber wir haben immer noch einen großen Vorteil durch unsere Überzahl, also sollten wir nicht unnötig Leben verschwenden. Lass zum Rückzug blasen.«

»Sofort, Auserwählter.«

Demarr blickte seinem davoneilenden Adjutanten nach und ballte vor Wut die Fäuste, als die Hörner kurze Zeit später die Angreifer zurückriefen.

»Sei verflucht, Malo. Dieses Mal wirst du deinen lächerlichen kleinen Thron nicht behalten«, murmelte er.

◎ ◎ ◎

Zum zweiten Mal an diesem Morgen schallten laute Jubelrufe von der Stadtmauer Mantors. Die Terachiten zogen sich zurück. König Malo jedoch jubelte nicht. Er blickte hinüber ins Tal, wo seine Verbündeten aus dem Norden hart kämpfen mussten, um nicht an Boden zu verlieren. Baron Anton trat neben seinen besorgten König.

»Sie werden schwer angegriffen, Anton«, meinte der König niedergeschlagen. »Wir müssen ihnen helfen.«

»Einverstanden, Eure Majestät«, antwortete Anton voller Tatendrang. »Wir haben sechshundert Pferde bereitstehen. Der Feind hat offenbar keine Bogenschützen, und bei der Holzknappheit in der Wüste Terachim wage ich zu bezweifeln, dass viele ihrer Leute mit Pfeil und Bogen umgehen können. Ich empfehle daher, unsere Kavallerie auszusenden, um die feindlichen Truppen zu bedrängen. Ihren eigenen Reitern ist bei dem törichten Angriff am Nordhügel stark zugesetzt worden. Wenn wir die Nomaden in unregelmäßigen Abständen heftig attackieren, werden sie Truppen zurückhalten müssen, die sich uns widersetzen. So werden unsere Soldaten da oben ein wenig entlastet.«

»Gut, Anton. Eins will ich dich aber wissen lassen: Wenn ich es für notwendig erachte, werden wir sämtliche Kräfte für einen Angriff sammeln«, erklärte der König. »Lass uns den Tatsachen ins Auge sehen«, fuhr er fort. »Wenn es den Terachiten gelingt, unsere Streitkräfte am Nordhang zu überwältigen, können sie die Stadt ungehindert überfallen. Darum richten sie ihre Anstrengungen ja nun auch in diese Richtung. Aber ich werde das nicht zulassen, Anton. Kein Thrandorier wird tatenlos zusehen, wie ein anderer für sein Leben kämpft. Von nun an stehen wir Seite an Seite, ob wir nun leben oder sterben.«

Anton wandte sich dem König zu und machte eine tiefe Verbeugung.

»Ein weiser Entschluss, Eure Majestät. Wir wollen beten, dass dieses wagemutige Vorgehen einen Sieg bringt, wie man ihn nie zuvor erlebt hat.«

Damit verschwand Anton ein weiteres Mal Richtung Nordtor, während der König unruhig ins Tal schaute, wo sich die eng ineinander verhakten Linien der Gegner bekriegten.

17

Calvyn spürte die Schwachstelle auf der linken Seite seines Gegners, platzierte einen überwältigend schnellen Hieb an der Deckung des Feindes vorbei und fügte dem Mann eine lähmende Wunde am Schwertarm zu. Der Krieger schrie vor Schmerz auf, ließ sein Schwert fallen, und Calvyn versetzte dem goldhäutigen Terachiten den letzen Stoß. Ein anderer Krieger nahm den Platz seines toten Landsmanns ein und der Rhythmus von Schlag und Gegenschlag begann von Neuem.

Die gegnerischen Streitkräfte waren nun seit mehr als zweieinhalb Stunden in eine Schlacht verwickelt, ohne dass eine Seite bedeutende Fortschritte gemacht hätte. Obwohl die Soldaten Thrandors weit in der Unterzahl waren, erwies sich ihre überlegene Ausbildung als Vorteil. Angriffe der Kavallerie aus Mantor und Vorstöße von Lord Valdeers Reitern zeigten verheerende Wirkung und zeitweise befanden sich die terachitischen Kämpfer in der Defensive. Aber je länger die Schlacht andauerte, umso mehr forderten der lange Marsch gen Süden und die Überzahl der feindlichen Truppen ihren Tribut.

Die Terachiten zwangen die Thrandorier nach und nach

zurück, bis diese beinahe wieder am Waldrand standen. Viele Thrandorier mit weniger Kampfgeschick waren getötet worden. Doch die Soldaten, die in den immer dünner werdenden Linien weiterkämpften, taten dies mit großem Können und wilder Entschlossenheit. Trotzdem kam es immer häufiger zu Durchbrüchen der Terachiten und irgendwann trieb auch bei Calvyn und Jenna ein Keil terachitischer Soldaten in die gegnerischen Linien. Die beiden wehrten sich verzweifelt gegen den nicht nachlassenden Strom säbelschwingender Eindringlinge. Eine Weile konnten Hauptmann Strexis und eine Handvoll anderer Soldaten den Vorstoß der Terachiten so weit in Schach halten, dass die Linie nicht zerfiel. Erst die gemeinsame Anstrengung der wachsamen Derra, die mit Bek und einem Dutzend Männer von der einen Seite angriff, und Korporal Gan, der sich mit seinen Leuten von der anderen Seite durchkämpfte, konnte die Lücke wieder schließen und die Terachiten zurückdrängen.

Beks Schwertkunst richtete verheerende Verluste unter den Feinden an. Der Tod hing über ihm wie eine Wolke und er war unter Angreifern und Verteidigern schnell bekannt. Doch das Können einzelner Thrandorier reichte bald nicht mehr aus und sie verloren immer mehr Boden an die einfallenden Streitkräfte.

Als die Terachiten schon glaubten, der Sieg läge in greifbarer Nähe und die Linien der Thrandorier unter dem gewaltigen Druck einzubrechen drohten, erschienen jedoch fünfhundert frische Trupps am Waldrand und kamen den erschöpften thrandorischen Soldaten zu Hilfe. Die Fußsoldaten Lord Valdeers waren stramm marschiert, um zur Schlacht zu gelangen, und gierten nun darauf, sich in den Kampf zu stürzen.

Calvyn war mehr als froh, aus der vordersten Linie

zurückzutreten, um einmal Luft holen zu können. Er hatte beim Kampf mehrere Terachiten getötet und von dieser Erfahrung war ihm schrecklich übel. Es war eine Sache, Pfeile auf Reiter zu schießen, die fünfzig Schritt oder weiter entfernt waren, aber es war etwas ganz anderes, sein Schwert in einen Menschen zu stoßen und zu sehen, wie das Licht aus seinen Augen schwand. Der Geruch von Blut und Schweiß war überwältigend und die brennenden Schnittwunden an seinen Armen und seinem Oberkörper vernebelten sein Bewusstsein. Er ließ sich zurückfallen, um Erholung vom Chaos der Schlacht zu finden.

Genau diesen Moment wählte der König für seinen Gegenangriff aus der Stadt heraus. König Malo hatte das Auf und Ab der Schlacht von seinem Aussichtspunkt auf dem Turm am Nordtor sorgfältig beobachtet und war zu der Einsicht gelangt, dass nun schnell etwas geschehen müsse, wenn seine Verbündeten auf dem Nordhang nicht überrollt werden sollten. In einem letzten Versuch, sie zu unterstützen, führte der König selbst seine Mannen den Hügel hinab, wo sie sich den feindlichen Soldaten im Tal entgegenstellten.

»Sieh dir das an!«, rief Jenna lachend, nachdem die neuen Truppen die Linien verstärkt hatten und auch sie zurückgetreten war, um zu Atem zu kommen. »Die Jungs aus der Stadt sind neidisch geworden und heruntergekommen, um sich ihren Anteil zu holen«, sagte sie mit diesem schelmischen Grinsen, das Calvyn so gern an ihr mochte.

»Schön, dass du noch heil bist«, meinte Calvyn mit aufrichtiger Erleichterung. »Als ich aus dem Augenwinkel gesehen habe, wie dieser dicke Kerl nach dir ausholte, hab ich deine Chancen ehrlich gesagt nicht allzu groß eingeschätzt.«

»Ach, der«, erwiderte Jenna leichtfertig. »Du kennst ja

den Spruch … Je größer der Kerl, umso tiefer fällt er … und wie er zusammengesackt ist! Ein Tritt dahin, wo es wehtut, und der arme Krieger sah gar nicht mehr so imposant aus«, erzählte sie kichernd.

Calvyn zuckte zusammen.

»Du hast doch nicht etwa?«

»Ihr Männer!«, rief Jenna, klopfte sich auf den Schenkel und lachte laut auf. »Ihr schießt euch mit Pfeilen nieder und schlitzt euch mit Schwertern auf, aber wenn es an eure Geschlechtsteile geht, kippt ihr gleich um.«

»Es ist nur …«

»Du meinst, so was tut man nicht?«, fragte Jenna.

Calvyn nickte mit einem verlegenen Grinsen.

»Ich weiß ja nicht, wie es dir geht, aber ich plane, bei den Siegesfeiern dabei zu sein. Ich hab gehört, in Mantor gibt es gutes Essen, und ich verspüre einen erstaunlichen Hunger. Darf ich so frei sein, dir vorzuschlagen, deine Hemmungen abzulegen, damit wir hier ein bisschen schneller vorankommen? Ich möchte wegen dieses Pöbels ungern das Festmahl verpassen.«

Calvyn musste immer breiter grinsen. Seine Heiterkeit schlug in Wiedersehensfreude um, als er sah, dass Jez auf sie zukam.

»Calvyn, Jenna. Wie gut, dass ihr noch unter uns seid.«

»Ja, finden wir auch«, erwiderte Jenna schlagfertig. »Hast du deine Quote schon erfüllt?«

»Quote?«, fragte Jez verwirrt.

»Schon gut, Jez. Jenna hat das feindliche Heer aufgeteilt, damit niemand zu gierig wird und mehr Männer tötet, als ihm zustehen«, erklärte Calvyn. »Ich nehme an, sie muss Bek noch einmal darauf ansprechen«, fuhr er fort und deutete auf ihren Freund, der immer noch mit einer schier unglaublichen Schnelligkeit und Wut kämpfte.

»Leider konnten nicht alle von uns das Ihrige dazu beitragen«, bemerkte Jez traurig. »Du wirst noch mal nachrechnen müssen, Jenna, denn wir haben heute viele gute Soldaten verloren.«

»Ist jemand darunter, den wir kennen?«, fragte Calvyn ernst.

Jez nickte mit matter, kummervoller Miene.

»Sergeant Brett, aber davon wisst ihr vielleicht schon … Korporal Gan ist vor Kurzem getötet worden, außerdem …« Jez rasselte eine Liste von Namen herunter. Bei einigen Namen hatten Calvyn und Jenna ein Gesicht vor Augen, bei anderen durchfuhr sie der Schmerz.

Schließlich hielt Jez inne und sah die beiden zögerlich an, als wisse er nicht, ob er fortfahren sollte oder nicht.

»Leider sind das noch nicht alle«, sagte er langsam.

»Wer?«, fragte Jenna leise. Das Scherzen war ihr vergangen.

»Matim.«

Calvyn und Jenna schwiegen. Matim war einer ihrer besten Freunde aus der Ausbildung, und es war selbst hier, inmitten der größten Schlacht, die Thrandor seit Jahrhunderten erlebte, kaum zu begreifen, dass er tot sein sollte.

Jenna stiegen Tränen in die Augen und Calvyn presste die Lippen zu einer dünnen, harten Linie zusammen.

»Tut mir leid«, entschuldigte sich Jez. »Vielleicht hättet ihr besser erst später davon erfahren …« Jez hielt inne, als ein seltsamer Anblick hinter den feindlichen Linien seine Aufmerksamkeit weckte.

»Schon gut, Jez. Danke, dass du …«, meinte Jenna beschwichtigend. Sie nahm an, Jez würden die Worte fehlen.

Er unterbrach sie aufgeregt.

»Jenna, sag mir bitte, wenn ich verrückt werde, aber der Mann da unten, der die terachitischen Truppen anführt, ist kein Nomade aus Terachim, oder ich bin der Kaiser von Shandar.«

»Bei Tarmin!«, rief Jenna aus, als sie die Gestalt erblickte, auf die Jez deutete. »Das ist Graf Demarr!«

»Demarr? Bist du sicher?«, fragte Calvyn, und seine Stimme klang kalt und hart.

»Absolut. Ich habe ihn einmal getroffen und bei mehreren anderen Gelegenheiten aus der Ferne gesehen. Das da ist Demarr, aber wieso ist er gekleidet wie ein Terachit?«

Calvyn hörte ihre Frage gar nicht. Unermessliche Wut stieg in ihm hoch. In seinem Kopf herrschte wildes Durcheinander. Qualvolle Bilder stürmten auf ihn ein. Bilder von seinem Heimatdorf, von jenem schicksalhaften Tag, an dem Perdimonn und er den Weg hinaufgeritten waren und seine Familie und seine Freunde ermordet vorgefunden hatten. Zuerst die Menschen aus seinem Dorf, und nun Matim, Brett, Gan und all die anderen. Das war mehr, als er ertragen konnte. Alles, was er je über Demarr gehört oder mit ihm in Verbindung gebracht hatte, donnerte durch seinen Kopf wie eine Lawine. Es war ganz gleich, ob es etwas Gutes oder Schlechtes gewesen war, das er über Demarr erfahren hatte. Demarr war der Feind. Das genügte.

»Ardeva!«, schrie Calvyn und hob sein Schwert.

Mit dem Aussprechen der magische Rune brach sein Schwert in Flammen aus und blaue Feuerzungen krochen gierig die Klinge empor. Bevor ihm klar wurde, was er tat, warf Calvyn seinen Schild weg, bahnte sich einen Weg zwischen seinen Kameraden hindurch und hieb sich durch die gegnerischen Kämpfer direkt auf die Quelle seines Zorns zu.

»Calvyn! Was tust du da?«, rief Jenna erschrocken, als Calvyn wie ein rollender Felsbrocken in die feindlichen Linien krachte und mit unaufhaltsamer Wucht den Hügel hinabstürzte.

Calvyn konnte ihr Rufen nicht hören. Alle seine Sinne waren nur darauf ausgerichtet, zu Demarr zu gelangen.

Weitere magische Runen flossen von seinen Lippen und ein schützendes Kraftfeld aus magischer Energie erhob sich um seinen Körper. Es glühte im frischen Grün erster Frühlingsknospen. Die Krieger der Terachiten stolperten übereinander, um ihm zu entkommen, und sein flammendes Schwert schnitt sich durch ihre Reihen. Wie aus dem Nichts war diese furchterregende Erscheinung zwischen ihnen aufgetaucht, deren Aura Waffen zerschlug und dessen brennendes Schwert überall, wohin es sich wendete, den sicheren Tod brachte. Calvyn erschien ihnen wie einen Kriegsgott, voller Wut und entschlossen, Gerechtigkeit walten zu lassen. Niemand konnte vor ihm bestehen.

»Auserwählter! Gib acht!«, schrie Ramiff, als er sah, wie Calvyn sich zum Anführer der Terachiten durchschlug.

Die Anrede traf Calvyn wie ein umstürzender Baum.

»Auserwählter … Auserwählter … Auserwählter …«, tönte es durch sein Bewusstsein, und das irre Lachen der Alten vom Marktplatz verspottete ihn.

»Du wirst brennen … du wirst brennen … du wirst brennen …«, kreischte die Wahnsinnige.

Calvyn zögerte einen Augenblick. Widersprüchliche Gefühle kreisten in seinem Kopf. Aber er war zu weit vorgestoßen, um noch umzukehren, und das kurze Innehalten diente schließlich dazu, seine blinde, brennende Raserei in eiskalte Entschlossenheit zu verwandeln. Calvyn biss die Zähne zusammen, schritt weiter nach vorn und schlug den letzten Gegner beiseite, bis nur noch Ramiff zwischen ihm und Demarr stand.

»Geh fort, Ramiff. Dieser Gegner ist nicht für dich bestimmt«, befahl Demarr seinem Adjutanten.

»Niemals, Herr. Ich werde nicht zulassen, dass Ihr euch dem Schwert alleine stellt.«

Mit einem trotzigen Schrei stürzte sich der treue Diener auf Calvyn, den gebogenen Säbel über dem Kopf gereckt. Instinktiv wehrte Calvyn den herabsausenden Hieb ab und versetzte dem Terachiten einen vernichtenden Schlag quer über den Bauch. Ramiff krümmte sich über die klaffende Wunde, sein Schwert fiel hinab und seine Hände umklammerten den tiefen Schnitt durch sein Fleisch.

Demarrs Lippen entfuhr ein erstickter Schrei, der in einem stöhnenden Schluchzen endete. Dann begann der silberne Talisman auf seiner Brust ein blasses weißes Licht auszusenden. Das Licht verstärkte sich rasch zu einem grellen Leuchten und mit dem heimtückischen Glühen wich die Qual in Demarrs Gesicht einer bösen und grausamen Fratze. Es war eine beängstigende und unnatürliche Verwandlung und Calvyn schauderte beim Hinsehen. Anfangs beinahe unmerklich, dann aber deutlicher erglühte das Schwert in Calvyns Händen in einem tiefen Blaugrün und warnte ihn vor den bösen Kräften des Talismans. In Erwartung des bevorstehenden Kampfes tanzten die über die Klinge züngelnden Flammen immer höher.

Demarr trat vor und seine Augen blitzten unter dem bösartigen Einfluss des Medaillons. Calvyn bewegte sich ruhig in seine Richtung. Der magische Schutzmantel umhüllte ihn mit unerschütterlich funkelndem Schein. Die Zweifel und das Gefühlschaos in seinem Kopf waren verschwunden und Calvyns Weg lag klar vor ihm. Es ging hier nicht mehr um Rache, sondern darum, das Böse zu besiegen. Was ihm da gegenüberstand, war nicht mehr der Mann, der für den Tod seiner Eltern verantwortlich war, sondern eine dunkle Macht, die es zu zerstören galt.

Die beiden Gegner umkreisten sich. Demarr lauerte wie

ein Raubtier. Calvyn behielt eine defensive Haltung bei und bewegte sich leichtfüßig, aber vorsichtig. Er beobachtete jede Bewegung seines Gegners, um das leiseste Anzeichen von Schwäche zu entdecken.

Ohne Vorwarnung sprang eine blitzartige Flamme aus Demarrs Talisman und schlug durch Calvyns magischen Schutzschild. In diesem gefrorenen Bruchteil der Zeit schien es, als würde der Blitzschlag leicht die Richtung ändern, bevor er auf Calvyns hell glühendes Schwert traf. Der Schutzschild um Calvyn löste sich auf, und er verlor beinahe sein Schwert, als es unter dem Einfluss der plötzlich aufwallenden magischen Energie in seinen Händen hüpfte.

Calvyn stolperte, und Demarr nutzte den Moment, um seinen ersten Hieb zu setzen. Calvyn hatte vor dieser Schlacht nie einen echten Kampf erlebt, aber er hatte monatelang mit einem herausragenden Schwertmeister trainiert. Demarr war ein berühmter Schwertkämpfer, aber er war monatelang, ja jahrelang keinem ernsten Gegner in Kampfeswut gegenübergetreten. Das Duell war also ausgeglichen und beide erlangten und verloren abwechselnd die Überhand. Währenddessen tobte die Schlacht der magischen Kräfte mit ähnlicher Heftigkeit.

Nach dem ersten Flammenstoß aus Demarrs Talisman schleuderte dieser immer mehr weißes blitzartiges Feuer auf Calvyn. Doch nach der Erschütterung, die der erste Angriff verursacht hatte, verspürte Calvyn jetzt nur noch Hitze, wenn die schnell aufeinanderfolgenden Schläge auf ihn zukamen. Sein Schwert schluckte das weiße Feuer. Als habe die Waffe sich auf die Angriffe des Talismans eingestellt, milderte sie die Wucht der Flammenschläge ab.

Calvyn und Demarr wanden sich im grell aufzuckenden Austausch der Hiebe und weckten die Aufmerksamkeit der umstehenden Soldaten. Die flammende Magie von Talisman und Schwert zog schließlich alle in ihren Bann und die gegnerischen Linien traten voneinander zurück. Angreifer und Verteidiger gleichermaßen starrten fasziniert auf das unglaubliche Schauspiel.

Zweimal kurz hintereinander gelang es Demarr beinahe, an Calvyns Deckung vorbeizukommen, aber Calvyn wehrte den Schlag um Haaresbreite ab, bevor das Schwert seines Gegners Blut lecken konnte. Die prasselnde Energie des Talisman strömte ununterbrochen auf Calvyns Schwertklinge ein und die hell blaugrün schimmernde Waffe wurde immer heißer in seinen Händen.

Der Schweiß rann in Bächen an ihm hinunter, während Calvyn wieder und wieder ausholte, parierte und seinem Feind mit einem Ausfallschritt entgegensprang. Jede Sehne seines Körpers war bis an die Grenze der Belastbarkeit angespannt, um den entscheidenden Schlag zu setzen. Demarrs Augen funkelten. Er verstärkte seine Angriffe, sah aber jeden Vorstoß abgewehrt. Calvyns Gegenschläge stellten seine Verteidigung auf die härteste Probe.

Schmerz durchfuhr Calvyns Arme, und das Heft seines Schwertes wurde so heiß, dass die Innenflächen seiner Hände Blasen warfen. Mit zusammengebissenen Zähnen und einem Geschick, das er noch vor ein paar Monaten für unmöglich gehalten hätte, kämpfte er weiter. Dann aber sprang Demarr vollkommen überraschend nach vorn, wehrte Calvyns kräftigen Hieb ab und stieß mit der Schulter zuerst in seinen Gegner.

Calvyn verlor das Gleichgewicht, fand keinen Halt und fiel rückwärts zu Boden. Demarrs Schwert sauste mit mächtigem Schwung auf ihn herab und die zu Tausenden zuschauenden Soldaten rechneten schon mit dem tödlichen Hieb. Doch seine Reflexe ließen ihn nicht ihm Stich; in letzter Sekunde gelang es Calvyn, das herabstürzende Schwert mit seiner eigenen Waffe abzuwehren. Demarr hatte sich nach vorn gelehnt, um seinem Schlag mehr Kraft zu verleihen, und sein Medaillon baumelte vor seiner Brust herab. Als Calvyn Demarrs Stoß abwehrte, berührte seine Schwertspitze die silberne Kette des magischen Talismans. Daraufhin ließ eine gewaltige Explosion die Erde erbeben. Demarr wurde emporgeschleudert. Der ehemalige Graf flog mehrere Meter durch die Luft und landete halb bewusstlos und mit verdrehten Gliedmaßen auf dem Boden.

Auch Calvyn hatte die Explosion erschüttert. Ihm rauschten die Ohren, aber seltsamerweise war sein Körper von der Macht der Detonation unberührt geblieben. Er richtete sich langsam auf und schaute hinüber zu Demarr, der zusammengebrochen auf der Erde lag. Er konnte nicht erkennen, ob der ehemalige Graf tot oder lebendig war. Aber eines war sicher: Sein Gegner stellte keine Bedrohung mehr dar.

Eine tiefes Stöhnen ging durch die Reihen des terachitischen Heers, aber rings um Calvyn rührte sich niemand. Es war unheimlich. Der Schlachtenlärm war abgebrochen, aber die Stille wirkte unnatürlich.

Calvyn stolperte auf die Beine, das glühende Schwert fest in der von Blasen übersäten rechten Hand. Er blickte misstrauisch auf die regungslosen Soldaten um ihn herum. Dann bemerkte er, dass sich auf dem Hügel in östlicher Richtung etwas bewegte. Eine Gasse bildete sich in der Masse der Truppen. Schweigend rückten die Soldaten zur Seite, um einen einzelnen Reiter zu Calvyn durchzulassen. Der Mann auf dem Pferd war schwarz gekleidet und trug einen langen Umhang, der hinter ihm im Wind flatterte. Sein ebenfalls schwarzes Ross tänzelte im Handgalopp durch das sich teilende Meer der Kämpfer. Das lange dunkle

Haar des Reiters war zu einem Zopf zurückgebunden, der auf seinem Rücken hüpfte, während das Pferd über den Hang ritt.

Calvyn wartete. Er stellte sich breitbeinig hin, legte die Hände auf den Knauf seines Schwerts und stützte sich auf seine Waffe, um mehr Halt zu haben.

Der Reiter kam näher, hielt an, stieg ab und landete geschmeidig auf seinen in Lederstiefeln steckenden Füßen.

»Hallo, Selkor. Schön, Euch zu sehen, kann ich leider nicht sagen, denn das ist es ganz und gar nicht«, begrüßte ihn Calvyn mit ruhiger Stimme und einer Miene, die unbeteiligt und entspannt wirken sollte.

In Wahrheit hatte Calvyn das Herz gestockt, als er den Magier aus Shandar erblickt hatte. Er wusste, dass er nicht in der Lage war, noch einen Kampf durchzustehen, und das wenige, was er aus den Gesprächen Perdimonns mit dem rätselhaften Selkor aufgeschnappt hatte, ließ ihn bezweifeln, dass er dem schwarzgekleideten Magier je etwas entgegensetzen könnte.

»Ah! Der Lehrling. Mensch, Junge, du hast aber Zähne bekommen«, erwiderte Selkor verächtlich. »Und, hast du in letzter Zeit ein paar gute Bücher gelesen?«, fügte er mit einem spöttischen Lachen hinzu.

»Ja, habe ich. Aber keines, das Ihr zu studieren wünscht.«

»Vielleicht. Vielleicht auch nicht.« Selkor trat vor, bis er nur noch ein paar Schritte von Calvyn entfernt war. Er starrte dem jungen Soldaten eine ganze Weile direkt in die Augen.

Calvyn erblasste und das Herz pochte ihm heftig in der Brust, als er sich daran erinnerte, dass Perdimonn gesagt hatte, der Magier könne ihm das wertvolle Zauberbuch mit Gewalt entwenden.

»Versuch keine Tricks, Junge. Du hast nicht mein Format«, warnte ihn der Magier mit leiser, ausdrucksloser Stimme und nicht der kleinsten Spur von Belustigung. »Dein Lehrmeister konnte nichts gegen mich ausrichten, also glaube nicht einen Moment, dass dir dein kleines Spielzeug da irgendetwas nützt«, erklärte Selkor und deutete dabei auf Calvyns Schwert, das immer noch hell glühte. Blaue Flammen züngelten über die Klinge, aber unter den eisigen Blicken des Magiers begannen sie zu flackern.

Calvyn blieb das Herz stehen, als Perdimonn ins Spiel kam, aber wieder einmal klang ihm die Stimme seines alten Freundes leise im Ohr. »Tapp nicht in seine Falle. Er hat recht. Du kannst ihn nicht herausfordern.«

Die wohlbekannte, klar vernehmliche Stimme beruhigte Calvyn.

»Warum bist du hier, Selkor? Du bist doch nicht von so weit her gekommen, um dich mit mir zu unterhalten?«

»Was ich tue, ist meine Sache, Junge. Dass sich unsere Wege kreuzen, ist purer Zufall, also lass dir die Sache nicht zu Kopf steigen. Mir ist zu Ohren gekommen, dass hier ein Heer eingefallen ist, dessen Anführer einen magischen Talisman besitzt. Dinge dieser Art gibt es nicht häufig. Tatsächlich weiß ich nur von einer Handvoll solcher Objekte und die meisten sind im Besitz des Magierrates.«

Bevor er sich noch zurückhalten konnte, sah Calvyn zu Demarr hinüber, der immer noch regungslos auf dem Boden lag. Selkor folgte seinem Blick.

»Aha! Dann war das also der unglückselige Anführer«, sagte Selkor wie zu sich selbst. »Damit erklärt sich auch das Feuerwerk von vorhin und das hier ist dann wohl…« Der Magier aus Shandar bückte sich und hob den silbernen Talisman aus dem Gras auf. »… der gesuchte magische Gegenstand.«

Bestürzt trat Calvyn einen halben Schritt vor, aber Selkor

wandte den Kopf und sein eisiger Blick ließ Calvyn auf der Stelle erstarren.

»Denk nicht einmal daran«, fauchte Selkor.

Der Magier sah sich das silberne Amulett an und wendete es immer wieder in den Händen. Er studierte die kunstvoll eingearbeiteten Runen und riss erstaunt die Augen auf.

»Darkweavers Amulett! Das muss es sein. Es können nicht zwei davon existieren. Ich habe Darkweavers Amulett!«

Selkor warf den Kopf zurück und lachte schallend auf. Sein Gelächter ließ die Luft gefrieren.

»Junge, du hast mir offensichtlich eine Konfrontation erspart, die sich als recht schwierig hätte herausstellen können. Meinen Dank dafür. Selbst wenn das Amulett in Besitz eines Menschen ist, der nicht weiß, wie viel Macht wirklich ihm steckt und wie man diese für sich nutzt, kann die Kraft doch schwer zu überwinden sein. Es wundert mich also, dass es dir gelungen ist. Du hast die Kette zerrissen, das hätte ich bei jemandem mit so wenig Erfahrung nie für möglich gehalten. Vielleicht habe ich die Macht deines Schwerts unterschätzt. Komm, lass mal sehen.«

Calvyns verbrannte Hände umklammerten das Heft seines wertvollen Schwerts, und der Schmerz half ihm, seine Gedanken auf ein Ziel zu richten. Tränen traten ihm in die Augen, als er in Kampfstellung ging, um Selkor daran zu hindern, ihm die magische Waffe zu entreißen. Es stand Wille gegen Wille, aber bevor er wusste, wie ihm geschah, hatte Calvyn unter Selkors finster stierenden Blicken das Schwert übergeben, obwohl er sich doch geistig auf einen Angriff vorbereitet hatte. Die dunklen Augen hielten ihn noch einen Moment fest, bevor sie das Schwert begutachteten.

Sobald Selkor die Waffe berührte, erloschen die Flammen und das Glühen. Der Magier betrachtete eingehend die Klinge und Calvyn schaute hilflos zu. Die sichtbaren Runen begannen zu glühen, als Selkor einen Zauberspruch murmelte, aber davon abgesehen reagierte das Schwert nicht auf ihn. Nach dem explosiven Kontakt mit dem silbernen Talisman war Calvyn überrascht, dass die Waffe nun so ruhig blieb.

»Aha. Genau, wie ich dachte. Das Schwert dient als magischer Blitzstab«, sagte Selkor nachdenklich. »Interessante Idee. Aber nichts, wofür ich Verwendung hätte. Behalt dein Spielzeug, Junge.«

Selkor warf Calvyn das Schwert zu, der es im Flug auffing und zusammenzuckte, als es auf seine Handflächen traf. Die Klinge begann wieder zu leuchten und die Flammen tanzten in der Morgensonne.

»Ein ausgeklügeltes Spielzeug, Lehrling. Aber Spielzeug bleibt Spielzeug. Sei gewarnt… wenn du noch einmal denkst, du könntest deine hübsche kleine Waffe gegen mich erheben, wirst du nicht lange genug leben, um den Gedanken zu beenden«, erklärte Selkor kalt.

Damit wandte sich der Magier um und lief zurück zu seinem großen schwarzen Pferd, das genügsam graste, wo er es zurückgelassen hatte. Selkor legte den Talisman behutsam in seine Satteltasche, setzte den Fuß in den Steigbügel und schwang sich auf den Rücken des Tieres.

»Es war ein interessanter und ergebnisreicher Nachmittag, aber du musst mich jetzt entschuldigen«, erklärte er, und sein Gesicht verzog sich zu einem unangenehmen Grinsen. »Tut mir leid, dass ich euer morgendliches Vergnügen gestört habe«, fügte er mit einer ausholenden Geste in Richtung der beiden Heere hinzu. »Fahrt nur fort.«

Selkor ließ sein Pferd umkehren und trabte gemächlich durch das Spalier der terachitischen Krieger. Lautlos schloss sich die Lücke hinter ihm und der Magier setzte seinen Weg entlang des Hügelkamms fort und verließ Mantor. Mit dem Abzug des Magiers verblasste das blaugrüne Leuchten von Calvyns Schwert, bis die Klinge wieder stahlgrau erschien. Die magischen Flammen jedoch tanzten unbeeindruckt vom Verschwinden des bösen Talismans weiter.

Sobald Selkor das Schlachtfeld Richtung Osten verlassen hatte, kam erneut Bewegung in die Truppen. Lärm brach aus. Die Hörner der Terachiten bliesen zum Rückzug und das Heer der Thrandorier sammelte sich.

»Damok«, sagte Calvyn leise, und im gleichen Moment erloschen die Flammen, die über das Schwert züngelten.

Vollkommen unberührt von dem, was um ihn herum geschah, lief Calvyn zu Demarr, der immer noch regungslos auf dem grasbewachsenen Hang lag. Die terachitischen Krieger strömten an Calvyn vorbei, aber aus Angst, dem Schwert zu nahe zu kommen, das die Macht des Auserwählten gebrochen hatte, machten sie einen weiten Bogen um ihn. Unendlich erleichtert stellte Calvyn fest, dass sich der Brustkorb des Grafen beinahe unmerklich hob und senkte. Demarr lebte. Der sogenannte Auserwählte hatte noch viele Fragen zu beantworten, und Calvyn wollte sicherstellen, dass er es auch tat.

Calvyn befreite seinen Geist vom Lärm ringsum, schloss die Augen und konzentrierte sich auf seine verbrannten Hände, die immer noch Wellen des Schmerzes durch seine Arme sandten. Die heilenden Runen vor Augen, sprach er den Zauberspruch zu Ende und spürte sofort, wie der kühlende Balsam der Magie die Hitze aus seinen Handflächen nahm. Calvyn nutzte die magischen Kräfte auch gleich, um die kleinen Schnitte und Wunden zu heilen, die er sich beim Kampf zugezogen hatte. Nun fühlte er sich erfrischt und belebt.

Als er die Augen öffnete, sah er, dass Derra und Jenna in der Nähe standen und ihn mit unverhohlener Neugier anstarrten.

»Wer bist du?«, fragte Jenna. Die Frage schoss aus ihrem Mund wie eine Explosion und ihre Stimme klang enttäuscht und verbittert.

»Du hast einiges zu erklären«, fügte Derra nüchtern hinzu.

»Das will ich meinen«, unterbrach Hauptmann Tegrani, der herbeigekommen war und die Situation mit einem Blick erfasst hatte. »Gefreiter Calvyn, mir scheint, wann immer etwas Seltsames geschieht, bist du daran beteiligt. Ich will Antworten, Gefreiter. Ich kann nicht ignorieren, was ich und halb Thrandor soeben miterlebt haben. Du wirst zur Rechenschaft gezogen werden, also fang lieber an, dir ein paar verdammt gute Antworten zurechtzulegen.«

»Die Wahrheit muss man sich nicht zurechtlegen, Sir«, erwiderte Calvyn ruhig, »aber es braucht Zeit, bis sie erzählt ist, und selbst die aufgeschlossensten Geister werden Mühe haben, sie zu glauben.«

»Nach dem Feuerwerk, das du uns vorgeführt hast, gebe ich diesbezüglich lieber kein Urteil ab, junger Mann.«

Tegrani trat mit der Stiefelspitze gegen den ohnmächtigen feindlichen Anführer und plötzlich blitzte Überraschung in seinem Gesicht auf.

»Demarr! Der Baron wird dies unverzüglich erfahren wollen. Auch der Verbannte wird uns einige Fragen beantworten müssen.«

Tegrani wandte sich an Derra.

»Sergeantin, stellt sicher, dass dieser Gefangene gut bewacht wird. Und sorgt dafür, dass der Gefreite Calvyn für eine Befragung bereitsteht, sobald sich die feindlichen Truppen am anderen Ufer des Fallow gesammelt haben.«

»Jawohl, Sir«, antwortete Derra und salutierte.

Der Hauptmann schritt davon und rief den Truppen im Gehen Befehle zu. Derra starrte Calvyn erneut scharf und durchdringend an.

»Auch ich will Antworten, Calvyn«, forderte sie kühl.

»Ich werde sie bereitwillig geben, Sergeantin.«

»Bis es so weit ist, habe ich noch eine Menge zu erledigen. Jenna, du bleibst bei Calvyn und ihr bewacht Demarr. Und sorg dafür, dass er eine Weile aus allem rausgehalten wird. Er hat mir mehr Kopfschmerzen bereitet als diese Horde hier«, fügte sie hinzu und deutete auf das sich zurückziehende Heer der Terachiten.

»Ich werde es versuchen«, antwortete Jenna etwas unsicher.

»Calvyn, du hast ihn zur Strecke gebracht. Also wirst du ihn nicht so leicht entwischen lassen, nehme ich an?«

»Bestimmt nicht, Sergeantin«, versicherte Calvyn mit einem Grinsen.

»Also gut, Soldaten. Gebt euer Bestes.«

Calvyn und Jenna sahen, wie Derra in dieselbe Richtung lief, in die auch Hauptmann Tegrani verschwunden war. Demarr rührte sich schwach. Unangenehme Stille breitete sich zwischen den beiden Freunden aus, als sie ihren Wachdienst begannen.

Die Schlachtreihen des frühen Tages hatten sich inzwischen aufgelöst. Calvyn bemerkte mit Interesse, dass sich das feindliche Heer in einem heillosen Durcheinander befand. Sogar innerhalb der einzelnen Sippen gab es anscheinend keine Führerschaft und keinen Zusammenhalt mehr. Thrandors Soldaten dagegen wurden neu zusammengezogen und bewegten sich in ordentlichen Reihen vorwärts, um den Feind zur Brücke über den Fallow zu geleiten.

Es vergingen einige Minuten, bis Jenna schließlich das

Eis brach und das Gespräch suchte. Sie fragte erneut, aber mit sanfterer Stimme: »Wer bist du, Calvyn?«

»Ich bin derselbe Calvyn, mit dem du deine Ausbildung gemacht hast, Jenna. Ich habe mich nicht verändert. Ich habe aus verständlichen Gründen bestimmte Fähigkeiten vor dir geheim gehalten, aber das ändert nichts daran, wer ich bin.«

»Nein, Calvyn. Das stimmt nicht. Natürlich verändert dich das. Magie tut nichts anderes. Sie grenzt dich von allen anderen ab, ganz gleich, wofür du sie einsetzt. Auf einmal ergibt alles Sinn. Du warst immer anders als die anderen, aber ich konnte nie den Finger darauf legen. Diese Salben, mit denen du unsere Blasen geheilt hast – da war auch Magie im Spiel, oder?«

Calvyn nickte.

»Mein ehemaliger Lehrmeister Perdimonn hat sie hergestellt«, bestätigte er.

»Kein Wunder, dass sie so schnell gewirkt haben. War er das eben, auf dem schwarzen Pferd? Ich habe nicht gehört, was ihr gesprochen habt, aber ich habe gemerkt, dass ihr euch kennt.«

»Nein, das war nicht Perdimonn. Das war die Pest. Der Mann auf dem schwarzen Pferd ist ein mächtiger Magier aus Shandar namens Selkor. Ich weiß nur, dass er mit Perdimonn im Streit liegt. Es geht um einen sogenannten Schlüssel der Macht. Selkor war es auch, der Perdimonn und mich gezwungen hat, getrennte Wege zu gehen. Aber das ist eine Geschichte, die ich ein andermal erzählen sollte … Demarr war der Auserwählte.«

»Wie bitte?«

»Erinnerst du dich an die Alte auf dem Markt?«

»Wie könnte ich die vergessen?«, antwortete Jenna mit einem Schaudern.

»Die terachitischen Nomaden haben Demarr als ihren

Auserwählten betrachtet. Die alte Seherin hatte recht: Meine Hände sind durch seine Macht verbrannt. Aber es war im Grunde nicht seine Macht. Die magische Kraft stammte von dem silbernen Amulett, das er um den Hals getragen hat. Und Derra ist wieder einen Rang aufgestiegen … wie von der Alten geweissagt. Ich will dich nicht verängstigen, Jenna, aber du bist die Einzige von uns dreien, deren Prophezeiung sich noch nicht erfüllt hat.«

Jenna sann immer noch über Calvyns Worte nach, als fünf Reiter den Hang hinauf auf sie zukamen und kurz vor ihnen anhielten. Demarr bewegte sich, stöhnte kurz auf und fiel erneut in die Bewusstlosigkeit.

Die fünf Reiter stiegen von ihren Pferden. An ihrer Kleidung konnte man erkennen, dass sie von hohem Rang waren, also standen Calvyn und Jenna stramm und salutierten. Die Männer erwiderten den Gruß und zwei der Reiter reichten den anderen die Zügel ihrer Pferde. Sie traten auf Calvyn und Jenna zu.

»Sagt Soldaten, war es einer von euch, der in den Zweikampf hier auf dem Hügel verwickelt war?«, fragte der alte Mann mit dem silbrigen Haar.

Calvyn sah den blank polierten Brustpanzer und den glänzenden Helm. Die Erkenntnis kam so plötzlich wie eine Flutwelle und er stammelte seine Antwort mit einem »Eure Majestät« irgendwo in der Mitte.

Der König lächelte großmütig.

»Beruhige dich. Ich bin nicht gekommen, um dich zu rügen, sondern um dir meinen Dank auszusprechen. Dass du mit den verbotenen Kräften der Magie gekämpft hast, war unschwer zu erkennen. Doch der Zweck lässt mich über die Mittel hinwegsehen. Ich nehme an, du hast den Anführer des angreifenden Heeres besiegt … jenen, den sie den Auserwählten nennen. Ist er das?«

»Er ist es, Eure Majestät.«

»Er sieht nicht aus wie ein Terachit.«

Demarr lag auf dem Bauch, das Gesicht vom König abgewandt. Calvyn drehte den verbannten Grafen auf den Rücken, damit der König ihn erkennen konnte.

»Demarr!«, rief der König wütend aus. »Ich hätte diesen Unruhestifter umbringen lassen sollen, als er das erste Mal versucht hat, den Thron an sich zu reißen. Ist er tot?«

»Nein, Eure Majestät.«

»Dann töte ihn, bevor er noch mehr Unfrieden stiftet.«

»Bevor ich das tue, Eure Majestät, solltet Ihr wissen, dass Demarr im Grund nicht verantwortlich ist für das, was geschehen ist«, erklärte Calvyn rasch und bis zum Äußersten angespannt, weil er die Anordnungen des Königs in Frage stellte.

Die Augen des Königs weiteten sich, aber er hielt seine Empörung zurück.

»Nun, Soldat, das musst du mir erklären. Aber ich warne dich: Du musst dir eine außergewöhnlich gute Verteidigung einfallen lassen, denn ich bin nicht gewillt, dem Mann zu verzeihen, der mein Königreich überfallen und Tausende meiner Untertanen getötet hat.«

»Das verstehe ich, Eure Majestät, und noch vor einer halben Stunde hätte ich nicht gezögert, ihm mein Schwert in die Brust zu rammen«, antwortete Calvyn.

»Weckt den Verräter auf. Er sollte das hören«, befahl der König mit einer Geste in Jennas Richtung.

Jenna schüttelte den ohnmächtigen Grafen, jedoch ohne Erfolg. Also holte sie ihre Feldflasche hervor und leerte sie über Demarrs Gesicht. Demarr wachte prustend auf und sah sich mit trüben Augen um. Er war verwirrt und wusste offensichtlich nicht, wo er sich befand und wer die umstehenden Personen waren. Langsam aber breitete sich die schreckliche Erkenntnis auf seinem Gesicht aus.

Calvyn erzählte in kurzen Zügen vom Mord an seinen Eltern durch Demarrs Rebellen und seinen Reisen mit einem liebenswürdigen alten Fremden, der ihn unter seine Fittiche genommen und ihn im Warenhandel unterwiesen hatte. Der König wirkte verständnisvoll, und Baron Anton bestätigte, dass die Ereignisse in Calvyns Dorf sich so zugetragen hatten. Calvyn verschwieg seine Ausbildung in den geheimen Künsten und leitete direkt dazu über, wie er Baron Keevans Heer beigetreten war. Er berichtete, wie unterschiedlich die Meinungen der Rekruten zu Demarr gewesen seien. Der verbannte Verräter habe bei vielen den Status eines Helden genossen. Der König nickte nachdenklich und Demarr senkte vor Scham den Kopf. Schließlich erzählte Calvyn von dem silbernen Talisman, den Demarr getragen hatte, und fasste das wenige zusammen, das er über dessen Kräfte wusste.

»Darkweaver? Du erwartest doch nicht im Ernst, dass ich glaube, Derrigan Darkweaver sei für die Taten dieses Mannes verantwortlich? Falls Darkweaver überhaupt gelebt hat, muss er vor mindestens zweihundert Jahren gestorben sein«, sagte der König ungläubig. »Welche Beweise kannst du mir dafür liefern?«

»Keinen sichtbaren Beweis, Eure Majestät«, antwortete Calvyn vorsichtig. »Aber Ihr werdet sicher den schwarz gekleideten Reiter bemerkt haben, der nach meinem Duell mit Demarr über das Schlachtfeld geritten ist.«

»Ja. Ich wollte dich noch dazu befragen. Ein unheimlicher Zwischenfall. Ich habe alles beobachtet, aber ich war nicht in der Lage, mich zu rühren, nachdem dieser Mann aufgetaucht war. Sehr eigenartig«, erklärte der König nachdenklich.

»Ihr konntet Euch nicht bewegen, Eure Majestät, weil Selkor Euch und sämtliche Soldaten mit einem Zauberspruch belegt hatte. Er ist ein mächtiger Magier aus Shandar. Ich bin ihm schon zuvor begegnet.«

»Ein Magier, sagst du. Aus Shandar. Hm … das könnte es vielleicht erklären. Ich kann dennoch nicht glauben, dass ein silberner Anhänger, selbst wenn er von Darkweaver stammen sollte, eine solche Invasion herbeiführen könnte.«

»Ich weiß nicht, ob ich die ganze Geschichte kenne, Eure Majestät, und sie zu erzählen, würde gewiss viel Zeit in Anspruch nehmen. Aber unglückseligerweise hat Selkor das Amulett nun in seinen Besitz gebracht, und er hat es eindeutig als jenes erkannt, das von Derrigan Darkweaver gefertigt wurde. Ich habe in verschiedenen alten Schriften gelesen, dass ein solches Schmuckstück tatsächlich existiert hat. In keinem dieser Texte wird jedoch mitgeteilt, welche Macht wirklich in dem Amulett steckt oder ob es in der Schlacht zwischen Derrigan und der Bruderschaft der Magier vor all den Jahren zerstört wurde. Ich kann nicht genau sagen, welche Auswirkungen es haben mag, dass Selkor es nun entwendet hat, aber Ihr könnt sicher sein, dass alles auf eine Katastrophe hindeutet, die diese Schlacht wie ein Kinderspiel erscheinen lassen wird.«

Hier endet Band eins von *Das Vermächtnis von Thrandor*. Band zwei – *Der Pfad der Jägerin* – wird offenbaren, was es mit der Prophezeiung der alten Seherin für Jenna auf sich hat. Zudem werden Calvyns magische Kräfte durch eine höchst unerwartete Quelle verstärkt.

Mark Robson

Die Gilde von Shandar
Die Spionin

384 Seiten ISBN 978-3-570-30533-1

Femke reist zu Friedensverhandlungen ins Nachbarreich Thrandor. Dort nimmt Shalidars Racheplan Gestalt an. Plötzlich wird sie als Mörderin angeklagt. Femkes Leben und der Frieden zwischen den Ländern stehen auf dem Spiel.